诗与史新探

——中国现代文学的多元探索

SHI YU SHI XINTAN
ZHONGGUO XIANDAI WENXUE DE
DUOYUAN TANSUO

雷世文 著

湘潭大学出版社
XIANGTAN UNIVERSITY PRESS

图书在版编目（CIP）数据

诗与史新探 ： 中国现代文学的多元探索 / 雷世文著 .
湘潭 ： 湘潭大学出版社 , 2025. 6. -- ISBN 978-7-5687-
1681-9

Ⅰ . I206.6

中国国家版本馆 CIP 数据核字第 20255RC769 号

诗与史新探——中国现代文学的多元探索

SHI YU SHI XINTAN——ZHONGGUO XIANDAI WENXUE DE DUOYUAN TANSUO

雷世文 著

策划编辑： 渠珊珊
责任编辑： 渠珊珊　黄皓羽
封面设计： 李　平
出版发行： 湘潭大学出版社
社　　址： 湖南省湘潭大学工程训练大楼
电　　话： 0731-58298960 0731-58298966（传真）
邮　　编： 411105
网　　址： http://press.xtu.edu.cn/
印　　刷： 长沙鸿和印务有限公司
经　　销： 湖南省新华书店
开　　本： 710 mm×1000 mm 1/16
印　　张： 17.5
字　　数： 270 千字
版　　次： 2025 年 6 月第 1 版
印　　次： 2025 年 6 月第 1 次印刷
书　　号： ISBN 978-7-5687-1681-9
定　　价： 88.00 元

目 录

辑一　散文诗集《野草》的文体修辞

《野草》的诵读修辞[①]

《野草》是适合诵读的艺术作品。在诵读中，我们能够与《野草》的“灵魂”深度交融，并由此获得新的发现。《野草》的诵读修辞通过精心构造节奏的韵律，增添作品抑扬顿挫的乐感，使声音行进和语流速度契合诵读节奏。《野草》在文本构造层面，高频率使用排比、重复的手法，收到回环往复的修辞效果，形成气通韵足的乐感旋律。此类修辞不仅能使诵读者的气韵贯通、语感顺畅，而且便于保持诵读的节奏，让诵读者领略到《野草》旋律的独特美感。《野草》的情感表达具有撼动人心的召唤力和感染力，情感修辞将熟悉的情感变得陌生，并为作品的诵读奠定气息基础，从而对诵读者的气息状态有着积极的调动、熏染和激发作用。

在文学作品的接受过程中，诵读是一种重要的方式，诵读把静态的视觉符号感受活动转变为有声的言语行为，使诵读者在作品艺术的感染中，获得对作品的生动感悟和理解。诵读的意义：首先是使我们获得对作品的形象感受；其次是逻辑感受，对“词语和语句的内在逻辑”的感受；再次是整体感受，“朗读者对文章的段落、层次和全篇整体意蕴及其内在逻辑关系的感受变得逐渐突出”[②]，“朗读者的感受也随着理解的深入而趋于深刻，并由此完成精神的升华”[③]；最后是诵读的独特感受，这是诵读感受系统中最深层次的感受，是“心的感受”“灵魂的感受”，这种感受体现了诵读者对作品深层意蕴的“一种独到的审美认识、发现和感悟能力”[④]。诵读感受的每一次递进，就是对诵读对象的一次深度介入。通过不同阶段感受的往返循环，诵读者最终获得了与接受对象的交融，在交融中获得更高层次的领悟。

---

① 原题为《试析〈野草〉的诵读修辞》，发表于《鲁迅研究月刊》2022 年第 9 期。

② 王浩瑜：《跟我学朗读》，上海教育出版社 2019 年版，第 23 页。

③ 王浩瑜：《跟我学朗读》，上海教育出版社 2019 年版，第 26 页。

④ 王浩瑜：《跟我学朗读》，上海教育出版社 2019 年版，第 27 页。

我们对《野草》的接受，同样也可以选择诵读的方式。中央电视台著名主持人朱军、徐俐朗诵的《野草·题辞》，激情饱满，气韵昂扬，显示出声音艺术与文学艺术之间珠联璧合的绝佳韵味。这样的艺术实践从诵读艺术层面上凸显了《野草》的声音文本属性，为我们接受《野草》提供了有益的启示。毫无疑问，《野草》是适合诵读[①]的艺术作品，这不仅表现在《野草》中诵读修辞的繁复运用，而且表现在作品情感的起落变化、张弛有度，具有撼动人心的召唤力和感染力。聂绀弩先生曾说“《野草》是鲁迅先生为自己写，写自己的书”[②]，这个感觉是正确的，他敏锐地把握住了《野草》的个人私语特征，也就把握住了《野草》的吟咏性特征，这在某种程度上为我们考察《野草》的诵读修辞提供了有意味的启迪。通过诵读，走进《野草》，对于广大的文学爱好者来说，是一条极佳的途径。

一

《野草》文体横跨诗、文两界，亦文亦诗，诗文互借，成就了不可多得的汉语文体声音修辞。其中，诗的节奏音律颇为突出。日本学者竹内好（Takeuchi Yoshimi）说《野草》“一开始就没有散文倾向”，鲁迅“具备诗人气质”“他的眼睛如诗人一般观察事物”，《野草》之所以成功是因为“诗性”的因素。[③] 当代汉语诗人张枣则认为，“《野草》奠基了现代汉语诗的开始”[④]。凭借《野草》，鲁迅成为“新诗之父”[⑤]。这些观点聚焦《野草》文体，强调诗性所指，充分肯定了《野草》文体具有的诗歌属性。说

---

① 诵读，也可以叫朗读，播音艺术界和文学艺术界倾向于把两个概念等同使用，二者没有严格的区分。如王浩瑜说：“朗读，还可以叫诵读。”（王浩瑜：《跟我学朗读》，上海教育出版社2019年版，第2页。）朱自清说诵读和朗读着重在“读”，“读”就着重在意义上，“自然也讲究疾徐高下，却以清朗为主，用不着什么动作”。（朱自清：《诵读教学》，《标准与尺度》，岳麓书社2011年版，第58页。）

② 聂绀弩：《略谈鲁迅先生的〈野草〉》，《野草》1940年第3期。

③ ［日］竹内好：《从“绝望”开始》，靳丛林编译，生活·读书·新知三联书店2013年版，第125—126页。

④ 张枣：《张枣随笔集》，东方出版中心2018年版，第146页。

⑤ 张枣：《文学史、现代性与鲁迅的〈野草〉》，《当代作家评论》2011年第1期。

《野草》是诗性艺术精品，一点也不为过。诗性艺术精品的特征可以有很多，但诵读性是必不可少的。袁枚说佳诗的特征是“其言动心，其色夺目，其味适口，其音悦耳”①，这一概括很到位，他列举的好诗的若干修辞特征，其中就包括了诵读性。与古人对诗歌声音美感的重视尚处于直觉体验阶段不同，《野草》对声音美感的追求是自觉的，体现了作家在现代性语言条件下对声音美感的实践自觉。

朱自清在谈到中国诗歌的特点时说：“顾亭林说过，古诗句最长不过十个字；据卞之琳先生的经验，新诗每行也只该到十个字左右，每行最多五个音节。我读过不少新诗，也觉得这是诗行最适当的长度，再长就拗口了。”② 这说明，无论是古诗还是新诗，从适合诵读的层面已经形成了基本的诗句定式。依据这个定式来衡量《野草》，我们发现，鲁迅对句子的锻造极为讲究，《野草》中的大量句子构造都没有离开这个定式。这里可以看一些语例，如《题辞》中的“当我沉默着的时候，我觉得充实；我将开口，同时感到空虚”。《一觉》中的“他们是绰约的，是纯真的，——阿，然而他们苦恼了，呻吟了，愤怒，而且终于粗暴了，我的可爱的青年们！”《雪》中的“是的，那是孤独的雪，是死掉的雨，是雨的精魂”。这些句子中，没有哪一句是超过十个字的，没有哪一句是超过五个音节的，这样的短促的句型，十分易于诵读，因为诵读过程中的吐气发声、声音行进和语流速度都便于控制。

从音节节奏的构成来看，《野草》采取了单音节、双音节、三音节混合使用的方式，营造一种曲直相间、缓急相应的节奏错落感。鲁迅深受古汉语的影响，常常在造句中采用单音节的字词，如“冷的夜气”“瘦的诗人”“血”“铁”“毒”“炎炎的形”“永劫沉沦的罚”“好的故事”“鸡”“塔”“竹”“影的告别”“早的山桃”“昏沉的夜”等等。在现代汉语中，单音节词是不能构成独立音步的，双音节是最小、最基本的音步，也称之为标准音步。但远古的音步和后来的音步，大不一样，早期的汉语一个音

① ［清］袁枚：《随园诗话补遗·卷一》，《随园诗话》（下），顾学颉校点，人民文学出版社 1982 年版，第 565 页。

② 朱自清：《新诗杂话》，生活·读书·新知三联书店 1984 年版，第 104 页。

节可以成为一个音步。[1] 显而易见，鲁迅是有意使用了单音节词，召唤一种古老语言的美感。赵元任先生说，如果汉语里面有神话的话，那么“单音节神话”就是一个真的神话，很多单音节词至少有着两三千年的历史，就是从有文字开始就有了的。[2] 单音节的汉语字词，“一字一音，而且每个字中至少都有一个元音，这就使得汉语字音颗粒饱满、圆润动听”[3]。由声、韵、调组成的统一而匀整的单音节，它那么单纯而划一，简易而明确，汉语许多美妙的语言艺术，都是靠这个单音节来创造的。[4] 因此，单音节词的使用不仅没有破坏《野草》的语言节奏，反而为《野草》增添了抑扬顿挫的音乐感。

鲁迅在《野草》里一点也不掩饰自己对单音节词的偏爱，他通过驱遣单音节词与双音节词的搭配，创造出饱含乐感的语音节奏。这里有两种搭配是比较醒目的，一种是出现在《好的故事》中的单音节词与双音节词交错配置：“两岸边的乌桕，新禾，野花，鸡，狗，丛树和枯树，茅屋，塔，伽蓝，农夫和村妇，村女，晒着的衣裳，和尚，蓑笠，天，云，竹，……都倒影在澄碧的小河中。”这样的搭配疏中有密，密中有疏，单音节词起到顿挫、舒缓的修辞作用。另一种是单音节词与双音节词的直接组合，形成三音节词，这在《野草》中的例证很多，如“大欢喜”“陈死人”“大痛楚”“大欢喜”“大悲悯”“大光辉”“大威权”“大火聚”“大蛊惑”“大谋略”“大网罗”“大阙口”“白须发”“黑长袍”“乌眼珠”“红彗星”“冷舌头”“胭脂水”等等。三音节比双音节多了一个音节，超出了标准音步，被称为超音步（superfoot）。三音节词作为一个语流单位，不论是“2+1”还是“1+2”都显示出韵律结构的不平衡性，其突出的修辞效果是“悬差性”，就是突显与不突显的比例是2∶1，前头两个、后头一个，或者前头一个、后头两个，成倍的不同。[5] 按照鲁迅独特的语音观念，三音节并不破坏音节的美感效果，相反通过音节内部重轻、长短的距离悬差，产

① 冯胜利：《汉语韵律句法学》，商务印书馆2013年版，第135页。
② 冯胜利：《汉语韵律句法学》，商务印书馆2013年版，第98页。
③ 李洪岩：《诗歌朗诵技巧》，中国广播电视出版社2012年版，第39页。
④ 齐冲天：《汉语音义论》，中华书局2014年版，第62页。
⑤ 冯胜利：《汉语韵律句法学》，商务印书馆2013年版，第102页。

生一种陌生化的修辞感。

鲁迅自然也并不怠慢双音节词的修辞营造，在《野草》中运用了颇多的双音节构造，组织语句，典型例句如《复仇》中的“于是各以这温热互相蛊惑，煽动，牵引，拼命希求偎倚，接吻，拥抱，以得生命的沉酣的大欢喜”。《淡淡的血痕中》中的“深知一切已死，方生，将生和未生”。《这样的战士》中的“那些头上有各种旗帜，绣出各样好名称：慈善家，学者，文士，长者，青年，雅人，君子……。头下有各样外套，绣出各式好花样：学问，道德，国粹，民意，逻辑，公义，东方文明”。这些句子中出现的双音节词语意相承，语气连贯，节奏短促，音步一致，非常契合朗读的节奏要求。

在《野草》中，连词的大量出现不仅是语法结构的要求使然，更是节奏的要求使然，连词的运用收到了很好的节奏效果。我们试看一些语料，如《希望》中的“血和铁，火焰和毒，恢复和报仇”，《题辞》中的“在明与暗，生与死，过去与未来之际，献于友与仇，人与兽，爱者与不爱者之前作证”，《颓败线的颤动》中的“眷念与决绝，爱抚与复仇，养育与歼除，祝福与咒诅”，这些句子中的连词“和”“与”在语调上轻滑，前后连接的词语则音调厚重，形成一种扬/抑/扬的语调，句式的节奏感油然而生。熟读《野草》的人，大概还会有这样一个深刻的印象，就是在很多篇章中，密集而紧凑地使用了连词“然而”。据统计，《野草》有45处使用了“然而”，从“然而”的位置分布看：置于句中的最多，达23处，它与前一分句构成转折关系；分布在句首的有10次，表现句子间的转折关系；置于段首的大概有12处。就单篇作品而言：《影的告别》中的“然而”最为复杂多样，分别置于句首、句中和段首；《希望》中的“然而”出现次数最多，共出现了8次；《影的告别》和《一觉》分别出现5次“然而”，也算是比较多的了。“然而”的使用变化多样、意味深长，“它使《野草》的行文有了转换、拖延和跌宕的神韵”“对表达思想感情，营造出独特的韵味，以及形成文章的语气节奏，都有不可替代的作用”。[①]

① 王本朝：《“然而”与〈野草〉的话语方式》，《贵州社会科学》2012年第1期。

除了“和”“与”“然而”这样的连词，《野草》中使用的连词还有很多，如“并且”“而且”“但是”“但”“而”“因为”等，这些连词虽然没有实在的词汇意义，但其调节语感、语势、语调的功能格外强大，离开这类虚词看似虚化的功能，作品的情韵节奏会大打折扣。值得注意的是，鲁迅不仅在单类虚词（连词）的修辞艺术方面有着杰出的创造，而且在虚词的复合运用方面也有着惊人的表现。“虚词叠用”就是鲁迅的一种很独特的修辞方式，如“而忽而”“也依然”“然而尚且”“于是并且”是两个虚词的叠用；“甚而至于居然”是三个虚词的叠用；“又竟至于并且”是四个虚词的叠用。虚词的修辞功能不仅在于弥合文脉，消除句子衔接的板滞感，而且在于通过虚实相嵌的句式构造，给单调的节奏加以调整和变化，“虚词的运用所造成的语意之回环往复，给人以一唱三叹之感，让人觉得作者欲说还休、欲休还说”①。

《野草》中还经常出现四字一顿、五字一顿的句子，这类句子音节整饬，音顿规律，节奏鲜明，是《野草》诵读修辞的重要体现。但这类修辞有着佛经式节奏的影子，在很多篇目中都有体现，如《死火》中有：“这是死火。有炎炎的形，但毫不摇动，全体冰结，象珊瑚枝。”《墓碣文》中有：“抉心自食，欲知本味。创痛酷烈，本味何能知?”《好的故事》中有：“诸影诸物，无不解散，而且摇动，扩大，互相融和；刚一融和，却又退缩，复近于原形。”《失掉的好地狱》中有：“人类便应声而起，仗义直言，与魔鬼战斗。战声遍满三界，远过雷霆。终于运大谋略，布大罗网，使魔鬼并且不得不从地狱出走。”之所以是以四字、五字句为主，是因为“当初把佛经从梵文译过来的时候，译经师往往用四字句、五字句的结构以整齐之，却并不押韵”②。这就是为什么佛经“有着咒语式的安抚、催眠性的诱导，入人最深，用今天的话说，就是最会带节奏”③。鲁迅深谙佛典，如他曾经出资刻印的《百喻经》第一则“愚人食盐喻”就都是四字句。鲁迅

① 王彬彬：《〈野草〉修辞艺术细说》，《中国现代文学研究丛刊》2010 年第 1 期。

② 江弱水：《天上深渊：鲁迅十二论》，浙江文艺出版社 2023 年版，第 116 页。

③ 江弱水：《天上深渊：鲁迅十二论》，浙江文艺出版社 2023 年版，第 116—117 页。

也深受佛经的影响，“佛经读多了，佛经的节奏自然而然进入了自己的语言中”①，因而就有了《野草》中神秘的、迷幻式的节奏行进。

二

《野草》的诵读修辞体现在文体构造的层面，是经常使用排比、重复的手法，收到回环往复的修辞效果，形成气通韵足的乐感旋律。在《这样的战士》一篇中，“但他举起了投枪”一句重复出现五次，如果说《这样的战士》是一曲悲壮雄浑的英雄的命运交响曲，那么“但他举起了投枪”就是整部乐曲的主旋律，战士浩气长存、不屈不挠的战斗意志不断升起在乐曲的中间，英雄的壮举得到绵延不断的渲染，每当这句诗出现的时候，就是英雄命运的一个转折点，就意味着英雄战斗方式的一次转变，战士的命运尽管充满悲剧色彩，但由于“但他举起了投枪”这一主调的反复升起，战士的悲剧结局也就不再是悲凉的，而是具有了壮烈的崇高感。这样的英雄气势，非常适于通过诵读的方式加以呈现。作为读者，在诵读中感悟战士的“韧”性精神风骨，体会战士异于常人的生命内涵，将会获得与静观文本不一样的感受和体验。

《野草》中的重复修辞的运用并不是千篇一律的，而是充满了灵动的变化。同样是整篇意义上的重复修辞，《求乞者》的布局就不同于《这样的战士》的主调式重复。《求乞者》的重复修辞侧重的是背景渲染，采取的策略是前后重复呼应，中间重复强调，重复成为篇章的一种结构形式。“微风起来，四面都是灰土”出现在作品的开头、结尾和中间部分两次，而其中的“灰土”一词，则是一个无限重复的意象，因为在作品的结尾，重复三次的“灰土”意象后面使用的是省略号，在象征意义上表明灰土对世界的笼罩是无边无尽的，是永恒的。“灰土”意象的重复修辞营造出一个压抑、低沉的氛围，这一氛围中又嵌入了多层重复修辞，“另外有几个人各自走路”（作品开头出现一次“另外有几个人，各自走路”）重复四

---

① 江弱水：《论〈野草〉的听觉艺术》，《新美术》2019 年第 10 期。

次，贯穿全篇；“憎恶”作为“我”的情绪心理在作品中不断出现；“求乞”重复五次，“布施心”重复两次，“手势”重复三次；“我走路（我顺着剥落的高墙走路、我走路、我顺着倒败的泥墙走路）”重复三次。总之，《求乞者》是一篇重复修辞变化多样、遍布全篇的作品，重复的修辞范围涵盖行为、心理、氛围、背景等多个方面。从修辞效果来看，“重复的句子、词语滋生了循环往复、一咏三叹的音乐旋律，使之在形式与韵味上特具诗的机质，欣赏者自然产生出某种余音袅袅、绕梁不绝的艺术感觉”。而回环往复、余音绕梁的气韵与节奏，荡气回肠的抒情气氛，“营造出一种韵味绵长、持久萦回的召唤效果，以无尽的艺术体验和哲理遐思回馈给每一位流连其中的欣赏者”①。

重复修辞在《希望》中也有极其生动的运用。《希望》全篇弥漫的是悲观失望却又反抗绝望的双重情绪，作者的失望情绪通过“暗夜”“青春”意象的不断重复得到抒发，“希望”一词的反复出现透露的恰是绝望，“绝望之为虚妄，正与希望相同”的重复起到的是全篇情绪的强化作用，“我只得由我来肉薄这空虚中的暗夜了”的重复又把压抑的情绪推向激昂的峰巅，“星，月光，僵坠的蝴蝶”的重复又深化了“青春”的“悲凉缥缈”和“暗夜”的“空虚”。总而言之，《希望》中的重复修辞是绵密的、立体的，是繁复的、多层次的，不仅体现在作品的全局，而且体现在作品的局部，不仅是语法构造层面的，而且是心理情绪层面的。这样的重复形式不仅在《希望》中表现得格外突出，就是在整部《野草》中也表现得格外醒目。

以上是在作品的整体建构上呈现的重复，具体到作品的段落、句式、结构层面。我们在《野草》中还能看到连词、双音节词、意象的重复使用，看到“相似语势”“相似语气”和“相似转换”的不断呈现，感受到作者内心情感基调的规律性呈现，从而体会到作品回环往复的节奏特征和具有复沓效果的气韵旋律。重复之外，还有错落。同样是造成文本旋律的重要手段，错落就是《野草》中的诗性节奏修辞丰富多变，力避呆板，力

---

① 刘骥鹏：《“至暗时刻”的情绪释放：〈野草·求乞者〉重复叙事辨析》，《中国现代文学研究丛刊》2021 年第 9 期。

避整齐划一，篇章句式构造追求参差变化，句式多样，常有结构相同或者相近的句子并列出现，常有结构相异的句子前后相承，造成整齐中有参差、紧凑中有舒徐的跌宕之感，令作品曲折生姿，收放有致，张弛有度的修辞效果得到充分彰显。

专业的艺术诵读，需要将作品按照朗诵艺术的标准进行标记，以便收到更好的朗诵效果。我们在此不妨把《野草》中的一些句子按照诗行的形式加以排列，由这种排列，作品的韵律节奏得到生动的呈现：

梦见春的到来，
梦见秋的到来，
梦见瘦的诗人将眼泪擦在她最末的花瓣上。

——《秋夜》

没一处没有名目，
没一处没有地主，
没一处没有驱逐和牢笼，
没一处没有皮面的笑容，
没一处没有眶外的眼泪。

——《过客》

暗暗地使天地变异，
却不敢毁灭一个这地球；
暗暗地使生物衰亡，
却不敢长存一切尸体；
暗暗地使人类流血，
却不敢使血色永远鲜浓；
暗暗地使人类受苦，
却不敢使人类永远记得。

——《淡淡的血痕中》

类似这样排比修辞的文字在《野草》中俯拾即是，排比修辞不仅能使诵读者的气韵贯通，语感顺畅，而且便于保持诵读的节奏，让读者领略到旋律的修辞美感。

另外，鲁迅还经常使用具有关联作用的副词“也”构成排比，如《复仇》中的“然而也不拥抱，也不杀戮，而且也不见有拥抱或杀戮之意”，《淡淡的血痕》中的“也欲生，也欲死”，《求乞者》中的“一个孩子向我求乞，也穿着夹衣，也不见得悲戚”，等等。“也”在句中所发挥的修辞作用，正如有的语言学家所指出的，“是以无意义的音节扩大了句子内部不同成份之间或句与句之间的时间间隔，因而其节奏缓；不用‘也’字，间隔小了，话与话紧相接，因而其语急”①。也就是说，“也”在句中起到的是缓宕作用，能够延迟语速，调节语气，实际上也就起到了调节作品韵律节奏的作用。

重复、错落和排比既是文本修辞，同时也是诵读修辞，诵读者在备稿诵读时，需要悉心体会文本修辞的特点，做到从文本修辞向诵读修辞的转变，从而在诵读过程中深刻领会作品的神韵。

三

对诵读文本而言，“首先被注意的，仍然是情感”，情感修辞“将熟悉的情感变得陌生”②，达到出人预料的效果。《易传·文言》中的“修辞立其诚”的“诚”，强调的也是“诚恳、真挚、得体、不虚伪”的情感修辞，涉及“我/你”“我/他”之间的“对话关系”（马丁·布伯语）或作者与读者的关系。也就是说，“情感表达中，体验和感受是个人的、独特的，但情感则是共同的”③。因此，适宜诵读的作品，一定是饱含感情、能够引起诵读者情感共鸣的作品，没有情感或情感偏弱的作品，很难调动、激发诵读者。“气随情动”“气因情生”讲的就是情感对诵读者的气息的熏

① 许嘉璐：《古语趣谈》，湖南人民出版社 1989 年版，第 113 页。
② 谭光辉：《情感、风格、修辞在文本中的关系和存在方式》，《学术界》2018 年第 1 期。
③ 张柠：《情感的修辞学》，《文艺理论研究》1998 年第 6 期。

染、激发作用。诵读作品的情感越强烈、越丰富，就越能调动诵读者的气息状态，“气息具有独立的表情达意作用，具有较强的表现力与感染力”①，气息状态越丰富，表明诵读者对作品的感受愈深，理解愈透。在诵读活动中，诵读作品的过程就是一个伴随着情感活动的过程，诵读者需要体会作品的情感，以作品的情感唤起自己内心的情感，如此方能真正进入作品的精神世界，对作品产生会心的理解。在专业的朗诵活动中，诵读者需要事先揣摩作品的情感，达到物（作品）我（诵读者）情感交融合一的境界，这样才能在面向观（听）众的朗诵表演中，把作品的情感传递给观（听）众，对观（听）众的情绪起到感染作用。

《野草》具有的抒情性特征，既表现为情感形态的丰富性，如跌宕起伏、刚柔相济、冷热交织的情感交错，又表现为情感节奏的灵活多变，高亢型的如《题辞》《一觉》《淡淡的血痕中》，轻快型如《腊叶》《雪》《好的故事》，凝重型的如《这样的战士》《影的告别》，低沉型的如《风筝》《颓败线的颤动》，愤激型的如《复仇》《复仇（其二）》《求乞者》，舒缓型的如《秋夜》《死后》，紧张型的如《过客》《墓碣文》，复调型的如《希望》《死火》。如此变化多端的情感节奏，对诵读节奏产生了积极的影响，“情感有起伏，声音也随之有起伏；情感有往复回旋，声音也随之有往复回旋”②。因此，可以说，《野草》的情感节奏为作品的诵读奠定了声音节奏基础，对诵读者的气息状态有着积极的调动作用。

《野草》的抒情体式不拘一格，这里仅就几种体式的抒情特征作一些分析。我们首先注意到的是《野草》中的宣言语体抒情，这种抒情体式的突出特点是直抒胸臆，感情奔放，气势充沛，试看几例：

魂灵被风沙打击得粗暴，因为这是人的魂灵，我爱这样的魂灵；我愿意在无形无色的鲜血淋漓的粗暴上接吻。（《一觉》）

过去的生命已经死亡。我对于这死亡有大欢喜，因为我借此知道它曾

① 罗莉：《文艺作品演播技巧》，中国广播电视出版社 2013 年版，第 39 页。
② 朱光潜：《诗论》，中华书局 2012 年版，第 124 页。

经存活。死亡的生命已经朽腐。我对于这朽腐有大欢喜，因为我借此知道它还非空虚。（《题辞》）

“哈哈！你们是再也遇不着死火了！”我得意地笑着说，仿佛就愿意这样似的。（《死火》）

这些语境中的抒情充满乐观、自信和欢喜，主体自我的情感倾向鲜明，以一种宣言式的口吻宣告了有着粗暴魂灵的生命的诞生，宣告了过去的生命的死亡，宣告了窒息死火的专制力量的失败，以炽热的激情唱出了对新生与自由的礼赞。此类抒情明朗、刚健，最容易感召读者，也最适宜诵读。

相比之下，有一种情感是心灵细语式的，充满了抑郁低徊的格调，这在《希望》中表现得最明显。《希望》的抒情体式是由一连串的疑问语气构筑起来的：我的头发已经苍白，不是很明白的事么？我的手颤抖着，不是很明白的事么？我早先岂不知我的青春已经逝去了？然而现在何以如此寂寞？难道连身外的青春也都逝去，世上的青年也多衰老了么？但暗夜又在那里呢？这些疑问蕴含着作家饱经沧桑的创伤情感，凝聚着作家希望与绝望交织的悲怆心理，虽然悲观，但并不消极，而是抑中有扬，反抗绝望最终成为作者抒情的主调。作为诵读者，如果不能仔细辨别《希望》中的抒情方式，很容易被作品开头的压抑情调所迷惑，误认为作品的情感就是低沉阴郁的。诵读者需要结合作品前后抒情方式的变化，把握作品情感运动的抑扬交错，这样才能在诵读中以声传情，真正进入作家的心灵世界。

采用呼告的形式抒发强烈的感情，传达情感意愿，是《野草》的又一种抒情体例，其代表作品是《影的告别》。在这篇作品中，情感的气势是由密集的表达意愿的语意所托起的，连续使用的“我所不乐意的”“我不愿去”“我不愿意”“我不愿”等句式是以否定的方式表达出强烈的拒绝情感，多次重复的“我愿意”表达的是坚定地选择愿望，否定与肯定形成明显的对立，情感的强度自然也就表现得格外突出。作品的情感选择最后指向的是“无”，如何理解这种虚无的情感选择，有研究者说得好，把

"死亡""无""空"一概视之为消极，不仅是肤浅的，而且是虚脱的，一切有力度的实人生，都是以对虚无的盘问为前提的。没有"无"，就不可能有可靠的"有"。[①] 因此，对"无"的探问实际就是对"有"的追寻，对现存的"有"的告别实际就是在寻求作家心目中的理想的"有"，这中间所流露的作家的情感取向因而也是昂扬进取的。

《野草》的诵读修辞还明显地体现为"歌"的成分的引入。鲁迅从小就受到中国文学韵律修辞的熏陶，这种修养在他成年以后的文学创作中多有流露，如鲁迅创作的旧体诗，小说《铸剑》中黑衣人所唱的歌，等等，都体现了鲁迅深厚的音韵修养。这种修养在《野草》中也有体现。在《聪明人和傻子和奴才》一文中，傻子对聪明人诉说自己辛苦劳作的语言就充满韵律感，我们试把傻子的话以诗行的形式排列如下：

清早担水晚烧饭，
上午跑街夜磨面，
晴洗衣裳雨张伞，
冬烧汽炉夏打扇。

这番诉苦不仅充满滑稽感，而且"有腔有调"，带着一种"程式化"的表演腔。[②] 在形式构造上，语言遵循严格的事物类别对举，同类词性对举，每句字数相等，且诵读节拍一致，每句都是四拍，尾字保持押韵，乐调色彩显著，明显具有童谣、民歌的调子，具有"歌"的特征，这样的"歌"无疑是适合诵读的，《野草》的诵读修辞由此又可一窥。

---

① 王乾坤：《鲁迅的生命哲学》，人民文学出版社 1999 年版，第 332 页。

② 张洁宇：《独醒者与他的灯：鲁迅〈野草〉细读与研究》，北京大学出版社 2013 年版，第 280 页。

《野草》的陌生化艺术修辞[①]

俄国形式主义理论家维克托·什克洛夫斯基（Viktor Shklovsky）在考察诗歌语言的特征时指出，“诗语也常常是陌生的”，不论从哪个方面审视诗歌语言，“我们都可发现艺术的特征，即它是专为使感受摆脱机械性而创造的，艺术中的视象是创造者有意为之的，它的‘艺术的’创造，目的就是为了使感受在其身上延长，以尽可能地达到高度的力量和长度，同时一部作品不是在其空间性上，而是在其连续性被感受的”[②]。什克洛夫斯基在此不仅揭示了陌生化艺术手法的特征和审美效果，而且回答了艺术之所以成为艺术所必需的艺术手法问题。站在什克洛夫斯基的理论视野中来看，《野草》的“诗语也常常是陌生的”，《野草》的艺术实践，无论从哪个角度看，都保持了与什克洛夫斯基“陌生化”理论的同调。本文试图从伦理关系、叙述视角、文本构造三个方面对《野草》的陌生化艺术特质进行粗浅分析，以期揭示鲁迅的艺术创造在《野草》文本中的卓越体现。

一、伦理关系的陌生化

研读《野草》，我们能体会到，鲁迅对伦理关系的书写，背离了传统意义上对“爱”“同情”“信任”的尊崇，而更多体现为冷峻的逼视态度。区别于传统意义上的伦理信条，鲁迅对伦理关系中的“虚伪”“背叛”“猜疑”等成分更加在意。这里，我们采取文本新读的方式，试对《野草》中伦理关系的陌生化书写进行一二发掘。

《求乞者》建构的是一种“以恶抗伪”的伦理关系，布施者对求乞者充满厌恶之情，不存在通常意义上我们所认为的布施者对求乞者应有的同

① 原题为《试析〈野草〉的陌生化艺术特质》，发表于《鲁迅研究月刊》2021年第11期。

② ［俄］维克托·什克洛夫斯基：《作为手法的艺术》，《俄国形式主义文论选》，方珊等译，生活·读书·新知三联书店1989年版，第8页。

情、关心和怜悯，求乞者也不是真诚地求乞，而是虚伪的做戏者，求乞者“并不悲哀”“也不见得悲戚”，只是“摊开手，装着手势”“这不过是一种求乞的法子”，实在是“近于儿戏”。布施者拒绝布施，而对求乞者的行为和心理充满严苛的审视。这里既延续了《狂人日记》“救救孩子”的主题，又延续了鲁迅一贯的民族劣根性批判主题。长期以来，我们的历史话语和伦理话语都把布施济贫视为美德、善德，大家也都是沿着历史的惯性适应并践行这种传统的，很少有人对这种美德、善德掩盖下的虚伪和丑陋进行观察、思考和揭示。鲁迅则不然，他突破了历史传统的束缚，在《求乞者》一文中，不仅撕下了求乞者的假面，而且揭开了布施者的真面，这是颇为符合鲁迅向往的以“真”为本位的伦理观念的，就如他在《论睁了眼看》中提出的：“必须敢于正视，这才可望敢想，敢说，敢作，敢当。”《求乞者》“正视”施舍与被施舍这一特殊的人类伦理关系领域，揭示求乞者一方的瞒和骗的道德污点，同时对布施者反传统伦理的姿态并不讳饰，可以说是“真诚地，深入地，大胆地看取人生并且写出他的血和肉来”[①]，在固有的伦理道德话语之外，实现了对布施者和求乞者及其关系的陌生化书写。

《我的失恋》运用反讽手法书写背离世俗观念的爱情关系，提供了一种相异于世俗爱情伦理关系的陌生化情感形式。百蝶巾、双燕图、金表索、玫瑰花都是世俗爱情关系中的美好信物，通过这样的信物，传递心意，表达情感，在传统的爱情关系中是常见的。但鲁迅把这种传统的爱情传递方式颠覆了，他要赠予爱人的是猫头鹰、冰糖葫芦、发汗药、赤练蛇，这四样东西看起来“似乎是随便胡诌”，游戏味道十足，但其实“含义还是一本正经，也足以发人猛省的”。鲁迅是以自己特有的方式表达爱情的：“猫头鹰是他自己钟爱的，冰糖葫芦是爱吃的，发汗药是常用的，赤练蛇也是爱看的。”[②] 鲁迅喜欢的东西既与常人喜欢的东西异类，也与世俗传统的爱情信物异类，其个人化的爱情表达方式自然是世俗传统所不能

① 鲁迅：《坟·论睁了眼看》，《鲁迅全集》（第1卷），人民文学出版社2005年版，第255页。

② 许寿裳：《鲁迅的游戏文章》，《台湾文化》1947年第8期。

接受的。《野草》创作期间，正是鲁迅与许广平建立恋爱关系的时期，许广平的出现，“打破鲁迅在新旧两性道德原则间徘徊的僵局，给他们的爱情以决定性推动”①，鲁迅因此摆脱了因袭的重担，发出了“我可以爱！”②的心声。据此，我们可以认为，《我的失恋》在某种程度上隐喻了鲁迅对传统爱情形式的告别，对新的爱情伦理关系建构的自主意识。

《颓败线的颤动》中的母女伦理关系的陌生化是由前后巨大的伦理情感的反差与冲突造成的。在女儿未成年的时期，母女伦理情感的核心是“爱”，这种“爱”是双向的，体现为母亲对女儿的爱和女儿对母亲的爱，这是一种自然人性的爱，维系着母女伦理关系的和谐平静，但母亲对女儿的爱与抚育是以身体付出为代价的，这种隐性的悲剧人生也许是女儿觉察不到的。在女儿成年的时期，母女伦理情感的核心是“憎”，这种“憎”也是双向的，体现为母亲对女儿的憎和女儿对母亲的憎，母女伦理关系因此陷入尖锐的对立状态。女儿及其家人对老母亲的怨恨与鄙夷、冷骂和毒笑、背叛与遗弃，在老母亲的心里掀起汹涌的波澜，令母亲的身心受到严重的伤害。女儿对母亲的伦理情感由“爱”到“憎”的转变，是由于成年后的女儿，其道德观念已被男权道德话语所规训，她和自己的丈夫一样深受封建贞节观念的支配，并以此为武器来伤害自己的母亲，逼使母亲愤然出走。母女伦理关系的彻底决裂，憎恨完全取代了爱意，诅咒取代了眷念，这是对血缘亲情伦理的毫不留情的毁坏，令我们看清了即便是亲情伦理也是不可靠的。《颓败线的颤动》是以消极性的伦理关系的书写构成了对世俗文化伦理传统的陌生化表现。

《风筝》叙述兄弟伦理关系，但没有一丝的欢乐气氛，反而充满着一种压抑之感。“悲哀”是作品从头到尾反复渲染的基调，“肃杀的严冬”“正给我非常的寒威和冷气”，即便是自然之景，也寓含着悲哀之压。“风筝事件”是压在作者精神上的一块巨石，也是造成作者压抑沉重心理的源头。这一事件反映的兄弟伦理关系超出了人们在一般意义上对兄弟伦理关

① 钱理群：《心灵的探寻》，北京大学出版社 1999 年版，第 142 页。

② 鲁迅：《两地书·一一二》，《鲁迅全集》（第 11 卷），人民文学出版社 2005 年版，第 280 页。

系的认知。作品中所写的未成年时期的兄弟伦理关系，充满了封建家长式的专制关系，兄长可以肆意打压弟弟，限制弟弟的活动，剥夺弟弟的游戏权利；成年以后的兄弟伦理关系，充满了怀疑的色彩，兄长怀着忏悔的心情，希望弟弟原谅自己当年的粗暴行为，但弟弟一句“有过这样的事么？”的反问，把兄长打入了怀疑的深渊，兄长不相信弟弟真的忘却此事，认为弟弟是在撒谎：“无怨的恕，说谎罢了。”从此，本应是诚实互信的兄弟关系，却蒙上了猜忌和怨怼的影子。兄弟关系演变为这样一种形式，显然是作家陌生化的艺术处理的结果，鲁迅的立意也许不在于兄弟关系的客观写实[①]，而在于将兄弟关系作为人间伦理关系的一种存在，以此为媒介，去透视更为复杂的人与人之间沟通的艰难吧。鲁迅曾经说过：“在我自己，总仿佛觉得我们人人之间各有一道高墙，将各个分离，使大家的心无从相印。”[②] 这里所揭示的人与人之间的隔膜，存在于兄弟之间，更存在于广大的人群中间，是一种普遍的人间现实。《风筝》通过兄弟伦理关系的陌生化表现，揭示的正是这样一种现实。

《立论》通过师生问答对话的形式，演绎了一幅师生伦理关系的图景。只不过这种伦理关系已经背离了“正义”的伦理属性，而充满了实用主义的功利性。学生既无是非观念，也不想说真话，面对矛盾，只想眼睛一闭，讨巧应对。面对这样的学生，教师本应树立师表，教导学生讲真话，对客人评价孩子的三种情境作出是非分明的理性判断，但令人失望的是老师并没有这样做，反而是教给学生一种明哲保身的路数。因此，我们可以说，《立论》中的老师和学生都不能算是真正的知识阶级，充其量算是虚假的知识阶级，“真的知识阶级是不顾利害的，如想到种种利害，就是假的，冒充的知识阶级”[③]。《立论》中的学生和老师，都是非常顾及利害的，

① 正如周作人谈到《风筝》一文时所说：“这些折毁风筝等事乃属于诗的部分，是创造出来的。”〔周作人：《鲁迅与〈弟兄〉》，《周作人散文全集》（第 12 卷），广西师范大学出版社 2009 年版，第 630 页。〕

② 鲁迅：《集外集·俄文译本〈阿 Q 正传〉序及著者自叙传略》，《鲁迅全集》（第 7 卷），人民文学出版社 2005 年版，第 83 页。

③ 鲁迅：《集外集拾遗补编·关于知识阶级》，《鲁迅全集》（第 8 卷），人民文学出版社 2005 年版，第 226 页。

不敢坚持说真话的，所以都把中庸主义奉为自己的立身之本，是虚假的知识阶级的典型代表，这就在一个道德谴责的意义域中，将师生伦理关系的异化面纱彻底戳穿了。

由以上文本的分析，确实可以看出《野草》对伦理关系的书写，显示出一种“恶意”的伦理情绪（憎恶、捣乱、反讽、批判），直击我们并不愿意正视的伦理黑暗面，我们可以用“来自黑暗的纯洁的恶”这句话来表达《野草》的伦理价值，鲁迅“以恶（以善为终极诉求的‘恶’）对恶（纯粹的‘恶’和以善的方式出现的‘恶’）”的伦理激情和勇气，让我们“从中看到鲁迅所具备的无与伦比的现代性的伦理勇气和创造力”①。

二、视角的陌生化

《野草》虽是散文诗，但其中的叙事成分非常丰富，且在叙述视角的选择方面又不落俗套，具有极强的艺术创造性，如《失掉的好地狱》中的故事讲述采取的是魔鬼视角，《狗的驳诘》中狗对人的追问采取的是动物视角，《聪明人和傻子和奴才》中写敢于打破黑暗现实的先觉者的行动采取的是傻子视角，《死后》对人类庸俗势利嘴脸的刻画采取的是魂灵视角。这些视角的采用，既给人以新奇之感，又把人导入一个陌生化的境界，产生一种非艺术成规意义上的审美感受。

限于篇幅，本文在此想重点考察的是《野草》中存在的自我视角的陌生化现象。《野草》中自我形象的建构，一方面延续了《新青年》“随感录”时代的自我形象，如《这样的战士》《过客》《一觉》《淡淡的血痕中》中塑造的启蒙主义者的战士形象，另一方面是自我的陌生化表现，如《影的告别》《希望》《墓碣文》等篇中的“我”，有更多作家私语的性质，透露出作家隐秘的精神密码。

自我视角的陌生化首先体现为“我”的多变性角色。《秋夜》中的“我”是一个奇异的存在，深更半夜时分，“我忽而听到夜半的笑声，吃吃

① 杜素娟：《论〈野草〉的现代伦理价值》，《兰州学刊》2010 年第 10 期。

地，似乎不愿意惊动睡着的人，然而四围的空气都应和着笑。夜半，没有别的人，我即刻听出这声音就在我嘴里，我也即刻被这笑声所驱逐，回进自己的房”。“我”俨然是黑暗的捣乱者，“我”的笑声打破了黑暗的一统天下，这本身也是对黑暗的反抗，与默默地直刺闪着鬼眼的夜空的铁似的枣树的反抗，形成互为支援的关系。《秋夜》中自我视角的陌生化还体现为将“我”对象化为枣树，通过枣树对黑暗夜空的反抗，寄托作家的精神。《求乞者》以“我”的视角贯穿全文，但这个视角又前后有变化，前半部分的“我”是指“居于布施之上者”的“我”，通过“我”的视角，观察求乞者求乞的行为、声调、态度、表情、手势，表现对于求乞者“求乞的法子”和“近于儿戏”的表演的烦腻、疑心和憎恶，在“我”和求乞者之间充满并不友好的互动。后半部分的“我”是指“求乞者”的“我”，侧重表现“我”对于求乞者求乞行为的体验，“我”作为“求乞者”得不到布施和布施心的心理感受，这部分缺少了“居于布施之上者”的“我”的观察视角，将“求乞者”作为文本的中心和表现的重点。《风筝》中“我”的视角的陌生化表现为两个方面。首先是在作品的前半部分，交错使用了中年的“我”与未成年的“我”的视角。在中年的“我”的视角下，作者抒发了严酷的现实感受，同时又回溯了故乡风筝时节温和的春天景象，两者形成鲜明的冷暖对照。在未成年的“我”的视角下，作者叙述了哥哥破获弟弟的秘密，并把弟弟的风筝翅骨折断、风轮踏扁的经过，彼时的“我”与弟弟一样也是孩子，以孩子的视角再现事件场景的优越性在于，事件的真实性和现场感都得到了强化。其次，从作品的整体看，中年的“我”是当时社会某一类人的典型代表，具有社会意义。那种将“我”视为鲁迅的观点是不确切的。在现实生活中，鲁迅并未因放风筝而体罚过弟弟，且周建人已经说过散文诗中的“小兄弟”不是他了，自然这里的“我”也就不是鲁迅了。①

自我视角的陌生化还通过自我的对象化表现加以体现。《影的告别》中的“我”是“影”的化身，“我”的独语即“影”的告白，“影”附身

① 崔绍怀：《多维视野中的〈野草〉研究概论》，中国社会科学出版社 2018 年版，第 93 页。

于"我"而实现了"我"的陌生化，"我"与"你"的对话即"影"与"你"的对话，"影"对"形"的拒绝即"我"对"有"的拒绝，"我"在某种程度上又隐含了作家自我，将作家自我陌生化了。《死火》中"我"的陌生化是通过将"我"对象化为"死火"而实现的。"死火"毅然决然地选择跃出冰谷烧完自己的方式，正是鲁迅反抗绝望、知其不可为而为的人格写照。《墓碣文》通过自我分裂实现自我的陌生化。与墓碣对立的"我"是真实的"我"，墓中的死尸是另一个自我，从斑驳的墓碣刻辞可以看出，墓中的死尸是真实的"我"的对象化载体。鲁迅坦言自己体内有鬼气、毒气，身上背负着"古老的鬼魂"，也多次以"坟"来隐喻旧我的埋葬，这都可以以墓中死尸证之。通过这种陌生化的修辞，曲折地传达出鲁迅对自我精神世界的毫不留情的解剖。

三、文本构造的陌生化

《野草》的陌生化艺术在文本构造的各个层面都有体现。从句子语词的搭配来看，常有造语新奇之处，如《复仇》中"无血的大戮"显然是违背人们的一般认知的，《希望》中"悲凉漂渺的青春"不符合热情激昂的青春特点，《死火》中"那冷气已使我的指头焦灼"有点科幻色彩，《颓败线的颤动》中"颓败的身躯的全面都颤动了"是对愤怒到极点的老母亲身体复仇状态的书写，《失掉的好地狱》用"美丽，慈悲，遍身有大光辉"形容魔鬼，完全背离了宗教、世俗对魔鬼的邪恶想象。类似这样的语词搭配构成《野草》的一道语言风景，后世读者常为这样的风景所打动，因而跨时代的审美阐释活动也就绵延不断。从句式安排来看，《野草》中的句式运用常有突破习惯语法规则的个人化特点，如历来为人所熟悉也讨论最多的"一株是枣树，还有一株也是枣树"的句式，它所强调的是枣树的独立性、个体性，如果把这个句式合并成"两株都是枣树"的形式，也能说得通，但就变成了一种世俗的表达方式，突出枣树的共性成为语义的重点。相比之下，前者是一种思想家、文学家的艺术表达方式，后者是一种常人的生活化的表达方式，距离艺术审美的高度尚有距离。《题辞》开首的句式便是："当我沉默着的时候，我觉得充实；我将开口，同时感到空虚。"表面看来，这一句式前后充满矛盾，但仔细琢磨，又不矛盾，鲁迅以言说的矛盾揭示出人的存在的艰难困境，句意的深奥性正是由句子前后的矛盾张力造成的。这样的矛盾张力也体现在《墓碣文》中的著名句式："于浩歌狂热之际中寒；于天上看见深渊。于一切眼中看见无所有；于无所希望中得救。"研究者们对这个句式的诠释已经非常丰富，但仍未穷尽其中的奥义，原因就在于陌生化修辞（省略、悖论、断裂）隐藏着太多的谜义。从意象构造来看，《野草》为我们营造了一个扑朔迷离、晦涩玄奥的意象世界，吸引着无数读者去探秘这座神奇的艺术宫殿。"声音"意象出现在《过客》中，它不断催促、叫唤着"过客"，指引着过客前行。读者能感受到"声音"意象超越现实（"坟"）的意义所指，但对其具体内涵很难作实证的分析。"死火"是火与冰的结晶体，是冷与热的结合体，自身的矛盾性决定了自身的存在就充满悖论性，不管作出何种选择，死火都不能避免灭亡的命运，灭亡像咒语一样套着死火，令死火难以摆脱。"死火"意象在某种程度上映照着人类存在世界的深刻矛盾性和宿命性，这样一种广阔的哲学视野为我们阐释"死火"意象意义的丰富性提供了可能。"游魂"意象虽然出现在《墓碣文》中，但其意义辐射功能极强，这个意象在《野草》文本中是一个具有多重互文关系的符号，我们在"过客""影""战士""猛士"等文本意象中都能感受到"游魂"的存在。"游魂"意象凝聚着鲁迅对生命本质的探索，对生命价值的追问，对生命信仰的怀疑和对生命行迹的审视，这些命题反观的对象又不仅仅属于鲁迅个人，而是指向所有思考立身之道的知识分子。因此，"游魂"意象就不仅是个人化的符号，而是一个具有广泛能指的群体化符号。总之，《野草》中意象的陌生化手段既使作为独立单位的意象获得了深邃含义，又使作为互文关系的意象获得了延展意义，从而增强了读者阅读《野草》时的审美生疏感。

《野草》文本构造的陌生化，也体现在时空范畴的奇异化。《野草》中一系列的空间书写都渗透着作家主体的心理意识，体现出"境由心造"的特征，给读者以新奇陌生的感受。《秋夜》中写夜的天空奇怪而高，闪着鬼眼、冷眼，枣树默默地铁似的直刺着天空和月亮，夜空被枣树逼得惶恐不安，月亮窘得发白暗暗躲藏了。这样的景致显然是作家的意念之景，而非自然之实景。很少有人像鲁迅这样写秋天的景色，鲁迅背离了传统习惯对“秋”的书写模式，创造出一个属于个人的关于“秋景”的独特话语系统。《求乞者》的背景是一幅破败的都市景象，“四面都是灰土”，路边是“倒败的泥墙”“断砖叠在墙缺口”，破败的景象构成了对都市繁华的解构。《颓败线的颤动》呈现的空间环境是“荒野”：“她在深夜中尽走，一直走到无边的荒野：四面都是荒野，头上只有高天，并无一个虫鸟飞过。”“荒野”背景在《野草》中多次出现，这是一个高度抽象了的玄学化概念，无论谁置身于这个空间，都面临着命运漩涡的挑战和意志的考验，面临着生存还是毁灭的抉择。

更为恐怖的空间是冰谷和地狱。高大的冰山间冰谷交错，生命绝迹，唯有死火的红焰流动，映在冰谷的四壁，化为无量数影，使冰谷变成红珊瑚色。冰谷是死火的绝境，留在冰谷，死火将被冰冻死；离开冰谷，死火将烧尽自我，死灭是死火逃不脱的劫难。因此，冰谷可谓死亡之谷。地狱本是鬼魂安息之所，鲁迅却说地狱门上也竖了人类的旌旗，这自然是十分恐怖的事情，人类不但占有了地狱，而且统治了魔鬼：“那威棱且在魔鬼以上。人类于是整顿废弛，先给牛首阿旁以最高的俸草；而且，添薪加火，磨砺刀山，使地狱全体改观，一洗先前颓废的气象。”如此则地狱无异于人间，反过来说，人间也可以是地狱。鲁迅在《一觉》中反复强调自己“是在人间活着”，事实上是在暗示人间不应该发生的事情都发生了，人间的黑暗甚至胜于地狱。所以，鲁迅就说，“我只觉得所住的并非人间”①，“我眼前总充塞着重迭的黑云，其中有故鬼，新鬼，游鬼，牛首阿旁，畜生，化生，大叫唤，无叫唤，使我不堪闻见”②。地狱的喧嚣，如果单纯是鬼魂们的叫唤、火焰的怒吼、油的沸腾和钢叉的震颤，倒也并不恐

① 鲁迅：《华盖集续编·记念刘和珍君》，《鲁迅全集》（第3卷），人民文学出版社2005年版，第289页。

② 鲁迅：《华盖集·“碰壁”之后》，《鲁迅全集》（第3卷），人民文学出版社2005年版，第72页。

怖，恐怖的是人类变成了地狱的主宰，人类也就无异于恶鬼和怪兽了。因此，我们可以把《野草》中的地狱看作黑暗现实社会的陌生化象征。

令人惊怵的还有坟墓。鲁迅在很多地方都谈到过“坟”，但多侧重于哲思层面，只有在《墓碣文》里才对“坟”有着具象的刻画，渲染出墓地的恐怖。这种恐怖先是由苔藓丛生的墓碑上残存的斑驳刻辞引起的，“有一游魂，化为长蛇，口有毒牙。不以啮人，自啮其身”“抉心自食，欲知本味”“痛定之后，徐徐食之”，这些刻辞不仅透露着人、鬼、物的变化莫测，而且难掩酷烈的血腥味。其次是近距离看到的墓葬中的实景，“从大阙口中，窥见死尸，胸腹俱破，中无心肝。而脸上却绝不显哀乐之状，但蒙蒙如烟然”。恐怖的极点是死尸在墓中坐起，口唇不动，开口说话了。死尸的复活完全解构了阴阳两界的界限，令阴阳重叠，互化莫测，造成文本的诡诞怪异之风和晦涩神秘之感。

与陌生化空间构成互生关系的是陌生化时间。我们通常认知的时间概念，是具有确定性的，但《野草》中的时间概念，很多时候充满了不确定性。《影的告别》反复强调“不知道时候的时候”，这就模糊了时间的确定性，给人以无从把握的感觉。《复仇》中书写的俩人“裸着全身，捏着利刃，对立于广漠的旷野之上”的场面，是一幅永恒的场面，它可以发生在中国人生活的任何时间，这样的叙述打破了人们对时间认识的固化模式。《颓败线的颤动》写前后相续的两个梦，说“梦的年代隔了许多年了”，从梦中发生的事情来看，这个时间表述是写实的；而从艺术构思的角度看，这个时间表述是非写实的，具有心理时间的抽象性。《过客》对时间的陌生化是取消了时间的有限性，强化了时间的无限性，“走”是过客无休无止的状态，永远停息不下来。《失掉的好地狱》中说魔鬼开始统治地狱的时间是“天地作蜂蜜色的时候”，这个时间概念比较含糊，不易清晰，即便文本对这一时间表述进行了延伸解释，说这个“时候”是“魔鬼战胜天神，掌握了主宰一切的大威权的时候”，但从时间表义的层面看，依然是相当模糊的，相对于读者对时间概念的传统习惯认识，鲁迅依然是创造了一种生疏的语境。

在《野草》文本的深处，关于“无”的诗学化书写同样是文本陌生化构造的重要手段。在中国文艺美学史上，以“无”作为审美的极致范畴，起源是很早的，如老子所言“大音希声，大象无形”，庄子所言“大美而不言”，就是强调了“无”的审美属性，其中蕴含着对超越实有的看重。在《野草》文本里，“无”体现了鲁迅对存在的独特体验和对未来的思考，以“无”为玄思对象的诗学书写遍及《野草》世界。《死火》中的“死火”，其最终命运是“无”，不是烧完就是冻灭，总之不可能在冰谷中继续存在。《影的告别》的中心意旨宣示的是“无”，在经历了“黑暗又会吞并我，然而光明又会使我消失”的痛苦折磨后，“影”终于确立了终极的追求，“我不如彷徨于无地”“我将向黑暗里彷徨于无地”，这隐约透露出鲁迅对独自远行所面向的那个世界的感悟，这是一个未知的难以确切描述的世界，却矗立于鲁迅的精神领地，它有别于天堂、地狱，以及人们虚构的黄金世界，这是一个超越了一切实有、以抽象之“无”为符号的世界。《过客》中的“过客”，来自哪里，去向哪里，都不知道，甚至连名姓都没有，“我不知道我本来叫什么”“从我还能记得的时候起，我就在这么走”。“走”是“过客”唯一的实存，其余的皆指向“无”（未知）。也正因为这种“无”的特质，“过客”因而拥有了丰富的能指含义。鲁迅对过客的陌生化艺术处理，为后世对过客的阐释提供了极为广阔的空间。

“无”包含了急剧的、情感性的力量，“无”是力的一种表现形式，鲁迅的这一观念在很多场合都流露过。《颓败线的颤动》表现被遗弃的老母亲的愤怒与复仇的情态，是她“口唇间漏出人与兽的，非人间所有，所以无词的言语”，老母亲说出“无词的言语”时，她的身躯全面颤动了，这是她愤怒与复仇情绪的爆发，当她“并无词的言语也沉默尽绝”时，她的复仇情绪达到了最激烈的爆发点，显示出“无羁的，奔放的，不可抵御的生命力！”表现出“强悍的，博大的，足以掀天动地的精神意志！”[①]《复仇》的主题书写渲染的更是“无”的极端力量。向庸众复仇，体现了鲁迅一贯的主张，复仇的形式是让庸众无戏可看，“他们俩对立着，在广漠的旷野上，裸着全身，捏着利刃，然而也不拥抱，也不杀戮，而且也不见有

① 钱理群：《心灵的探寻》，北京大学出版社 1999 年版，第 110 页。

拥抱或杀戮之意”“路人们于是乎无聊”“终至于面面相觑，慢慢走散”。与人们习见的血腥的复仇场景相比，此处的复仇是“无血的大戮”，是更高形式的复仇。“无”也可以是一种反向的作用力。《这样的战士》中的“战士”虽然经过艰苦的鏖战，但难逃悲剧的命运，“终于在无物之阵中老衰，寿终”“无物之物则是胜者”。“无物”作为一种扼杀战士的强大力量，并不是虚空的，而是以观念形态存在的中国传统文化的“实有”。

可以看出，鲁迅对“无”的诗学化书写，反映出鲁迅对自我所感悟的那个存在世界的个性化把握，“鲁迅的心灵探索始于自我意识和反省，继而陷入自我分裂，其结果：一是思维和表达的困难，走向‘无言’；二是对自我进行追问，而追问之后发现‘无我’，无我者必定‘无言’且‘无地’”[①]。因此，用“无”这个具有无限开放性的意念来表达对存在世界的理解，成为鲁迅的必然选择，当然这种理解的诗化书写也使整部《野草》的世界更加陌生化了。

① 富强：《提灯寻影 灯到影灭：从〈墓碣文〉看〈野草〉》，《鲁迅研究月刊》2000年第6期。

《野草》中的骈赋文体修辞[①]

骈体与赋体是我国古代文学创作中影响久远的文体，从修辞演变的历史来看，骈体文中的一些修辞特征是汉赋修辞成分演化的结果。骈体与赋体既有各自的特征，又有更多互文演化的共同特质。《野草》的创作吸收了骈体与赋体的修辞遗产，而又进行了创造性的转化和改造。古代赋体演化为现代散文诗主要不是侧重于内容层面，而是侧重于形式层面。鲁迅对赋的肯定也多是从修辞角度出发，而非从内容层面着眼。古代赋体追求华丽的文采，追求艺术形式美，其基本手法之一是铺陈。鲁迅化用了这种修辞，同时又改造了这种修辞，以服务于自己的文体实践。在赋体文学基础上发展起来的骈体文也是崇尚文采华丽的，追求辞章藻饰一直是骈体文的传统，赋体与骈体的融汇在《野草》中是显而易见的。《野草》中极浓烈的色彩描写就既体现了赋体的“铺采摛文”又体现了骈体的“沉博绝丽”。《野草》注重形式美感的创造，而又没有落入形式至上的陷阱，可以说在中国古代文体修辞的运用转化方面提供了一个典范。

鲁迅曾不无自豪地对萧军说：“我的那一本《野草》，技术并不算坏。”[②] 鲁迅所说的“技术”，自然是就作品的纯艺术规范而言的，包括了语言、意象、修辞、构思、想象等多个方面。其中，也包括了鲁迅对中国古代文体修辞的创造性转化和运用。

鲁迅并不讳言中国古代文体修辞对自己的影响，他曾说：“我在私塾里读书时，对过对，这积习至今没有洗干净。”[③] 又说：“别人我不论，若是自己，则曾经看过许多旧书，是的确的，为了教书，至今也还在看。因

---

① 发表于《中国现代文学研究丛刊》2023 年第 1 期。

② 鲁迅：《书信 · 341009 致萧军》，《鲁迅全集》（第 13 卷），人民文学出版社 2005 年版，第 224 页。

③ 鲁迅：《南腔北调集 · 题记》，《鲁迅全集》（第 4 卷），人民文学出版社 2005 年版，第 427 页。

此耳濡目染，影响到所做的白话上，常不免流露出它的字句，体格来。”[①]鲁迅参加过科举考试，据周作人日记记载，在1898年的会稽县考中，周氏兄弟都参加了，发榜公布的成绩排序是：“余在十图卅四，豫材兄三图卅七。”[②]发榜公布就是周作人所说的“发案”，发案是从高到低，50人一图，“十图卅四”就是第484名，“三图卅七”是第137名，也就是说，在“凡十一图”的榜单中，周氏兄弟的成绩并不靠前。八股文作为科举考试的专门文体，鲁迅在备试过程中，想必是十分熟悉的。八股文又称作八比文，股即对偶、排比的意思，比也是排比、对偶的意思，“因按其程式于每篇文章中，必须包含四段对偶排比文字，共八条对偶长句，故称之为八股文”“明、清两代，因以八股文考试，故出现了许多八股文选本，以帮助士子熟习和掌握这种文体”。[③]鲁迅作为晚清士子中的一员，通过阅读这些八股文选本掌握应试之道，当是情理中的事，鲁迅虽然参加科举考试不成功，但八股文做法中的对偶、排比修辞，对他产生潜在的影响，是十分自然的。

排比、对偶作为一种修辞手法，在中国古代文体中的运用源远流长。早在先秦时代，这一修辞手法就出现在民谣俗谚及诸子散文作品中。经过汉赋的锤炼，“排比对偶的修辞手法，便得到比较自觉地、广泛地运用”[④]。我们在汉赋以后的各体诗、文作品中，特别是魏晋六朝的骈体文中，可以看到排比、对偶修辞手法的精湛运用。讲究工整、和谐，始终是中国古代各种文体的审美趣味，“即使是散文，也常常在散句之中，穿插运用对偶、排比之类的整齐句式”“有整有散，整散结合，这是中国古代文体的普遍特征”。[⑤]这一特征在《野草》文本中有着杰出的体现，不过，鲁迅对排比、对偶的使用，不是亦步亦趋地恪守古代文体的习惯，而是更多“破体”意义上的创新使用，是在现代文体意义上对古代文体修辞的发展。

---

① 鲁迅：《坟·写在〈坟〉后面》，《鲁迅全集》（第1卷），人民文学出版社2005年版，第301页。

② 《周作人日记（影印本）》（上册），大象出版社1996年版，第17页。

③ 褚斌杰：《中国古代文体概论》，北京大学出版社1990年版，第472页。

④ 褚斌杰：《中国古代文体概论》，北京大学出版社1990年版，第151页。

⑤ 郭英德：《中国古代文体学论稿》，北京大学出版社2005年版，第8页。

骈体文在魏晋六朝十分兴盛，其主要修辞特征之一是讲究句式的工整，多用对偶、排比句式，骈、散相间，富有形式美。骈体的运用范围十分广泛，不仅用于文学创作，被后世学者称为“美文学”①，也用于表述理论思考，如刘勰《文心雕龙》是以骈文写就的，还在书信中得到运用，如阮籍的《答伏义书》就是十分精彩的骈体书信。鲁迅对魏晋六朝的文体颇有体味，也擅长做骈体文，“做得也极工”，《〈淑姿的信〉序》就是证明，“此文格调之高，上追东晋，用典之富，旁及西方”，但它又不是传统的骈体文，“全篇的思想和情绪又都是现代的”。② 这说明鲁迅对古代文体的运用是注入了现代性的活力的，《野草》中存在的骈体文成分，主要也是延续了这样的思路。《墓碣文》就是一篇“行文高古，富有魏晋文章气派”③的作品，全篇以四字句式为主，段落工整，行文整饬，排比运用显著，具有骈体文的形式美感，而在思想情绪方面，却摒弃了古代遗风，代之以充满思辨的现代性精神自审。另一篇作品《淡淡的血痕中》，采用骈文排比铺张的技法，造成一种语意浓密、表达酣畅、节奏晓畅的修辞效果。全文的主体结构由三组排比句主导，句式结构平行、对称，形式凝练，中间夹以散行文句，做到骈散交错，使整篇作品文势充满起伏之感。

排比修辞在《野草》中的运用灵活多样，参差错落。有以介词结构构造的排比，如《颓败线的颤动》的“在光明中，在破榻上，在初不相识的披毛的强悍的肉块底下”，《墓碣文》的“于浩歌狂热之际中寒；于天上看见深渊。于一切眼中看见无所有；于无所希望中得救”；有套用比喻手法的排比，如《失掉的好地狱》的“油一样沸；刀一样铦；火一样热；鬼众一样呻吟，一样宛转，至于都不暇记起失掉的好地狱”；有动宾结构构造的排比，如《淡淡的血痕中》的“洞见一切已改和现有的废墟和荒坟，记得一切深广和久远的苦痛，正视一切重叠淤积的凝血，深知一切已死，方生，将生和未生”；有用强烈的呼告语气构成的排比，如《影的告别》的“有我所不乐意的在天堂里，我不愿去；有我所不乐意的在地狱里，我不

① 罗宗强：《魏晋南北朝文学思想史》，中华书局 2006 年版，第 46 页。
② 许寿裳：《鲁迅古诗文的一斑》，《新苗》1937 年第 16 册。
③ 卫俊秀：《鲁迅〈野草〉探索》，陕西师范大学出版社 1989 年版，第 68 页。

愿去；有我所不乐意的在你们将来的黄金世界里，我不愿去”。这些排比句式形式整齐，具有结构的一致性，能够增强作品的文脉气势，也造成一种视觉的美感。在排比句群内部，同时又有一种对称结构，如“狂热”对“中寒”是冷热相对，“天上”对“深渊”是名词相对，“油、刀、火、鬼众”是名词相对，“沸、铦、热、呻吟”是动词相对。因此，在排比句群内，既充满横向的线性流转节奏，又充满纵向的空间对称，从而使篇章结构具有严整之美。

在《野草》中，对偶与排比的套用没有生硬之感，显得很自然。鲁迅没有走古代骈体文工巧派的路子——对骈偶有着极严格的考究，而是选择了自然派的路子——重在意思的对称，不专注于逐个字句的偶俪。以自然为尚的对偶修辞的运用，实际上是把对偶修辞的优点发挥出来了。我们看《秋夜》中的几个对偶，如“秋后要有春”与“春后还是秋”，“瘦的诗人”与“冷的夜气”，“秋虽然来”与“冬虽然来”，“梦见春的到来”与“梦见秋的到来”；《希望》中的对偶，如“笑的渺茫”与“爱的翔舞”，“僵坠的蝴蝶”与“杜鹃的啼血”，这些对偶修辞并无过多雕琢，却显得极其工整，形式精练，富有表现力。

《野草》中的对偶修辞还有采用“反对”和“类对”的例子，表明鲁迅对古代骈体文的这类技巧是很熟悉的。古代骈体文为了对偶精致，特别讲究“反对”和“类对”。《文镜秘府论校注·论对属》说：“凡为文章，皆须对属；诚以事不孤立，必有配匹而成。至若上与下，尊与卑，有与无，同与异，去与来，虚与实，出与入，是与非，贤与愚，悲与乐，明与暗，浊与清，存与亡，进与退：如此等状，名为反对者也。事义各相反，故以名焉。除此以外，并须以类对之：一二三四，数之类也；东西南北，方之类也；青赤玄黄，色之类也；风云霜露，气之类也；鸟兽草木，物之类也；耳目手足，形之类也；道德仁义，行之类也；唐、虞、夏、商，世之类也；王侯公卿，位之类也。及于偶语重言，双声叠韵，事类甚众，不可备叙。”① 此处所论，是将“反对”与“类对”看成文章的必备条件。

① ［日］弘法大师：《文镜秘府论校注》，王利器校注，中国社会科学出版社 1983 年版，第 486 页。

“反对”就是用反义词配对，收到对比映衬的效果；“类对”就是同类性质的事物、概念相对，增添渲染的韵致。这两类对偶技法在《野草》中都有体现。《题辞》中的“明与暗”“生与死”“过去与未来”“友与仇”“人与兽”“爱者与不爱者”，“沉默”与“开口”，“充实”与“空虚”，《颓败线的颤动》中的“眷念与决绝”“爱抚与复仇”“养育与歼除”“祝福与咒诅”，词语之间构成“反对”，其修辞效果又不完全是古典的，而是被鲁迅赋予了冲突的现代内涵。《雪》中的“血红的宝珠山茶，白中隐青的单瓣梅花，深黄的磬口的蜡梅花”，构成“类对”，颜色对颜色，植物对植物，渲染出南方雪景的滋润美艳。

骈体文重视用典，目的在于借典故委婉表意，抒发感情，启人联想，增加说服力，使文章言简意丰，典雅工整，声调和谐，文辞妍丽。但过分追求用典，也造成一定弊病，使文章晦涩、模糊，形成摹古的习惯，染上无一字无来历的怪癖，影响到文章的自然表达。骈体文的用典主要指向古代历史故事和古人诗文，这与鲁迅在《野草》中暗含的古代诗文指向是一致的，但鲁迅没有机械套用骈体文的用典技巧，而是对这些技巧进行了剪裁和约取，并进而融化到《野草》的创作中。《我的失恋》模拟东汉张衡《四愁诗》格调，“泪沾袍”“泪沾耳”“泪沾襟”“泪如麻”有对“涕沾翰”“涕沾襟”“涕沾裳”“涕沾巾”的化用。鲁迅的拟古，有着很强的现实针对性，他曾交代说：“因为讽刺当时盛行的失恋诗，作《我的失恋》。”① 可见鲁迅的拟古不是泥古，而是破古、化古。作品中的猫头鹰也是一个有着悠久文化积淀的符号，西方文化中的猫头鹰是智慧的象征，中国文化中的猫头鹰（古称鸮、枭）被称为逐魂鸟、报丧鸟、恶声鸟，是不吉祥的兆头。猫头鹰叫声凄厉，昼伏夜出，常给人以恐怖的联想。从自然属性来看，猫头鹰视觉敏锐，听觉神经发达，能在黑暗中准确定位声音来源，判断猎物方位。鲁迅作为现实社会的反叛者、批判者，他发出的批判声音无异于猫头鹰发出的“恶声”，但这种声音不是不吉利的，而是充满警觉性的，他说：“我有时决不想在言论界求得胜利，因为我的言论有时

① 鲁迅：《二心集·〈野草〉英文译本序》，《鲁迅全集》（第4卷），人民文学出版社2005年版，第365页。

是枭鸣，报告着大不吉利的事，我的言中，是大家会有不幸的。”① 鲁迅以猫头鹰作为自我的定位，不仅体现在《野草》中反复出现的猫头鹰意象（如《我的失恋》《秋夜》和《希望》），也体现在《坟》的初版本封面使用了自己设计的猫头鹰装饰图案。而且，鲁迅不惮与有猫头鹰气质的人为伍，他说：“即使是枭蛇鬼怪，也是我的朋友，这才真是我的朋友。”② 这意味着鲁迅在他的人际交往中，是以不牺牲人格取向为原则的。因此，猫头鹰在《野草》中，既是一个具有历史文化积淀的意象，又是一个充满个人私典韵味的意象，在《我的失恋》中，猫头鹰既象征了作者对传统爱情的叛逆，又象征了对现代爱情的渴望。《野草》中还隐晦地化用唐代诗人李贺的古典诗歌元素，“鲁迅惯于给笔下的种种事物及其运动施加压力，使之沉滞，使之收缩，甚至使之凝固，与长吉诗恰是一个路数”。李贺诗歌独特的风格赖以形成的独特的意象，常常也能在《野草》中找到。李贺最爱写“烟”，非常奇特，《野草》里也不乏“烟”的意象；李贺习惯用“坠”字，鲁迅似乎也情愿用“坠”；李贺喜用的“青”“白”二色，在《野草》里至少也有四五处。总之，若论“想象恢诡，情感冷峭，词采惊挺，意境幽涩”，《野草》的风格无疑最符合酷爱“凝”“死”“幽”“寒”等字眼的李长吉的诗境。③

《野草》不仅化用中国古代诗文，也化用西方典籍故事。《复仇（其二）》就是例证，作品以《圣经》中的耶稣受难故事为前文本，把一个西方语境中的宗教神学故事翻转成中国语境中的先觉者受难叙事，鲁迅借耶稣受难事迹的重写，很大程度上寄托了自我的现实生命体验和对中国文化的体悟，以及对庸众的批判。这一思路符合用典的用意，“用典并非单单要追述一遍故事，却是要利用这个故事，使这个故事被我一用之后变成了我的意思，这便是用典最主要的目的”④。《复仇（其二）》对耶稣受难故

① 鲁迅：《且介亭杂文二集·序言》，《鲁迅全集》（第6卷），人民文学出版社2005年版，第225页。

② 鲁迅：《坟·写在〈坟〉后面》，《鲁迅全集》（第1卷），人民文学出版社2005年版，第300页。

③ 江弱水：《论〈野草〉的视觉艺术及其渊源》，《浙江学刊》2002年第6期。

④ 蒋伯潜、蒋祖怡：《骈文与散文》，上海书店出版社1997年版，第179页。

事的改写主要体现在三个方面：一是主题意图的改变，将原来的体现基督教爱与救赎的主题改变为绝望与复仇的主题书写，耶稣与人们的关系“不是神与人的关系，而是独异个体与愚昧大众的关系；不再是拯救与被拯救的关系，而是迫害与反抗的关系”①。二是耶稣形象的重构，鲁迅突出强调的是耶稣的“人之子”身份，着意消解的是耶稣的“神之子”身份，尽管耶稣“可以用神性的态度来面对受难，但当他真正被钉上十字架时，面临的死亡过程却是全然肉体的——痛苦、血腥而屈辱，毫无‘圣洁与纯净’的因素”②。三是丰富耶稣被钉十字架的痛苦细节描写，强化耶稣复仇心理的揭示。这样，一个基督教记忆的文本就转变成了书写先觉者悲剧的鲁迅文本。

对骈体文用典的超越是鲁迅在《野草》中创造了一种个人化的“私人典故”（private allusion），这是取自他私人的情感和经验而特意设置的，“目的在于既要恰如其分地表达诗人隐匿的心理和情感，又不被一般的读者轻易地识破”③。基于此，《野草》中“私典”修辞就有了较强的隐晦性，如《题辞》中的私典是“以树喻夫妻关系”，《影的告别》隐指“鲁迅潜意识里对妻子的告别”，《死火》中的“死火”是许广平的象征，“散文诗中关于死火被人遗弃在冰谷，遗弃她的人早已灭亡消尽的一段自白，和许广平的一段痛苦恋爱经历暗合”④。如此地发掘《野草》文本背后的作家私人典藏，显示了海外汉学研究《野草》的独辟蹊径，对我们研究《野草》的修辞特征深有启发。

鲁迅创作的骈体文的特点，早在20世纪40年代就有学者注意到了，其论著列举了《从百草园到三味书屋》的一节写景的叙述：“不必说碧绿的菜畦，光滑的石井栏，高大的皂荚树，紫红的桑椹；也不必说鸣蝉在树

① 赵磊：《拯救与复仇：“耶稣受难”故事在鲁迅〈复仇（其二）〉中的变异》，《河海大学学报（哲学社会科学版）》2005年第4期。

② 刘云：《复仇（其二）与耶稣的神人二性》，《鲁迅研究月刊》2017年第6期。

③ ［加］李天明：《难以直说的苦衷：鲁迅〈野草〉探秘》，人民文学出版社2000年版，第114页。

④ ［加］李天明：《难以直说的苦衷：鲁迅〈野草〉探秘》，人民文学出版社2000年版，第161页。

叶里长吟，肥胖的黄蜂伏在菜花上，轻捷的叫天子（云雀）忽然从草间直窜向云霄里去了。单是周围的短短的泥墙根一带，就有无限趣味。油蛉在这里低唱，蟋蟀们在这里弹琴。”对这段文字，学者评论道：“细辨这节文章的体气和实质，就能明了它虽然号称‘语体文’，但是却大多是骈体。所以就性质来分，一种文章不属于骈便属于散，语体之中，实在也有骈、散之分的。”这位学者以鲁迅的文章为例，意在破除人们对骈体文认识的误区，“一般人对于骈体文的观念，总以为是骈四俪六，妃青匹白，有着拘谨格律的文章的一个专门名词”，这种习惯的看法，事实上把骈体的范围“无形中缩改为内容狭隘的文体”① 了。骈体文作为一种美文，在形成过程中，其形式的规范是比较自由的，“在原则上只着重于字句齐整和音节的铿锵，而在格律方面却较为自由，不受拘束”。而在被称为“四六文”以后，其对形式精巧的追求就显得过于极端化了，“于是在文章格律、声调、神情多方面均为一些固定板滞的形式所拘束，流弊所至，不免有堆砌琐碎的毛病，而在文字的运用上又嫌它重复和迂缓”②。骈体文因自身形式规范的僵化，乃至把技巧化为游戏，因此失去了文体的活力，窒息了自身的生命力。综观骈体文发展的历史，似乎有这样一个现象，“凡是对于骈文所要求的诸要素——对偶、声律、辞采、用典，特别注意以至肆意追求的时代或作家，往往标志着文风的衰颓和作家生活的空虚，真正的好作品并不多；而对于上述骈体的诸因素能够运用适当，具有灵活性、创造性的时候，反而出现某些较好的作品”③。鲁迅在现代文化语境中对骈体文技巧的转化，可以归入后者。骈体文的各种技巧，说到底反映的还是古人对汉语修辞的探索，目的在于增强文章的艺术表现力，所以不能一概否定，而在对骈体文的借鉴与改造方面，《野草》可以说是一个典范。

《野草》中也有赋体的成分。“赋”在中国文学史上是产生得颇早的一种文体，“它创始于周末，特别发达于汉代，此后经过历代作家的创作实践，在体制上不断有所变化，如从古赋到俳赋、律赋、文赋，但它一直是

① 蒋伯潜、蒋祖怡：《骈文与散文》，上海书店出版社 1997 年版，第 127 页。

② 蒋伯潜、蒋祖怡：《骈文与散文》，上海书店出版社 1998 年版，第 118 页。

③ 褚斌杰：《中国古代文体概论》，北京大学出版社 1990 年版，第 162 页。

我国古代文学创作中重要的文体之一”，这一文体“往往是散、韵间出，具有半诗半文的性质”[①]。这一文体在流变过程中，很受时代文学风气的影响，如“骈文盛行的时期，有骈赋，律体盛行的时期有律赋，古文盛行的时期有文赋”，根据这种演进的特征，郭绍虞先生提出：“当现在语体文盛行的时期不应当有语赋——白话赋——吗？”郭绍虞认为赋的演进历史并不是到了文赋便止，而是在新的历史条件下继续演变，这种文体在语体文盛行的“五四”时代就应当叫“白话赋”——“也许便是一部分的散文诗，也许便是与古赋性质相类的小品文字”[②]。郭绍虞的看法是颇有见地的，他看出了传统的文体经过古今演变的转化而转变形名的事实，这对我们理解现代散文诗与赋的关联提供了启示。

古代赋体演化为现代散文诗主要不是侧重于内容层面，而是侧重于形式层面。鲁迅对赋的肯定也多是从修辞角度出发，而非从内容层面着眼。鲁迅之所以赞赏司马相如，是因为他的辞赋“不拘成法”“广博闳丽”[③]；之所以称颂曹丕，是因为他“诗赋很好”，以“气”为主，“华丽以外”还有“壮大”。[④]。鲁迅的看法与那些注重赋的内容的看法形成明显对比，如刘勰的看法就是一例。《文心雕龙注·诠赋第八》说：“然逐末之俦，蔑弃其本，虽读千赋，愈惑体要，遂使繁华损枝，膏腴害骨，无遗风轨，莫益劝诫。”[⑤] 刘勰的担忧是赋体作家重视形式忽视内容会削弱作品的劝诫功能，就像花开得过多容易压断树枝，身体过于肥胖会损害骨骼，追求形式华美是舍本逐末的行为，这种观点实际上还是在捍卫文学的经学附庸地位。鲁迅自然不同意这种看法，他充分肯定的是曹丕“反对当时那些寓训勉于诗赋的见解”，并从近代艺术审美的高度肯定了曹丕艺术观念的价值，

---

① 褚斌杰：《论赋体的起源》，《文学遗产》1982 年第 A14 期。

② 郭绍虞：《赋在中国文学史上的位置》，《小说月报》1927 年第 17 卷号外《中国文学研究》。

③ 鲁迅：《汉文学史纲要·司马相如与司马迁》，《鲁迅全集》（第 9 卷），人民文学出版社 2005 年版，第 432—433 页。

④ 鲁迅：《而已集·魏晋风度及文章与药及酒之关系》，《鲁迅全集》（第 3 卷），人民文学出版社 2005 年版，第 526 页。

⑤ ［南朝梁］刘勰：《文心雕龙注》（上），范文澜注，人民文学出版社 1962 年版，第 136 页。

也就是“用近代的文学眼光看来，曹丕的一个时代可说是‘文学的自觉时代’，或如近代所说是为艺术而艺术（Art for Art’s Sake）的一派”①。曹丕在《典论·论文》中提出的“诗赋欲丽”的主张，强调艺术的形式美感，在艺术本位的意义上推崇“文采”的地位，某种意义上也是在声张艺术的独立性，希望艺术摆脱对外在功利的依附。曹丕的观念在他那个时代无疑是前卫的，具有革命性的，他在“文以载道”和“思无邪”的儒教审美之外，提出形式至上的审美见解，可谓独树一帜，难怪鲁迅站在近代的立场上赞誉他是“为艺术而艺术”的一派。

古代赋体追求华丽的文采，追求艺术形式美，其基本手法之一是铺陈，即繁密地描写一个东西。鲁迅化用了这种修辞，同时又改造了这种修辞，以服务于自己的文体实践。《野草》中的《好的故事》和《希望》两篇，就有着铺陈的气息。《好的故事》偏于景致的铺陈描写，通篇采用华丽的辞藻，叙写山阴道上的美景和水中倒影的奇幻，这是一篇唯美的文字，“许多美的人和美的事，错综起来像一天云锦，而且万颗奔星似的飞动着，同时又展开去，以至于无穷”。作品用了“夏云头”“水银色焰”“胭脂水”“红锦带”等辞藻，刻画水中倒影的形态，把物与影交织的荡漾摇曳的姿态传神地呈现出来。作品着色艳丽，仿佛一副浓墨重彩的油画作品铺展在我们眼前，颜色的配比由淡渐浓，先是山阴道上浅色调的陆地景观和水天一色交融万物的美景的呈现，然后是“大红花”和“斑红花”这样色调鲜艳的景物的特写，作者竭尽铺写之才能，反复渲染红色在水里的浮动、碎散、拉长和退缩，红色不仅改变了河的颜色，把河水变为胭脂水，而且织入塔、村女、狗、茅屋、白云，形成美丽、幽雅、有趣的图景。《希望》一篇偏于情绪的铺陈抒写，作者采用反复、重叠、排比的手法，抒写一种浓得化不开的失望情绪。作品中反复出现的“希望”“青春”“暗夜”等词汇，笼罩着悲凉缥缈的气息，渲染出作家绝望的心理。

当然，在赋体文学基础上发展起来的骈体文也是崇尚文采华丽的，追求辞章藻饰一直是骈体文的传统，赋体与骈体的融汇在《野草》中是显而

① 鲁迅：《而已集·魏晋风度及文章与药及酒之关系》，《鲁迅全集》（第3卷），人民文学出版社2005年版，526页。

易见的。比如《野草》中极浓烈的色彩描写就既体现了赋体的“铺采摛文”，又体现了骈体的“沉博绝丽”。试看《秋夜》结尾那色彩繁密的描写：“雪白的纸，折出波浪纹的叠痕，一角还画出一枝猩红色的栀子。猩红的栀子开花时，枣树又要做小粉红花的梦，青葱地弯成弧形了。……那老在白纸罩上的小青虫，头大尾小，向日葵子似的，只有半粒小麦那么大，遍身的颜色苍翠得可爱，可怜。”再看《腊叶》中色彩斑斓的病叶：“他也并非全树通红，最多的是浅绛，有几片则在绯红地上，还带着几团浓绿。一片独有一点蛀孔，镶着乌黑的花边，在红，黄和绿的斑驳中，明眸似的向人凝视。”类似这样色彩繁复的画面构成《野草》的独特审美面向，激起我们丰富的视觉感。鲁迅是着色的高手，他特别擅长在色调映衬中赋予颜色以强烈的修辞效果，给人以视觉的冲击。《雪》中的“血红的宝珠山茶”屹立在洁白的雪野中，“血红”因“洁白”的映衬而更显艳丽和生机。《死火》主调是红色，死火把冰谷染成“红珊瑚色”，冰谷四面“有红焰流动”，一切青白冰上“有红影无数”，红色因青白色的衬托，显得无比壮观、热烈。《过客》的色调策略是黑白映照，“白须发，黑长袍”的老翁，“紫发，乌眼珠，白地黑方格长衫”的女孩，“黑须，乱发，黑色短衣裤皆破碎”的过客，逼似一幅幅锋锐的木刻版画，黑白对比的反差效果强烈地折射出人物的性格力量。在这里，我们看到白色是鲁迅色差对照修辞的基色，黑色、红色、绿色、黄色都能与白色形成鲜明对比，这大概就是《题辞》所说“明与暗”的修辞展开吧！

篇章的铺成还体现在综合运用修辞手法，围绕一个主题展开繁复的书写。《复仇》中写道：“然而也不拥抱，也不杀戮，而且也不见有拥抱或杀戮之意。他们俩这样地至于永久，圆活的身体，已将干枯，然而毫不见有拥抱或杀戮之意。”这段描写综合排比与重复的修辞手法，以浓重的笔调展示一男一女毫无戏剧性情节的对峙场面，令看客们受到无聊和乏味的折磨，而只能走散，作品的复仇意图得到实现。《颓败线的颤动》描写那位因亲情背叛而走向荒野的母亲的愤怒，使用了极其繁复的修辞手法，突出她愤怒的身躯造型。当她说出“无词的言语”时，已是愤怒无比了，这时她的身体处于剧烈的颤动中，“这颤动点点如鱼鳞，每一鳞都起伏如沸水在烈火上；空中也即刻一同振颤，仿佛暴风雨中的荒海的波涛”。当她“并无词的言语也沉默尽绝”时，说明她的愤怒已经达到无以复加的极致，作品再一次刻画她因愤怒而失控的身体的造型，“惟有颤动，辐射若太阳光，使空中的波涛立刻回旋，如遭飓风，汹涌奔腾于无边的荒野”。作品用繁复的语汇，陌生化的比喻，新奇的联想，将愤怒状态的母亲形象雕塑般地呈现在读者面前。作品连用五个比喻修辞，这五个比喻又不是平面的并列，而是构成一种递进的逻辑推进关系，从不同角度强化表现母亲愤怒身躯“颤动”的原始而伟大的力量，表现这位母亲生命意志的广大无边，如此周密的刻画无论如何都能在读者心中唤起一种悲悯感。

与骈体、赋体一样，《野草》也追求音韵效果。《影的告别》与《死火》的诗味都很足，“都有比较齐整的韵脚”。“《影的告别》里用了 i、in 和 ing 韵，来营造一种压抑沉郁的调式，而在《死火》里，则用了最响亮的 a、an、ang、ao、ai，以达到一种明快亢奋的音韵效果。”[①]《我的失恋》选取的四样回赠爱人的东西虽都有些怪异，但从音韵角度来看，又很和谐。“百蝶巾”“猫头鹰”和“使我心惊”押韵；“双燕图”“冰糖葫芦”和“使我糊涂”押韵；“金表索”“发汗药”和“神经衰弱”押韵。也就是说，“鲁迅选择这些回赠的东西，音韵方面的考虑更多，而其含义只要是与高雅美丽名贵的礼物相针对就可以了，并不各自具有什么更具体的深意了”[②]。《题辞》更是韵脚响亮饱满的典范。押韵之外，《野草》的音韵效果在对偶、排比、重复、重叠、错落、抑扬的修辞手法中都有体现。

以上粗略考察了《野草》中的骈文元素和赋体特征，但需要注意的是，赋和骈体文的修辞其实有些是相同的，只是在精致程度上有所不同，因为从修辞演变的历史来看，骈体文中的一些修辞特征是汉赋的修辞成分演化的结果。因此，在赋体文和骈体文之间，修辞形式是存在互文关系的，因而以上对《野草》中赋体和骈体成分的分析，仅是在相对意义上而言的。

---

① ［加］李天明：《难以直说的苦衷：鲁迅〈野草〉探秘》，人民文学出版社 2000 年版，第 164 页。

② 张洁宇：《独醒者与他的灯：鲁迅〈野草〉细读与研究》，北京大学出版社 2013 年版，第 85 页。

《野草·墓碣文》“于”字句式译释辨

《墓碣文》可以看作是鲁迅《野草》的自序，墓碣阳面“于”字开头的四句刻辞，则既可以看作是《墓碣文》的枢纽和文眼，又可以看作是整部《野草》的提示。长期以来，学界对“于”字句式的阐释意见不一，众说纷纭。围绕“于”字句式的译解和阐释，从一个微观层面反映了《墓碣文》乃至《野草》研究中可见的四种主要阐释倾向：精神现象学意义上的情绪自剖说、社会学意义上的现实反映说、哲学意义上的哲理思考说和伦理学意义上的婚姻爱情说，这四种倾向具有各自的理论依据，都使用了文本互证的方法，都兼顾了《野草》内、外材料的互通互补，显示了研究主体的阐释介入。

《墓碣文》在《野草》中的地位，恰如聂绀弩先生指出的，可以看作“《野草》的最好的自序”①。荃麟在《鲁迅的〈野草〉》② 一文中对此判断表示了赞同。这表明《墓碣文》对理解《野草》具有重要的导引作用。而在《墓碣文》中，墓碣阳面“于”字开头的四句刻辞（……于浩歌狂热之际中寒；于天上看见深渊。于一切眼中看见无所有；于无所希望中得救。……），则既可以看作是全文的枢纽和文眼，又可以看作是整部《野草》的提示。《墓碣文》诞生之后，对文本（以及“于”字句式）的丰富阐释主要集中在 1949 年以后，1949 年以前的阐释活动则相对稀少，虽然稀少，但不乏精辟之见。如雪苇的论文《论〈野草〉：为了纪念鲁迅先生逝世十周年》说《墓碣文》很沉重，“但从这沉重，并未生出软弱，流出悲哀的眼泪：在无可奈何下屈服，失去了自主”。相反，是在“于一切眼中看见无所有”的后面，呼出了“于无所希望中得救”，这一呼喊不是绝望，而是“摆脱”，是“奋起的起点”，这样就赋予了“于”字句式以积极的、战斗的色彩，并进而认为《墓碣文》不仅没有什么“虚无”，“且

① 聂绀弩：《略谈鲁迅先生的〈野草〉》，《野草》1940 年第 3 期。

② 荃麟：《鲁迅的〈野草〉》，《国文杂志》1944 年第 4 期。

与他的全部作品同调，没有什么绝望与丧气”，透露的是鲁迅一生“无我的战斗人生观”的特色。[①] 这是我们所能看到的 1949 年之前对“于”字刻辞的为数不多的精彩论见之一。

《墓碣文》的索解难度，是学界所公认的，谜一样的墓碣刻辞布满重重疑点，墓碣文剥落之处又埋下潜在的意义密码，这不仅增加了后世破解文本意义的难度，而且也导致了阅读接受中的意见分歧。全面考察这些分歧，非本文所能及，这里仅就学术界在阐释残存于墓碣阳面开首四句刻辞时所产生的理解歧义进行考察，在“于”字句式意义之旅的探索中，辨析源流，考究得失，从一个微观视角揭示《野草》象征艺术的博大与复杂。

一、情绪自剖说

冯雪峰于 1955 年对《野草》的阐释中，并没有对《墓碣文》的“于”字句式进行逐句翻译和解释，他只是从总体上揭示了“于”字刻辞的特征：“作者以自己解剖、批判和否定的态度描写了一种到了可怕程度的空虚的阴暗心境。”[②] 这一揭示是符合鲁迅的精神特点的，可惜冯雪峰并未继续深入分析下去，而是转而强调空虚、阴暗、失望、矛盾的情绪在鲁迅身上只是暂时的现象，所要维护的还是鲁迅的“积极战斗精神”和“对于革命前途基本上是坚定的信心”。冯雪峰对“于”字刻辞的总体揭示，对后来从“自剖”角度解读“于”字句式的研究产生极为重要的影响。王瑶在 1961 年为纪念鲁迅诞生 80 周年而写的《论〈野草〉》一文，与冯雪峰的看法相一致，认为墓碣残存文句表现了鲁迅对“空虚阴暗的情绪”的“自我解剖和批判”[③]，王瑶也只是点到为止，没有对“于”字句式进行深入论述。

继冯雪峰、王瑶之后，李何林在 20 世纪 70 年代对“于”字句式的解

---

① 刘雪苇：《论〈野草〉：为了纪念鲁迅先生逝世十周年》，《鲁迅散论》，湖南人民出版社 1984 年版，第 53—54 页。

② 冯雪峰：《论“野草”》，新文艺出版社 1956 年版，第 21 页。

③ 王瑶：《鲁迅作品论集·论〈野草〉》，《王瑶全集》（第 6 卷），河北教育出版社 2000 年版，第 301 页。

释也采用了“自剖”的视角。相比于冯雪峰、王瑶的宏观揭示，李何林的解读要细致得多。李何林对“于”字句式的解释是：当别人在浩歌狂热中生活着的时候，我感到人世的寒冽。当别人把现实社会看作是天上的乐园，颇为满意的时候，我看见这是地狱似的深渊。当别人认为现实的一切都是好的，我却对什么也看不上眼，认为一切都应该否定，在我眼里是“无所有”的，一切都是空虚。我认为只有否定现实，对现实“无所希望”，才能“得救”，也就是超脱于现实之外，实质上是绝望。① 在以上“试解”的基础上，李何林认为这几句话反映出鲁迅的消极悲观思想，是鲁迅过去曾经有过的一种思想上的阴影，墓中人的阴冷的虚无主义思想，一定程度上是解剖作者自己的。联系整篇作品看，作者对这样的思想是表示决绝和批判的；联系作者的人生历程看，这样的思想只是作者“过去的一时的思想波动，不是主要的，程度也是较轻的”。李何林一方面指出了鲁迅思想的消极虚无色彩，一方面又不断淡化这种色彩，强调这种色彩的短暂性，把最终的阐释结论落脚在鲁迅的积极性上，认为在《野草》之中，《墓碣文》“以后所写的八篇中，消极悲观思想可以说是没有了，代之以反抗、战斗、讽刺和鼓励”，《墓碣文》之前的“十四篇的主导倾向也是积极的”。② 这一光明的、积极向上的阐释尾巴，与前文的解释比较起来，并不是水到渠成的自然结论，虽然显得有些别扭，却是符合当时神化鲁迅的时代氛围的。

对于李何林的注解方法，许杰认为采取加字的串讲有些不妥，因为墓碣仅存有限的文句，“前后的文意是绝对不能相连的”，若连接起来串讲，反而弄巧成拙了。具体到对“于”字句式译解，许杰举出了第四句，他说李何林的解释是勉强把“无所希望”和否定现实等同起来，而且竟然把它同“超脱于现实之外，实质上就是绝望”等同起来，这也是说不通的。鲁迅先生的原文，明明就是“于无所希望中得救”，这“无所希望”应该是一个名词短语，它的构词造句的方法，正如“于无声处听惊雷”一样，所以在它的前后，可以加上“于……中”的字样。如果说是否定现实，或对

① 李何林：《鲁迅〈野草〉注解》，陕西人民出版社 1975 年版，第 150—151 页。
② 李何林：《鲁迅〈野草〉注解》，陕西人民出版社 1975 年版，第 155 页。

现实无所希望，这无所希望，又会还原为动词了。同时，也就和上文三句不相对置了。至于说“也就是超脱于现实之外，实质上是绝望”，这样的解释，却是和“才能得救”连不起来的。[①] 许杰在李何林的“试解”中感受到的“通”与“不通”的关节，几乎成了后来“于”字句式阐释绕不开的关口。许杰想要表明的是，对于晦涩的墓碑刻辞，解说的“通”与“不通”至关重要，只有读通了文字，解释才能比较接近作者的原意。

孙玉石在“重释”《野草》的现实与哲学意蕴时，也对李何林的“试解”提出异议，认为存在的问题是李何林把每一句话（主要是前三句话）的叙述主体差不多都分为两个，即一个是“别人”，一个是“我”（即死者）。前半段所讲的那些不太好或不甚正确的思想，都是属于“别人”的；相反，另外的一些否定前面的批判性的思想，都属于“我”（这个“我”当然是鲁迅内心世界的象征）。这样，原文中每一个非常具有矛盾性和张力的句子，就都变成了“别人”和“我”的情绪与见解之间的对立。孙玉石认为，这种将主述者的思想分别开来的思路所作的阐释，似乎不太符合鲁迅解剖自我矛盾与阴暗心理的原意。孙玉石的理解是，四句话的每一句里所包含的极端矛盾的两个方面，“所指的主体，应该都是一个人，也就是散文诗中的死者”[②]。理解的分歧还体现在对句中语词的具体解释。孙玉石认为“得救”就是死亡或超脱的意思[③]，鲁迅这里用的是他习惯用的反语，很难说有李何林所理解的“对于现实绝望，才能得救”的意思[④]。对“无所有”的理解，孙玉石认为李何林的前半句解释远离了鲁迅的原意，而后半句的解释比较接近原意。在对“于”字句式的辩释中，孙玉石采取译、评结合的方法提出了对“于”字刻辞的理解：第一句意思是我在浩歌狂热的时候，突然因为革命的落潮，因为太冷冽的空气，“中寒”得病了。

---

① 许杰：《释〈墓碣文〉》，《天津师院学报》1979 年第 2 期。

② 孙玉石：《现实的与哲学的：鲁迅〈野草〉重释》，上海书店出版社 2001 年版，第 189 页。

③ 孙玉石：《现实的与哲学的：鲁迅〈野草〉重释》，上海书店出版社 2001 年版，第 192 页。

④ 孙玉石：《现实的与哲学的：鲁迅〈野草〉重释》，上海书店出版社 2001 年版，第 191 页。

这当然是鲁迅内心矛盾和阴暗空虚思想的自况。第二句意思是我在被描绘得如天堂一样的所谓“未来的黄金世界”中，看到了人间地狱般的深渊。这是病中的“昏话”，也是死者的清醒思想的记录。第三句意思是我在似乎存在于别人的眼里的一切事物中，看到了任何事物都是不存在的一种“无所有”的虚无。第四句是说，我的病最终无法救治，在无所希望的绝望之中，由死亡而得到了超脱人间尘世的痛苦。死的解脱，在另一种意义上说，也是一种彻底的“得救”。这一句是墓碣文对于死者的客观的记录。①

这里需要参照的是，孙玉石在20世纪80年代的《野草》研究中并未对李何林的观点提出异议，我们可以把他在这个时期所做作的《野草》阐释称为“初释”，其对“于”字句式的理解是：“他在热情地浩歌呐喊的时候，突然中寒得病，感到了周围环境的冷冽；昏迷的病中思想很乱，在追求天堂一般美好未来中看到了地狱般的深渊；在现存的一切事物中，看到了死后一无所有的虚无；最后终于无法救治，在无所希望的绝望之中，由死亡而得到了超脱尘世苦闷的结果。”② 把这四句刻辞的意思与墓碣正面的其他刻辞联系在一起，孙玉石认为反映了鲁迅消极虚无的思想情绪，鲁迅对这些思想进行了痛苦的解剖和批判。这样的理解在本质上是和李何林一致的，也可以看作李何林思路的延续。

就孙玉石自己而言，“初释”与“重释”对“于”字句式的理解还是存在细微变化的。这种变化主要体现在译解“于”字句式原文的用语有了调整，但就“于”字句式的内涵而言，“初释”与“重释”都基本沿袭了李何林提出的“自剖说”，“重释”在“初释”的基础上，对李何林的观点又有所丰富。

在孙玉石对“于”字句式的解读中，第一句引起的争议最大。按照孙玉石的理解，“浩歌狂热”与“中寒”不是同时的，而是“浩歌狂热”在前，“中寒”在后。张洁宇则认为，第一句不宜看作对一个“过程”的描

① 孙玉石：《现实的与哲学的：鲁迅〈野草〉重释》，上海书店出版社 2001 年版，第 189—191 页。

② 孙玉石：《〈野草〉研究》，中国社会科学出版社 1982 年版，第 63 页。

述，也不宜看作对一个曾经有过的、历时性存在的“转变”的描述，而应该理解为是“一种随时存在的冷和热并存的矛盾状态”，或者说，就是“死火”那样一种极端化的悖谬状态——冷中有热，极热又极冷的状态。鲁迅可能从来也没有一个单纯的“浩歌狂热”的状态和时期，“他一直都是极寒极热地冲突着和矛盾着的。因此，这也许并非一种由热到冷的转变过程，而是他对自己内心时时存在的矛盾冲突的状态的又一次真实的流露和坦白”①。与张洁宇理解的角度相近，更早对第一句提出异议的还有一位青年学者，认为“浩歌狂热”与“中寒”并不存在时间上的先后、逻辑上的因果关系：这首先可从“于□□之际□□”（即“在□□的时候”“在□□当中”“在□□过程中”）这一句式得到证明；其次，联系鲁迅在“五四”前后的个人经历及时代背景，紧扣本文鲁迅严酷解剖自我矛盾与阴暗心理的原意，则这第一段中的每一句话里实际上都包含着极端矛盾、充满张力的两个方面。因此，从第一句即可看出鲁迅内心的深刻矛盾与激烈冲突：既反抗一切、否定一切，又因内心时时存在的虚无感而产生毫无着落、永无归宿的惶惑与恐惧。② 这些从新的角度对“于”字句式第一句展开的思考，从一个微观层面反映出《野草》研究的活力。

张洁宇作为《野草》研究中的中青年学者，其对“于”字句式的解读是颇有心得的。她通过“于”字句式标点符号标示的语句的同义并置关系，揭示出“于”字句式反映的鲁迅的内心状态：“这是一种充满了矛盾、冲突的状态，而在这些矛盾当中，热情与寒冷、实在与虚无、希望与绝望是一系列最重要的二元项。”“于”字句式从整体上就反映了二元项的矛盾冲突，这也正是鲁迅的常态。对于李何林和孙玉石都作了解释的第四句，张洁宇表示了不同的看法，认为把“无所希望”和“得救”理解为绝望与对绝望的克服，可能更加准确。鲁迅虽然时时绝望，但从不厌世，更未曾寄希望于某种不切实际的“超脱”或超然。关于“得救”，张洁宇以为不

---

① 张洁宇：《独醒者与他的灯：鲁迅〈野草〉细读与研究》，北京大学出版社 2013 年版，第 221 页。

② 周伟：《先驱者的绝境与微笑：读〈野草〉二首兼与孙玉石先生商榷》，《安徽广播电视大学学报》2003 年第 3 期。

能以其本义来解，而是应该看到其中的反讽意味。“得救”更像是“透过虚无的眼光，对于绝望和痛苦的一种嘲弄和参透”，这正是鲁迅思想中非常独特而有力的地方，“既体现了高度的虚无与绝望，同时又在其间非常惊人地生出了一种克服和反抗的力量”①。

在《墓碣文》的阐释过程中，常有一些标为新论的文章，其中便涉及对“于”字句式的解释。比如，朱崇科对“于”字句式的阐释，是围绕“审己”与“审群”，“自我解剖“与“群体解剖”展开的。这四句刻辞固然呈现出主体选择的清醒与痛苦，但同时又反衬出群体的喧嚣浮躁、幻想虚假、茫然空洞、绝望死寂。某种意义上说，“我”既是个体，但又可以是群体。从审己到审群，鲁迅采取的是双重审视策略，“是以个体示范的方式进行深切解剖”②，借此强调自省的功能与意义，而对群体劣根性的批判则相对隐晦。总之，“于”字句式是对“自我”与“群体”解剖的记录，侧重的是“批判的功能、意义与姿态，从而实现棒喝性启蒙的用心”③。再譬如魏洪丘的解读，认为《墓碣文》主要从主观剖析的角度，再现了鲁迅思想上的矛盾，以及对过去的思想经历的反思、认知。“于”字句式再现出来的死者的人生特征是鲁迅自我反省、自我解剖的象征。第一句的表意是说“当其处在盛大的歌舞场面，人人都狂欢、热烈、兴奋时，他却感到中了寒气”。第二句是说“和人们一道进入了天堂，高居九霄云外的天宫之中，他却似乎并无感觉，好像已入万丈深渊一样”。第三句是指人的眼睛是认识世界的窗口，除去非正常人的盲者之外，所有正常人只要睁开眼睛，客观世界的万事万物会一齐映入他们的眼帘，可是他却正好与此相反，眼虽未盲，打开眼睛却看见“无所有”——一无所有。什么也看不见。第四句也是有悖于常人的，人们遇有难题，“若是无希望，以自己之力无法逾越，便无可救药了，只好作罢。如果有希望，哪怕是一线希望，那便有救。可他却认为越无希望便越得救”④。刻辞反映的死者的人生

① 张洁宇：《独醒者与他的灯：鲁迅〈野草〉细读与研究》，北京大学出版社 2013 年版，第 222 页。

② 朱崇科：《〈野草〉文本心诠》，人民出版社 2016 年版，第 222—223 页。

③ 朱崇科：《〈野草〉文本心诠》，人民出版社 2016 年版，第 225 页。

④ 魏洪丘：《鲁迅〈野草〉解读》，中国书籍出版社 2019 年版，第 108 页。

态度是有悖于常人的，是往昔鲁迅的写真，“死者所表现的是往昔鲁迅的人生观、思维模式和主要精神，凝聚了作者的反思、自剖”，鲁迅面对过去的自我，“静观着一切，也思索着一切，以采取行动”。[①]

从“自剖说”的视角对“于”字句式进行译解和阐释，是《墓碣文》读解中常见的思路。在译解方面，分歧最大的是对刻辞中的每一句的前后矛盾的两部分的翻译，到底是集中指向作家主体还是分属不同的主体。以李何林为代表，主张“于”字刻辞中每一句的前后矛盾的不同方面是指向不同主体的，二者形成一种对立对比关系，凸显死者的超越常人之处，也借以揭示鲁迅自我解剖的伟大。以孙玉石为代表，认为“于”字刻辞中反映的矛盾方面，应该属于同一个主体，不应把矛盾的方面分开来理解。这两种思路产生的影响都比较大，后起的研究者们对“于”字句式的译解，或者采用李何林的思路，或者采用孙玉石的思路，基本上没有走出二者的模式。在“于”字句式含义的阐释方面，研究者们基本一致的看法是这几句刻辞实际是鲁迅自我解剖精神的写照，鲁迅并不回避自己精神世界中的消极成分，而是敢于直面相向，敢于决绝地批判，体现出鲁迅超人的反省意识。研究者们结合鲁迅的人生经历和思想发展对“于”字句式的阐释，常有个人独特的理解和新见表达，给我们理解墓碣刻辞以新的启迪。

二、现实反映说

在《墓碣文》研究中，紧密联系社会现实，从社会现实反映的视角来解读“于”字句式的声音一直没有中断过。这种声音的代表之一是卫俊秀，其出版于1954年的《鲁迅“野草”探索》一书，被认为是“《野草》研究史上第一部专著性的书”[②]。这部著作后来虽经修订再版，但依然保留了比较明显的社会学阐释色彩。据卫俊秀的理解，墓碣正面开头四句“是总述墓中人的虚无主义思想。由初感到寒冷，看见深渊，以至于无所有，

---

① 魏洪丘：《鲁迅〈野草〉解读》，中国书籍出版社2019年版，第111页。
② 卫俊秀：《鲁迅〈野草〉探索》，陕西师范大学出版社1989年版，第4页。

最后，在无所希望之中，终于走上了死亡的道路，得到了如意的归宿”①。墓中人的虚无主义思想，既是作者思想的缩影，又是当时社会上一些“名人”“论客”的思想。墓碣上的碑文，“一方面，写作者的自我思想改造，勇于解剖自己，要同虚无主义思想永别的；但同时，更反映出当时客观现实中，一些‘名流’‘论客’的悲观、失望，虚无主义思想的毒害之深，有必要予以揭发根除”②。对墓碣文的阅读，只看到鲁迅勇于解剖自己、克服旧我的一方面是不够的，还要看到“在当时文艺作品里，到处可以触到悲观无望的虚无主义思想”的社会现实，鲁迅更注重对后者的批判，这才是鲁迅作品的用心之处，是鲁迅思想的实际。显然，在卫俊秀的阐释中，鲁迅通过碑文对社会现实的批判是放在首位的，其次才是对自我的剖析和自省。

卫俊秀对“于”字句式的解释不可避免地带有着阶级论思维的时代色彩，这种色彩体现在1954年版的《鲁迅〈野草〉探索》一书中，但这本著作在1989年重印出版时，著者并未对这种特定的时代色彩加以修改，这说明著者是比较坚持个人的学术立场的。这种以阶级论思维解释“于”字句式的声音在20世纪70年代末期依然不绝于耳，李正平发表的《〈墓碣文〉论释》一文，就是一个典型例子。李正平认为墓碣正文前四句刻辞说的是“死尸”生前对客观环境的感触和认识，“系艺术地表达了鲁迅对当时社会现实的感受和想法”。在此认识前提下，李正平对“于”字句式进行了逐句诠释。第一句意思是“当别人在浩歌狂热中生活的时候，我却感到寒冷”。这句话“是可以看作鲁迅自叙其对于当时黑暗社会环境的那种不寒而栗的感受的”。第二句是一句隐喻的话，“天”就是“指当时那些高高在上的反动统治者，指现行的罪恶的社会制度”。这句话的意思就是“在反动统治者主宰下的旧中国黑暗社会里看到了罪恶和痛苦的深渊”。第三句的意思是在一切人的眼睛中看到“一无所有”。第四句的意思是“在只有对旧的社会现实不再存在任何希望（幻想）之后才能得救”。总之，墓碑刻辞可以说是鲁迅的自白，反映的是鲁迅对当时社会的感受和认识，

① 卫俊秀：《鲁迅〈野草〉探索》，陕西师范大学出版社1989年版，第70页。

② 卫俊秀：《鲁迅〈野草〉探索》，陕西师范大学出版社1989年版，第69页。

思想倾向是“光明磊落，健康积极”的，“革命的、战斗的精神”即使在鲁迅的“内心世界方面也占着主导地位”。[①] 对于李何林、王瑶提出的墓中人思想倾向是“消极悲观”“极端虚无”等意见，李正平并不认同，他认为这样的看法会导致对作品思想性评价的降低，导致“把鲁迅分裂成对待外在世界是革命和战斗、对待内心世界则是消极和悲观的表里霄壤的怪物”。李正平想要表明的是鲁迅的外在与内在具有统一性和不可分割性，一个在行动上具有革命性和战斗性的作家，其内在的精神世界不可能被消极虚无的情绪笼罩着。这样的看法无疑还是把鲁迅套在圣人的光环下来观照的。从李正平发表文章的同期刊物来看，学术研究的开放风气还有待形成，在这样的时代氛围中，研究者对“于”字句式的解释打上时代的烙印，是完全可以理解的。

也正如孙玉石在评价卫俊秀的《鲁迅〈野草〉探索》一书时所指出的，强调鲁迅“全都是革命”而不充分看到《野草》中的“虚无”和“失望”的成分，显然是犯了“以良好的愿望代替客观事实”的毛病。[②] 好在这一毛病随着历史新时期的到来，在《野草》研究中逐渐得到克服。反映在“于”字句式的阐释中，我们看到，李希凡在解释“于”字句式的含义时，虽然同样延续的是社会现实论观点，但看问题已经不是单一视角，而带有更复杂的审视。他认为墓碣上的“刻辞”，虽是模拟碑文体的韵文，但又具有《野草》文体的独特风格，如果把它们译成白话，“于”字句式的意思就是：“……当人们生活在浩歌狂热中的时候，我却感到人世的寒冽；当人们把现实社会当作人间天上的时候，我却看见这是地狱的深渊，当人们满足于现实生活中的一切的时候，在我眼里的这‘一切’是无所有，都应当否定；我认为只有对这现实不寄托任何希望，人们才能得救。”[③] 这段译文将墓中人与世人区别开来，突出墓中人的与众不同。那么，如何理解这位墓中人，李希凡作了进一步解释，他说从墓碣阳面的那

---

① 李正平：《〈墓碣文〉论释》，《西北大学学报（哲学社会科学版）》1977年第3期。

② 孙玉石：《〈野草〉研究的新里程》，《鲁迅诞辰百周年纪念文集（1881—1981）》，黑龙江大学《求是学刊》编辑部1981年版，第97页。

③ 李希凡：《一个伟大寻求者的心声》，上海文艺出版社1982年版，第44页。

四句韵文可以看出，“墓中人”是一个对黑暗现实不妥协的反抗者，他不为现实社会统治者的一切虚伪的矫饰所欺骗，他有从现象看到本质，从正面看到反面的观察事物的能力，但他从黑暗现实的重压下看不到出路，只感到前途的虚无和渺茫——“无所有!”正因如此，他深为自己思想上的尖锐矛盾所痛苦。他自己很明白，这种对人生、对世界的“虚无观”，是在深深地腐蚀和毒害自己的灵魂，他敢于暴露，却又无能也无力解剖它、消除它，于是，不能自拔。[①] 因此，深陷黑暗现实之中而又不断进行反抗，深陷绝望悲观的苦闷而又希冀摆脱，成为墓中人显著的精神特征。这位墓中人，就局部的精神特质看，“确有着鲁迅思想发展中的某些轨迹”，而从整体看，“又决非作者自己的思想写照”。墓中人“对于自己那种否定一切悲观厌世的虚无思想，是害怕自我解剖时的酷烈伤痛，而不愿和他彻底决裂，最后他的尸体成尘时，就是他这种思想的彻底胜利”[②]。因此，在李希凡看来，那种认为墓中人反映的是鲁迅自剖的观点，是说不通的。

由于“自剖说”代表了“于”字刻辞解释中的传统主流观念，且对从社会现实反映视角进行的阐释活动持有异议，因而任何尝试从社会现实视角对“于”字句式进行解读的研究，都免不了要对“自剖说”的读解作出回应。张永仁于1989年发表的《〈墓褐文〉新释》就体现了此种特点。对于把“于无所希望中得救”解释为虚无主义思想，是鲁迅的“空虚和绝望情绪”的流露的观点，张永仁觉得是对鲁迅思想的误解。这一句并不包含虚无主义思想，也不是绝望的悲观主义，而是更积极、更实际的救国救民思想，只是在表达上发出“偏激的声音”。“于浩歌狂热之际中寒”是说此人曾经积极参加过社会革命活动，有理想并为之奋斗。但是，正当他在情绪热烈、高歌奋进中，突然“中寒”了。“中寒”不必拘泥于字面解释为“得病”，可以理解为受到挫折，失败了。而这受挫折失败的原因，是敌人阵营之强大，手段之狡猾狠毒，还是由于自己阵营斗争策略的失误，或为内奸叛卖，却因墓褐文语焉不详，只可作种种推测，而不能定论，总之是

---

① 李希凡：《一个伟大寻求者的心声》，上海文艺出版社1982年版，第45页。

② 王吉鹏、张娟、赵月霞：《穿越伟大灵魂的隧道：鲁迅〈野草〉〈朝花夕拾〉研究史》，吉林人民出版社2002年版，第166页。

失败了。“于天上看见深渊”与上句并列，却是递进的意思。他失败了，突然发现美丽的天空出现了恐怖的深渊。比喻在经历失败之后，发现美好的理想失去了原来的光泽，看到了可怕的前景，于是产生了怀疑。“于一切眼中看见无所有”有两层意思：一层意思是“一切眼”也和他的眼一样失去了反映现实的能力。本来“一切眼”中都充满着希望——“有”现在变得“无所有”，失望了。另一层意思是，由于自己前面的经历，怀疑了，带着主观色彩去看“一切眼”，看出了“一切眼”中的虚伪，不再相信它们了。[①] 总之，这四句话说明死者是个曾同旧社会奋战的人，遭受挫折，失败了；失败后产生了怀疑，怀疑中又思索着如何“得救”。但是他没有再接再厉的奋进，而是退下来变成落荒者，怀疑、颓唐，但并不颓废，还在苦苦思索“得救”之法。

老生代学者陈安湖对“于”字刻辞的理解，侧重指出死者与黑暗人世的对立关系：“世人狂热追求的东西，他却视如无物；人们以为喜的，他以为悲；当人们畅怀高歌的时候，他却冷若冰霜。”“中寒”的“中”，是“中暑”“中毒”的“中”，意为感受。人们的畅怀高歌，得意忘形，往往出于不敢正视现实的黑暗，或有意借此逃避现实。“于天上看见深渊”是说当人们神往于天堂幻梦的时候，他却以为落入了陷阱深渊（因为人们梦想天堂大都是为了逃避现实）。“一切眼”指所有的眼，即所有的人。“从一切眼中看见无有”，即整个社会空无所有（指正面的东西），这是“惟‘黑暗与虚无’乃是‘实有’”的另一说法。“于无所希望中得救”的意思是，现实是无望的，唯有对它不存希望，另寻出路，才能得救。没有否定，就没有肯定；没有破坏，就没有改革。这与作者说的“作绝望的抗战”意思相近。这实际上就是彻底地否定现实，从绝望中找希望，从黑暗中找光明，从死亡中找新生。[②] 总之，刻辞反映了死者为社会所驱逐，走投无路，非常绝望的境况。

从上述所论，我们不难看出，在社会现实反映视角下对“于”字句式的阐释，其实是有一个随着时代文化气候变化而演变的过程的，在这一过

---

① 张永仁：《〈墓碣文〉新释》，《鲁迅研究动态》1989年第9期。

② 陈安湖：《〈野草〉释义》，人民出版社2013年版，第134页。

程中，不断寻找阐释范式的有效性，是研究者们努力的方向，这种努力在21世纪前20年的阐释实践中又有了一些新的路向，主要体现在田建民和林岗的解读实践中，他们结合“五四”启蒙文化和新思潮的历史现实，对“于”字句式的时代文化特征进行了探索性的解释。田建民立足“五四”启蒙文化的立场，提出了阐释“于”字刻辞的总体思路：墓碣刻辞的阳文是作者在对封建专制文化主导下的“一治一乱”社会发展规律的认识和把握基础上，从总体上否定了过去与现存的社会制度和文化系统，表现出彻底推倒封建旧文化而重构新文化的诉求，揭示出封建统治者的政策就是利用封建旧文化对自己的臣民进行精神的毒害和虐杀。沿着这一思路，田建民对“于”字句式进行了具体解读。“于”字句式的第一、二句是鲁迅对封建旧文化主导下几千年的中国历史进行的总体把握、解剖和评判。在这种封建专制文化的主导下，“万姓胪欢”的“浩歌狂热”之际已经“中寒”，即埋伏着再次“发病”——“动乱”的病根；于“天下太平”的“天上”已经看见了“动乱”的深渊。第三句表现的是鲁迅当时的精神文化的荒原意识，即对封建传统文化的认识、解剖与批判。第四句表现的是对封建传统旧文化彻底否定、彻底推倒后的文化重构。即摒弃旧的文化传统，创建新的文化传统。这和“五四”时代的批判旧文化，提倡新文化的时代精神是一致的。也就是说，只有破旧立新，中华民族的文化才能“于无所希望中得救”①。不难看出，田建民的解释，更多注意了“于”字句式的外向社会批判性，把鲁迅的社会历史观贯穿到墓碣刻辞的理解中，突出了鲁迅的批判精神。

与田健民更多注重外部现实的批判性相比，林岗对“于”字刻辞的解释，在关注现实的同时，更着眼现实的心理投射，社会现实对心理的作用。林岗对“于”字句式的阐释紧贴“五四”新思潮的语境，认为离开了新思潮运动所创造的“新”与“旧”的纠缠、冲突，离开了新思潮诸人激烈反传统而他们本身又为传统所滋润养育这种悖论式的情景，离开新思潮当时轰轰烈烈，不数年忽忽又“高升的高升，退隐的退隐”的现实，死人

① 田建民：《重读〈墓碣文〉》，《长城》2013 年第 4 期。

墓碣上的这段刻辞就是纯粹的文字游戏。在林岗先生看来，“于”字句式的极度悖论性的句子，表达的正是鲁迅所理解的那个新旧激荡的时代社会铭刻在他内心的感受。“五四”新思潮将“孔家店”、文言文、旧文化拉出来审判，轰轰烈烈，群起抨击，这不是“浩歌狂热”是什么？然而“孔家店”所标签的儒家传统、数千年文化承载的文言文经此一番“浩歌狂热”的抨击之后何去何从？忽尔未必不感受到其中的寒意。虽然已是众口一词的判决，但一词的众口正可令人心寒。新思潮的核心观念是进化，而进化所驶向的“天上”离“深渊”并不遥远，可惜唯独深刻如鲁迅者才感受得到。“一切眼”都向往进步，向往新异，向往“黄金世界”，但是进步所达之地却是“无所有”。中国如“铁屋子”，新思潮的一切努力、奋斗，乃如“铁屋子”的“呐喊”，本来“无所希望”，但这个“无所希望”的穷途挣扎，却使中国获得的是“得救”。[①] 毫无疑问，鲁迅解剖的是他自己，然而正是通过这个被解剖出来的“我”，才清晰地透视出新思潮运动的那种自我吞噬的悖论性。也就是说，新思潮运动的悖论性与鲁迅的心理和经验有着惊人的相似性。鲁迅的历史中间物意识，决定了他不得不以一种含混的、晦涩的、闪烁的修辞手法来书写他沉重的基于现实的内心感受。

林岗的解读写于新思潮发端百年之际，他将“五四”新思潮运动的自噬特征和鲁迅的自我吞噬感受相关联，在新思潮运动的历史视野中对“于”字句式进行了饱含历史感的解释。值得注意的是，林岗首先是以英国与奥斯曼土耳其帝国由古代走向现代的蜕变与转型特点作为参照，来审视中国的新思潮运动，在一个世界性的话语框架下接近鲁迅的文本书写，这就使得林岗对“于”字句式的阐释显得根基博大，视野开阔。

在新世纪的背景下对“于”字句式的思考成果还在不断涌现，孙歌的观点就是显著的例子，其对“于”字句式的阐释，缺少学史的考辨和借鉴，但个人化的感悟色彩比较浓厚，其对“于”字句式的译解如下：大家都在生虚火，发高烧，聚在一起发出巨大能量的时候，他感觉到寒冷；天上本来应该看到的是天堂，但他看到的是无底的深渊，深不见底，一片黑

① 林岗：《论“抉心自食”：写于新思潮百年之际》，《北京大学学报（哲学社会科学版）》2016 年第 3 期。

暗；在人们似有深意的目光中看到的是空洞无物，在没有任何希望的状态中才能得救。[①] 在句意串讲的基础上，孙歌对刻辞的深层意旨进行了诠释，认为“鲁迅把他在论战中的感觉凝缩到了墓碣文正面的文字中，向我们展示了他战斗的特别性”[②]。这样紧扣战斗性的思考，无疑是突出了鲁迅思想的社会现实性特征。

三、哲理思考说

“于”字句式集中概括了墓主的思维方式、思想特征，揭示了墓主对存在世界的认识，具有丰富的哲理意味。“游魂”的抉心自食，对生命本味的探索，指向的正是这种思辨的精神境界。墓主的思想活动空前孤绝，很难与外界发生对话，所以只能不断发出“离开!”的警告，驱离试图接近墓主的过客。墓主不惮于为捍卫自我的思想独立而付出生命的代价，他对自我思想的永恒充满乐观态度。因此，不论从墓碣阳面还是阴面的刻辞来看，意义的焦点都集中指向了“于”字句式。这几句话，不仅是理解墓碣文的关键，也是理解整部《野草》哲理思考方式的关键。正如学者指出的：“如果说，《野草》是鲁迅的人生哲学，那么这几句话便可以看作其核心命题。”[③]

从哲理思考层面对这四句刻辞进行的阐释，构成《墓碣文》阅读阐释活动的一个重要维度。比较而言，许杰在 1979 年对“于”字刻辞的解释，可以看作是较早从哲理层面对“于”字句式进行探究的尝试。许杰的基本理论审视视角是“于”字句式隐含了墓主的思想模式，墓主“对于一切事物和人生都比别人看得深刻尖锐”“能从事物的现象看到事物的本质，从事物的表面看到事物的里面，甚至看到事物的反面。他虽然不一定说是能

---

① 孙歌：《绝望与希望之外：鲁迅〈野草〉细读》，生活·读书·新知三联书店 2020 年版，第 135 页。

② 孙歌：《绝望与希望之外：鲁迅〈野草〉细读》，生活·读书·新知三联书店 2020 年版，第 141 页。

③ 王乾坤：《鲁迅的生命哲学》，人民文学出版社 1999 年版，第 331 页。

够用辩证的观点看问题，但他的看法却是非常合于辩证观点的”[①]。就是说，墓主的思想仅是本能意义或者直觉意义上符合了辩证思维的特征，还不是自觉意义上具备了辩证思维的品格。即便如此，墓主的这种思想品质也是伟大的。沿着这一理路，许杰对“于”字刻辞的哲理特征进行了揭示。

许杰对“于”字刻辞每一句的解释，都紧扣辩证法哲学的特征，揭示每句刻辞包含的辩证法内涵。在解析每句刻辞哲理特点的基础上，许杰对四句刻辞意义的结构性特征进行了阐述。许杰指出，对于这四句刻辞的意义，应该说，前三句是一个形式，一种体系，即从正面看到反面，从积极看出消极，的确是鲁迅先生的“虚无”的一种表现。但是第四句，却应该和前面三句分开——它是从消极看到积极，由绝望中看到希望的。结合这两方面的精神，就体现了鲁迅先生整个思想的精神和实质——明明知道唯黑暗与虚无，乃是实有，却偏要对它作绝望的抗战。这种战斗的现实主义精神，正是鲁迅先生秉有的“君子自强不息”的中国人的优良传统。对于这四句刻辞，许杰强调的是相反而又相成的关系，说前三句反映鲁迅的虚无主义思想，勉强说得通，但连着第四句看，虚无主义的思想又套不上了，因为鲁迅并不虚无，而是一个战斗的现实主义者。从阴暗和虚无主义来看鲁迅，只能看到鲁迅精神的一个侧面。所以，“于无所希望中得救”，乃是鲁迅先生一贯的坚信不疑的信念，“他非但以此来教育青年，也是他自己用以鼓励自强不息，迈着坚实的步伐，向着一切黑暗势力进击，——甚至作绝望的抗战的动力。他要在这《墓竭文》上，写上这么一句，和上面的三句文章并列，是大有意义的”[②]。这样，从“于”字刻辞的单个句子到句式结构的哲理意义，在许杰的解释框架中，就构成了一个圆合的整体。

与许杰的看法不同，钱理群是把后三句视作一个整体，反映了鲁迅的辩证思维方式，第一句视作一个单元，反映了鲁迅的情感哲学特征。对于许杰认同的前三句流露了虚无主义的看法，钱理群并不认同。钱理群认为

---

① 许杰：《释〈墓碣文〉》，《天津师院学报》1979 年第 2 期。
② 许杰：《释〈墓碣文〉》，《天津师院学报》1979 年第 2 期。

把“于”字刻辞包含的更深层次的人生哲学理解为虚无主义，是人们长期以来对鲁迅的“隔膜，不理解，以至误会”①。更为根本的，对“于”字句式辩证思维的评价，许杰认为“于”字句式反映的辩证思维特征仅仅是鲁迅自发而本能的思维体现，而不是一种自觉自为意义上的思维特质，这从他对“于”字句式辩证思维特征的谨慎的解读口气中可以感觉到。许杰的看法产生于20世纪70年代末期，其判断的保守和犹豫，很明显带有时代的局限性。相比之下，钱理群比许杰及其同时代人的站位更高，这也许与钱理群所处的中国改革开放的黄金时代有关吧。

《野草》研究经过新时期的阐释积累，对“于”字句式的哲理含义理解在20世纪80年代末期达到了一个新的水平，出现了一些新的思考，钱理群是这方面的集中代表，也可以说是一个高峰。正是在一个新的历史视野中，钱理群对“于”字句式的哲理意蕴进行了富有开拓性的阐释。对“于”字句式的第一句，钱理群看出的是鲁迅情感哲学的独特形态：“激情喷发的冲动和克制、冷化、超越情感的欲求同时并存于鲁迅内心深处，二者互相撞击，激荡，又互相制约，补充，形成了鲁迅内心情感的辩证运动，其外观形态即是外‘冷’内‘热’的情感表现。”② 尽管在鲁迅的感情世界中，存在着“热”与“冷”的矛盾对立，但是，鲁迅的主观选择、归趋，则无疑是“冷”③，而对于炽烈状态的情感进行冷处理，实质上就是情感的升华、深化和净化，达到一种情感的“超越”。鲁迅在任何时候“都保持着最冷静、最清醒的头脑，——他总是‘于浩歌狂热之际中寒’”④。他控制着自己奔放的情感，保持着异乎寻常的冷静和自制力，“以他感情的自觉克制，维护了个性的独立和内心的自由，表现了极其可贵的自尊自重的人格力量”⑤。这种力量既体现在鲁迅作为艺术家的生活中，又体现在鲁迅作为日常人的生活中，从而为我们确立起一种情感哲学的典范。

---

① 钱理群：《心灵的探寻》，上海文艺出版社1988年版，第198页。
② 钱理群：《心灵的探寻》，上海文艺出版社1988年版，第213页。
③ 钱理群：《心灵的探寻》，上海文艺出版社1988年版，第221页。
④ 钱理群：《心灵的探寻》，上海文艺出版社1988年版，第219页。
⑤ 钱理群：《心灵的探寻》，上海文艺出版社1988年版，第213页。

“于”字句式的第二句，钱理群解释说：“在一般人看作是社会历史发展运动终点的地方，鲁迅看到的是新的斗争的起点；在一般人认为无限光明、美好的‘黄金世界’里，鲁迅看见了新的矛盾，新的黑暗，新的危险；在一般人以为将获得永恒的‘天堂’里，鲁迅看见了‘死’。这就是：‘于天上看见深渊。’”① 其中表现了鲁迅不承认“止于至善”，强调在矛盾、运动中把握世界的辩证思维、辩证哲学。这是一种与现代化大工业、世界市场的发展联系在一起的现代思维方式，“鲁迅在中国结束了自我封闭、凝固状态，进入世界市场，开始历史大转折大动荡的20世纪获得了这种辩证思维方式”，意味着在“中国人思维方式现代化的历史运动”中，“鲁迅正是一个伟大的先驱者”。② 钱理群还进一步引用马克思主义经典理论的观点，认为鲁迅“永远结束了以为人的思维和行动的一切结果具有最终性质的看法”③，而达到了与马克思主义哲学相一致的结论。

“于”字句式的第三句，钱理群不同意把这句话进行“虚无主义”的理解，而是认为这句话体现了鲁迅怀疑主义的否定思维④，反映的是以“否定的辩证法”为中心的新的思维模式：“否定”（“破坏”）是“创造”的前提，“创造”则是“否定”（“破坏”）的本质。在这种思维模式下，“最执著的追求”被激发得更为充分，“否定得越彻底，理想的追求也越炽烈”。⑤ 凭借这种思维，鲁迅得以真正从“过去式”的思维方式中解脱出来，从总体上否定了过去与现存的社会制度、文化系统，“最大限度地卸去了沉重的历史包袱，在最大可能范围内，摆脱了古老鬼魂的纠缠，获得了‘创造’的相对自由”⑥。因此，第三句蕴含的是积极的思想成分，流露的是鲁迅思维中迫切的创造欲望与强烈的变革意识。

---

① 钱理群：《心灵的探寻》，上海文艺出版社1988年版，第23页。

② 钱理群：《心灵的探寻》，上海文艺出版社1988年版，第25页。

③ 中央党校编写小组：《〈路德维希·费尔巴哈和德国古典哲学的终结〉提要和注释》，人民出版社1973年版，第8页。

④ 在钱理群看来，怀疑主义的否定精神和虚无主义是两个概念，把怀疑主义的否定思维理解为虚无主义完全是形而上学的错误思维。

⑤ 钱理群：《心灵的探寻》，上海文艺出版社1988年版，第14页。

⑥ 钱理群：《心灵的探寻》，上海文艺出版社1988年版，第13页。

“于”字句式第四句同样包含着生活的辩证法、历史的辩证法。钱理群对句义的理解是：“一切偶像、幻想都抛弃了，就卸去了历史的负担，获得了精神的解放；然后，才有可能把握真实的希望。”[①] 他认为句子背后包含了鲁迅面对时代提出的全新命题：“不迷信过去与未来，而寄希望于‘现在’——现实的存在；不沉湎于东方式的冥想、思辨，而依靠实践中的探索、行动——坚信‘实践出希望’。”“实践”的重要性在此得到特别强调，在“路”和“希望”都渺茫的情况下，唯有依靠实践，才能“走出一条路来，并创造出新的规范，新的原则”。[②] “无所希望”的空白“给实践提供了最好的机会”。所以，只要行动起来，进行探索、创造、实践，就有希望，就有前途。

很明显，“于”字刻辞无论哪一句都体现了鲁迅辩证思维的精神，是自觉自为的而不是自发本能的，这就使得钱理群的解释与许杰的解释有了根本的区别。同时，与许杰相比，钱理群把这种辩证思维上升到了马克思主义哲学的高度来认识，从而也就极大地增强了“于”字句式的哲理色彩。不仅如此，钱理群还对鲁迅辩证法精神形成的所由途径作出了精辟的解释：鲁迅是通过对20世纪怀疑主义的否定精神的深刻把握这一中间环节，而走向马克思主义的。由于鲁迅怀疑主义的否定精神的彻底性，他在一系列根本问题上都得出了革命性结论，这就使得他的思想与马克思主义的辩证唯物主义的核心——革命辩证法产生了内在的相通。[③] 此番论述是在一个更为宽阔的历史视野中确认了“于”字句式与20世纪怀疑主义的否定精神的关联，在一个更为抽象的理论视野中确认了“于”字句式与马克思主义哲学的关联，鲁迅思维的深刻、敏锐与超前因而得到生动揭示。

与上述许杰、钱理群的解释相比，具有哲学专业背景的王乾坤对“于”字句式的阐释，更多倾向于从哲学本体论的层面来展开，体现出20世纪90年代末期阐释的新动向。王乾坤说这几句话可以看作鲁迅人生哲学的核心命题。每一句的前一种状态都可以看作经验世界中的“无明”状

---

① 钱理群：《心灵的探寻》，上海文艺出版社1988年版，第50页。
② 钱理群：《心灵的探寻》，上海文艺出版社1988年版，第51页。
③ 钱理群：《心灵的探寻》，上海文艺出版社1988年版，第199页。

态、执迷状态，后一种状态是作者所看到的真实世界。在作者的眼光里，“有”不过是一种假象，在存在的深渊面前，它全是无所有，所以人不可执于“有”。在四句话中，最后一句最为关键，既是对前三句的提升，又是对下文的呼应。无所希望是对终极实体性希望的消解，是对“有”的洞察。一方面以“无所有”把“有”消解，同时并不把“有”一概空掉，不过是“把生存的意义从各种光明之梦中收回来，回到现实的大地，回到自己的真实存在”。因此才有真实的人生，故曰“得救”。下文中的“殒颠”“自食”“离开”“疾走”都是对“得救”的呼应。在“无”与“有”的关系中，透视“有”的实在性，是王乾坤的立足点，没有“无”，就不可能有可靠的“有”，“一切有力度的实人生，都是以对虚无的盘问为前提的”①。因此，在“由无问有，由无知有”哲学根底中来探究“由死问生，由死知生”生命存在过程，就成为鲁迅最深刻的哲学命意。

沿着哲理阐释的思路，学者对“于”字句式的理解，在2000年以后也取得了新进展。比如张闳对“于天上看见深渊”的理解，认为鲁迅在这里传达出一种罕见的“深渊意识”，是在另一个维度上展开其存在论意义上的生存哲学。深渊意味着空间连续性的断裂，意味着世界在空间上所遭遇的创伤，令平面和舒展的世界陷于危机，并引发不安。在深渊之上，世界呈现为“上-下”关系（而不是“前-后”“左-右”），它同时也是时间的停顿和凝结，仿佛时间之树上的一处陡然膨大的结节和疤痕。深渊的断裂性，切断了时间和空间的连续性。向着深渊的坠落与沉沦，乃是存在者在时间上的一次事变。鲁迅借助梦境所传达出来的“深渊意识”，引出一个更为复杂的存在论难题，这一难题不再是一个时间性问题，而是一个空间的问题。“深渊意识”也可以理解为一种生存焦虑的征候。② 就这个意义上而言，“于”字句式乃至《野草》书写的是鲁迅深渊坠落的经验和境遇。

---

① 王乾坤：《鲁迅的生命哲学》，人民文学出版社1999年版，第331页。

② 张闳：《“于天上看见深渊”：鲁迅〈野草〉中的深渊意识及沉沦焦虑》，《文艺争鸣》2018年第5期。

当然，从哲理层面展开的“于”字句式阐释，也不是完全得到学界的认同，批评的声音还是有的。比如孙玉石就认为许杰对四句话的理解，缺乏一种整体性的考虑，把前三句的精神和最后一句话的精神说得截然相反，恐怕很难说是鲁迅的原来的意思。[①] 对于钱理群在阐释“于”字句式第三句时引用的鲁迅的“在改革者的眼里，以往和目前的东西是全等于无物的”观点，孙玉石进行了间接的回应，认为第三句是鲁迅一个时期里虚无的生命哲学的剖白，不能以这句话来说明他对于整个中国文化传统的整体性的彻底否定的态度，因为“一切眼中”的存在之物，与“以往和目前的东西”，不完全是一回事，它和中国整个的传统文化似乎更并非一回事情。[②] 孙玉石的意思是，阐释要忠于原意，过度阐释可能会造成对原意的曲解，这是不可取的。

四、婚姻爱情说

从爱情婚姻的角度系统地而不是局部地阐释《野草》，是 21 世纪以来《野草》研究的新动向，这一动向首先体现在加拿大籍华裔学者李天明对《野草》的阐释中。李天明对《野草》的阐释虽也采用了历史与哲学的视角，但他更倾力于从情感与道德的维度揭示《野草》的主题，也正是从这一角度突破了《野草》研究的既有格局。李天明认为《野草》的创作与朱安和许广平都有密切关系，“没有朱安也就没有这束奇诡瑰丽的《野草》”[③]，“许广平的爱对鲁迅几乎具有一种能把他从绝望中拯救出来的功效”“正是许广平的爱激发了鲁迅写作部分《野草》散文诗的灵感”[④]。两位女性从不同的方向给鲁迅的心灵产生着影响，鲁迅因而陷入了道德和情

---

① 孙玉石：《现实的与哲学的：鲁迅〈野草〉重释》，上海书店出版社 2001 年版，第 199 页。

② 孙玉石：《现实的与哲学的：鲁迅〈野草〉重释》，上海书店出版社 2001 年版，第 191 页。

③ ［加］李天明：《难以直说的苦衷：鲁迅〈野草〉探秘》，人民文学出版社 2000 年版，第 190 页。

④ ［加］李天明：《难以直说的苦衷：鲁迅〈野草〉探秘》，人民文学出版社 2000 年版，第 113 页。

感的两难境地，这种两难在“于”字刻辞中得到呈现。李天明据此把“于”字句式解释为：“在爱情的浩歌狂热之中，我在道义上患病；我在幸福的天堂窥见了他人痛苦的深渊。既然我得到了爱，我已一无所缺；我在无所希望的时候感情上获得新生。”① 具体来看，“浩歌狂热”可以视为诗人得到爱情之后的感情生活的形象表达。诗人获得个人幸福的同时深感自责，承认自己“中寒”且看见了带给他人痛苦的“深渊”。诗人的“无所有”的情愫是在得到了“一切”之后产生的，——既然寻求“身外的青春”的“希望”已实现，便无所希望，诗人最终认为自己在“无所希望”中实现了希望而“得救”，是必然的归宿，也无可后悔。② 总之，前两句有具象的特征，后两句有抽象的性质；前两句描绘主人公生活的转变，后两句描绘他生活态度的转变，或是对于这种转变的自我评价，前后两部分表达一种本质的突变。

李天明对“于”字句式的解释兼顾了婚姻和爱情两个方面，道德自责的痛苦和爱情追求的欢欣共时性地存在于鲁迅的精神世界，两难的困境致使鲁迅的言说充满紧张的对峙。“于”字句式表明，鲁迅并不能轻松地走出困境。

胡尹强对“于”字句式的解释，是完全从爱情的角度出发的，他认为“《野草》是一部爱情散文诗集”，以此为前提进行解释，那么“所有蒙盖着《墓碣文》的疑惑和迷雾，也宛如被一阵大风吹散似的豁然开朗”。③ 这一思路在“于”字句式的解释中得到体现。胡尹强认为“于”字句式的四句话都是针对正处于热恋的鲁迅和许广平的爱情的。“浩歌狂热”是指“他和她自然陶醉在爱情的甜蜜和幸福中”，“中寒”是指诗人的头脑格外清醒，即使在热恋的幸福中，诗人也清醒地意识到在绝无窗户而且万难破毁的铁屋子里，爱情前途必定充满无比的艰难和凶险。第二句的意思是：

① ［加］李天明：《难以直说的苦衷：鲁迅〈野草〉探秘》，人民文学出版社 2000 年版，第 172 页。

② ［加］李天明：《难以直说的苦衷：鲁迅〈野草〉探秘》，人民文学出版社 2000 年版，第 173 页。

③ 胡尹强：《鲁迅：为爱情作证：破解〈野草〉世纪之谜》，东方出版社 2004 年版，第 214 页。

在热恋中，他俩自然是有着生活在天上似的陶醉，然而，诗人的头脑却显得格外地冷静和清醒，从生活在天上似的幸福中，看见了深渊——横在他们爱情前途上的种种暗礁、陷阱和危机。第三句的意思是：幸福地沉浸在热恋中的诗人从所有人们的眼神中看到“无所有”，也即看到他俩的爱情将不被人们认可，也就不可能长久，不会有幸福，等等。第四句的意思是：如果我们把爱情前途上所有的暗礁、险滩、陷阱、危机，包括我们自己灵魂里可能出现的阴暗的思绪，也包括社会上的和双方家庭里的可能阻碍爱情的因素，都充分估计到，都摆出来，面对如此多的内在的和外在的阻力，我们的爱情好像几乎无法继续了，然而，这正是我们爱情得救的希望所在。①

显然，爱情言说构成了“于”字句式的核心意旨。尽管胡尹强也看到“于”字句式凝结着鲁迅的清醒的性格，凝结着鲁迅的独特的哲学思维方式，但与爱情心理比起来，这种性格与哲学都是表层的，而爱情才是深层次的、起决定作用的东西，即便鲁迅的哲学也“是从爱情中升华的”②。这就把爱情上升到了一个无比崇高的地位，并进而给人一种爱情决定论的印象，似乎鲁迅的人格、哲学都需要从爱情情感中才能产生，离开了爱情，鲁迅的性格与思想就失去了依托，这是不是也可以看作片面夸大了爱情的作用呢？胡尹强的思路很容易让人们提出反证。比如鲁迅的哲学思维特征，其实在认识许广平之前就已经形成了，在与许广平交往期间创作的文本所体现的思维特征，只不过是鲁迅一贯的思维特征的延续而已，不可能因为许广平的出现而产生什么震荡。我们都知道，一个人的思维特征一旦形成，是有持续的稳定性的，外界因素可能会对思维构成产生影响，但不可能从根本上改变思维的固有特质。因此，把“于”字句式反映的鲁迅的思维特征理解为是爱情升华的结果，不大符合逻辑。再者，墓碣文刻辞是对墓主人一生的盖棺论定，既然把墓主人理解为是鲁迅，那刻辞也就是对

① 胡尹强：《鲁迅：为爱情作证：破解〈野草〉世纪之谜》，东方出版社 2004 年版，第 217 页。

② 胡尹强：《否则，离开：鲁迅散文诗〈墓碣文〉破解》，《浙江师范大学学报》2004 年第 1 期。

鲁迅的总体评价，而不是针对他某一阶段的评价。因而，把鲁迅的思维特征看成特定阶段的产物，就有些背离文体之意了。

邹范平则提出《野草》绝大部分篇章都与鲁迅的包办婚姻的痛苦有关，"于"字句式就是对包办婚姻的描述。第一句意谓鲁迅在充满革命幻想青春奋发之际，受到包办婚姻的猛烈打击，大有暑天中寒之慨。第二句意谓鲁迅于包办婚姻中看见了生命的深渊，包办婚姻正是埋葬人性的深渊，"天"与"天堂"一样，是鲁迅所不愿意的，"天上的深渊"与"暗夜"是一个意思。暗夜里独守空床怎能不使人感到空虚？第三句意谓于看客们的眼中看到虚幻的婚姻，看客们的眼中表现的都是看到"无所有"后的失望。第四句意谓鲁迅从"无所希望"的包办婚姻中得到自由恋爱之救。[①] 邹范平的解读可能是过于在意包办婚姻给鲁迅造成的性的压抑和苦闷了，所以解释起来就难免把包办婚姻扣得太紧，因而有的现解就不免生硬，难以保持阐释的贯通之感。

余放成把《野草》看成"一部描写爱情历程的心灵史"，其中"记录着鲁许之恋的心理历程"，这一历程经历了初恋、发展、热恋、深化几个阶段，"爱情心理经历了从不敢爱、怕爱为主，到要去爱为主，再到探讨未来方式为主，最后对爱情作小结，表达了坚定的爱"。[②]《墓碣文》在这个历程中被确定为"热恋阶段"的作品，反映了"怕爱而不敢爱的心理"，呈现出"悲观、自责的情绪"[③]，而要理解《墓碣文》，"于"字刻辞"是破译《墓碣文》的一个关键"。在这样一个总体认识基础之上，余放成对"于"字刻辞进行了解读。"浩歌狂热""天上"表明热恋中的喜悦和幸福，是对热恋的肯定，"中寒""看见深渊"反映的是鲁迅内心的不解之结，鲁迅面对许广平的爱情，顾虑重重，这种顾虑影响着鲁迅的爱情心理。第三句和第四句是说鲁迅担心两人的婚外恋、师生恋、忘年恋不会有

---

① 邹范平：《新发现的鲁迅：读几本鲁迅著作的札记》，黑龙江人民出版社 2005 年版，第 245—246 页。

② 余放成：《"难于直说"的爱情：〈野草〉主题探微》，华中师范大学出版社 2011 年版，第 20 页。

③ 余放成：《"难于直说"的爱情：〈野草〉主题探微》，华中师范大学出版社 2011 年版，第 31 页。

好结果，还会遭到周围人的反对和攻击，这又激起了鲁迅的叛逆心理，在许广平大胆而热烈的追求下，鲁迅压抑已久的爱欲复苏了，在无所希望中“得救”。总之，“于”字句式“包含着鲁迅的一种矛盾的爱情心理”①，在矛盾中流露着悲观痛苦的情绪，在矛盾中寄予着爱的希望。

以上对“于”字句式的理解，虽然都是从爱情婚姻角度介入，但各自的侧重点还是有所不同，李天明关注情感道德的两难，胡尹强聚焦爱情思考的内蕴，邹范平强调包办婚姻的焦虑，余放成着重爱情心理的矛盾，这些学者从各自的角度出发对“于”字句式的解释，为“于”字句式的阐释空间提供了新的方向，当然这样的文本细读实践也是《野草》研究中从婚姻爱情角度进行创新研究实践的体现。从爱情婚姻维度对《野草》的解读，“丰富了鲁迅文化形象的内涵”②，“恢复了鲁迅作为一个肉身的、具有新旧混杂的情爱与道德观念的具体存在”③，将鲁迅还原为具有七情六欲、徘徊于新旧道德之间的活生生的“人”④。在婚姻爱情的阐释视角下，以往《野草》研究中的一些难题得以解决，《野草》文本中的一些难解的环节得以打通。但这仅是在相对意义上而言的，并不是要把婚姻爱情视角的阐释方法看成绝对的、唯一的方法。不可否认的是，事实上在从情感道德维度解读《野草》的研究成果中，的确出现了一些充满偏执、牵强、夸大、臆想、猜测色彩的极端化表述，将《野草》完全定性为纯粹的爱情作品，认为所有的作品都是爱情的书写，一切的解释都以爱情为出发点，这在某种程度上是将《野草》封闭起来了，从而也就扼杀了《野草》文本的开放性和对话性，窒息了《野草》的活力，也等于主张婚姻爱情说的研究者们为自己的研究制造了供人批评的缺口。因为并不是所有的人都认同从婚姻爱情视角对《野草》的阐释，比如《野草》研究权威学者孙玉石先生就不同

---

① 余放成：《“难于直说”的爱情：〈野草〉主题探微》，华中师范大学出版社2011年版，第197页。

② 李今：《研究者的想象和叙事：读〈鲁迅：为爱情作证：破解“野草”世纪之谜〉想到的》，《中国现代文学研究丛刊》2006年第4期。

③ 裴春芳：《“私典探秘”的独创与偏至：评李天明〈难以直说的苦衷：鲁迅“野草”探秘〉》，《中国现代文学研究丛刊》2002年第3期。

④ 田建民、贺莹：《近年来〈野草〉的情感解读与比较研究》，《中国现代文学研究丛刊》2008年第5期。

意婚姻爱情说的观点，认为《野草》全书的创作，与鲁迅和许广平之间的爱情并无什么直接的关系。[①] 孙玉石先生的看法应该是很有代表性的主流观点，这种否定“爱情说”的声音，对于从婚姻爱情角度阐释《野草》的研究者们而言，不是一件坏事，反而能够对研究者们的学术冒险和探索起到警醒与提示的作用，促使这些研究者做出更加符合学术规范的研究成果。

围绕“于”字句式的译解和阐释，从一个微观层面反映了《墓碣文》乃至《野草》研究中可见的四种主要阐释倾向，精神现象学意义上的情绪自剖说、社会学意义上的现实反映说、哲学意义上的哲理思考说和伦理学意义上的婚姻爱情说，这四种倾向具有各自的理论依据，都使用了文本互证的方法，都兼顾了《野草》内、外材料的互通互补，显示了研究主体的阐释介入。从译解的层面看，对原句进行过多扩展，添加过多额外的字词，恐怕就远离了刻辞的本意，紧扣原句的直译虽然有些“硬译”的朴拙，但符合鲁迅一贯的作风。从阐释过程看，各家之说免不了要用到实证研究方法，论争由此而产生，论者常批评他人“坐得太实”，“而自己偶有所得，则有意无意地倾向于往实里坐”[②]。“坐实”的目的固然是强化研究的坚实性和说服力，但不宜绝对化，也不宜夸大化，需要控制在科学阐释的限度之内。随着时间的推移，后来的人对《野草》的创新研究将不得不是一个伴随着对作家进行考古式发掘的历史化过程，这一过程中，如何面对研究中的坐实问题，依然是一个难点。这个难点，或许构成一种历史的永恒。在此，我们不妨温习一下鲁迅的一个观点，鲁迅说：“象征神秘之文，意义每不昭昭，惟凭读者主观，引起或一印象，自为解释而已。”[③] 鲁迅在此揭示了一个很重要的文学阅读接受原理：象征性的文学文本具有无限阐释的可能性，读者对文学文本的阅读阐释拥有自己的权力。回到鲁迅

① 孙玉石：《鲁迅阐释的空间与限度：以〈野草〉为例谈鲁迅研究方法的科学化问题》，《社会科学辑刊》2012 年第 1 期。

② ［加］李天明：《难以直说的苦衷：鲁迅〈野草〉探秘》，人民文学出版社 2000 年版，第 114—115 页。

③ 鲁迅：《〈域外小说集〉杂识》，《鲁迅佚文全集》（上册），群言出版社 2001 年版，第 296 页。

的话语体系，我们也可以说，《野草》正是“象征神秘之文”，其文本阐释的主观言说将是没有疆界的，阐释的魅力也将是无穷的。

辑二　新诗流派的诗体创构

新月诗派的诗体创造[1]

陈梦家编辑的一册《新月诗选》基本上反映了新月诗派创作的面貌。这部诗选，选辑了包括《晨报副刊·诗镌》、《新月》月刊、《诗刊》上发表的诗，以及诗人个人专集中的作品。这部诗选反映出了新月诗派诗人们诗歌创作的一个最主要的倾向，就是抒情诗的创造。陈梦家编完诗选后，已经发现了这一点，他说："在我选好以后，我发现这册集子里多的是抒情诗，几乎占了大多数。"[2] 赵萝蕤也有同样的发现，她说："这部不到三百页的集子选载了十八位诗人的作品，几乎没有例外都是篇幅不多的描写爱情和景物的抒情诗，内容、风格都表现了极大程度的一致，说明新月派诗歌确有它的特点。"[3] 我们阅读新月诗人们的作品，同样也能感受到新月诗派的诗人们的确有着气息相似的地方。作为新月诗派后起的主要代表，陈梦家自然也不会不利用诗选出版的机会为新月同人的创作观念作一番阐述，陈梦家首先表明自己"最欢喜抒情诗"，认为抒情诗的好处，"就是那样单纯的感情单纯的意象，却给人无穷的回味"。抒情诗是"生命与自我的真实表现"，能够在瞬间获得永恒，通过有限见出无穷，它比叙事诗更能触动人的灵魂，"伟大的叙事诗尽有它不朽的价值，但抒情诗给人的感动与不可忘记的灵魂的战栗，更能深切的抱紧读者的心"[4]。显然，陈梦家对抒情诗的偏好，不只是个人的趣味，更有着对新月诗人艺术创造的合法性的维护。不论是何种题材的抒情诗，新月诗派都是把灵感的化生作为重要的追求目标。《新月》月刊为《新月诗选》所登载的广告宣传中说："人类最可珍贵的是一刹那间灵感的触动，从这情感的跳跃，化生出美的意象，再用单纯的文字表现成有意义的形体——这是抒情诗。"[5] 与中国现

① 原题为《新月诗派抒情诗的类型透视》，发表于《枣庄学院学报》2017 年第 6 期。

② 陈梦家：《新月诗选·序言》，北京出版集团、北京出版社 2022 年版，第 11 页。

③ 赵萝蕤：《忆梦家》，《新文学史料》1979 年第 3 期。

④ 陈梦家：《新月诗选·序言》，北京出版集团、北京出版社 2022 年版，第 11 页。

⑤ 《新月》1931 年第 3 卷第 11 期。

代诗歌史上的其他类型的抒情诗相比，新月诗派抒情诗的特色是非常鲜明的，最注重最珍惜“一刹那间灵感的触动”。

同是抒情诗，在新月诗派内部，每个诗人却都是有自己独特的风格的。徐志摩抒情诗的主要特色是“柔美流丽”、空灵、飘逸，虽然在他创作的后期也伴有伤感和颓废的调子，但这不是主要的，清丽之美始终是他的诗的本色。闻一多的诗，在《红烛》时代表现为一种进步的浪漫主义倾向，有着唯美感伤、神秘的情调，表现手法上“兼用直接抒情和叙事描写，浪漫和象征”。到了《死水》时代，个人情感的抒发已失去了《红烛》的热烈，对个人情感的克制和压抑却留下了很深的痕迹，与抒写个人情感时的克制和表现民间疾苦时的客观态度形成对照，闻一多的爱国诗直抒胸臆，奔放炽烈，有浓郁的浪漫主义风格。[①] 朱湘的诗明丽而不纤细，抒情意味深远，有沉静与和谐的优美。林徽因的诗幽婉动人，但并不以愁怨伤怀取胜，而展现的多是生命的机巧玲珑和生活的幽雅款曲；她常以从容的清歌一曲吟唱人生的富丽，既不轻佻地放歌理想的彼岸，也不阴冷地颂咏绝望的偈言；她的诗和她的人一样，既肯定人生又超越其上，既对现实奉献出无比的真诚，同时又对美梦投去深情的一瞥。于是，她的人生态度是通达的，她的生命悟性是高超的，这通达和高超就是她的诗美的精魂。[②] 陈梦家的诗冲淡，柔雅，真纯，空灵，透亮，“他的诗，好如一片秋空，具有着静闲的优然的美”[③]。陈梦家受到唯美的感染和宗教的陶冶，他的抒情诗包裹着中庸的浪漫和对纯艺术的虔敬。饶孟侃抒情诗的主导风格是“清淡”，他“以单纯意象写出清淡的诗”，给人以澄清明净的可喜；方玮德的诗“又轻活，又灵巧，又是那么不容易捉摸的神奇”，在“紧迫的锤炼中却显出温柔”；卞之琳的诗常常“在平淡中出奇，像一盘沙子看不见底下包容的水量”；沈从文的诗“极近于法兰西的风趣”，能够用“朴质无华的词藻写出最动人的情调”。[④]

---

① 蓝棣之：《新月派诗选·前言》，人民文学出版社 2009 年版，第 24 页。

② 朱寿桐：《新月派的绅士风情》，江苏文艺出版社 1995 年版，第 309 页。

③ 穆木天：《〈梦家诗集〉与〈铁马集〉》，《现代》1934 年第 4 卷第 6 期。

④ 陈梦家：《新月诗选·序言》，北京出版集团、北京出版社 2022 年版，第 14—15 页。

一、抒情诗的诗体类型

新月诗派的抒情诗的题材领域主要表现在三个方面：一是爱情，二是自然，三是中国文化。面对现实，抒发愤激之情的作品也有，流露人道主义同情的作品也有，但这不是新月诗派的主要题材领域。

陈梦家曾经为新月诗派的爱情诗作过这样的辩护，他说："我们全是年青人，如其正恋爱着，我们自然可以不羞惭的唱出我们的情歌。"① 这自然是合情又合理的，青年人有写爱情诗的权利，谁也不能剥夺他们的这种权利。对于新月诗派的诗人来说，创作爱情诗几乎就是他们天然的职分，每个诗人似乎都有爱情可写，打开《新月》和《诗刊》，最醒目的就是情诗，这可能有徐志摩的影响在内。徐志摩早期的爱情诗，"对爱情的追求抒写得比较含蓄蕴藉，与对理想、自由、个性解放的追求连在一起，有思想，路子也宽"，《翡冷翠的一夜》有着热烈的爱情的痛苦，从爱情诗的角度说，"这本诗集中的情诗是严肃的，诗人确是在以一种让人眩晕的热情追求真、善、美"。《猛虎集》中的情诗就有些不同了，《我等候你》很能表现徐志摩的才情，但除了诉说痛苦和决心，就是"火焰似的笑""灵活的腰身"了。《再别康桥》是"以超脱的情趣表现对旧情的怀念"。《猛虎集》和《云游》中的几首情诗，如《春的投生》《鲤跳》《别拧我，疼》都有点轻薄。总体上来看，"徐志摩的那些写得较好的情诗，有反封建主义和争取个性解放的思想内容"，他所追求的爱情，不在"金珠宝石间"，不是"父母安排，权衡利害"的，不是"家世的利益和财产价格"。这就是说，"徐志摩爱情诗的积极方面，至今还有认识和教育的意义。但如果比较一下，他的情诗没有郭沫若、蒋光慈情诗中的社会现实内容和思想性，没有冯至的情诗来得深沉，没有湖畔诗人情诗的天真。徐志摩的爱情诗是贵族式的，是公子哥儿的情诗，与时代和人民，尤其是和人民的劳动生活相去很远"②。与徐志摩的爱情诗相比，闻一多的爱情诗有着明显的不

---

① 陈梦家：《新月诗选·序言》，北京出版集团、北京出版社 2022 年版，第 9 页。

② 蓝棣之：《新月派诗选·前言》，人民文学出版社 2009 年版，第 32 页。

同之处，“闻诗没有徐诗中那种意欲摆脱现实置传统道德于不顾的想象，也没有徐诗那种对于自由恋爱的颂美”，徐诗中有的勇敢的决断，在闻诗中不曾出现。此外，闻诗也没有徐诗那种轻薄之作，如《别拧我，疼》等。尽管徐志摩的文化心理，“也有传统文化的影响，但他受外来影响的比重更大，康桥文化在他心田上留下了深深的烙印，他敢于‘决破礼教的罗网’，也更多外国浪漫诗人的气味。而闻一多尽管也有自由恋爱等现代观念，但支配他的心态的，还是传统的伦理道德”①。闻一多将“用理智底方法强迫的”情感看成“第二流的情感”，而把“直接地倚赖于感觉”的“男女间恋爱的情感”看成“最烈的情感”，是“最高最真的情感”②，他的爱情诗吟诵的正是后者。闻一多的情诗是“爱的渴慕者唱给若即若离的爱人的苦涩的恋曲”，诗中“凝结着一定程度上的理性的冷隽”，诗风“倾向于传统式的温柔敦厚、乐而不淫、哀而不伤”。③ 在《收回》《你指着太阳发誓》这一类诗中，他以诗为爱情二字加以诠释，“在这方面作者的长处，却正是一般人所不同意处，因为作者在诗上那种冷静的注意，使诗中情感也消灭到组织中，一般情诗所不能缺少的一点轻狂，一点荡，都无从存在了”④。爱情诗在闻一多的全部诗作中，约占三分之一。《红豆篇》42首，抒写真心的爱，相思的苦。其他如《狼狈》《贡臣》《花儿开过了》《国手》《香篆》《比较》等，“或抒忠贞的爱，执着的追求，或写为爱而愿作全部的奉献，或以自己的婚姻夫妻关系自傲”。值得注意的是，“这些诗所写的爱情很少有与中国传统伦理道德相悖之处”⑤，都没有逾越中国传统伦理道德规范的界限。林徽因作为女性诗人，她的情诗“写得比较得体，不失身份，含蓄温婉”，但也“止于抒写小姐隐秘的情事”。⑥ 邵洵美的情诗，“表现爱情生活的复杂烦恼，创伤、苦闷、欺诈、变节，有某种

① 陆耀东：《中国现代四作家论》，武汉大学出版社 1988 年版，第 121 页。

② 闻一多：《〈冬夜〉评论》，载武汉大学闻一多研究室《闻一多论新诗》，武汉大学出版社 1985 年版，第 51 页。

③ 朱寿桐：《新月派的绅士风情》，江苏文艺出版社 1995 年版，第 271 页。

④ 沈从文：《论闻一多的〈死水〉》，《新月》1930 年第 3 卷第 2 期。

⑤ 陆耀东：《中国现代四作家论》，武汉大学出版社 1988 年版，第 118 页。

⑥ 蓝棣之：《新月派诗选·前言》，人民文学出版社 2009 年版，第 35 页

认识意义；但也伴随着色欲的渲染、颓废和玩世不恭”。他的诗集《花一般的罪恶》，是一本赤裸裸地“只从人的自然属性去写性爱的书，其中的颓废，既是原始的，也是现代的”①。沈从文的情诗有自然主义的倾向，他所写的诗句如“我嗅惯着了你身上的香味”（《颂》），“亲嘴上我能恣肆不拘”（《悔》），“我如一张离了枝头日晒风吹的叶子，半死，/但是你嘴唇可以使它润泽，还有你颈脖同额”（《无题》），的确显露着狂荡之气。陈梦家和方玮德是以写爱情诗登上诗坛的。陈梦家的诗写青春爱情，不算老成，有很多是“对于初恋或者准初恋的感情意绪的抒写”，如《迟疑》《有一天》《夜》《那一晚》等篇；有对爱情背叛的谴责，如《叛誓》一诗；有对美好爱情的沉浸，如《给薇》所写：“我是大洋的礁石，/每一次你青色的船/辽远的驶过，翻开/浪头撞扰我的回转——我记得你。”《我望着你来》以绚丽的彩笔怀想着美妙的佳人：

我望着你来！
趁着一阵芙蓉香的轻风。
吹动你的秀发飘飘的飞，
西边的云彩露一色透红。
不要迟！我为你安排翡翠
联成的小桥，点亮千万盏
珍珠似的明灯：你要轻轻
撩起衣裙，点着你的脚尖
从一盘盘绿荷叶的上顶，
悄悄的来，不许惊散一颗
晶圆的水珠。我欢喜看见
你从那里来：红红的灯火
隐在白杨林中的小星点。
我望着你来！

① 蓝棣之：《新月派诗选·前言》，人民文学出版社 2009 年版，第 34 页。

这是诗人沉醉在爱的美梦中焕发出来的想象，诗人渴望着理想中的爱情对象的出现，此诗颇能体现陈梦家爱情诗的轻灵风格。《歌》中表露的是爱的誓愿，“只说着了迷，我情愿为你死”“猖獗的妄想要我永跟着你，/直等到天光摸不着一线路/爬进你深的墓底”；更有爱的销魂迷醉了人，“严肃的空漠中点着两炷火——/你我睇视的眼睛”“让一点昏迷麻醉两条舌尖”“灵魂撕成一片片沸腾上天”“在云端里一个遥远的拥抱”，这是一场上天入地惊心动魄的爱情抒写。自然，陈梦家也有爱情痛苦的诗篇，《雨》和《燕子》中那个“流泪的我”就是因爱而痛苦的形象。而在《秋旅》《再看见你》《悔与回》三首诗里，诗人给我们呈现的是爱情心理的变化。《秋旅》一诗，写诗人在江阴旅程中对爱人的想念，“我不能爱着江阴，我要回家”，因为“你夜夜只教我的梦/骇怕，在夜半唤起你的名字；——/来，你的白手臂抱紧我的灵魂，/你锁紧的清眉，等焦的瞳子/看着我，我来了，这迷人的黄昏!”回来之后，也许是发生了变故，诗人于是写下了《悔与回》，流露出强烈的悔恨，忏悔“无穷的诱惑把自己/一颗宝贵的纯正的心不小心的/让色淫的火烧坏”，充满愤激与消沉。然而，转眼间情况又发生了变化，诗人在写成《悔与回》四天之后，又写成了《再看见你》，声明“我才看见/一个光明再跳上我的枯梢/雪亮，你的纯洁没有变更”，于是，“我”“再看见你”。三首诗连贯起来是一段爱的心理情感叙述，可以看出“青春期是躁动而不平静的，爱情故事也起伏无定”[①]，爱的心理自然也表现出摇摆不定的特点。方玮德的情诗“主要是爱情的变故和苦恼”[②]，他要伸手要回自己的真诚，“爱，我揩干泪喊你这末一声，/金光的谎里没有我的永恒”（《“世界我要撑一张冷脸做人”》）。诗中的“她”显示出方玮德的情诗有着温柔的风范，“她给我一贯钥匙一把锁，/她说：开你心上的门，/让我放进去一颗心，/‘请你收存，/请你收存’”。（《海上的声音》）她对他说，“我爱颗不黏着的心”（《一只燕子》），都是从女性的情态写出爱情的轻柔。这样的轻柔似乎不见于刘梦苇的爱情诗，刘氏爱情诗多有坚执之意，“爱人只要前面还有希望，/只要

---

① 蓝棣之：《梦家诗集·前言》，中华书局2007年版，第5页。
② 蓝棣之：《新月派诗选·前言》，人民文学出版社2009年版，第37页。

爱情和希望样延长：/誓与你永远的向前驰驱，/直达这平行的爱轨尽处”（《铁路行》）。诗人向可爱的姑娘表示最后的坚决，“您的爱给了我才有生的喜悦”“您的爱不给我便是死的了结”（《最后的坚决》）。可以看出，刘梦苇的爱情是一种苦恋式的，“为你我已经憔悴不成人形”，但是对方却又狠，又冷，又硬，诗人不得不发出疑问：“你当真爱了我吗？人你当真？”爱变成了一种折磨：“但我终难相信爱人会爱成病，/你还在这般怀疑我的病深。/啊娴！你把世界看得太无情。”尽管如此，诗人却爱心不死，“今后只有让我的墓草证明，/它们将一年一年为你发青”（《示娴》）。读着这样的爱情诗，并不能唤起我们对爱情的向往，反而让我们觉得爱是艰难的，一方的付出如不能得到另一方的回报，这爱就变成了一种单相思，爱既不是在平等的关系上互生，也就显得无比苦涩了。

情诗并不都以抒写爱情为主，有可能还要通过爱情的礼赞达到一种对人生境界的领悟。刘宇的情诗就是如此，“他善于通过爱情的曲折领悟人生的真谛，抒写下的人生诗情便含有超越于爱情纠结的通达与洒脱”。他的诗写到失恋，“更多地是从人生的感悟中觅得心灵安慰的甘露，用以涂抹恋情受挫的创口；或者，有时又反过来，以爱情的甘甜去润泽生活体验的干枯”。于是，刘宇的诗一般都体现这两方面的“相互弥合、相互补充和相互制抑的精神辩证状态”[①]。孙大雨的诗从爱情出发，表达的是这样一种通达的人生见解：“爱有可能失落，但生命的价值永存，于是爱的丧失并不可怕，因为我们有生命的权威在作支撑！”这样的见解也许不具备真理价值，“但它反映了诗人对于人生的通达性领悟，至少可以有效地免使诗歌因失恋之类的叙写而一往不复地堕入感伤和颓废的深渊”[②]。

新月派诗人的情诗“在现代诗坛上应是相当别致的，它们要么表现出怨毒的诅咒，要么显现出飘逸的洒脱”，很少有直白的“一步一回头”或矫情的“哎哟哟，我要死了”。[③] 陈梦家的《相信》对爱的呈现令人毛骨悚然，“一条鸡冠蛇在骷髅里爬”，爱的氛围变得如此恐怖，而又让人心存

① 朱寿桐：《新月派的绅士风情》，江苏文艺出版社 1995 年版，第 310 页。
② 朱寿桐：《新月派的绅士风情》，江苏文艺出版社 1995 年版，第 311 页。
③ 朱寿桐：《新月派的绅士风情》，江苏文艺出版社 1995 年版，第 338 页。

畏惧，诗人对爱的怨毒情绪表现得入木三分。而徐志摩的《偶然》则代表了新月派诗人在爱情抒写方面拥有的飘逸洒脱的共同兴味，《雪花的快乐》抒写神圣纯洁的理想爱情，飘溢着诗人浪漫的性灵之气。即便是闻一多，也有个别爱情诗如《你莫怨我》表现出了性灵的感兴，这与徐志摩以及新月诗派的风格是一致的。

性灵的诗性传达确实构成了新月诗派抒情诗的一个明显特征，新月派诗人的想象力“不是突出地表现在汪洋恣肆的构想和离奇的幻想，而在于刻画感觉世界中的轻柔微妙的性灵，从而强化诗对于人的灵异感觉的渗透力与表现力”①。爱情抒情诗是如此，自然抒情诗也是如此。

我们看到，以大自然为对象的抒情诗同样是颇能显示新月诗派诗人的性灵之气的，贴近自然，拥抱自然，与自然私语，物我感应，彼此交融，把自然作为精神交流的对象，让自然映现诗人的情绪，这对新月诗派的诗人们来说就是“一切景语皆为情语”。显著者如徐志摩，他执着地追寻“从性灵深处来的诗句”②，在诗里真诚地表现“内心深处真实的情感与独特的个性，并外射于客观物象，追求主、客体内在神韵及外在形态之间的契合”。诗人总是能在灵感袭来的时候抓住主、客体间的契合点，并且总有新鲜的发现，既在人们感觉、想象之外，又十分贴切、自然。徐志摩诗中经常出现令人惊叹的神来之笔，飞跃出除他之外，别人不能创造的，只能称作“徐志摩的意象”。比如《黄鹂》中的那只“像是春光，火焰，像是热情”的黄鹂，《落叶小唱》中的那“恼着我的梦魂”的落叶，《消息》中的“显现”却又“不见了”的虹影，等等。徐志摩正是用这些彰显了活跃的创造力与想象力的新的意象，丰富了新诗的艺术世界。

徐志摩曾经指出，人的体魄与性灵应该“与自然同在一个脉搏里跳动，同在一个音波里起伏，同在一个神奇的宇宙里自得”③。也就是说，人与自然是交融在一起的。新月诗派的自然抒情诗大体上是建立在这样一个观念基础之上的，诗人在自然中发现与自己的性灵相契合的成分，化而为

① 朱寿桐：《新月派的绅士风情》，江苏文艺出版社 1995 年版，第 340—341 页。

② 见徐志摩日记，转引自陈从周《徐志摩年谱》，上海书店 1981 年版，第 70—71 页。

③ 徐志摩：《翡冷翠山居闲话》，四川文艺出版社 2019 年版，第 15 页。

诗，“用整齐柔丽清爽的诗句，来写出那微妙的灵魂的秘密”[1]，形成一种轻灵舒卷的风格。试看陈梦家的《露之晨》所写：

我悄悄地绕过那条小路，
不敢碰落一颗光亮的露；
是一阵温柔的风吹过，
不是我，不是我！

诗人对露珠的感情是如此缠绵，充满了呵护和小心，其中的缘由就在于露珠的清丽晶莹与诗人的情怀有着某种程度的契合，诗人不忍心去碰落哪怕是一颗光亮的露，不忍心看到美的消失，所以当微风吹落露珠的时候，诗人要饱含歉意乃至惊慌地说，“不是我，不是我！”《露之晨》所表达的恳切的至情在《白马湖》一诗中则是：“我悄悄走了，/沿着湖边的路，/留下一个心愿：/再来白马湖。”一切都是：“静，微，婉，腻；一根柔雅的感情索子穿贯了这诗。”[2] 陈梦家曾说自己“取乐于山水，墓道，星月下的松树”，也说自己“细心写颜色间的拼合，和动静间物事的变置”[3]，这足以表明诗人是在自然对象中投注了性情的。不过，这性情并不全然是暖意的，其中也有冷寂的成分，像《一朵野花》《雁子》等作品就是抒写诗人的孤寂情绪的。“野花”传达的是诗人的心象：

一朵野花在荒原里开了又落了，
不想到这小生命，向着太阳发笑，
上帝给他的聪明他自己知道，
他的欢喜，他的诗，在风前轻摇。

---

① 陈梦家：《纪念志摩》，《新月》1932 年第 4 卷第 5 期。
② 张振亚：《梦家底诗》，《文学》1937 年第 8 卷第 2 期。
③ 陈梦家：《〈梦家存诗〉自序》，载蓝棣之《陈梦家诗全编》，浙江文艺出版社 1995 年版，第 216 页。

一朵野花在荒原里开了又落了，
他看见青天，看不见自己的渺小，
听惯风的温柔，听惯风的怒号，
就连他自己的梦也容易忘掉。

野花立于荒原上，自生自灭，孤独无助，它在做着自己的梦，其中显露着诗人对自我心境的哀诉。在孤立的环境中，诗人的精神是孤独的，他独自沉溺在自我的心象世界中，他不寄希望于改变现实的世界，而幻想着一份出世的洒脱，沿着一条通天的路，“我要去，到那白云层里。/那儿是苍空，不是平地”（《鸡鸣寺的野路》）。天上是上帝的居所，诗人“愿天堂的云梯接着地面，/我们好登上帝的金城”（《圣诞歌》），去聆听上帝的启示，“上帝！哦，他启示我天堂/哪儿有真实的美，是透明/在我自己心里的灵光”（《我是谁》），诗人是想在宗教的国度里求得安静，求得庇护，借助宗教的天机逃避现实，“上帝教我静，/我飞上云边/变一颗星”（《铁马的歌》）。通天不行就入地，“我坦然将末一口气倾吐，/静悄悄睡进荒野的泥土”“莫要有碑石在坟边刻留，/不生一枝花在我的墓头”“让野草蔓长不留一条路”“再没有人迹到我的孤坟”，这也是诗人贪图的永静的国度，“我从此永久恬静的安睡”（《葬歌》）。入地的“静”与上天的“静”是一致的，都是诗人寻求灵魂安慰的方式。一颗孤寂的灵魂在现实中找不到出路，只能在虚幻的憧憬中唱着“就连他自己的梦也容易忘掉”的歌。“雁子”同样是诗人心象的写照。雁子终夜不知疲倦地飞翔在长空，从来不问他的歌留在哪片云上，“只管唱过，只管飞扬”（《雁子》）。这是雁子的宿命，也是诗人的宿命，不管怎样歌唱，怎样飞远，似乎都永远没有目标，没有终止，而且“一切都使忘记”，一切还都是徒劳的轮回。诗人说他自己情愿是只雁子，正说明他有着深沉的苦闷。其实，只要读一下陈梦家写在《梦家诗集》再版自序中的一段话，我们就不难理解他的诗中为何存有这样的苦闷情绪了。陈梦家说：“我总是一片不愉快的阴天的云，永远望不见一条太阳光的美丽；我也如常人一样企望着更伟大更鲜明的颜色或是声音的出现，给人一点灵魂上的战栗，但是我不能免于一粒平庸沙子梦想变成一粒黄金的荒唐，我是无能为好的。人，都有他梦想中的天堂，指盼的方向。但是我没有。对于自己，更其对于世界，我不曾摸索到一点更显然的明了；像一路风，我找不着自己的地方，在一流小河，一片叶子，和一架风车上我听见那些东西美丽和谐的声音，但从来没有寻到自己的歌。”① 以这段话的意思去反观《一朵野花》《雁子》等作品，我们就能深明自开自落的野花、只顾飞翔的雁子与诗人精神的深刻联系了。

朱湘的诗“少热烈的美而多宁静的美”②，这是诗人审美情趣的特色。沈从文说朱湘是“自然诗人”，“大千世界的光色，皆以悦目的调子，为诗人所接受，各样的音籁，皆以悦耳的调子，为诗人所接受”，他的诗和谐清明，“平静的愿望，诉之于平静的调子中”“用东方的声音，唱东方的歌曲”，他的诗“缺少那种灵魂与官能的苦恼”，而显著的是“作者那种安详与细腻”。③ 的确是如此，我们读朱湘的诗，很难得到剧烈的矛盾和冲突的印象，那些朱湘自认为满意的诗，“风格都是恬淡平静的”④。诗人的梦，“却在那超物质的生活各方面所有的美的组织里”“他幻想到一切东方的静的美丽，倾心到那些光色声音上面”，如在《梦》中所写：

水样清的月光漏下苍松，
山寺内舒徐的敲着夜钟，
梦一般的泉声在远方动：
梦罢，
月光里的梦呀趣味无穷！

诗人“从自然中沉静中得到一种生的喜悦”⑤，使诗的风度更见宁静，

① 陈梦家：《〈梦家诗集〉再版自序》，载蓝棣之《陈梦家诗全编》，浙江文艺出版社 1995 年版，第 209 页。

② 孙玉石：《朱湘的诗歌艺术》，《中国现代诗歌艺术》，人民文学出版社 1992 年版，第 194 页。

③ 沈从文：《论朱湘的诗》，《文艺月刊》1931 年第 2 卷第 1 期。

④ 蓝棣之：《新月派诗选 · 前言》，人民文学出版社 2009 年版，第 32 页。

⑤ 沈从文：《论朱湘的诗》，《文艺月刊》1931 第 2 卷第 1 期。

更见和谐的美。

作为一个有着清新俊逸风格的“自然诗人”，朱湘的诗对自然的抒写自有一种飘洒的风致。以自然为对象的抒情诗，大体上可以区分为三种类型，“一种是以人为中心，而以大自然为人物活动的背景，心灵舞蹈的场地，自然的作用只是烘托、陪衬。二是以自然为主，而使人的情绪附丽其上，以‘情’来渲染‘景’。三是表现人与自然冥和，物我为一，浑然忘机”①。围绕人与自然的这三种关系而成的抒情诗，都可以产生杰出的作品。优秀的抒情诗人，是可以同时在这三个方面取得成就的。朱湘的自然抒情诗体系就涵盖了这三个方面。他的《摇篮歌》唱的是一曲自然的轻歌，诗人对自然景物的表现充满安详与柔美的情调。在这首诗里，人的活动是主体，自然是背景，自然的节律很好地配合了人的活动。而在《小河》《雨景》这样的作品中，自然是主体，人的情感附丽于其上，形成诱人的抒情风格。《小河》中的“小河”是全诗的抒情主体，“小河”人格化为“我”，成为抒情的视角，“小河”的感觉敏锐，拥有人的一切心理活动和行为能力，“人看见我起伏的胸波”“我头上是柳荫的青帷”“长柳丝轻扇荷风，/绿纱下我卧看云天；/蓝澄澄海里无波，/徐飘过突兀的冰山”。小河承载着诗人的情感，使诗歌获得了美妙的抒情效果。《雨景》一诗，写得柔和温暖，缺少忧郁：

我心爱的雨景也多着呀：
春夜梦回时窗前的淅沥；
急雨点打上蕉叶的声音；
雾一般拂着人脸的雨丝；
从电光中泼下来的雷雨——
但将雨时的天我最爱了。
它虽然是灰色的却透明；
它蕴着一种无声的期待。

---

① 张秀亚：《新月派诗人朱湘》，载方仁念《新月派评论资料选》，华东师范大学出版社1993年版，第204页。

并且从云气中，不知哪里，
飘来了一声清脆的鸟啼。

这样的表现当然是得力于诗人对“雨”的处理和过滤，“自然中的美经过了诗人内心情感的过滤和蒸发，已经由自然现象的‘雨中曲’变成了内心情绪的‘雨中曲’。诗中每一笔对雨景的描写，都服从于表现内在情绪的要求。自然美经过感情的消融已经化成诗意盎然的情绪美”①。雨景历来是诗人写得较多的题材，且以忧郁情调为主，而朱湘的“雨景”诗却破除了俗套，写出了新意，赋予了雨天以透明，赋予了雨天以希望，特别是“从云气中”不知哪里“飘来了一声清脆的鸟啼”，更赋予雨天以生命，以生机，以动感，一扫长期以来“雨景”诗中的阴晦和抑郁之气，可谓是一首破格诗。显然，有什么样的主观之情，就会有什么样的自然之景，朱湘赋予雨景的是一股明丽之气，是一种积极的爱的情感，这使得他的《雨景》成为同一题材中的华彩之章。从这里我们可以看出，朱湘诗歌对于自然对象的处理不论在哪一个层次上来看，都是有着艺术匠心的。此种匠心运用于人与自然冥和的诗章，更显示出诗人的才气。《热情》一诗写道：“欢乐在我们的内心爆裂，/把我们炸成了一片轻尘，/看那，像灿烂的陨星洒下，/半空中弥漫有花雨缤纷！”这是人与宇宙的精彩融合，却被渲染得惊心动魄，在一场大爆炸之后，人化成了大气中的轻尘，像灿烂的陨星洒下，在半空形成了一道绚丽的风景，人与自然化合无间了。《洋》的气象博大雄浑，连天一碧，茫茫万载，鲸吞天下之半而无声，紫浪雍容而涵养十万里，这是何等的壮观！面对海洋的气势，诗人并没有被压倒，而是“有一种深沉博大的感受在胸中涌动着，使他不得安宁”，诗人“向往的是海洋的神秘玄妙，把它看作是蕴藏着太古以来一切秘密、通晓一切玄机的神灵”。② 诗人更把海洋看作能与自己交心的朋友，所以这样写道：

① 孙玉石：《闻一多及新月派的诗歌艺术追求》，《中国现代诗歌艺术》，人民文学出版社1992年版，第54页。

② 丁瑞根：《悲情诗人：朱湘》，花山文艺出版社1992年版，第147—149页。

洋！唯你认识天国之璀璨；
风，雷，水，火的变化与循环；
地之运周，生命有何归宿……
我愿，在乌云幕遮起太空，
人间世只听到鼾呼时候，
伴你无眠，潜行峭壁危岩，
听你广长舌的潮音自语！

在这里，诗人与海洋发生了对话和交流，海洋的人格化和人的自然化是同时的，诗人期盼着这位自然巨人能够将宇宙的奥义启示给自己。《采莲曲》以动人的魅力唱出了人与自然和谐共生的乐曲，桨声答应着歌声，风飑荡漾着歌声，波上抑扬着歌声，苍茫里袅着歌声，荷花与人面辉映，少女的羞涩与莲子的多情一致，多子的莲蓬与人类的繁衍生殖相类，这样一幅水上荡舟采莲的画面蕴含了人与自然浑然一体的勃勃生机。由此，我们可以断言，朱湘是无愧于自然诗人之名的。

有学者认为，现代中国作家的自然审美意识缺少崇高感，缺少神秘感，缺少形而上的因素。[①] 这样的概括是有根据的。这三点缺失，对于新月诗派的自然抒情诗来说也是成立的。自然审美的崇高感是建立在人与自然的对立、冲突基础之上的，“它常常在巨大的冲突和深刻的痛苦中显示出人的精神力量”，这种情形与新月诗派的创作是无缘的，新月派的诗人“追求的是人与自然的情感交流，是主体与客体的和谐统一，因而他们笔下很少出现人与大自然的对立和敌意，很少出现那种峥嵘突兀、令人感到恐惧森然的自然意象”。[②] 徐志摩说他“爱秋林”“爱晚风的吹动”“爱枯苇在晚凉中的颤动，/半残的红叶飘摇到地，/鸦影侵入斜日的光圈；/更可爱是远寺的钟声/交挽村舍的炊烟共做/静穆的黄昏”。[③] 这样的自然对象大体上代表了新月诗派对自然对象心仪的选择，但这些对象并不具有审美

① 罗成琰：《现代中国的浪漫文学思潮》，湖南教育出版社 1992 年版，第 162—165 页。
② 罗成琰：《历史的选择与选择的历史》，湖南师范大学出版社 1999 年版，第 200—201 页。
③ 徐志摩：《爱的灵感》，《徐志摩诗精选》，长江文艺出版社 2022 年版，第 157 页，

的崇高感和冲突性。尽管徐志摩也说自己“是个自然崇拜者”，以为自然界种种事物，“不论其细如涧石，皙如花，黑如炭，明如秋月，皆孕有甚深之意义，皆含有不可理解之神秘，皆为至美之象征”①，但这种神秘性并没有成为徐志摩审美情调的主要选择，也并不构成新月派诗人的审美主调。其原因大概就如梁实秋所分析的，“我们不把自然看做神祇，我们只把自然当做供我们赏乐的东西。中国人之爱自然，不带宗教的气味”②。宗教性显然是构成神秘感的重要因素，没有宗教性，神秘感就失去了某种支持。新月诗派的诗人中不是没有出身宗教家庭的，比如陈梦家就出生在一个宗教家庭，他的《我是谁》《圣诞歌》《叮当歌》等作品中都有明显的宗教情感，但是，“陈梦家诗里没有宗教、神学的神秘性，也不是难懂的或永远不可参悟的宗教格言”，而“始终是一种宗教感情和宗教心境的抒写”。③ 新月诗派的诗缺少形而上的品格是不言而喻的，赵萝蕤女士站在中西诗学比较的立场曾对陈梦家的诗歌发表过这样的评论，她说：“与她所熟悉的西方诗人相比，梦家是用感情写诗，纯然的感情流露，不用思想写诗。”她还补充道：“梦家的诗单纯，抒情，但有时觉得份量不够，轻飘飘的。”④ 这里道出的不仅是陈梦家诗作的特点，而且是整个新月诗派抒情诗的特点。这就是说：“从玄学派诗的立场去看，陈梦家的诗显得思考性不够。”⑤ 同样的，新月诗派的诗也显得思考性不够。当然，我们不能据此否定抒情诗的价值，因为不论在西方诗歌的长河中，还是在中国传统诗歌的发展中，一直是存在着抒情诗传统和玄学诗传统这样两种传统，两种传统都产生过优美的作品，如果以一种传统去否定另一种传统，似乎是有些说不过去的，但如果把二者对照起来，进行参照性的分析，则会给我们以很多有意义的启发。

由爱情、自然的抒情诗向文化抒情诗推移，反映出新月诗派在题材领

① 徐志摩：《鬼话》，《晨报副刊：文学旬刊》1924 年第 30 期。

② 梁实秋：《“与自然同化”》，《梁实秋文集》（第 1 卷），鹭江出版社 2002 年版，第 76 页。

③ 蓝棣之：《梦家诗集·前言》，中华书局 2007 年版，第 8 页。

④ 蓝棣之：《梦家诗集·前言》，中华书局 2007 年版，第 14 页。

⑤ 蓝棣之：《梦家诗集·前言》，中华书局 2007 年版，第 14 页。

域的扩展。他们所创作的文化抒情诗，可以视为是中国现代抒情诗中的一个独特类型。闻一多、朱湘、陈梦家都对中国传统文化充满了深厚的眷恋之情，对中国古代文化有着精深的涵养和深情的诗性感受，因此，他们以中国古代文化为对象的创作就构成了新月诗派抒情诗创造的一个独特领域。闻一多的文化抒情诗基本上是围绕爱国情绪展开的，他所看到的现实的中国和他文化理想中的中国形成巨大的反差，他对中国古代文化充满深情的眷念和依恋，他的文化抒情诗的对象正是五千年的古国文明。在闻一多的心目中，祖国似乎是一道金光，一股火，一缕缥缈的呼声，有着隽永的神秘，但这些想象都停留在情绪层面，而没有上升到理智层面，真正落实到理性实感的层面的“祖国”，对于闻一多来说，只有“五千多年的记忆”，祖国的美丽就包容在这五千多年的文化里，诗人说，“如今我只问怎样抱得紧你”（《一个观念》），抒发的就是对中国传统文化的挚爱。在《祈祷》诗中，诗人发出一系列的追问：“请告诉我谁是中国人，/谁的心里有尧舜的心，/谁的血是荆轲聂政的血，/谁是神农黄帝的遗孽。”“再告诉我，那一滴清泪，/是孔子吊唁死麟的伤悲？/那狂笑也得告诉我才好，——/庄周，淳于髡，东方朔的笑。”这一系列的追问背后，隐含着诗人的一个基本情感倾向，即民族的伟大是建立在中华民族的历史传统中的。与古老的中华文明相比，现实的中国是不能唤起诗人的爱恋之情的，《发现》中的“这不是我的中华，不对，不对！”一句诗，以及“我会见的是噩梦，那里是你？/那是恐怖，是噩梦挂着悬崖，/那不是你，那不是我的心爱！”等几句诗，抒发的都是诗人面向“死水”样丑恶的现实中国所怀有的痛苦、失望、悲愤的情绪。事实上，闻一多对自己诗歌中的“国家”抒情对象是有过说明的，他指出：“我爱中国固因他是我的祖国，而尤因他是有他那种可敬爱的文化的国家。”他更进一步指出：“我们更应了解我们东方底文化。东方底文化是绝对的美的，是韵雅的。东方的文化而且又是人类所有的最彻底的文化。哦！我们不要被叫嚣犷野的西人吓倒了！”[①] 明于此，我们就能更好地理解闻一多爱国诗歌具有的文化抒情性特

① 闻一多：《〈女神〉之地方色彩》，《创造周报》1923 年第 5 号。

征了。闻一多的文化抒情诗也把浓墨重彩的笔指向了中华民族的人文风俗、自然地理和文化遗迹，他的诗歌所描绘的社会生活和生活图画都是典型的中国式的，如新婚“贴双喜”、洞房点“银烛”、“悠扬的细乐里亲手掀起了伊的红盖帕”的中国传统婚礼；让“黄土轻轻盖着”、叫“纸钱儿缓缓的飞”的中国葬仪；“园里的丝瓜爬上了树，/几多银绿的小葫芦，/吊在藤须上巍巍颤”“斜头赤脚的村家女，/门前叫道卖莲蓬”的中国农村风俗画；“神农”“黄帝”“庄周”“东方朔”等中华文化符号；“黄河”“五岳”等中华自然地理的山水；“长城”“紫禁城”等中华文化历史遗迹；以“金甲紫面的门神”为代表的中国民间文化符号；等等。所有这一切，“无不生动逼真地展现了传统的民族生活，使作品在民族文化的背景上显示了特有的品格”①。朱湘的《草莽集》中历来为人们所称道的是那些冠以“歌”或“曲”的诗篇，如《采莲曲》《摇篮歌》《晓朝曲》《婚歌》《催妆曲》等等，诗人在这些作品中，“能于华美的词藻和动听的音节里，从容不迫地展示中华民族曾经有过的宏伟美丽，展示纯样的东方生活、东方情调”②。我们看《晓朝曲》对古代中国君臣早朝的政治仪式的表现：

朱红的大柱上盘着金龙，
宝座的旁边缭绕着炉香，
两个宫女已将雉扇高掌，
丹陛前恭立着卿相，王公。

看哪！一轮红日已经升东，
杏黄的旗旆在殿脊飘扬，
在一万里的青天下荡漾，
听哪！景阳楼撞动了洪钟！

① 郑守江：《从民族文化学的角度对闻一多新诗的思考》，载余嘉华、熊朝隽《闻一多研究文集》，云南教育出版社1990年版，第56页。

② 丁瑞根：《悲情诗人：朱湘》，花山文艺出版社1992年版，第135页。

君王出现时的气象是如此威严、肃穆、雍容、奢华，这样表现古代帝王早朝的场面，明显流露着诗人对中国古代文化的追慕。与《晓朝曲》的宏大典重相对照，《摇篮歌》则洋溢着东方艺术的宁静幽美的情调。而《采莲曲》中江南少女荡舟采莲的场景则早已是中国古代文学中的一个具有原型意味的古旧题材了。朱湘诗歌的文化色彩还体现在对中国民间习俗的刻画方面，如《端阳》对“端午节”节日风俗的描绘，《婚歌》里的婚俗表现，都体现出非常显著的中国传统文化特征。朱湘的不少作品都是中国古代诗歌题材的沿用，最显明的是《热情》《眼珠》《晓朝曲》和《昭君出塞》。《热情》和《眼珠》都有些像屈原的《天问》，《采莲曲》很像王维的作风，《晓朝曲》也是受到了王维的启示，王维的《早朝》中的意象与诗句在朱湘的《晓朝曲》中都有化用翻新，同是一样早朝的诗，“在王维是谀上，在朱湘却是怀古；在王维是写实，在朱湘却是想象”①。朱湘是十分擅长对中国韵文所有的辞藻进行处置的，他不但“承受了词曲的文字”，同时还“承受了词曲的风格”，那些“支配文言文所有优美的，具弹性的，具女性的复词，由于朱湘的试验，皆见出死去了的辞藻，有一种机会复活于国语文学的诗歌中”。② 这种复活，充分表明诗人朱湘在处置中国古代语言方面是有着出众的才能的。后期新月诗派的代表诗人陈梦家也以民族文化为题材写过不少抒情诗，比如《九龙壁》《唐朝的微笑》《观音》《黄河谣》《塞上杂诗》等。《九龙壁》构思奇巧，诗人赋予静态的雕刻物以动态的活力，刻画龙的神态，各具威气，各具色彩，尤其是结尾一句：“九条龙一齐喊：我们要生命！”反映了诗人复活古代文化生命的梦想。是的，诗人热爱中国古代的文化，他要赋予古老的文化象征图腾以生命！《黄河谣》以中华民族的母亲河“黄河”为沉思对象，诉说了这条伟大的河流与民族命运的休戚相关，黄河流淌着“我们父亲的英勇，母亲的仁慈”，流淌着“我们父亲的威严，母亲的温宜”，见证着“我们父亲的呼劳，母亲的悲哀”。黄河经历了二十四个朝代，依然有着矫健的生命力，“奔泛时像火焰”“静流时像睡息”“浩浩的黄河永远不会止歇的”。诗人

① 赵景深：《朱湘的短诗》，《大江月刊》1928年第1期。

② 沈从文：《论朱湘的诗》，《文艺月刊》1931年第2卷第1期。

以浩荡的感情写出了黄河的气势，以赤诚的情意写出了黄河与中华民族苦难与共的关系，诗情动人，诗思高远，尤以“父亲的雄心，母亲的容忍”一语奇警地道出了我们民族的性格。“龙”与“黄河”都是象征中华民族的重要文化原型意象，诗人抓住这样的意象发而为诗，显示出诗人对中华文化的敬畏之感，挚爱之意，眷恋之心，炽烈之情。陈梦家的确“主要是一位学者诗人”，而且是“一位对于中国古代文化怀着深厚眷恋之情的诗人”，因此。他的诗就其主导倾向和主要风格来说，“是东方的和抒情的，而不是西方的和玄学的”。[1]

与文化抒情诗注重诗人主观感受的抒写一样，新月诗派的现实抒情诗同样注重表现诗人自己的主观感受，注重对即使是丑恶现实的艺术化表现，“他们很少直接描写和抨击现实。即使是一些涉及现实重大政治事件的题材，他们也往往注意追求自己独特的表现方法。一般不去正面描写事件的经过，也不去过分直露地抒发自己的感情，而是把个人对现实斗争的感受、愤怒和欢乐，经过情感的过滤和酿造，尽可能地融进一种富于艺术美感的抒情结构和抒情形象中。他们与一般浪漫主义诗人不同的地方在于：一般诗人是在热烈的情感中倾诉思想，他们是在美的形象中凝聚感情”[2]。比如在三一八惨案发生后，《晨报副刊·诗镌》就出版了纪念惨案的专号，发表了几首有关这一重大事件的抒情诗，如闻一多的《天安门》、饶孟侃的《“三月十八”：纪念铁狮子胡同大流血》、杨子惠的《回来啦》和徐志摩的《梅雪争春（纪念三一八）》，这些诗都有一个共同的特点，“既没有正面描写斗争的场面，也不是直接对军阀罪行的诅咒控诉，而是把他们的抗议和愤怒的诗情，凝聚在一个经过独特的艺术构思创造的形象和情境之中，造语力求曲折，抒情力求含蓄”[3]。新月诗派现实抒情诗的这种特征，基本上贯穿了新月诗派前期和后期的创作。为了看清这种面貌，我们在此不妨选取两个有代表性的诗人个案作一番观照。闻一多作为前期

① 蓝棣之：《梦家诗集·前言》，中华书局2007年版，第14页。

② 孙玉石：《闻一多及新月派的诗歌艺术追求》，《中国现代诗歌艺术》，人民文学出版社1992年版，第66页。

③ 孙玉石：《闻一多及新月派的诗歌艺术追求》，《中国现代诗歌艺术》，人民文学出版社1992年版，第67页。

新月诗派的代表诗人，他的以现实为题材的抒情诗有几个特点，一是没有摆脱唯美主义的作风。如《夜歌》中写的那个妇女，深夜坐在黄土堆上捶着胸心，号啕大哭，“妇人的容貌好似青春，/猩红衫子血样的狰狞，/鬅松的散发披了一身”。这个妇女所穿的衣服的颜色与苍白的月色形成了狞厉的反衬关系，再加上“癞虾蟆只是打着寒噤，/远村的荒鸡哇的一声”的恐怖氛围，画面中心的这个妇女的悲惨形象就凸显出来了。如果不是有着深重的苦难，一个妇女是不会在这样的深夜独自痛苦地跑到荒郊野外大哭的，我们能够通过诗歌中的浓艳的色彩对比、荒凉的背景和捶胸顿足的哭声感受到这个妇女巨大的痛苦，但是痛苦的内容却不得而知。二是对现实充满了无奈的情绪。面对造成人烟断绝的荒村，诗人只是说：“叫他们回来，叫他们回来！/这景象是多么古怪多么惨！/天呀！这样的村庄留不住他们；/这样一个桃源，瞧不见人烟！”（《荒村》）诗人并不触及造成人民流离失所的社会根源，并不对造成黑暗现实的统治阶级发出抨击，反而流露出责备人民的口气。诗人无力改变现实，只能发出“一切的众生应该各安其位”的呼吁，只能发出“秩序不在我的能力之内”（《闻一多先生的书桌》）的感叹，而不能再向前走一步，去揭露黑暗现实社会的阶级根源，当然也更谈不到批判了，这是诗人的局限。三是对现实充满了绝望的情绪。《死水》一诗就是诗人对现实绝望的反映，诗人把中国的现实社会概括为“一沟绝望的死水”，不能说诗人没有愤激的情绪，但也仅止于愤激，并没有要推翻改造的勇气，“这里断不是美的所在，/不如让给丑恶来开垦，/看他造出个什么世界”。诗人对丑恶的憎恨，看来也只能以这样怨毒的诅咒收束了。陈梦家作为后期新月诗派的代表诗人，他的《在蕴藻滨的战场上》《一个兵的墓铭》《老人》《哀息》《丧歌》等作品都是以现实生活为题材的抒情诗，写得含蓄蕴藉，富有包藏的抒情韵味。《丧歌》是诗人目睹一个乞丐在寒冬中裹着破麻袋死在土地庙里的惨景写成的，诗的情调沉默而厚重，平静而低沉，可以看出诗人的情绪是压抑的。陈梦家有过一段投笔从戎、加入抗日前线部队的经历，他以“曾经为战争所磨砺的心”，写下了“纪念我们无上荣贵的阵亡将士的忠魂”的诗篇，并以咒诅自己“命运上可羞的不死”[1]，显示出诗人难能可贵的精神情操。诗人以他在抗日前线的体验，刻画了“拳曲的手握紧炸弹”[2]（《在蕴藻滨的战场上》）的战士形象。《老人》是一首长诗，“借助老人走回刚经历战斗的村庄的脚步，展示了这抗日战场的全景；又借助老人的回忆，展示了村庄的过去和现在，历史和现实，悠久的传统和今日的变动。诗人并没有把这个题目写成一首鼓动诗或新闻故事，而是写得庄重沉稳，不动声色，在从容的音节之中，发掘了历史和思想的深度”[3]。《哀息》一诗是诗人在车站站立了三天，目睹难民在雨雪中逃难的情景后写下的，难民们哀息的灵魂、忧患的心灵给诗人造成了巨大的震动，“这哀息渐渐流进我的血管，/我凝固着像岸边一块石头”（《哀息》）。战争的惨象的确给诗人带来了震惊的心灵体验，诗人也无愧于战争的召唤，以他的笔唱出了沉郁的哀感之歌。

应该说，新月诗派的诗人是有现实关注的意识的，但我们对这种意识不能作过分地夸大。闻一多说：“如果只是为了一杯酒，一本诗，/静夜里钟摆摇来的一片闲适，/就听不见了你们四邻的呻吟，/看不见寡妇孤儿抖颤的身影，/战壕里的痉挛，疯人咬着病榻，/和各种惨剧在生活的磨子下。/幸福！我如今不能受你的私贿，/我的世界不在这尺方的墙内。”（《心跳》）这表明闻一多是不愿把自己封闭在个人主义的狭小天地里的，他为“生活的磨子下”发生的各种惨剧感到“心跳”。闻一多在《晨报副刊·诗镌》上也曾撰文呼吁：“希望爱自由，爱正义，爱理想的热血要流

---

① 陈梦家：《〈在前线〉序》，载蓝棣之《陈梦家诗全编》，浙江文艺出版社 1995 年版，第 213 页。

② 关于这里的战士形象的塑造，陈梦家有过如下的交代：“十三日季家桥之役，我们也在火线上，夜半在战场上收拾伤亡士兵。我们曾亲见勇敢的士兵们挺胸往前冲锋，跌倒又爬起。子弹像蝗虫一样在泥地上跳，像风雨一样打落兵士的斗笠帽。挂彩的伤兵染成一个血人走回来，没有一个官兵在伤亡时不仍然紧握着枪弹。有些倚在坟堆上托枪瞄准，可是就这样永远不动了。我们转身到别处去一下，回来田野上已经突起好些新坟了，白纸条在竹枝上飘。那些不曾完全埋好的手，还握着他们的手榴弹。敌人的飞机，像翅尾上有红点的苍鹰，在雪天上飞叫。写《在蕴藻滨的战场上》一诗。”（陈梦家：《〈在前线〉序》，载蓝棣之《陈梦家诗全编》，浙江文艺出版社 1995 年版，第 211—212 页。）

③ 蓝棣之：《梦家诗集·前言》，中华书局 2007 年版，第 7 页。

在天安门，流在铁狮子胡同，但是也要流在笔尖，流在纸上。”[①] 闻一多的这种想法并没有得到新月派诗人的普遍实践，并没有在新月派诗人的作品中得到全面表现。即使从闻一多个人发表的作品来看，紧贴现实的作品也不是很多。闻一多的“那双天真的幻想的眼睛”虽然已经“投射到血肉的现实上来了”，但是，“诗人的思想并不是没有矛盾，相反地，过去就存在的那种思想上的矛盾，由于接触了生活现实而更加突出了。把自己封闭在个人主义的小圈子里作一个超然的诗人呢，还是站出来和人民共同呼吸做一个生活的干预者呢？这两种思想在诗人的心里强烈地斗争着”[②]。其结果是诗人对现实社会生活的观照又回到了纯艺术的原点，认为诗人的“伟大的同情心”便是“艺术的真源”[③]，获此就可以在文艺上大成功。这表明，闻一多并没有真正走出个人主义的立场，他对现实的介入和表现是有限度的。后期新月诗派的陈梦家也是如此。尽管陈梦家在《新月诗选·前言》中也宣陈，“当我们生活在别样的空气中，别样的情感煽动我们，我们也承受”“我们时刻不曾忘掉自己的血，踩着的地土，并这时间的罡风”[④]，但具体表现在诗歌创作中，诗人对现实的关注还是比较少。

以上我们从类型学的视角出发对新月诗派抒情诗所作的论述，也许不够全面，但这些类型毫无疑问是体现了新月诗派的诗歌美学特征，这种特征贯穿在这个诗派的各种抒情题材的作品中，“无论是写爱国主义的心声，还是唱反对军阀罪行的愤怒，无论是爱情和个人欢乐哀戚的吟咏，还是对于各种自然美的描写与赞颂，他们都注意表现内心的美的感情，并竭力把这种感情熔铸进尽可能完美的艺术形象中”[⑤]。也就是说，他们是把美的抒情作为诗歌的生命的。从新诗发展的历史来看，从“五四”到抗战前新诗的发展是经历了一个从“偏重说理”而“专向抒情方面发展”[⑥] 的过程

① 闻一多：《文艺与爱国：纪念三月十八》，《晨报副刊·诗镌》1926 年第 1 号。

② 臧克家：《闻一多的诗：谨以此文，纪念一多先生遇难十周年》，《人民文学》1956 年第 7 期。

③ 闻一多：《文艺与爱国：纪念三月十八》，《晨报副刊·诗镌》1926 年第 1 号。

④ 陈梦家：《新月诗选·序言》，新月书店 1931 年版，第 18—19 页。

⑤ 孙玉石：《闻一多及新月派的诗歌艺术追求》，《中国现代诗歌艺术》，人民文学出版社 1992 年版，第 64 页。

⑥ 朱自清：《新诗杂话》，生活·读书·新知三联书店 1984 年版，第 24 页。

的，新月诗派的抒情诗代表的正是新诗历史演进的一种路向。

二、新诗美学原则的拓展

新月诗派的诗人高度重视情感、情绪在抒情诗创造中的作用，认为“情绪是一首诗里必须的东西，它的存亡即是诗的生死”[①]，认为“诗是被热烈的情感蒸发了的水气之凝结”[②]，能把某种潜伏的美十足地表现出来。仅从诗歌遵从情感的意义上来看，新月诗派的艺术特质并不十分显眼，因为这种诗歌主情的美学观念同样是为白话诗派、创造社的诗人所主张的。新月诗派的突出之处在于，他们在强调诗歌创作中的情感本位的同时，还特别强调理性在诗歌创作中对情感的制约作用，认为伟大的文学者所该致力的是“怎样把感情放在理性的缰绳之下”[③]，认为“情感不能不受理性的相当节制与调剂”[④]，认为“如果只是在感情的漩涡里沉浮着，旋转着，而没有一个具体的境遇以作知觉依皈的凭借，结果不是无病呻吟，便是言之无物”[⑤]。正是从这样的观念出发，新月诗派反对在诗歌中出现情感的无遮拦的倾泻，反对感伤主义的情绪泛滥和不加节制的直接抒情，而提出了“理性节制情感”的美学原则。可以看得很清楚，新月派诗人所要推崇的“理”是一种“自我克制”，而并非早期白话诗人及后继者追求的“诗的哲理化”。

“理性节制情感”的美学原则体现在新月诗派的诗歌创作中，最显著的表现是客观抒情诗的创造，即变“直抒胸臆”的抒情方式为“主观情愫的客观对象化”[⑥]。沈从文评闻一多的《死水》，说：“这诗集为一本理知

① 饶孟侃：《新诗话（二）·情绪与格律》，《晨报副刊·诗镌》1926年第9号。

② 闻一多：《〈冬夜〉评论》，载武汉大学闻一多研究室《闻一多论新诗》，武汉大学出版社1985年版，第26页。

③ 梁实秋：《文学的纪律》，《新月》1928年第1卷第1期。

④ 徐志摩：《白郎宁夫人的情诗》，《徐志摩全集》（第4卷），广西民族出版社1991年版，第609页。

⑤ 邓以蛰：《诗与历史》，《晨报副刊·诗镌》1926年第2号。

⑥ 钱理群、温儒敏、吴福辉：《中国现代文学三十年》，北京大学出版社2007年版，第100页。

的静观的诗。”诗人“以清明的眼，对一切人生景物凝眸，不为爱欲所眩目，不为汗秽所恶心，同时，也不为尘俗卑猥的一片生活厌烦而有所逃遁；永远是那么看，那么透明的看，细小处，幽僻处，在诗人的眼中，皆闪耀一种光明”。[①]《死水》的抒情是极其克制的，也是极其收敛的，诗人把剧烈的情感收束在了严谨的格律形式里，凝定在了特定的意象中，以至于很多人在读了《死水》以后，竟然感觉不到作品中饱含的激烈的情感，这使闻一多颇感不快，他因此在给臧克家的信中不无性急地写道：“你还口口声声随着别人人云亦云的说《死水》的作者只长于技巧。天呀，这冤从何处诉起！我真看不出我的技巧在那里。假如我真有，我一定和你们一样，今天还在写诗。我只觉得自己是座没有爆发的火山，火烧得我痛，却始终没有能力（就是技巧）炸开那禁锢我的地壳，放射出光和热来。只有少数跟我很久的朋友（如梦家）才知道我有火，并且就在《死水》里感觉出我的火来。说郭沫若有火，而不说我有火，不说戴望舒，卞之琳是技巧专家而说我是，这样的颠倒黑白，人们说，你也说，那就让你们说去，我插什么嘴呢？我是不急急求知于人的，你也知道。你原来也是那些‘人’中之一，所以我也不要求知于你，所以我就不回信了。”[②] 闻一多如此激烈地为自己抗辩，显然是不想让人们把他看成单单是技巧专家，而希望人们能体察他作品中的感情色彩，如果站在另一个角度上看，闻一多的这些话恰恰证明了新月诗派的理性节制情感的原则是很好地实现了。这种节制情感的原则在后期新月诗派的作品中同样体现得很明显，我们来看陈梦家的《丧歌》：

昨天你还能在稀薄的麻布里动，
寂寞的人间伴你的是一股冷风。
但夜来的雪斩断了你穷鬼的梦，
听银辉的天空里嘹亮的一声钟！

---

① 沈从文《论闻一多的〈死水〉》，《新月》1930年第3卷第2期。

② 闻一多：《致臧克家（1943年11月25日）》，载武汉大学闻一多研究室《闻一多论新诗》，武汉大学出版社1985年版，第267—268页。

你走完穷困的世界里每一条路，
尝遍只留剩一口气的各样痛苦——
你的一生，你永远不变更的容忍
在穷困里，穷困里，做了一世穷人。

这是一首形式严整的抒情诗，诗人的情感包裹在严谨的形式里，凝聚在低调的意象里，显得无比的冷静和镇定。面对一个因穷困而死亡的生命，诗人是怀着人道主义的同情的，对死者是充满了关切之心的，但诗人并没有作感伤的抒情，而是尽可能地把情感作客观化的处理，在平静的调子中再现死者的悲苦命运，这样的写法比诗人外露的情感抒发更具有感染力。在这里，形式格律对情感的控制起到了至关重要的作用，成为“节制情感”的绝好镣铐。新月诗派的诗人们提倡格律绝不是出于形式主义的考虑，而是要在理性和情感之间建立一个平衡的支撑点，以求达到对诗情的合度的表现。“五四”以来的中国新诗之所以感情过甚，放纵过甚，就是因为缺少格律，而格律可以节制情感，因此，新月派必然要追求诗歌的格律，通过格律来实现他们的审美理想。

新月派诗人还尝试打破诗歌的文体界限，将小说与戏剧的文体因素引入诗歌，在诗歌的小说化、戏剧化情境中，增加叙事的成分，从而增强诗歌的客观化抒情效果。徐志摩的《大帅》《一条金色的光痕》《罪与罚（二）》，闻一多的《天安门》《罪过》《飞毛腿》，都是通过戏剧性场景的形式，把戏剧对话和人物独白引入诗歌，诗中的“我”也戏剧化了，不再是诗人自我，而是戏剧场景中的一个角色，是事件的目击者，诗人的情感随之也寄寓在了戏剧化的角色身上，避免了情感的主观化外露。“新月”时期的卞之琳的诗歌创作，在情感的克制方面显得更为出色，他写的虽然只是一些抒情短诗，但倾向于小说化、典型化、非个人化。比如他的《酸梅汤》一诗，诗中采用口语体的独白，自然而亲切，“和莎士比亚戏剧中常用的独白和旁白一样有味道”[1]，卞之琳后来在回顾时说这是“小说化，典型化，非个人化”，并且认为“这种抒情诗创作上小说化，非个人化，也有利于我自己在倾向上比较能跳出小我，开拓视野，由内向到外向，由片面到全面，而在诗创作上为自己的写诗后期以至解放后写诗新时期，准备了新的开端”[2]。卞之琳这段话的意思如果套用在新月派诗人的身上，似乎也没有什么不妥。新月派诗人的确在有些时候是有着“跳出小我”的倾向，有着“由内向到外向”的愿望，他们在诗歌艺术上所作的小说化、戏剧化的努力，就是很好的说明。历史事实也证明，新月派的诗人在抗战以后确实在走进现实，走向人民大众。对于这种转变，闻一多在《文学的历史动向》一文中作过说明，他说“要把诗做得不像诗”，要在诗歌中利用小说戏剧的技巧，改变诗的“纯诗”倾向，才能赢得读者。[3] 在抒情诗中增加叙事成分，也即意味着诗歌的现实感的增强，意味着诗人的情感不再局限于个人，标志着抒情诗题材的社会性在增强。

通过象征手段来达到“节制情感”的抒情效果是新月派诗人的共同追求。不过，这里要注意的是，新月诗派的象征与象征诗派的象征是有区别的，新月诗派的象征“是在情绪与外物之间寻找对应点、相近点，因而其意蕴相对显得明晰、纯粹一些”，而象征诗派的象征则是“把毫不相干的事物联结起来，造成象征意蕴的朦胧性、多义性”。[4] 如徐志摩以雪花象征自我（《雪花的快乐》），以明星象征人生理想（《为要寻一颗明星》），象征意义是透明的。闻一多是画家诗人，他的诗歌具备刚劲的朴素线条的美丽，有着颜色的错综的美，“作者是用一个画家的观察，去注意一切事物的外表，又用一个画家的手腕，在那些依然具不同颜色的文字上，使诗的生命充溢的”[5]。闻一多的写景诗，“尤其重视以带有色彩的景物创造象征的意象，他把各种色彩都给抹在调色板上，精心点染，以象征环境、处

---

① 辛笛：《春光永昼话之琳》，《开卷》1980 年第 6 期。

② 卞之琳：《雕虫纪历 · 自序》，人民文学出版社 1979 年版，第 7 页。

③ 闻一多：《文学的历史动向》，《闻一多选集》，开明出版社 2023 年版，第 107 页。

④ 龙泉明：《中国新诗流变论》，人民文学出版社 1999 年版，第 241 页。

⑤ 沈从文：《论闻一多的〈死水〉》，《新月》1930 年第 3 卷第 2 期。

境、心境，而最终达到象征自我的哲理的层次”[①]。

三、醇正的诗学观念追求

陈梦家在《新月诗选·序言》中提出的“本质的醇正”“技巧的周密”“格律的谨严”，可以看作是新月诗派诗学观念的总括性纲领。这份纲领，有对前期新月诗派艺术追求的继承、总结和坚守在内，也有某种应时而变的成分在内。在这三者之中，“本质的醇正”是前提，是第一位的，技巧或格律的运用都要以此作为条件。关于技巧，陈梦家有所强调，他指出：“技巧乃是从印象到表现的过渡，要准确适当，不使橘树过了河成了枳棘”“所以诗，也要把最妥贴最调适最不可少的字句安放在所应安放的地位：它的声调，甚或它的空气（Atmosphere），也要与诗的情绪相默契”。[②] 这充分反映出他们对待诗歌创作的精心和刻意，对于诗歌创造的小心、细心和耐心。所谓“本质的醇正”，是从诗歌本体出发对诗歌提出的要求，诗之所以为诗，就在于它的纯粹而又美的特质，作诗的人要有耐心与细心，通过“思想或情感的清滤”过程，达到诗歌的醇正。闻一多说：“我自己做诗，往往不成于初得某种感触之时，而成于感触已过，历时数日，甚或数月之后，到这时琐碎的枝节往往已经遗忘了，记得的只是最根本最主要的情绪的轮廓。”[③] 这种轮廓经过想象的艺术加工，才有可能成为诗的表现，不是所有的东西都可以入诗的，诗所表现的对象必须是经过选择的，“选择是创造艺术的程序中最紧要的一层手续，自然的不都是美的，美不是现成的”“没有选择便没有艺术”[④]，只有经过选择才能鉴别美丑。因此，纯粹的诗必要经过选择的程序，方能具有两重创造的含义：“在表现上，它所希求的是新的创造，是从锻炼中提选出的坚实的菁华，它是一个灵魂紧缩的躯壳。在诗的灵感上，需要那新的印象的获取（就是诗的内

① 龙泉明：《中国新诗流变论》，人民文学出版社 1999 年版，第 239 页。

② 陈梦家：《新月诗选·序言》，新月书店 1931 年版，第 13—14 页。

③ 闻一多：《致左明（1928 年 2 月）》，载武汉大学闻一多研究室《闻一多论新诗》，武汉大学出版社 1985 年版，第 258 页。

④ 闻一多：《〈女神〉之地方色彩》，《创造周报》1923 年第 5 号。

在是一种新的诗的发现）。”① 这就是说，诗人苦心经营的艺术品，它的最高成功，是体现了诗人的美学观念的，是诗人按照自己的审美理想对诗的材料加以选择、锻造和提炼的结果。

从艺术本位的立场出发来看，追求醇正的诗歌是正确的，但是从新月派诗人所处的时代来看，醇正的诗歌美学思想就值得斟酌了，显而易见的是，在他们的时代，主张醇正的诗歌艺术是和时代审美存在一定的距离的，或者说是冲突的。最典型的是闻一多的《死水》和朱湘的《草莽集》这样两部堪称格律诗典范的精致之作，在当时却招致了寂寞的待遇。按说闻一多在新月诗人圈子里的影响是无人能比的，可是一旦走出这个圈子，对于社会的影响就很微弱了，以致闻一多在 20 世纪 30 年代初出任清华大学教职时，竟然只有少得可怜的一两个学生选他的课，于此可见《死水》的影响了。《草莽集》也“不幸得很”，虽然这部诗集代表了朱湘在新诗史上的成就，“于外形的完整与音调的柔和上，达到一个为一般诗人所不及的高点”“所有的试验，是已经得到了非常成功的”，但是，这些值得提起的成就，“却使作者同时便陷入一个失败的情形里去了。作者运用辞藻与典故，作者的诗，成为‘工稳美丽’的诗，缺少一种由于忧郁，病弱，颓废，而形成的犷悍与旧气息，与时代所要求异途，诗所完成的高点，却只在‘形式的完整’，以及‘文学的典则’两件事上了。离去焦躁，离去情欲，离去略带夸张的炫目光彩，在创作方面，叶圣陶先生，近年来所有的创作，皆在时代的估价下显然很寂寞的，朱湘的诗，也以同一意义而寂寞下去了”。② 看来，远离时代审美需求而寂寞下去的作家还不只是朱湘。按照沈从文的观察，朱湘的《草莽集》“在当时，使人注意处，尚不及焦菊隐的《夜哭》同于赓虞的《晨曦之前》”③。这里我们就要追问一下，为何在艺术上不及《草莽集》精致的《夜哭》《晨曦之前》两部诗集却得到了时代的热烈响应呢？原因很明确，就是焦菊隐和于赓虞两位诗人在迎合时代气氛上取得了成功，“焦菊隐、于赓虞的诗作虽然粗糙，却因他们的

① 陈梦家：《新月诗选·序言》，新月书店 1931 年版，第 12—13 页。
② 沈从文：《论朱湘的诗》，《文艺月刊》1931 年第 2 卷第 1 期。
③ 沈从文：《论朱湘的诗》，《文艺月刊》1931 年第 2 卷第 1 期。

直抒胸臆，充分表达了躁动不安的时代情绪，而投合了广大青年读者的文学趣味”①。而《草莽集》却“没有粗暴”“没有昏瞀”“缺少那种灵魂与官能的苦恼”②，诗人只是在远离时代纷乱的超现实中做着宁静的东方之梦，做着自己的纯粹艺术的实践。

不过，沈从文似乎也不担心《死水》与《草莽集》的前途，认为这两部诗集不会因为暂时的寂寞而失去价值的，“《草莽集》在中国抒情诗上的成就，形式与内容，实较之郭沫若纯粹极多。全部调子建立于平静上面，整个的平静，在平静中观照一切，用旧词中属于平静的情绪中所产生的柔软的调子，写成他自己的诗歌，明丽而不纤细。《草莽集》的价值，是不至于因目前的寂寞而消失的。《死水》一集，在文字和组织上所达到的纯粹处，那摆脱《草莽集》为词所支配的气息，而另外重新为中国建立一种新诗完整风格的成就处，实较之国内任何诗人皆多”③。这就是说，沈从文在评价《死水》与《草莽集》时虽然使用了时代这把尺子，但又没有局限于时代的尺度，而是以超越时代尺度的眼光，在另一个价值系统中肯定了这两部诗集的价值。

为了实现醇正的诗歌艺术追求，新月派诗人是不惜苦炼诗歌技巧的。陈梦家说：“我们欢喜‘醇正’与‘纯粹’。我们爱无瑕疵的白玉，和不断锻炼的纯钢。白玉，好比一首诗的本质，纯粹又美；钢代表做诗人百炼不懈的精神。”④ 这段话可以说概括了新月派诗人在诗歌艺术方面的一致的追求，无论是闻一多、徐志摩、朱湘，还是后起的陈梦家、卞之琳，对写诗都是有着艰苦的锤炼精神的。苏雪林盛赞闻一多是抱着杜甫“语不惊人死不休”和“颇学阴何苦用心”的态度写诗的，她在论述闻一多字句锻炼的精工时用了这样一段形象的文字：“作风精炼，无不由字句用法和构造讲求而来。别人拿到一块材料，随意安排一下，便成功了一件作品；精炼作家则须放在炉中锻炼，取到坫上锤敲，务使一个个的字都闪出异光，一

① 丁瑞根：《悲情诗人：朱湘》，花山文艺出版社 1992 年版，第 120 页。

② 沈从文：《论朱湘的诗》，《文艺月刊》1931 年第 2 卷第 1 期。

③ 沈从文：《论闻一多的〈死水〉》，《新月》1930 年第 3 卷第 2 期。

④ 陈梦家：《新月诗选·序言》，新月书店 1931 年版，第 9 页。

句句的话都发出音乐似的响亮，这才肯罢手。别人因为泥像容易塑，都去塑泥像并且往往只捏个粗坯了事；精炼作家则偏要雕刻云母石像，几千度的挥斧，几千度的运凿，碎石火花纷飞之下，先成了一个粗陋的模型，慢慢的一个满月似的脸开出来了，一支玉腻的手臂雕出来了，琢之磨之，相度之，端详之，最后才从艺术家辛苦的劳力坚贞的思想里产生出一个完全的仪态万方的美人。"① 这段文字以形象的比喻说明闻一多就是那种精炼作家。苏雪林以《红烛》《死水》为例来论述闻一多诗歌的锤炼之功，在她看来，"《红烛》尚有锤炼的痕迹，《死水》则到了炉火纯青之候""《红烛》全部的作品都反映着绚烂的色彩，而《死水》却是朴素的，淡雅的，不着一毫色相""《红烛》的色现在表面，《死水》却收敛到里面去了"。《死水》字句都极矜炼，"然而不教你看出他的用力处，这是艺术不易企及的最高的境界"②。《死水》的精炼、谨严给臧克家的印象也很深，他指出："从《死水》里的诗篇，可以见出作者在创造过程中艰苦缔造，锻炼熔铸的一丝不苟的精神。不论表现一个意境或一种情感，他总是煞费苦心的去找那个焦点""总是苦心地避免人家用熟了的一些形象，尽可能的独出心裁，自铸新词"。③ 闻一多的苦心锤炼的创作精神颇似唐朝诗人贾岛所推崇的"二句三年得，一吟双泪流"的"苦吟"，这样的精神对于那些把新诗看得很容易的人而言，至少是起到了一种严肃的示范作用。在新月派的诗人中，闻一多的苦炼当然是著名的了。其实，论到徐志摩，这位性灵的诗人也是有着苦炼的作风的。徐志摩说他写诗的经验是："从一点意思的晃动到一篇诗的完成，这中间几乎没有一次不经过唐僧取经似的苦难的。诗不仅是一种分娩，它并且往往是难产！"④ 他还说："诗人也是一种痴鸟，他把他的柔软的心窝紧抵着蔷薇的花刺，口里不住的唱着星月的光辉与人

---

① 苏雪林：《论闻一多的诗》，《现代》1934 年第 4 卷第 3 期。

② 苏雪林：《论闻一多的诗》，《现代》1934 年第 4 卷第 3 期。

③ 臧克家：《闻一多的诗》，《人民文学》1956 年第 7 期。

④ 徐志摩：《猛虎集 · 序文》，载方仁念《新月派评论资料选》，华东师范大学出版社 1993 年版，第 308 页。

类的希望，非到他的心血滴出来把白花染成大红他不住口。”[①] 这表明，徐志摩对待写诗的事业是不敢马虎和怠慢的。朱湘的诗“也是经过刻苦磨炼的”[②]，他是新月诗派中以“苦炼”音节和用字而卓著的诗人，他在诗的音韵方面下了很多功夫以求得合适的表现情调，比如在《婚歌》首章中起首用“堂”的宽宏韵，结尾用“箫”的幽远韵，便是想用音韵来表现出拜堂时热闹的锣鼓声，撤帐后轻悄的箫管声，以及拜堂时情调的紧张，撤帐后情调的温柔。《采莲曲》中“左行，右撑”“拍紧拍轻”等处便是想以先重后轻的韵表现出采莲舟过路时随波上下的一种感觉。《昭君出塞》是想用韵的平仄表现出琵琶的抑扬节奏。《晓朝曲》所用“东”“飏”两韵是描摹钟声的“洪”“杭”。《王娇》中各段用韵，也是斟酌当时的情调境地而定的。在诗的用字方面，朱湘对自一字到十一字的诗行都做过尝试，一字行如《花与鸟》的“她/美丽如一朵春花；/我/热烈如太阳的火”。两字行如《采莲曲》中的，三字行如《婚歌》中的，四字行如《招魂辞》中的，五字行如《日色》中的，六字行如《岁暮》中的“在这风雪冬天，/幻异的冰花结满窗沿，/凉飙把门户撼——/饮酒呀！/让我们，对着炉火炎炎，/送这流年”。七字行如《今宵》的“媚阳春一去不还，/色与香从此阑珊——/再不要登高望远，/万里中只见秋山”。八字行如《催妆曲》中的，九字行如《摇篮歌》中的，十字行如《梦罢》中的，十一字行如《送黄天来》中的。朱湘的苦心锤炼得出的结果是：“诗行不宜再长，以免不连贯，不简洁，不紧凑。”在诗章的锤炼方面，朱湘也做过各种试验，其中有一种全章各行长短不定的（如《恳求》），是对古体词的借鉴和翻新，朱湘说：“天下无崭新的材料，只有崭新的方法。旧诗有什么地方可以取法，发展，全靠新诗人去判断。我的十字行虽然同旧诗弹词大鼓的十字行同是十字，内容却大不相同了，正如李白的乐府异于古代的乐府一样。”[③] 这说明朱湘的试验不是盲目的，而是有着明确的方向的，这样的试

① 徐志摩：《猛虎集·序文》，载方仁念《新月派评论资料选》，华东师范大学出版社 1993 年版，第 310 页。

② 陈梦家：《新月诗选·序言》，新月书店 1931 年版，第 25 页。

③ 朱湘：《〈草莽集〉的音调与形式》，《文学周报》1929 年第 7 卷。

验对于推动新诗的本体建设当然是功莫大焉。从朱湘的这些话，我们可以看出，他的无论音韵还是字句、诗章的锤炼，都是颇费了一番苦心的，体现了新诗人对于技巧探求的执着。

陈梦家代表后期新月诗派阐述的“格律”主张与前期新月诗派在《晨报副刊·诗镌》所提倡的“格律”观念在本质上是一致的，陈梦家特别推崇闻一多、饶孟侃对于新诗形式探索作出的贡献，他指出：“主张以字音节的谐和，句的均齐，和节的匀称，为诗的节奏所必须注意而与内容同样不容轻忽的，使听觉与视觉全能感应艺术的美（音乐的美，绘画的美，建筑的美），使意义音节（Rhythm）色调、（Tone）成为美完的谐和的表现，而为对于建设新诗格律（Form）唯一的贡献，是他们（按：指闻一多、饶孟侃）最不容抹杀的努力。”① 这样的努力发展到后期新月诗派这里并没有中断，而是得到了延续，正如陈梦家所阐述的，“我们不怕格律。格律是圈，它使诗更显明，更美”“格律在不影响于内容的程度上，我们要它，如像画不拒绝合式的金框。金框也有它自己的美，格律便是在形式上给与欣赏者的贡献”“我们并不是在起造自己的镣锁，我们是求规范的利用”“诗有格律，才不失掉合理的相称的度量”。② 这些论述可以看作对后期新月诗派格律观念的全面阐释，说明了格律作为诗歌的形式审美要素所具有的重要性，当然还有更重要的一点是后期新月诗派所着重强调的：“我们决不坚持非格律不可的论调，因为情绪的空气不容许格律来应用时，还是得听诗的意义不受拘束的自由发展。”③ 这里对诗歌内容作为诗歌的重心的突出，已经超出了前期新月诗派对内容的规定，前期新月诗派在强调格律的同时虽然也没有忽略内容，但与后期新月诗派比较起来，还是格律为重，内容次之，而到后期新月诗派这里，明显的变化是格律重要，内容更重要，如果两者不能兼顾时，宁可将诗歌内容放在第一位，格律置于第二位，不能为了格律而牺牲意义。之所以出现这样的变化，是因为新月派的诗人们早已觉察到“格律”的弊端了，徐志摩就曾不无遗憾地指出，谁都

① 陈梦家：《新月诗选·序言》，新月书店 1931 年版，第 24 页。
② 陈梦家：《新月诗选·序言》，新月书店 1931 年版，第 15—16 页。
③ 陈梦家：《新月诗选·序言》，新月书店 1931 年版，第 15 页。

会运用白话，谁都会切豆腐似的切齐字句，谁都能似是而非地安排音节——但是诗，它连影儿都没有和你见面!① 这意味着新月诗人们所雄心勃勃设计的格律试验已经陷入异化的歧途了，所以到后期新月派这里，在格律问题上作出调整，其诗学意义显然是非常重大的，它有助于新月诗人们的再出发，有助于新月诗人们打破镣铐进行新的诗歌创造。

新月派的诗人不仅在理论上倡导、研讨格律理论，而且在行动上付诸新诗的创作实践，把格律理论凝定为诗歌文本形态。闻一多作为格律诗理论的领袖，在实践上同样为格律诗的创建作出了前驱性的贡献，他的诗集《死水》就是新诗格律化的典范。闻一多在谈到《死水》一诗的音节特征时，曾不无自豪地说："这首诗是我第一次在音节上最满意的试验。"② 满意之处当然是指《死水》的音节体现了诗歌的内在精神——节奏。《死水》这首诗，每个诗行的音组数目都相等，字数也是一样多，音组数目有规律的变化，形成明显的节奏感。运用音组的理论，建立新诗的格律，是闻一多的创造。诗集《死水》中诗篇音组的安排做到了大体整齐，每一诗行大体上有三到六个音组，每行诗的字数为九到十二个，最多的是十五个字。说大体整齐自然也是相对的，比如《洗衣歌》《什么梦》《忘掉她》的诗行的音组数目就并非都一样，这说明一个诗人要驾驭诗的节奏，既要注意其音组数目的基本一致，又要注意适当的有规则的变化，要做到均齐与变化的统一。诗行的结尾，对诗歌的节奏也会产生影响。《死水》诗集中的诗篇，以双音节结尾为多，如《春光》《死水》等篇，但也有变化，比如《口供》一诗，前八句双字结尾，最后两句单字结尾。整首诗都以单字结尾的，如《忘掉她》和《你莫怨我》，特别适合吟诵。诗集《死水》中诗句的押韵很有讲究，韵脚都是精心安排的。用得最多的是每个诗段四行，第二、四行押韵，有时是一、二、四押韵。基本上属于这种押韵方式的有《死水》《什么梦》等十一首。其中有的是一韵到底，大多数是每个诗段换韵。其次是押随韵。每两行押韵，以后的两行又换韵，如《静夜》《发现》《飞毛腿》等十首。这些诗篇，绝大多数诗行比较长。比较长的诗行，如

---

① 徐志摩:《诗刊放假》,《晨报副刊・诗镌》1926 年第 11 号。

② 闻一多:《诗的格律》,《晨报副刊・诗镌》1926 年第 7 号。

果用四行一个诗段，第二、四行押韵的方式，显然韵脚离得太远了，似乎不能一下子贯穿起来，在这种情况下，押随韵能增强音乐感。《你莫怨我》《忘掉她》《我要回来》都是每个诗段开头和结束采用复沓的形式，中间几行，每行押韵。这几首诗，“诗行短，韵脚密，本来易造成音调的局促之感。可是，它与复沓的形式配合，就不但不会有这种缺陷，反而使节奏更为鲜明，适合于反复吟咏了”。《死水》诗集对押韵的试验还有些是不常用的，如《你看》的每行押韵，《荒村》的偶数诗行押同一个韵，《收回》的押交韵，《天安门》的在句末虚字前面的那个字押韵，等等，都是不常见的。从诗章的格式来看，《死水》中的不少抒情短篇不分段，有浑然一体、一泻千里之势。用得最多的是四行一节，给人以严整和谐的感觉。为了突出诗的主题，《一句话》中两个诗段的最后，都把“爆一声：/‘咱们的中国！’”一句，分行排列，以示醒目。为了使诗的内容上形成强烈的对比，《春光》前八行组成一段，后两行为一段。诗人的确是做到了：注重内容，调和节奏，不拘一格。[①] 与闻一多的诗集《死水》并称为现代格律诗代表之作的还有朱湘的诗集《草莽集》，此诗集奠定了朱湘在新诗史上的地位。朱湘也是新诗格律运动的中坚人物，他一贯讲究形式的完整与“文字的典则”，对新诗格律的试验颇为投入和用心，特别是在诗章各行的整饬化——章与章之间的均匀对称方面有着成功的探索。朱湘的《采莲曲》与闻一多的《死水》一样，被称为新诗格律化的典范之作。《采莲曲》的成功，不仅在于东方的宁静的美丽，情调的典雅，境界的清新，悠扬的音韵，视觉的色彩，听觉的动感，更在于精微巧妙的音节格律。我们试引《采莲曲》中的一节诗来看：

小船呀轻飘，
杨柳呀风里颠摇；
荷叶呀翠盖，
荷花呀人样娇娆。

① 刘烜：《闻一多评传》，北京大学出版社 1983 年版，第 161—164 页。

日落，
微波，
金丝闪动过小河。
左行，
右撑，
莲舟上扬起歌声。

《采莲曲》的每一段，“都是四个七字句，四个二字句和两个五字句组成，关键在于它们的相互嵌插。诗人以两个五字句隔行插在七字句中，又以四个二字句分两组插在七字句中，形成了参差不齐的句式组合，七字句一般是三音步，五字句和二字句分别是二音步和一个音步。这些句式组合形成了二三、二三、一三、一三的音步组合，尤其是两个七字句中嵌入的二字句，给人的感觉像是有一下无一下、左一下右一下的划桨节奏，小船也就随之在长满莲荷的水面上若停若行，左摇右摆。吟者和听者便在这种节奏中感同身受，如亲临其境一般”[①]。朱湘对于自然节律有过人的敏感，这种敏感常常集中在水波和人行水面的体验中。在《草莽集》编定后创作的《棹歌八首》中，诗人表现了一种全然不同于《采莲曲》的行船节奏。嵌插在七字句中的“对长空”和“鸟凭风”两个三字句，“如同双桨的奋力一举，给人一种船行很快的感受”。《泛海》一诗给人的感受则“纯然是海轮在浪涛中行驶，虽有摆动但幅度不大的节律”。在这三首诗中，“朱湘利用音节的变化让人体会到在长满莲荷的水面、空阔无碍的湖面和波涛起伏的海面上行船的不同动感”[②]，显示出诗人在音律制作方面具有的特殊才能和不凡的功力。徐志摩同闻一多、朱湘一样，对现代格律诗的创建有着巨大的贡献。只不过徐志摩的长处是在格律诗的创作试验，而非理论建树。他自认在格律诗的理论方面没有闻一多下的功夫细密，但在艺术实践方面，他却是闻一多格律诗理论的积极实践者，他把格律诗的理论在诗歌写作中具体化了。徐志摩的很多传世之作，比如《雪花的快乐》《再别康

① 丁瑞根：《悲情诗人：朱湘》，花山文艺出版社 1992 年版，第 140—141 页。
② 丁瑞根：《悲情诗人：朱湘》，花山文艺出版社 1992 年版，第 141 页。

桥》《海韵》《沙扬挪拉》《山中》等等，都是对音韵格律进行了精心的组织和安排的，“我们从他的那些精心结构的典雅的艺术建筑中，看到的是《残诗》那样一点也不‘残’的艺术完整性。在那里，几乎每一个音节都是经过精心选择后安放在最妥切的位置上的。最奇异的现象是它能以纯粹的口语，展示那种失去锦衣玉食的没落的哀叹；那种无可奈何的眷恋，被极完美的音韵包裹起来，而且闪闪发光”①。音节格律的自觉运用使得徐志摩的诗不再是不受羁勒的野马，而是有了秩序，他总是能抓住每一首诗的“原动的诗意”“诗感”，去安排适度的格律，这就使得他的每一首诗的格律都显现出了变化，而不是机械的、划一的程式化。徐志摩不同于其他格律诗人的一个独特之处是他对音乐有着一种超出常人的敏感，在他看来，“宇宙的底质，人生的底质，一切有形的事物和无形的思想的底质——只是音乐，绝妙的音乐”②。音乐不但是体现宇宙、存在的重要形式，而且还是诗歌艺术的生命，“正如一个人身的秘密是它的血脉的流通，一首诗的秘密也就是它的内含的音节的匀整与流动”③。徐志摩是如此看重音乐，因而也就把诗歌的音乐性作为了他的诗歌艺术的重要追求，我们读他的很多作品，常能感受到他的作品中有着音乐的流动感，节拍的流畅感，诗人的情绪和情感都被旋律化了，因此，我们可以毫不夸张地说，徐志摩诗歌的音乐美是他对现代格律诗建构的一个有特色的贡献。

新月派诗人在格律化方面对十四行诗的引进和试验同样是值得注意的。闻一多将十四行诗（sonnet）翻译为“商籁体”，并对这种诗歌体式作过精要的说明，他在给陈梦家的信中指出：“最严格的商籁体，应以前八行为一段，后六行为一段；八行中又以每四行为一小段；六行中或以每三行为一小段，或以前四行为一小段，末二行为一小段。总计全篇的四小段，（我讲的依然是商籁体，不是八股！）第一段起，第二承，第三转，第四合。讲到这里，你自然明白为什么第八行尾上的标点应是‘。’或与它相类的标点。‘承’是连着‘起’来的，但‘转’却不能连着‘承’走，

---

① 徐志摩：《徐志摩名作欣赏》，中国和平出版社 2010 年版，第 12 页。

② 徐志摩：《〈死尸〉》，《语丝》1924 年第 3 期。

③ 徐志摩：《诗刊放假》，《晨报副刊・诗镌》1926 年第 11 号。

否则转不过来了。大概‘起’‘承’容易办，‘转’‘合’最难，一篇精神往往得靠一转一合。总之，一首理想的商籁体，应该是个三百六十度的圆形；最忌的是一条直线。”① 由此可见闻一多对“商籁体”的探讨是非常细致的。闻一多自己的《你指着太阳起誓》就是对这一诗体的很好试验：“这首诗，就其具体的格式而论，并不十分严格。第一部分前四行的押韵用意大利体，后四行却用了莎士比亚体。这首诗的好处，在于内容安排得好，转折处显得有精神、有棱角，这符合了这种体式的要求。”②闻一多之外，新月派的诗人中尝试十四行诗创作的有孙大雨、饶孟侃、朱湘、陈梦家、卞之琳、林徽因、方玮德等诗人。朱湘对十四行诗进行了大规模的试验，“在商籁体中也分别引进了彼特拉克体（the Petrarchan）和莎士比亚体（the Shakespearean），以及这两大类型的各种变体，对双行（heroic couplet）、四行（stanza）、回环调（rondean）等诗体也有所涉及。朱湘在西诗格律的移植中，并没有机械地照搬这些格式，而是在内容与形式的和谐中寻求一种可能性”，这使得朱湘成为“中国新诗史上对诗体贡献最为突出的诗人”。③ 新月派诗人的十四行诗体的试验在当时的诗坛上颇有带动诗歌风潮的效应，很多报刊如《文学》《文艺杂志》《现代》《申报·自由谈》《人间世》《晨报·文艺周刊》等都纷纷登载十四行诗，形成了十四行诗创作的热潮。从新诗发展的历史来看，新月派诗人进行的十四行诗诗体移植和试验，无疑是为新诗的形式创造提供了新的经验，为中国诗界“钩寻中国语言的柔韧性，乃至探检语体文的浑成、致密，以及别一种单纯的‘字的音乐’的可能性”提供了“较为方便的一条路”。是的，的确“方便”，因为“我们有欧美诗作我们的向导与准则”④。

按照上述一套理论和技术锤炼出来的诗歌，毫无疑问应该算得上是艺术的精品了，但很寂寞。新月派诗人走的是一条纯艺术的道路，他们的理论和技术都是很有艺术价值的，他们的理论和技术既成就了一派诗歌，同

① 闻一多：《谈商籁体》，《新月》1931 年第 3 卷第 5—6 期。

② 刘烜：《闻一多评传》，北京大学出版社 1983 年版，第 164 页。

③ 丁瑞根：《悲情诗人：朱湘》，花山文艺出版社 1992 年版，第 205—206 页。

④ 徐志摩：《诗刊·前言》，《诗刊》1931 年第 2 期。

时又把他们封闭起来，限制了他们，使他们失去了读者群。沈从文曾经指出，《死水》不是“热闹”的诗，“那是当然的，过去不能使读者的心动摇，未来也将这样存在，然而这是近年来一本标准诗歌！在体裁方面，在文字方面，《死水》的影响，不是读者，当是作者。由于《死水》风格所暗示，现代国内作者向那风格努力的，已经很多了”[①]。因此，新月诗派的诗是“写给内行看的诗”，是“写给诗人读的诗”[②]，它的影响也还主要是在诗人和诗歌流派，《晨报副刊·诗镌》《新月》《诗刊》培养了一大批诗人，最著名者如臧克家，他是从《新月》上成长起来的，他的诗“在形式、格律和注重炼字炼句方面，都受到新月派的影响”[③]。从诗歌流派的演变来看，新月诗派对后起的现代诗派也有着明显的影响。

---

① 沈从文：《论闻一多的〈死水〉》，《新月》1930年第3卷第2期。

② 蓝棣之：《新月派诗选·前言》，人民文学出版社2009年版，第44页

③ 蓝棣之：《新月派诗选·前言》，人民文学出版社2009年版，第45页。

七月诗派的诗体创造

中国现代诗歌史上的七月诗派是指1937—1949年间，围绕《七月》《希望》等文学期刊形成的具有鲜明艺术风格的诗歌流派。胡风作为文艺理论家，“他对于诗的敏感和卓识，以及他作为刊物（《七月》《希望》）编者所表现的热忱和组织能力，对于这个流派的形成和壮大起过了不容抹煞的诱导作用”①。这个流派的诗人在地域上的分布是非常广泛的，从国统区、解放区、大后方到抗战前线，从城市到农村，都遍布着诗人的足迹，他们从四面八方集聚到了以《七月》为中心的诗歌美学阵地，唱出了高亢激愤的复仇之歌和沉郁苍凉的时代悲歌，他们自然也不掩饰个人的情感，有着唯美动人的浪漫抒情。这个流派的诗人很明显继承了中国古代诗歌中感时伤世与忧国忧民的传统，继承了“五四”以来以鲁迅为代表的诗歌现实主义传统，同时也接受了同时代的杰出诗人艾青和田间的影响。② 牛汉说：“我那时的文学修养相当浅薄，吸引我和几个朋友的诗集只有艾青的《北方》，田间的《呈在大风沙里奔走的岗位们》，还有《七月》《抗战文艺》《文学月报》等刊物上的一部分诗。”③ 谈到田间对他的影响，牛汉说：“田间的诗强烈地震撼了我幼稚的渴望投入战斗生活的心灵，连他的那种被人嘲笑的分行样式我都喜爱。我以为田间昂奋的激情，奔跑的姿态，只有用短促而跳跃的节奏才可以相应地表达出来，假如以精雕细琢的词汇、沉缓的调子、板板正正的格律去框住田间诗的飞动的意象，是难以

① 绿原、牛汉：《白色花·序》，人民文学出版社1981年版，第3页。

② 关于这种影响，七月诗人绿原曾作过这样的概括：“特别是艾青、田间几位诗人，他们直接从战斗生活中发掘出来的诗行，对于当时年轻的敏感而饥渴的心灵们，更是一种冲击，一种挑战，一种进攻，迫使他们纷纷发出自己嫩脆的声音来应和，来伴奏，来回响，于是现实土壤下面应有、将有、还没有的诗的新生命一个个破土而出了。”（绿原：《〈人之歌〉自序》，《葱与蜜》，生活·读书·新知三联书店1985年版，第75页。）

③ 牛汉：《我是怎样写〈鄂尔多斯草原〉的》，《牛汉诗文集》（第3卷），人民文学出版社2010年版，第174页。

想象的。田间当年的诗是健壮而红润的，粗粝的语言有很大的爆发力，我有两三年光景沉醉在他的战鼓声中。”① 再加上他们对时代现实的深广体验，遂酿出了感人的诗篇。他们在诗歌艺术领域的探索结晶，既体现为以胡风、阿垅、艾青为代表的对诗学理论的思考，又体现为在诗歌的意象、节律、美感、诗体等方面对中国新诗的丰富。

从诗歌创作演变的轨迹来看，七月诗派明显地区分为两个时期，前期以《七月》为中心，后期以《希望》为中心，两个时期的主要作者虽然有些变化，但作为一个流派，从前期到后期，艾青、田间的影响“始终占有重要的地位，对这个流派的形成起了深远的不可分割的作用”“甚至可以说起到了奠基的作用”。② 艾青、田间的最重要、最有影响的作品都是发表在《七月》上的，如艾青的《北方》《雪落在中国的土地上》《乞丐》《向太阳》等，田间的《给战斗者》以及一大批街头诗，他们的诗集编入《七月诗丛》出版的各有两本：艾青的《北方》和《向太阳》，田间的《给战斗者》和《她也要杀人》。这些作品的艺术成就和创作方法影响了当时一代的文学青年，“这些青年作者沿着这两位先行者的道路又有新的开拓，并在更广阔的历史背景下形成了一个诗的流派；这个流派在四十年代整个诗坛上代表了一个与二三十年代诗风不同的风格，并和当时并存的其它流派在艺术上形成了鲜明的分野”③。

从诗歌创作的整体面貌来看，七月诗派前期的作品写于爱国主义热情蓬勃的年代（主要指国统区），“作品的情调比较单纯、高昂，生活的旋律是欢快的，作品的色彩明朗，历史的限制还不太显著”。后期的作品则是复杂的历史环境的产物，特别是国统区的作者们，“不但面临着民族大敌，而且还时刻遭到反动统治者的扼杀和迫害，他们有的被投入监狱，有的遭到通缉，有的不得不隐蔽起来，因之他们的创作的基调，不可避免地带上一些沉郁与悲怆的成分”。同时，为了坚持民主斗争，仍然与反动统治进

① 牛汉：《回顾和思考》，《牛汉诗文集》（第 3 卷），人民文学出版社 2010 年版，第 212 页。

② 牛汉：《关于“七月派”的几个“问题”：在 1983 年中国现代文学思潮、流派学术交流会上的发言》，《牛汉诗文集》（第 3 卷），人民文学出版社 2010 年版，第 179—180 页。

③ 牛汉：《关于“七月派”的几个“问题”：在 1983 年中国现代文学思潮、流派学术交流会上的发言》，《牛汉诗文集》（第 3 卷），人民文学出版社 2010 年版，第 180 页。

行拼搏，“有许多诗，如绿原、冀汸的一些政治抒情诗，充满了悲愤与控诉”[①]。尽管遭遇着艰难的时世和历史的限制，但诗人们没有退却，没有放弃，他们依然保持着对于诗的信仰和敬畏：“人必须用诗找寻理性的光，/人必须用诗通过丑恶的桥梁，/人必须用诗开拓生活的荒野，/人必须用诗战胜人类的虎狼，/人必须同诗一路勇往直前，/即使中途不断受伤。”（绿原《诗与真》）正是依靠这样的信仰，七月派诗人们的创作才不断向新的方向拓展，把中国新诗推向新的境界。

七月诗派的诗人们，若就单个的个体来看，每位诗人都有着自己与众不同的风格。胡风的诗激愤、高昂，艾青、田间、阿垅的诗凝重、逼人，牛汉的诗“粗犷中有细致，刚健中有柔情”[②]，鲁藜的诗纯净、清丽，彭燕郊的诗深沉、庄重，绿原的政治抒情诗冷峻而含有论辩色彩，冀汸的诗充满抗争不屈的气质，杜谷的诗细腻、蕴藉，苏金伞的诗纯净、透明，此外如胡征、孙钿、曾卓的诗，也各自都有他们独特的风格。而且，每个诗人的创作风格也明显地存在着变化。以绿原为例，从《童话》到《又是一个起点》，再到《集合》，诗人的艺术探索从来没有停止过。诗集《童话》中的“每一首诗都流溢一种年轻人的梦幻和憧憬，语言清澈，节奏明快，没有三十年代上海现代派文人有气无力的个人调子，也非田间那种捶胸顿足声嘶力竭式的歌哭呐喊，而是流丽自然的‘天籁’”[③]。《童话》之后，诗人没有沉溺在美丽而虚幻的憧憬中，而是向复杂而严酷的现实不停地突进，在突进中显示出新的风格。诗集《又是一个起点》所收录的多首气势恢宏的长诗，如《终点，又是一个起点》《伽利略在真理面前》《复仇的哲学》《你是谁》《给天真的乐观主义者们》等，不但令我们“感到了震动在他的歌声中的原始性的愤怒”，而且“诗人歌唱得这样悲壮，然而我们感到凄厉”[④]，这些诗是诗人与现实搏斗的产物，“已经脱尽《童话》时

① 牛汉：《并没有凋谢：简介二十人诗集〈白色花〉》，见《牛汉诗文集》（第3卷），人民文学出版社2010年版，第148页。

② 刘扬烈：《诗神·炼狱·白色花：七月诗派论稿》，北京师范学院出版社1991年版，第41页。

③ 痖弦：《溅了血的〈童话〉》，《创世纪》1973年第32期。

④ 方亮：《片感：关于〈又是一个起点〉》，《大刚报·大江》1948年12月12日。

期那种美丽的幻梦般的情境，进入了一个坚实而广阔的艺术天地；不论从主题还是从形象、节奏看，都具有庄严、深厚、飞跃的特点，真实地再现了时代的精神”①。诗人绿原对自己的诗风的变化也有着清醒的认识，他曾经指出，《童话》编入《七月诗丛》，“对于作者来说，它只是一个偶然的开始，同时也是一个必然的结束。原始的童音是不能持久的，我此后再也没有写过那样的诗，而且要写也写不出来了”②。其中的原因是诗人的生存环境发生了变化，诗人置身于“崩溃而趋于疯狂的国统区”“确实丧失了诗人所必备的任何优美的感情”，有的只是“困兽犹斗的焦躁性情”，反映在诗歌创作中，就有了“情绪阴郁、浓烈而凌乱，语言粗犷、直白而急促”③ 的作品大量产生。绿原诗风的变化在七月派诗人中是具有普遍的观照意义的。七月派的诗人们，“不但在生活的道路上艰苦而不停地奔波战斗，在创作上也从来不在一个小的艺术境界里徘徊，更不会兀然不动，欣欣然以为‘定型’了。他们的诗的境界、意象，都随着主客观的变化而不断地向前拓展”④。我们高度肯定七月派诗人在个体风格意义上的创作成就，同时也看重他们在流派意义上所显现的诗歌创作的共性。服从于流派研究的宗旨，我们在此采取的是在尊重作家个人风格的前提下力争凸显流派风格的研究策略，着重考察的是七月诗派的流派属性和特征。

一、升起庄严的歌

七月派诗人是经历了战火的洗礼，在战争中成长起来的一群诗人。在他们的诗歌中，战争是常写不衰的内容，他们对战争进行了全面而丰富的表现。中国现代诗歌中的战争题材，因为有了七月派诗人的抒写，从而变得深刻而动人。可以这么说，七月派诗人对战争的表现深入而细致，具体

---

① 牛汉：《荆棘和血液：谈绿原的诗》，《牛汉诗文集》（第 3 卷），人民文学出版社 2010 年版，第 159 页。

② 绿原：《〈人之歌〉自序》，《葱与蜜》，生活·读书·新知三联书店 1985 年版，第 77 页。

③ 绿原：《〈人之歌〉自序》，《葱与蜜》，生活·读书·新知三联书店 1985 年版，第 79 页。

④ 牛汉：《并没有凋谢：简介二十人诗集〈白色花〉》，《牛汉诗文集》（第 3 卷），人民文学出版社 2010 年版，第 152 页。

而入微，对战争进行了史诗般的生动记录。田间的《“烧掉旧的，盖新的……”》表现了人民在战争中不畏废墟的坚韧心理，方冰的《胜利的消息》《你们》写战斗胜利的喜悦，侯唯动的《偷袭》《突破了围攻》生动再现了战斗的场面，A·S的《新年》渲染出战地新年的温暖、快乐和对胜利的希望，庄涌的《给筑路的农夫》和胡征的《挂路灯的》《钟声》等作品，是献给战争中的筑路工、挂路灯的人和敲钟人的敬礼之歌，正是这些平凡的人们、普通的人民在支撑着正义的战争，构成了战争中最为坚实的力量基础。作为战争灵魂的战士，更是得到了诗人们饱含深情的关注，阿垅的《小兵》以动情的惋惜刻画了一位16岁的战士形象，方然的《邓正死了》痛悼一位牺牲的战士，A·S的《他，受伤了》写受伤的战士在康复之后毅然回到战场，彭燕郊的《冬日》记录了寒冷的冬天里战士们袭击日本鬼子的一场战斗，《雪天》展示了战士们的艰难：“年轻的战士们/艰难地移动冻僵的双脚/在雪上疾走/企图踏着雪上的/朱砂似的同伴的血迹/去追索仇敌的血/喘息着吐出雾白的热气/迅然地走过了/这雪野的冻结的道路。”如果历史不能被忘记，七月派的诗人为后世留下的就是一部带着血的蒸气的民族战争的真实的画卷。

即便在战争状态下，人们依然要生存，冀汸的《跃动的夜》就是战争中生之活力的歌唱。防空警报解除后，“人们从暗洞里爬出来，/拍去身上的尘土，/迈开壮健的步子，/用愉快的眼睛/迎着光辉”。在夜网的笼罩下，迎着电力的光辉，人们又开始忙碌了。士兵在集合，准备奔赴战场，“遥远处/将有火的跳跃/血的流奔”。壮健的工人在起重机下搬运着装有武器和弹药的木箱，“跃动的工人们/用律动的力，/用蜂拥的姿态，/带着莫名的欢欣/抱起木箱/扑向汽车的怀抱!”挑着担子、赶着驴子的农人，唱着淳朴的山歌，在暗夜里赶向城市的集市。生命的力的洪流在暗夜的光辉里跃动着，诗人行走在这洪流里，感到了灼热的呼吸，听到了跳动的脉搏，看见了红黑的面孔。战争能摧毁物质，但不能摧毁人们的生之意志，中国的大地上，每一个夜晚都有着生命的律动。长诗顺着诗人的视线，十分自然地安排了从入夜到黎明、从城市到乡村的场景，通过“跃动的夜”

的描绘，“表现了全民抗战的气氛，显示了中国人民的活力和抗战必胜的信心”①。

战争不可避免地会伴随着悲剧的发生，生命的牺牲，但是对于不该发生却发生了的悲剧，对于不该付出却要付出的代价，常常令人扼腕长叹。天蓝的《队长骑马去了》叙述的就是战争中的一场不幸的悲剧。本来是一支经过改编且具有了严明的军纪和刚强的战斗力的游击队，最后却几乎全军覆灭，其中的原因是队长受了汉奸的引诱，遭遇谋害，游击队的指挥权落在了奸人手里，致使游击队在错误的时间、错误的地点，受到错误的指挥，陷入了敌人的包围圈。面对敌人居高临下的火力，队员们并不败走，并不逃跑，而是在地形不利的条件下选择了向敌人的火力冲锋，以自己的血肉之躯捍卫了战士的荣誉。队员们怀念着自己的队长，深情地盼望着他们的队长能回来，但是他们的队长骑马过黄河去了，他永远也不会回来了。诗歌叙事就是在这样一种抑郁的氛围中结束了，给人留下的是悲凉的回味和无尽的怅惘。胡征的《我回来了》记述红军西征的悲壮事迹，战士们突击在险恶的风沙里，承受着沙漠的蒸烤，敌人的围攻，饥饿的折磨，有的渴死在沙漠里，有的战死在沙漠上，他们的生命无声地消失在浩瀚的沙漠里，没有花圈，没有祭礼。作品非常痛楚地叙述了三个战士在沙漠里找水的过程，他们用刺刀在沙漠里挖井，从黄昏挖到半夜，从半夜挖到黎明，只见到潮湿的沙子，却没有见到一滴水，两个战士因为喝不到水而渴死，剩下的一个战士孤独地向沙漠深处走去。

面对战争造成的苦难，面对黑暗统治造成的苦难，七月诗派没有一个诗人选择了逃避。七月派诗人是浸泡在时代苦难海水中的一群人，他们所经历的苦难人生现实，有的来自诗人的切身经历，有的来自他们在流亡中的所见，他们以浸透着血泪的诗行记录下了一个民族的苦难。贫穷，饥饿，疾病，死亡，流浪，侵略者的暴行，迫害，难民……中华大地上历历可见的苦难现实都反映在了他们的诗歌中。诗人眼界所及，都是田园荒芜、人民离散、村落衰败的景象，“被焚烧过的房舍/孤立的墙垣/那乌黑

---

① 刘扬烈：《诗神·炼狱·白色花：七月诗派论稿》，北京师范学院出版社1991年版，第209页。

干焦的躯体/向铅色的天宇/伸出无可奈何的臂膀”（彭燕郊《冬日》）。我们看到，在七月派诗人的作品中出现了一系列的苦难者形象。嘉陵江上的纤夫们在逆风、逆水中，艰辛地拉着大木船前行，“有角的石子往往猛锐地楔入厚茧皮的脚底”，而到了水急滩险之处，“哗噪的水浪强迫地夺住大木船/人半腰浸入洪怒的水沫飞漩的江水/去小山一样扛抬着/去鲸鱼一样拖拉着”，纤夫们的“骨头到处格格发响象会片片迸碎”“小腿胀重象木柱无法挪动”（阿垅《纤夫》），脚下松陷的沙滩让他们举步难行，他们的前行并不是一里一里的，也不是一步一步的，而只是一寸一寸那么的，一寸一寸的一百里，一寸一寸的一千里啊！北方的“乞丐”徘徊在黄河的两岸，呐喊着痛苦和饥饿，他们用固执的眼，“凝视着你/看你在吃任何食物/和你用指甲剔牙齿的样子”（艾青《乞丐》），他们向任何人伸着乌黑的手，要求施舍一个铜子。曾卓的《母亲》塑造了诗人自己的苦难的母亲形象，她一生遭遇了太多的不幸，特别是战争，迫使她离开故乡，流落异地。诗人由自己的母亲而联想到天下的母亲们，被战争的创伤所倾轧，“都已被掷落在/无告的困苦的岩间呵!”

七月派诗人虽然普遍地在抒写苦难，但他们却没有被苦难吓倒，流露出消极之态。即使在苦难中，诗人们依然怀抱着理想，“读着北方漏网过来的《人民日报》/心跳着，幻想飞到高原上/我们在地图上找寻着，迎接着，祝福着/每一个新生的城市和市镇/呵，那胜利，那喜悦/也是属于我们的”（牛汉《锤炼》）。即使在苦难中，人民的意志并没有被摧毁，纤夫们一寸一寸地前行，正象征了中华民族在苦难中依然保有着强劲的意志力。苦难并不使诗人丧失尊严，苦难并不能使诗人绝望。相反地，诗人们在苦难中看到了希望，看到了生命的重生。牛汉的《血的流域》写一位从旧家庭中出走的女性，“从大的忧郁和痛苦里蜕变，晕绝，再清醒”“失去了一切，也重新获得了一切”，在西北高原的广大的世界里获得了新生。作为一个传统的女性，能够摆脱传统的束缚，走向时代的现实，没有过人的勇气是做不到的。阿垅的《再生的日子》写了生命的两次庄严的诞生，一次是自然的肉体意义上的诞生，诗人在母亲体现的大爱中降生，沐着血，吐出第一声悍厉的啼哭：一次是精神意义上的生命的重生，诗人从生、死间的大战斗中，沐着血，和世界再见，这是诗人在战争中经过生与死的考验，完成了从诗人向战士的生命形式的转变。孙钿的《挂彩者》写战士“死过了又活了”，是医生的医治挽救了一个战士的生命。胡征的《白衣女》歌颂战争中的护士，把护士比喻为战争的血液，正是有了这样的白衣天使，生命垂危的战士才得以获救，生命才得以重生，战争中受伤战士的生命才有了安全保障。在战士与护士之间，存在的是革命的同志之爱，这样的爱是博大而崇高的，是不需要讲究任何条件的。中国人民的反侵略战争之所以能够坚持下来，是离不开这种爱的力量的。

战争造成了苦难，但也铸成了大爱，爱的主题模式普遍地为七月派诗人们所采用。牛汉的《爱》诉说儿子对母亲的爱，别人把母亲看成杀人犯，看成可怕的女人，可这并不能改变儿子对母亲的爱，在儿子的眼里，母亲的反抗黑暗、谋杀恶人，是母亲的伟大。杜谷的《写给故乡》表达的是对故乡的无限热爱，但这种爱却充满了沉痛的感情，诗歌每一节的开头都是，“血迹斑斑的/祖国东部的原野呵/我怀念你”，这样的重复渲染出浓重的伤感氛围，弥漫在整首诗中。展现在诗人心灵中的是故乡受难的图景，村庄都已坍塌成为废墟，“荒凉的村落冻僵在雪地里/雪地上布满殷红的血迹”。被战争逼上流浪之途的诗人，无时无刻不怀念着故乡，惦记着故乡，回忆着故乡，这样的爱是充满血泪的悲切之爱。爱的主题在七月派诗人的作品中是多姿多彩的，不管是哪一种类型的爱，只要是与战争联系起来加以体验，我们都会获得一份真切的感动，如果不是这些人间的爱在维系着人们的心灵，我们很难设想，谁能够从战争的创伤中恢复过来，谁能够在战争中支撑下来。

七月诗派的诗人们普遍表现出对祖国和人民的忠诚和热爱，“神圣的抗战在摧毁陈旧趣味的同时，却向全国诗人们发出了不可抗拒的律令：为祖国而歌！这才是诗人义不容辞而且至高无上的职责。于是，从天南到地北，从荒僻的农村到紧张的城市，从严峻的前线到混乱的后方，一时间合奏起一阕慷慨激昂的抗战交响乐。每个诗人作为其中的一个因素、一个音符或一个音阶，各自在岗位上，在行列中或者在无组织的人群里，一致抒发着自己最真诚、最美好的爱国主义的情愫。诗人和人民结合起来，而且结合得如此密切，这实在是一个空前罕见的、永远令人神往的历史现象”[①]。对于这一历史现象，七月派诗人牛汉作为历史亲历者有着最为深切的体验，他指出：“中国的新诗，从1919年‘五四’新文化运动发源，经历了曲折而艰辛的探索过程，到了三十年代，才由艾青等人以其崭新的明朗的意象，震慑人心的描写手段和魄力，拓展成为一条壮阔的河流，把中国的新诗从沉寂的书斋和肃穆的讲坛呼唤出来，让新诗自觉地与人民接近，并在人民的苦难和奋战之中经受磨炼，用前所未有的朴素、自然、明朗、健康的声音，为祖国和亿万人民的命运而歌唱。”[②] 这样的歌唱发出的自然是对祖国和人民的大爱，诗歌实现了与祖国、人民的密切结合。牛汉的《落雪的夜》唱道：

祖国呵，
你是不是也寒冷？

我可以为你的温暖，
将自己当做一束木炭
燃烧起来……

这是多么深切动人的爱之歌啊，为了不让祖国经受寒冷，诗人情愿做一束木炭，燃烧自己，温暖祖国，与祖国拥抱为一体：

祖国啊！一个人有一个灵魂，
一个人活着，就要呼喊你，和你一同呼吸，
一同受难，一同战斗，
祖国啊！祖国啊！
我在惨烈的肉搏里，

① 绿原：《〈人之歌〉自序》，《葱与蜜》，生活·读书·新知三联书店1985年版，第75页。
② 牛汉：《并没有凋谢：简介二十人诗集〈白色花〉》，《牛汉诗文集》（第3卷），人民文学出版社2010年版，第147页。

护卫你，即使是匍匐地前进！

——牛汉《彩色的生活》

这是在付出生命啊，为了对祖国的爱，诗人即使是“伤疤上裂着伤疤，血口接连着血口”，也依然不放弃对祖国的敌人的反击，不放弃“永不开交的与敌人贴身的肉搏”。

作为中国的诗人，爱的歌唱又天然地流露着深挚的土地情结：“我爱祖国/这被清洁的雪所掩盖的土地呵”（彭燕郊《雪天》）。土地被七月派诗人赋予了深厚的感情色彩，诗人们经常是含着热泪在注视着脚下的这块生于斯长于斯而又正在受难的土地：

为什么我的眼里常含泪水？
因为我对这土地爱得深沉……

艾青的这句广为人们所传颂的诗句，说出了所有中华儿女的心愿，表达了所有的中华儿女对于土地母亲的情感。这土地经受着暴风雨的打击，这土地与一个民族的历史联系在一起：“我们踏着的/古老的松软的黄土层里/埋有我们祖先的骸骨啊，/——这土地是他们所开垦/几千年了/他们曾在这里/和带给他们以打击的自然相搏斗/他们为保卫土地，/从不曾屈辱过一次，/他们死了/把土地留给我们——”（艾青《北方》）作为中华儿女的我们，无论是谁都不能不珍爱祖先留下的土地。诗人写道：“我爱这悲哀的国土，/它的广大而瘦瘠的土地/带给我们以淳朴的言语/与宽阔的姿态，/我相信这言语与姿态/坚强地生活在大地上/永远不会灭亡；/我爱这悲哀的国土，/古老的国土/——这国土/养育了为我所爱的/世界上最艰苦/与最古老的种族。”（艾青《北方》）这里抒发的对祖国的爱是深沉的，也是忧郁而厚重的。艾青的诗之所以能持久地打动人们的心灵，一个重要的原因就是他的诗歌中拥有真诚的爱国主义情愫。

二、多样化的风格

七月派诗歌在艺术风格上呈现为多元化的追求，诗人们面对复杂多变的社会生活和尖锐的时代矛盾，在不断调整着自我的审美选择，扩展着诗歌的题材表现领域，诗歌艺术风格随之也呈现出多样化的面貌。

诗人冀汸创作的旺盛期主要在20世纪40年代的中期，以短小犀利的政治抒情诗为特色。这些小诗，“都是在政治形势险恶的情况下在激怒中写成的，它们单刀直入，戳向敌人的心脏”①。如《罪人不在这里》《我不哭泣》《生命》《今天的宣言》《死》等，都是在国统区极为险恶的政治形势下创作的，其中透露着诗人在黑暗压迫下的坚贞不屈的情操：

鞭子不能属于你
锁链不能属于我

我可以流血地倒下
不会流泪地跪下的

——冀汸《今天的宣言》

这不是空洞的口号，而是充满意志和热血的誓词，“每一个词汇，都有鲜明的意象和属性，具有强烈的艺术感染力，带着不可回避的冲击波”②。阿垅的《写于悲愤的城》既有对于奴才现实的愤怒：“可悲的不是奴隶底重荷，不是；/可悲的无耻的奴才甘有的贱骨”；也有对于专制统治的愤怒：“流氓的城！/流氓的社论！/流氓的皇室啊！——”“历史被愚蠢尤其被阴谋起码倒卷了/一千九百四十六年！”诗人对于统治者的悲愤在

① 牛汉：《并没有凋谢：简介二十人诗集〈白色花〉》，《牛汉诗文集》（第3卷），人民文学出版社2010年版，第151页。

② 牛汉：《并没有凋谢：简介二十人诗集〈白色花〉》，《牛汉诗文集》（第3卷），人民文学出版社2010年版，第152页。

于，“他们到底要多少万人殉葬?”这类作品在七月派诗人的作品中不是少数，其中展现着愤怒激烈的风格，代表了七月派诗歌的一种风格类型。

有的作品呈现出批判与讽刺的格调，给黑暗的社会政治以无情的嘲讽。郑思的《秩序》就是对国民党统治下的黑暗现实的揭露与批判，环绕着法律的秩序都是为强权与富贵者服务的，在反动统治阶级粉饰的秩序之下，“色情的大厦一层层地建筑，升上了天空”，警察安详地摇着棒子和白手套恭候压死平民的吉普车开走，官老爷们陶醉于色情的肉体，过着荒淫挥霍的日子，宪兵和特工横行无忌，社会被邪恶的力量所控制，正义不能当道，是非得不到辨别，不幸的生灵们要用血和生命偿还债务，用尖刀戳穿自己的喉咙，要以破席裹尸葬身荒野，要去垃圾堆上选择苍蝇吃剩的食物，这就是反动统治者美化的“秩序”之下裸露的悲惨现实，在这样的现实里，艾青所歌唱过的火把早已让人吹熄，鲁藜一再歌唱的星星都被判了死刑。诗人以反讽的笔调对统治者标榜的“秩序”给予了赞美，从而有力地否定了黑暗的现实政治。绿原的《伽利略在真理面前》讴歌的是伽利略坚持真理的不屈意志和精神，伽利略以自己的科学智慧向人类的愚蠢挑战，向权贵挑战，直到身败名裂，对真理依然没有反悔，“在真理面前，伽利略是人的标准”。在诗人看来，伽利略所处的时代与自己所处的时代是一样的，都盘踞着庸俗的本体，虚荣的方法。伽利略的时代，科学是异端，文化跪在十字架脚下哭泣着，可怜的人类看不见光；而诗人面对的现实，是春天没有叶绿素，毒霉做了花朵的代用品，麻木的犯罪与醒觉的堕落被作为人的典型而受到赞扬，人们不能哭也不能笑。两个时代的黑暗是如此惊人的相似，从这里我们可以看出，诗人对两个时代进行的类比，其意旨的重点明显是在借历史来讽喻现实。伽利略所受到的迫害，也正是现实中坚持真理的人遭受的迫害，历史和现实有着惊人的一致性。诗人所抒发的悲愤情绪，既是指向历史，更是指向现实。在《给天真的乐观主义者们》一诗中，绿原以讽刺与批判的笔锋对种种现实的丑恶进行了猛烈的抨击，诗人说自己是都会的流氓，是工厂的办事员，通过这种身份的置换，诗人把都市社会的见闻呈现在了读者面前。一边是侵略者空袭造成的惨剧：街道扭歪了，房屋飞去了，男人的头颅像烂柿似的悬挂着，女人的裸体摆在电线杆旁边；一边是荒淫享乐的继续，男人照样同女人吊膀子，电影院照样放映香艳巨片，一切享乐照旧：

扑克，假面会，赛璐珞，玻璃玩具……
坤伶，明星，交际花，肉感的猥亵作家，美食主义者，拆白党，
财政敲诈者，肉体偶像……
茶会，午餐，鸡尾酒晚宴，接风，饯行，烹调术座谈，金融讨论……
勋章，奖状，制服，符号，万能的 pass，鸡毛文书……
赌窟，秘密会社，娼妓馆，热闹的监狱，疯人院……
鸦片批发，灵魂收买，自行失踪，十足落水，签字，画押，
走私，诱拐，祈祷和忏悔……

这就是建筑在悲惨现实上面的一个国家。每次空袭解除了，庆祝常常比哀悼更热烈，报纸照样发表胜利消息，缉拿和悬赏，更正和驳斥。在喧哗的马路上，“有人被杀了，警察还十分客气地向凶手送去一根纸烟呢”。面对这样的国家，诗人发出了满腔悲愤的声讨：

在中国，谁能快乐而自由？就是这些天国的选民。信不信由你。
然而，今天，地狱的牧者率领一群哀军来了：不要怜悯！
要用可怖的悲惨惊吓这些选民！要将唾沫吐在他们的粉脸上！
日历撕完了，时钟停摆了，可爱的读者，向他们挑战！

这里有愤怒，有抗议，更有战斗的激情，号召人们起来推翻这个不合理的制度和社会。

与上述两类现实感极强的艺术风格有所不同，七月派诗人还写有大量的充满浪漫色彩的作品。我们看阿垅的《哨》：

一月的夜的延安：
前线带回来的一身困倦，

从这深深的夜逾越过去
又是新红太阳的战斗的明天，
战士们需要香甜的休眠。
嘉岭山上的塔对着踝踱在广场上的伙伴
他在他底哨位上！
深沉的夜底十二点到一点，
天上
Orion 横着灿烂的剑，
北极星永恒的光
从太古以前
直到春风的将来
照着人间。

这样的作品显示的是一种辽阔旷远的风格，诗情高迈，诗境高远，给人以深沉的时空感。同类的代表作还有冀汸的《旷野》，作品以一队驱马扬鞭奔驰在旷野上的战士为中心视点，眼光不停地游移在旷野的中心和边缘之间，通过视野的反复收缩与放大，为读者呈现出了辽阔、广大的境界。旷野的边缘是蓝天、白云、飞鸟和融化的平野，旷野的中心是旗帜、泥土、战士、碉堡，连接着旷野的中心和边缘的是村落、道路、嫩绿的麦苗。战士们在这望不到边际的旷野上尽情奔跑着，享受着自由自在的快乐。而绿原的《神话的夜啊》、艾漠的《夜》、朱健的《骆驼和星》等作品则有着神秘奇幻的艺术风格。试看艾漠的《夜》所写：

狼，
火红的眼睛啊，
燃烧在夜的丛莽。

繁星，
在天空；

——熟透的柠檬，
在树林中。

黑色的森林，
漫天的大幕；
猎人跃进在深处。
猎枪像愤怒的大蛇，
吐着爆炸的火舌。

作品充满了诡异、紧张、惊险的气氛，在黑色的丛林中，在神秘的暗夜里，狼与猎人在周旋着，人与自然在较量着，给人以不可莫测的悬念。朱健的《骆驼和星》叙述一个具有传奇色彩的神话故事，充满了神秘的气息，奇幻的韵致。一个被天神挖掉了眼珠的老瞎子，为了使星星们不再受到惩罚，带领人们发动了向天神请愿的集会，天神畏惧人民的威力，赦免了星星，但没有饶恕老瞎子，在一个下雪的早晨，一群猎人发现老瞎子赤裸裸地死在山谷里，头部有被龙爪抓过的伤痕。老瞎子的死激怒了人们，他们在埋葬了老瞎子后，在旷野里集体宣誓要将沙漠变成海洋。沙漠在十万年前本来就是一片大海，是天神为了惩罚星星和海洋的调情，将星星贬谪下海，海水被星星吸干后，海洋变成了沙漠。当人们发誓要把沙漠变成海洋时，天神为这叛逆的一群人而震怒，他举起了手中的黑色神鞭，抽向发誓的人们，人于是变成了骆驼，天神的鞭子变成了乌拉尔山，隔开了欧亚大陆，永远镇压着亚洲的大沙漠，镇压着跋涉在沙漠上的骆驼群。那些被赦免的星星，经常聚集在沙漠的夜空，哭泣着注视着沙漠里一个个的骆驼群围成的城堡。终于有一天，乌拉尔山溃倒了，星星又开始闪亮，海水又开始荡漾，人民因日夜的光明而得福。诗歌对星星、老瞎子、骆驼的命运的表现，无不充满曲折迷幻的色彩，而对天神威力的表现，则给人以莫测与战栗之感。神秘奇幻的艺术风格的诗，为七月诗派的诗歌增添了浓烈的艺术美感，也带来了审美的厚重感，这类风格的诗，充分显示出七月派诗人具有的超常的幻想力、浪漫的艺术思维和象征的艺术才能。

如果说神秘奇幻的艺术风格的诗在审美效果上给读者以玄幻感的话，那么拥有清新、纯洁、明丽、自然、质朴、亲切的风格的诗则给读者以透明的情感审美。阅读绿原的处女诗集《童话》中所收的《小时候》一诗，就能唤起我们的这种情感审美。写作这首诗的时候，绿原还不满20岁，所以这首诗洋溢着浓厚的青春气息，闪烁着童话般的活泼想象，浪漫而又朴实，瑰丽而又清纯，无论是哪个时代的读者阅读这首诗，都能获得一份亲切的感动。作品精致短小，我们不妨在此一览全貌：

小时候，
我不认识字，
妈妈就是图书馆。
我读着妈妈——

有一天，
这世界太平了：
人会飞……
小麦从雪地里长出来……
钱都没有用……

金子用来做房屋的砖，
钞票用来糊纸鹞，
银币用来漂水纹……

我要做一个流浪的少年，
带着一只镀金的苹果、
一只银发的蜡烛、
和一只从埃及王国飞来的红鹤，
旅行童话王国，
去向糖果城的公主求婚……

但是，妈妈说：
“现在你必须工作。”

诗歌起首两句是写实性的陈述，朴实无华，平淡无奇，却蕴含着无限温情的童年回忆，“小时候，/ 我不认识字”既唤起我们对纯真的童年的回忆，又打动着我们每一个人。作品的手法是如此的自然动人，紧接着一句“妈妈就是图书馆”，诗的境界跃然而升，诗情的闸门骤然打开，烂漫的想象接踵而来，我们被引入一个童话般的瑰丽的想象世界。“妈妈就是图书馆”一句，以形象的暗喻，在诗歌中起到了既是情感的又是智慧的高屋建瓴的作用。同时，“妈妈”这一意象在全诗中发挥着至为重要的结构功能，“妈妈”是想象铺展的源泉，是激发理智的导师，是现实人生的向导，诗情诗意皆由“妈妈”焕然而至。“我读着妈妈”，从此进入了一个浪漫而又绚丽的童话世界，这个世界是那样的诗意盎然，“人会飞……/ 小麦从雪地里长出来”；这个世界的人们又是那样的超然，没有丝毫的功利心，钱在这里没有用，“金子用来做房屋的砖，/钞票用来糊纸鹞，/银币用来漂水纹”，金钱的罪恶荡然无存，人们生活在一个完全净化了的世界里。这样纯洁无瑕的世界，是诗人在妈妈的熏陶下，驰骋想象而构造出来的，其中充满了童趣的天真和清纯亮丽的色彩。妈妈的诱导和启蒙伴随着诗人度过了梦幻的童年，诗人步入了花样年华的少年时代，这时候的诗人已经心志明确，“要做一个流浪的少年”，去闯荡世界，追求理想。于是，在我们眼前呈现出又一个色彩斑斓、美妙奇幻的图景。诗中的抒情主人公左手一个镀金的苹果，右手一支银色的蜡烛，驾着埃及王国飞来的红鹤，乘风飞向糖果城，去向糖果城的公主求婚。诗歌写到这里，显然已经超越了一般意义上的想象，而进入了一个寓意深刻的象征境界。诗中的金苹果和银蜡烛象征“智慧及青春”，埃及与公主象征“精神与肉体”，结婚则象征四者合而为一。如果抛开象征不谈，仅就字句而论其意义，“则苹果是在饥饿时果腹用的，蜡烛是在黑暗中照明用的；埃及文化中飞来的红鹤可以载人的肉体飞行，糖果城中的公主，可使流浪探险的少年精神有所寄托。这一连串的追求过程，刚好表明了流浪冒险的目的，其结果仍然是归结到精神与肉体的合一”（罗青语）。因此，不论从何种意义上来看，诗歌第五段都标志着诗人的想象达到了极致。

然而，就在诗人的想象达到极致之时，诗歌的想象世界却突然终止，诗歌境界陡然直转，妈妈的一句话把诗人由想象世界拉回到现实世界：“现在你必须工作。”在此，妈妈对诗人的人生转向又一次起到了警醒和教导的作用。在人生的道路上，只有脚踏实地地从现实起步，才有可能实现自己的人生追求，如果一味沉溺于理想的玄想中而不付诸行动，人生的结局就可能是一无所成。读到这里，我们不禁要发出一个疑问，诗人为何要在一路浪漫欢歌之后，在诗的结尾装上一个现实的尾巴呢？这样的转折是不是太突兀了呢？其实，我们只要细究全诗，就不难体察诗中流露的诗人的苦心，不难领会诗人含而不露的表现艺术。细心的读者可能早已注意到，整篇诗歌始终存在着忧郁的现实调子，只不过诗人没有明白地渲染，而只是用了暗示的手段间接传递出来，“小时候，/我不识字”暗示的是诗人因为没有经济能力而丧失了接受教育的权利，“有一天，/ 这世界太平了”是一种假设，透露出的是对现实的失望，“必须工作”意味着面对纷乱的现实人生，需要采取行动去改造现实。对比之下，想象世界和现实世界就形成了反差，现实世界深藏在想象世界的背后，不细心阅读作品，是很难体验到的。现实世界构成了对想象世界的有力反衬，想象世界显得更加美好，妈妈的温馨力量显得更加伟大。现实世界与想象世界在作品中呈现为隐与显的关系，在结构上推动着诗情的律动。作品中与此相类的另一种主干结构是抒情主人公的灵（精神）与肉（身体）的并进成长，构成了诗歌节奏演进的另一条主旋律。诗中的抒情主人公的精神是在妈妈的呵护与引导下不断成长和发育的，最终走向了成熟。而就身体来说，从童年到少年，再到结婚，表明抒情主人公在生理上也获得了成熟。灵与肉本是互为依存、相辅相成的，在诗人追求理想的高潮到来之际，灵肉合一的生命境界也实现了，这预示着诗人的生命将面临一次新的出发，其方向是真正的现实。统观全诗，我们不能不说诗人绿原有着天生的诗才，不到20岁的年龄，能够唱出如此流利自然的浪漫抒情之歌，且能做到联想婉转，文字质朴，音韵流畅，意蕴深厚，意象明晰而精警动人，结构显隐有致而调动自如，一切都是那样的自然天成而无雕琢的做作，这的确是令人震撼的。《小时候》无论对诗人自己、对七月派诗歌，乃至对中国新诗而言，都是不可多得的收获。

在透明、亲切、清纯的风格之下，鲁藜的诗歌可以说更具有代表性。鲁藜的《延河散歌》写得澄静、浪漫、隽永，诗人以充满情感的笔调抒发对延河风物的挚爱，收到了真切、动人的效果。鲁藜的诗，“可以说是一泓清泉，澄澈，鲜美，平满，不必燃犀烛怪，不用沙滤除秽，溶化着初升的日光，鉴照了一碧的晴空”“它可以为艰辛的灵魂解除困顿，给健康的肌肉更多鲜洁”。[①] 读过鲁藜的诗的人，无不为其诗风的清新活泼而感到激赏。我们试看他对延安的山的描绘：

在夜里
山花开了，灿烂地

如果不是山底颜色比夜浓
我们不会相信那是窑洞的灯火
却以为是天上的星星
如果不是那
大理石般的延河一条线
我们会觉得是刚刚航海归来
看到海岸，夜的城镇底光芒

我是一个从人生的黑海里来的
来到这里，看见了灯塔

这是多么纯净而又朴素感人的书写啊！读着这样的诗，你会感受到诗人的幸福，感受到诗人从苦难大地、从战斗生活中升腾出来的欢快情绪，

---

① 阿垅：《〈旗〉片论》，《人·诗·现实》，生活·读书·新知三联书店 1986 年版，第 247 页。

产生对革命圣地的美好向往。鲁藜的诗确是天韵自成的，“它们没有韵脚，行数也不整齐，却有一种内在的流动感，像一条涓涓的潺潺有声的溪流。它的意境、形象以及鲜活的语言，都是经过形象思维的凝聚和光照，获得了独创性的艺术境界”①。杜谷的《泥土的梦》写春天悄然来临的时候，泥土在春风的吹拂下，它做着绿郁的梦，灌木林的梦，繁华的梦，散发着果实的酒香的梦；它在梦中听见了风车水磨转动的声音，听见了潺潺的流水声，听见了布谷鸟催耕的歌。润物细无声的春雨，以它密密的柔和的小蹄，不停地吻着泥土，激动地摇拍着泥土，热情地抚摸着泥土。作品以拟人的笔法，把泥土在春天苏醒时的神态写得亲切而又喜人，整首诗摇曳着梦幻的诗意，轻松的调子，春天因泥土的气味而变得具有实感，我们仿佛感受到了泥土包裹着的浓郁的春的气息的沁人心脾。杜谷的《夜的花朵》同样是一首迷人的小夜曲，诗人在星光灿烂的夜晚，在柔媚的风的吹拂下，仰望星空，醉入了梦一般的想象，“今夜天上想有豪华的酒宴/繁星交列着银色的灯烛”“今夜天上仿佛三月的果园/海上开满洁白的水仙”。如此美好的天上境界，在诗人看来，是与人间世界互为一体的，弦月的银波流进倦寐的人们的梦，让他们疲乏的灵魂得到安睡。我们可以说，这是一首演奏在星光下的、达到了天人辉映境界的美妙的交响曲。钟瑄的《我是初来的》以欣喜、欢快的情趣，为我们呈现了一幅黎明来临时刻的海边风景画：辽阔的海岸边，一位少女在拾贝，黎明的白光映照着少女弯曲而赤裸的身体。这是多么美妙的一幅图画啊，蔚蓝的大海，泛白的天空，温柔的细浪，洁白的贝壳，明朗的光线，美丽的少女，自然与人是如此天然而又动人地合为一体。读着这样的诗，后来的人们也许会吃惊，生活在战争中的诗人居然会有这样的诗情，会有这样的轻松写作？这些作品反映的正是七月诗人精神的丰富性和审美的多样性，这种品性不为时代所囿，不为战争所囿，而是有着超时代、跨文化的恒久魅力。

七月派诗歌的艺术风格尽管呈现为斑斓多彩的形态，但仔细分析起来，还是有一个主导风格的存在的。艾青说：“我们，是悲苦的种族之最

① 牛汉：《并没有凋谢：简介二十人诗集〈白色花〉》，《牛汉诗文集》（第3卷），人民文学出版社2010年版，第151页。

悲苦的一代，多少年月积压下来的耻辱与愤恨，将都在我们这一代来清算。我们是担待了历史的多重使命的。……我们写诗，是作为一个悲苦的种族争取解放、摆脱枷锁的歌手而写诗。”（艾青《诗与宣传》）艾青的这段话说得很沉重，也很抑郁，道出了在民族苦难中成长起来的一代诗人的悲苦命运和艰难使命，正是这种悲苦和艰难决定了他们作品中沉郁悲凉的风格的形成。艾青的《雪落在中国的土地上》无疑是最能代表七月诗派沉郁悲凉风格的作品。诗人深切地感悟到了“古老的民族在解救自身的战争中所承受的深重的灾难，而广袤的土地和亿万生灵的命运也将要度着极为艰辛的日子”。诗人意识到民族解放战争通向胜利的道路是寒冷的，泥泞而曲折的，“这无边无涯的感觉世界，既是历史的痛苦的延续，也是现实的严酷的存在，它强烈地震撼着诗人的本来已经够动荡的心灵”①，使诗人感到一种弥天的透骨的寒战，遂写下这首弥漫着时代的悲凉气息的感人作品。诗人在作品中反复吟咏着“雪落在中国的土地上，/寒冷在封锁着中国呀”，这两句往返回复的诗成为整首诗的主旋律，把沉郁悲凉之气渲染到了无以复加的高度。“中国的苦痛与灾难/象这雪夜一样广阔而又漫长呀”，这意味着诗人从空间与时间两个方面把苦难哀伤的情绪推向了深广的境界，而一句“中国的路/是如此的崎岖/是如此的泥泞呀”则又把这种境界推向了无边的极致。诗中唱道：

透过雪夜的草原
那些被烽火所啮啃着的地域，
无数的，土地的垦殖者
失去了他们所饲养的家畜
失去了他们肥沃的田地
拥挤在
生活的绝望的污巷里：
饥谨的大地

① 牛汉：《深情而颤栗的呼喊：赏析艾青诗〈雪落在中国的土地上〉》，《牛汉诗文集》（第4卷），人民文学出版社2010年版，第475页。

朝向阴暗的天
伸出乞援的
颤抖着的两臂。

这是颇具独特的造型质感的画面，土地受到蹂躏，人民失去家园，古老的民族在哭泣。诗人深情地渴望着，自己所写的无力的诗句能够给祖国以些许的温暖。艾青的忧郁是渗入灵魂的，是融化在诗人的气质之中的，因而也就在作品中不断地得到呈现。《北方》写道："北方是悲哀的/而万里的黄河/汹涌着混浊的波涛/给广大的北方/倾泻着灾难与不幸；/而年代的风霜/刻画着/广大的北方的/贫穷与饥饿啊。"北方的悲哀是无边的，颓垣与荒冢，荒漠的原野，枯死的林木，灰暗的天空，牲畜的"悲哀的眼"和"疲乏的耳朵"，一切都披上了土色的忧郁。《向太阳》写道："没有哪一天/我不是用迟滞的眼睛/看着这国土的/没有边际的凄惨的生命……/没有哪一天/我不是用呆钝的耳朵/听着这国土的/没有止息的痛苦的呻吟。"读着这些忧郁而满含创伤的诗句，读者是不能不被感染的。艾青诗歌的沉郁悲凉不仅是个人式的，更是一个民族整体式的，是一代诗人的集体风格选择。深受艾青影响的牛汉的《鄂尔多斯草原》同样充满着忧郁的抒情基调。牛汉曾指出："明显地对《鄂尔多斯草原》有影响的诗主要是艾青的《雪落在中国的土地上》《北方》，不难看出《鄂尔多斯草原》的抒写手法，受了这两首诗的启迪与感染。艾青诗的那种深沉、忧郁而凝重的情调，与当时祖国、民族、个人的命运十分一致。"① 牛汉汲取了艾青的风格，同时又有自己个人的创造。诗人说鄂尔多斯草原是悲哀的，从远古就这样灰暗，"多少年了/我听着/草原在哭泣……/我陪伴着草原/一起悲歌"。草原上的一草一木都被寒冷压迫着，"生活的激流/在冰冷的日子里冻结了"；草原"象老牧人干枯的须发/痉挛地飘着"，生命是寂寞的，"草原上没有路/草原上的旅人/永远走着/不是路的路呀!"草原上的老牧人用牧鞭扬走一串悲哀的年月，"悲哀的日子，/压弯了他底腰，/悲哀的日子

---

① 牛汉：《我是怎样写〈鄂尔多斯草原〉的》，《牛汉诗文集》（第3卷），人民文学出版社2010年版，第174页。

在心灵/刻满了深长的烙印”。草原的不幸唤起了诗人无限的哀伤，诗人为草原画出的不能不是阴郁的画，唱出的不能不是抑郁的歌。《鄂尔多斯草原》“这首诗的情调沉缓，有点像黄昏或深夜骆驼的铃铎的声音。平漠的大草原上，我总觉得没有崛起的山脉，是那样的宽阔而舒展，大雁都得飞一天才能找到一个宿夜的青色的湖淖。因而这首诗的视野广阔，追求油画的效果，而不是雕塑的”。诗的形象“与草原特定的历史和生活有关联，且带有明显的凄凉的滋味与民族的悲哀”①。沿着《北方》《鄂尔多斯草原》的风格路向，我们还能发现彭燕郊的《岁寒》、杜谷的《寒冷的日子》、胡征的《清明节》等一大批具有沉郁悲凉风格的作品。雷蒙的《母亲》是告慰母亲在天之灵的祭歌，作品刻画了痛苦悲凄的母亲形象，抒发了对母亲的殷殷怀念之情，语气哀婉，感情沉痛，格调悲凉。邹荻帆的《雪与村庄》格调低沉，气息窒人，以“哀兵”形象诉悲哀情调。A·S的《沙地吟》以饱含哀感的笔触，诉说着沙地牧民的不幸的命运，他们的日子“象这沙漠似的寒冷”，容颜“象这久未润湿过的/枯瘠与暗淡的沙漠”，生命“象这久久干涸了的河流”，他们是“趁着时间的囚车的/生活的囚犯呵”，他们“永远弯曲在/痛苦的重压之下”。绿原的《读〈最后一课〉》写于1941年，这时正是日本帝国主义侵入中国腹地，中国国土沦陷更加危机的时期，诗人选择普鲁士军队入侵法国的历史题材为诗，很明显有着借题抒怀的意味。诗人读《最后一课》，心中涌起的是沉重的悲哀，一个美丽的国家在侵略者铁蹄的蹂躏之下，失去了往日的宁静，“被那以战争为美术的/以火药为谷粒的/以流血为笑的国家/杂沓地殖民来了”，在这被侮辱与损害的国度，人民失去了自由和尊严，语言和文化受到了凌辱，哭泣代替了欢笑，逃亡取代了安居。这样的情形与日本侵略者占领下的中国是何其一致啊，诗人忧郁地注视着法兰西的命运，其实是在痛心着自己同胞的命运啊。

即使是对爱情的书写，七月诗派的诗人同样也流露出沉郁悲凉的气息。阿垅的爱情诗，写得都很忧郁、伤感，夹杂着抗争。《无题（又一

① 牛汉：《我是怎样写〈鄂尔多斯草原〉的》，《牛汉诗文集》（第3卷），人民文学出版社2010年版，第175页。

章）》虽然写了爱情的欢乐："哦，我底人啊，我记得极清楚，/在白鱼烛光里为你读过《雅歌》"，但这种欢愉是笼罩在悲戚的氛围中，诗人说："不要踏着露水——/因为有过人夜哭。……"这就为爱情涂上了伤感的色彩。爱情的不幸似乎是由于得不到承认，所以诗人要出来捍卫爱情的纯洁性，"要开作一枝白色花"，并且宣告，"我们无罪，然后我们凋谢"。这里显见的是诗人为爱情而抗争的情绪，爱是不容许玷污的，爱是人的权利，任何力量都不能阻挡。《誓》所表现的感情是"诚恳而圣洁的，绝不是虚伪的高调"。阿垅不喜欢修饰，"他的一生包括爱情都没有任何眩目的修饰"[①]。所以，他在爱情生活中充当了悲剧的角色。诗人不是不要爱情，爱情是那样的美好，诗人是极度渴望得到爱情的，"我要爱情的啊！/要春天的日光和春天的风啊/要向大平原上走去的那宽畅和自由啊/要人和人之间的幸福和和平啊/要红熟的苹果林和烈香的兰花园啊"。但是，由于固执、单纯、激烈、极端、赤诚的性格，诗人于无意中冷淡了爱情，诗人有更重要的事情要做，他"将为大家到人们底废墟中寻觅燃烧的火种"，诗人担心爱情会影响到献身的事业，因此诗人焦虑地唱道，"我没有时间，我就要老了啊；/而且一个骑士不能够再在手挥利剑之外消耗/他底臂力去拥抱人"（阿垅《誓》）。诗人摈弃了个人的情感诉求，而献身于公众的事业，这样的境界无论如何是极其崇高的。

阿垅对爱情的要求很高，因而对自己的要求极严，"为了爱情的纯洁，他努力使自己更纯洁，这样，在爱的追求中也就体现着他对人生的追求"[②]。他宣告："生命和爱情都只有宝贵的这一份/我不能够不认真，你不能够不苦战！"（《宝贵》）他也宣布，爱是没有条件而完全给予的，"爱情最难于容受一切不属于它自己底东西"（《求诉》），所以，"我不能够献花给你，即使我有渴望而花鲜美/因为花在早春的枝上，并非我底""我不能够献珠给你，即使我有渴望而珠晶莹/因为珠在海底的蚝肉中，并非我底""我不能够为了我的缘故，不，为了你的缘故——/而使花和枝、珠

① 牛汉：《无愧而圣洁的爱情：解说阿垅的诗〈誓〉》，《牛汉诗文集》（第5卷），人民文学出版社2010年版，第857页。

② 曾卓：《情诗的异彩：读阿垅的〈无题〉集》，《文汇月刊》1988年第3期。

和蚝即使为我或者为你/而有分离之苦”“我要献给你的，只是这我自己，我只是/以我底心/向着你底心而默坐于殿角”（《我不能够》）。或者，“索性让我以我底体力作为另一只/你底，也是你自己底/血肉的脚！”（《愿歌》）但是，在爱与战争中，我们不得不残酷激烈像赌博，不得不忧心忡忡，“不！不！不哟！/爱我/或者不爱我，/只是不要冷淡我！/和不信任我”“不要/使我在门里而有在门外之感”“不要使我在你底臂中/而意识着自己不存在”（《无题》），这显然吐诉的是被弃的痛苦。阿垅说，“我不是，原来这样卑微的，从来这样卑谦的/到 Diana（狄安娜，希腊神话中的月神）神殿来，人才自甘于卑微而卑谦”（《无题》），这表明，阿垅在爱的关系中不乏真诚，但同时又是采取了谦卑姿态的，一旦这姿态得不到对方的认真对待，他就会萌生出孤独悲哀的心绪。阿垅的爱情诗常常是这样，流露着忐忑、忧郁、自卑的心态，流露出对爱的对象的矛盾心理，甚至是某种恐惧的心理，因而他的爱情诗总是让人感到凉气袭人。

阿垅的“每首爱情诗都是心灵的自剖与疚心的意念”“他的爱情的经历也同样是一个浸透了血和泪的悲剧”①，这种情形在阿垅为悼念亡妻张瑞而写的长诗《悼亡》② 中看得最为真切。整首诗歌以诗人对亡妻的忆念、

---

① 牛汉：《无愧而圣洁的爱情：解说阿垅的诗〈誓〉》，《牛汉诗文集》（第 5 卷），人民文学出版社 2010 年版，第 856 页。

② 关于这首诗的背景，阿垅在诗末有一个“附记”作了交代：1944 年 3 月初，和亡妻张瑞初见。在这以前，彼此也约略有所知道。爱情，一开始就带有人生战斗底不顾一切的残酷品格。5 月 8 日结婚，这以后，在重庆乡间同居近一年，过着平凡的但是幸福的生活。由于怀孕，回到成都；1945 年 7 月杪或者 8 月 1 日生子沛。由于我底地位，没有在她底产期和节期能够回到她那里；其后频繁地通看信，每天至少发快信一封。但是由于信中时常谈到一些什么，似乎被检查，延误，向川东邮政管理局责问，不但无益，而且还影响了我到成都后的行动。就这样，我不能够及时地安慰她和救助她。从 1946 年的春天，她底来信减少了，而且痛苦和哀伤往往在字里行间闪烁隐现。她几次想到重庆，甚至几次都买好了车票，为了顾虑我的缘故也为了心情的缘故，作罢了。但是我一切都没有知道，只是爱着和梦想着，仅仅以为那是别离期的少妇底心情。直到接到那封信；然后，我底复信；然后，成都来了电报；3 月 18 日下午 5 时后，她喂了孩子的奶，——留书自杀！——虽然接着，我已经感到严重，连接发信，要她好好生活，而且表示我无改变，仍然爱着，但是已经晚了；——信的延误！而她底遗书，是我仓卒地为她奔丧的期中所没有看到的，直到临回重庆的一天在最后的要求中妈妈才给了我。她尸于化成禅院，葬在成都沙河堡。我没有再说话的力气。她是“被侮辱与损害”的又一代。她善良得透明，梦想得遥远，使她在人生中走着崎岖的路，最后还不得不以毛茛自杀。这是她底血肉的飞升。但是我，我负着她底尸体行年。（见《阿垅诗文集》，人民文学出版社 2007 年版，第 144 页。）

向死者的倾诉、与爱者的对话而展开。诗人抚棺痛哭，涕泗滂沱，以巨大的悲痛写下对妻子的忆念，“孤弦绝响，一个负伤的少女独坐在地球之上/琴弦断了，只剩一根，手指无力而下垂/低着的头，是血痕，什么也不看”“你底神，就是一切痛苦之所由来/就是痛苦的神化”“你不能够向人们落泪，躲在自己底灵魂里无告地哭泣”“当你看到现实，现实！你底战栗就如同深渊、深谷/你底愤怒就如同火山，峰顶/你底美丽的沉痛和美丽的梦想，那些美丽的装饰物/就如同美丽的儿童吹大了美丽的肥皂泡/一丝微风，就美丽地破碎，失去踪影”“一个少女，全力地，而又无力地泅泳于大海底洪涛递浪之中啊！”如果不是极度的绝望，极度的抑郁，她是不会自杀的，“爱，和忠贞，使你阳光照耀一样坦白/但是忠贞和痛苦，和恐惧，和绝望/又使你，徒然请求，徒然试探，说了又如同不说”，这使她陷入了无路可走的绝境啊！爱情本是她的精神支柱，可是爱情也失去了力量，“再多再好的爱情，也无力/救助一个痛苦的灵魂，赎取一个沉重的灵魂/夺回一个悲哀的灵魂，一个悲哀的灵魂！”这是因为爱的代价实在是太大了，“爱情本来使人无罪/而你却必须在历史中以血洗涤自己/而我却必须在历史中，以焦敝而爆裂的唇/渴饮你底血而心如火焚，仅仅因为/你要做一个兵士底妻子”“爱情本来使人乐于生活/而我们，为了相互的敬爱和给予/为了无伪和无垢，却必须/迫使自己，首先乐于毁灭”。爱情甚至变得异常残酷，“我们，别离，我，和你别离，你，和我别离”“而别离，使我，蛰居‘虎穴’，如同人质/使你，回到炼狱，回到鬼市，回到地狱”“夫和妇，没有同居的权利，鸟没有巢，蜂不许酿蜜”“为了生活，我爱着我就必须来做鳏夫/为了生活，我活着你就必须去做寡妇”。担负着特殊政治使命的诗人，已经使爱情变成了使命的牺牲品。作为诗人妻子的女性，不愿蒙受误解，为了捍卫爱情的坚贞与纯洁，付出了年轻的生命。诗人愧疚地写道：

你，以这勇敢的死，来实践
你底德行，和爱情
如同落日，发光而急降

如同晚虹，高悬而相见
那么——
我，我呀！将以什么，实践我们底誓约
祭奠你底德行，报答你这生命呢！——

这是阴阳两个世界两个灵魂的私语，“隔着一层棺木/隔着一个世界，我在棺外而你在棺内”，“我”和“你”之间爱得虔洁，专注而正直，这是一种“血肉相连，生命作证”的爱情，一种“血肉相共，生死如一”的爱情，她在遗嘱中对诗人说：“假如能有来生，永远爱你，即使最不幸，也爱你。”生者诗人则对她说：“我为你，却必须吞食自己底诅咒，如同毒果！”爱就是如此的充满悲愤和苍凉。诗人牛汉读《悼亡》诗，说阿垅“仿佛切开通向心脏的大动脉，流啊流啊流啊，直到全生命的血流尽了，这首诗才嘎然地结束”①。的确是这样，阿垅在悲恸欲绝中写下的是爱情的血书，是生命的血书，是人寰世间的爱情大悲剧。

爱情是能够弹奏出美妙动人的乐曲的竖琴，但在那个硝烟四起的战争年代，爱情的竖琴却不能发出悠扬动听的声音，只能是沉默，在压抑中发出情感的信息，诗人不得不这样唱道：“我只能以沉默的竖琴/弹奏我的祝福：/我愿花朵属于你，/荆棘属于我……”（芦甸《沉默的竖琴》）这里尽管表现了诗人对于爱情的献身精神和担当决心，但情绪的色调却欢快不起来，给人的感觉依然是怅惘。芦甸的这首《沉默的竖琴》与阿垅的《誓》有着相近的感情经历，“他们的爱情是铁质的，血质的，像地火在厚实的心胸里潜隐得很深。只不过芦甸的诗较为明朗与单纯些，而阿垅由于不同寻常的艰难而苦涩的人生体验，使他的诗情意绪更为深沉些，且带着凝重的缺乏透明度的血瘢”②。在《琴的献祭》一诗中，阿垅说，“我甚至无弦”“我底声音不再能够是琴底阶音”“我要为你抚奏！——即使仅仅为

① 牛汉：《读阿垅悼亡妻诗》，《牛汉诗文集》（第 3 卷），人民文学出版社 2010 年版，第 253 页。

② 牛汉：《心灵的倾诉：解说芦甸的诗〈沉默的竖琴〉》，《牛汉诗文集》（第 5 卷），人民文学出版社 2010 年版，第 858 页。

你，为一个人/即使这琴不剩一弦”。我们在这里感受不到一丝爱的歌唱的欢愉，只能体贴到爱之歌的苦涩与沉重。

爱情总是与青春联系在一起的，曾卓的《青春》写道：

不问是玫瑰生了刺
还是荆棘中却开出了美丽的花，
——我折了一枝，为你。
被刺伤的手指滴下的血珠
揩上衣襟。
让玫瑰装饰你的青春，
血渍装饰我的青春。

这里的爱情写得感人、忠贞，以鲜血表明心志，以玫瑰献给所爱的人，爱的乐章就此翻开了新的一页。诗人牛汉在评论曾卓的诗时曾指出："有的诗只能苦读，必须边读边思索。读这类诗，有如在风雨泥泞中跋涉，有如走在荆棘上，每句诗都刺痛着读者的心灵。曾卓的诗，多半不是这样，他的诗即使是遍体伤痕，也给人带来温暖和美感。不论写青春或爱情，还是写寂寞与期待，写遥远的怀念，写获得第二次生命后的重逢，读起来都可以一唱三叹，可以反复地吟诵，节奏与意象具有逼人的感染力，凄苦中带有一些甜蜜。"[①] 这确实道出了曾卓诗歌的魅力所在，即以《青春》一首来看，就明显让人感觉到诗人所经历的爱情是交织着痛苦和快乐的情绪的。

那么，如何看待这些包括爱情诗在内的七月诗人所写的充满忧郁悲凉风格的作品呢？是不是像有的观点认为的那样，这些作品有着消极的作用呢？或者说与战争的现实不谐调呢？这样的问题反映了人们对此类风格的诗歌的善意的忧虑。事实其实不是如此。七月诗人不是一个抽象的存在，他们是与苦难的中国命运相连的一个现实的群体，“在旧中国，一个自命

① 牛汉：《一个钟情的人：曾卓和他的诗》，《牛汉诗文集》（第3卷），人民文学出版社2010年版，第165—166页。

为革命的人，如果没有忧患意识，他的真诚是值得怀疑的。诗人的忧伤和痛苦，正说明他与危难重重的民族血肉相连，忧伤和痛苦在诗人的心灵里一时没有消失的事实，证实诗人是真诚的，是一个热忱的爱国主义者，是一个切切实实为理想战斗着的人”①。我们完全没有必要因为诗人抒发了忧郁和哀伤的情绪而感到忧虑，某种程度上，我们对这些充满沉郁悲凉气息的作品还要从积极的意义上来评价。即以艾青为例，《向太阳》所以能强烈而持久地感动人，“是由于一个多年为民族命运奔波受难的中国诗人为了崇高的理想，心神曾经受到了严重的摧残。为迎接日出，他终于从伤痛中站起来，他走向街头，他投入生活的行列，他放声歌唱。身上残存的创伤和精神上的忧郁，并没有使他灰心绝望，他忍着伤痛投入了战斗，他流着热泪赞美日出。这才是诚挚的浸透了历史的真实感的声音”②。艾青在《北方》序文中说得好：“这集子是我抗战后所写的诗作的一部分，在今日，如果能由它而激起一点种族的哀感，不平，愤懑，和对于土地的眷念之情，该是我的快乐吧。”③ 这说明，诗中的哀伤与忧郁并不是属于诗人个人的，而是属于整个民族的，“这种民族的哀感和愤懑以及对土地的眷念之情，不但不是消沉的，而且更能激起一个哀伤的民族渴求解放的意志”。从艾青的诗中，“我们能感到来自历史的深厚的力量，同时也能感到历史前进时的沉重感。只有多年被凌辱欺压的民族才懂得哀伤、忧郁与愤懑也能成为号召和力量”④。艾青的诗是如此，七月派诗人的诗也是如此。

三、美感形式追求

诗心源于人心，源于诗人的气质。七月派诗人对于诗（自然、宇宙、

---

① 牛汉：《袒露着心胸迎向日出：赏析艾青诗〈向太阳〉》，《牛汉诗文集》（第 4 卷），人民文学出版社 2010 年版，第 489 页。

② 牛汉：《袒露着心胸迎向日出：赏析艾青诗〈向太阳〉》，《牛汉诗文集》（第 4 卷），人民文学出版社 2010 年版，第 489 页。

③ 艾青：《北方・序》，中国文联出版社 2002 年版，第 1—2 页。

④ 牛汉：《〈艾青诗选〉前言》，《牛汉诗文集》（第 4 卷），人民文学出版社 2010 年版，第 460 页。

世界）普遍怀有纯情的赤子之心，他们在诗歌中所表现的不虚伪、不做作、无粉饰、去矫情的真性情，唤起的是读者对“真”的审美情感的一份体验。鲁藜的诗友，七月诗派的评论家阿垅在评论鲁藜的诗歌时，正是从诗人的“赤子之心”这一点出发，给予鲁藜诗歌以生动诠释，他指出，“鲁藜底心是永远纯洁的心。这是一种赤子之心。因此，他底心是永远向着爱的：爱星也爱土地，爱风也爱雪，爱野花也爱武器，爱战斗也爱梦想，爱祖国也爱世界”；这是“人类底朴质的诗。这种诗，泉水似地自然流来，并无波浪，然而明净照人而使人有灵魂在沐浴之感；这种诗，冬天的阳光似的无所不在，庄严而且光明，然而并非权威而又温和可亲，使人愿意袒裸肉体接受它底光辉底健康考验，感谢它底热量底慷慨给予；这种诗，花朵似地随时开放，颜色不一定秾丽，气息不一定香烈，然而在困顿的长途却保证了人底生之喜悦，在艰重的工作却激动了人底青春的欲求；这种诗，密友谈心似地不拘形迹，不做作而吐露真诚，不下判决而多所感染。这种诗，因为是诗人鲁藜底本来的面目”。[①] 鲁藜是如此，七月派的其他诗人也是如此。牛汉在谈到《鄂尔多斯草原》的创作时，曾这样说道：“自小我就觉得蒙古草原是养育一代一代乡亲的地方。尽管给人带来了不幸与灾害（村里有许多守寡的女人），但那广阔的草地仍然令人神往，草原牧歌对我有着强烈的诱惑力。”[②] 诗人把对草原的热爱化入了自己的灵魂，“写完之后，我的灵魂许久飘荡在那片亮着（哭红的眼睛似的）羊脂灯的草地上，写到那些在风沙中奔波的旅人，我的面前就出现了故乡的亲人：没有见过面的曾祖父、秃手伯、拉骆驼的老汉……写到狼嗥，就想到我们村里那个满胸膛爪痕的牧羊人。诗里出现的情景，都萌发于我的童年与少年的生活”。从这里不难看出，《鄂尔多斯草原》的创作是诗人怀着赤诚之心拥抱生活的结果，但诗人在创作过程中又不拘泥于过度的写实，而掺入了个人的体验和想象，使作品具有了浪漫的灵动色彩，也正如诗人所

① 阿垅：《〈醒来的时候〉片论》，《人·诗·现实》，生活·读书·新知三联书店 1986 年版，第 231—233 页。

② 牛汉：《我是怎样写〈鄂尔多斯草原〉的》，《牛汉诗文集》（第 3 卷），人民文学出版社 2010 年版，第 173 页。

总结的，“在我稚弱而苦闷的心灵上，蒙古草原似乎冥冥之中能给我以雄浑的力量，成为诱惑力极强的梦境。这种梦境又掺入了许多朦胧的理想的成分，因此，它只能说是我的鄂尔多斯草原，与真实的鄂尔多斯草原并不是同一的”①。这些发自肺腑的创作之谈，是诗人心灵的坦诚流露，也表明《鄂尔多斯草原》这样杰出的作品是诗人怀着赤诚情感创作出来的。艾青的诗都是心灵的自白，是他性格的流露。在诗集《北方》的序文中，艾青说：“我是酷爱朴素的，这种爱好，使我的情感毫无遮蔽，而我又对自己的这种毫无遮蔽的情感激起了愉悦。很久了，我就在这样的境况里继续着写诗。”②“朴素”对于艾青来说，不是外表的，而是一种性格。艾青一生坚持用口语写诗，“这与他朴素的性格相一致。他排斥华丽的矫饰，弃绝空洞的说教语言”③。他的诗每一首都有着真情实感。曾卓的诗正像他的人那样，心胸总是袒露在外，使读者感到亲近，感到没有距离，他的诗都是从他“骚动的灵魂”辐射出来的光焰。他的诗没有“纯客观的冰冷”，他把“悲剧浸透温暖的血泪”，又在欢乐曲中“加进一些苦味的胆汁”④，给人以强烈的感染力。由七月派诗人的创作，我们确实感受到，诗人的个体心灵的确对孕育精美的诗歌作品起到了催化作用，但是这种个体的心灵如果仅仅局限于一己之范围，这样的诗人是不能有大作为的。诗人个体的心灵只有实现与民族心灵的相通，他的诗才能跃升至一个高的境界。这种境界正是七月诗派诗人所共同追求的，他们“以自己诚挚的心沉浸在万人的悲欢、憎爱与愿望当中”，他们的创作意欲是“伸展在人类的向着明日发出的愿望面前的”，他们作为“不拂逆这人类的共同意志的诗人”，因此不但“会被今日的人类所崇敬”，而且会“被明日的人类所追怀”（艾青《诗与时代》）。

---

① 牛汉：《我是怎样写〈鄂尔多斯草原〉的》，《牛汉诗文集》（第 3 卷），人民文学出版社 2010 年版，第 174 页。

② 艾青：《北方・序》，中国文联出版社 2002 年版，第 1 页。

③ 牛汉：《〈艾青诗选〉前言》，《牛汉诗文集》（第 4 卷），人民文学出版社 2010 年版，第 460 页。

④ 牛汉：《一个钟情的人：曾卓和他的诗》，《牛汉诗文集》（第 3 卷），人民文学出版社 2010 年版，第 167—168 页。

“赤子之心”使七月诗人们普遍怀有赤诚的信念，他们的诗是信念的诗，他们“要求在自己的创作中，必须通过严格的自我审察，争取同人民大众的思想感情相通”，而不是“与世隔绝的孤芳自赏或顾影自怜的独白”[①]。鲁藜的《泥土》传达的正是这样的信念：

老是把自己当作珍珠
就时时怕被埋没的痛苦

把自己当作泥土吧
让众人把你踩成一条道路

诗歌传达的思想，有着明显的时代痕迹，强调集体的力量，强调个人对集体的融入，小我对大我的服从，不主张个人主义的孤芳自赏，人只有把集体的理想视为个人的理想，献身时代，服务大众，甘于做铺路的石子，才是实现了自我的价值。这首诗的思想，在今天看来，是值得批判的，首先是对个体生命的不尊重，把个人置于集体的对立面，泯灭了人的个体性，忽视了人的个体价值，一味地强调个人对集体的献身，也就是突出集体的权威。按照这样的诗歌教义规训出来的人，是没有个人情感、没有个体精神的大众机器。当一个个的人失去个体自我的时候，现代专制主义的横行就成为必然的结果。这当然已经是历史的后话，我们不能据此否定诗歌在当时历史情境中产生的影响，诗歌所传达的信念毕竟是适应了特定历史时期的时代理想的。在那样一个时代，集体主义有其存在的合理性，人民革命战争的胜利必须依靠集体的力量，因此我们说，七月诗人的歌唱是顺应了时代文化的要求的。与鲁藜的《泥土》一样，以歌唱集体主义信念而打动了读者的还有芦甸的《大海中的一滴水》，“我多么渺小，/我是大海中的一滴水；/然而，我骄傲，/我为大海所包容”“任何一滴水，/都要归向海，/离开海，/必然死亡！”诗歌以“滴水”和“大海”

① 绿原：《白色花·序》，人民文学出版社1981年版，第4—5页。

的关系为喻，形象地说明了个人对于集体的依赖，离开了集体的个人是没有出路的。

七月派诗人都是战士诗人，“他唱真理的胜利/他用歌射击/他的诗是血液/不能倒在酒杯里”（绿原《诗人》）。对于他们来说，诗歌就是战斗的武器，是冲锋的号角，诗人首先是“人生上的战士”，其次才是“艺术上的诗人”“无条件地为人生上的战士者，才能够有条件地为艺术上的诗人”①，只有“无愧于是一个人的人”“一个真正的人”，才有可能“做诗人”。② 这可以说是七月派诗人共同的人生追求。因此，当战争的烽火燃起时，当现实的斗争需要时，当“受难的祖国”需要“不断地站出庄严的诗人”的时候，他们便义无反顾地站出来了，他们“不断地升起庄严的诗”③，唱出不负时代使命的诗。他们坚守战士诗人的节操，高唱“我们的门/不为叛离者开！”（曾卓《门：写给老朋友们》）他们以果决的豪气表明坚贞的心志：“革命是无可出卖的，/胜利是无可出卖的，/世界是无可出卖的，/历史是无可出卖的，/人之子一个人/是无可出卖的；出卖了的是/一个卑贱而又卑贱的灵魂/那个犹大他自己。”（阿垅《犹大》）在他们的诗歌里，信仰的背叛者永远被置于历史的审判台上，接受正义的审判。战士诗人是把诗歌当作复仇的武器的：

我们
必须
拔出敌人的刀刃，
从自己的
血管。

---

① 胡风：《关于题材，关于“技巧”，关于接受遗产》，《胡风评论集》（中册），人民文学出版社 1984 年版，第 364 页。

② 胡风：《关于人与诗，关于第二义的诗人》，《胡风评论集》（中册），人民文学出版社 1984 年版，第 358 页。

③ 胡风：《给为人民而歌的歌手们》，《胡风评论集》（下册），人民文学出版社 1985 年版，第 238 页。

我们
人性的
呼吸，
不能停止；
血肉的
行列，
不能拆散；
复仇的
枪，
不能扭断，
因为
我们
——不能屈辱地活着，也不能屈辱地死去呀……

——田间《给战斗者》

作品流露出诗人对日本法西斯主义者的“钢一样的仇恨”（阿垅《再生的日子》），诗人要用仇恨咬嚼敌人，为民族复仇。苏金伞的《我们不能逃走：写给农民》控诉日本侵略者在中国犯下的烧杀抢掠奸淫妇女的罪行，号召人们“为了报复这些侮辱与仇恨”，要拿起武器跟鬼子拼，“一个人是一个铁圈，/扣在一块就是坚强的铁缆，/把那载我们的大船锁靠牢稳，/永远不叫那毁灭人类的海盗击碎”。胡风的《给怯懦者们》歌唱“眉间尺”的复仇与搏击精神，歌唱抗战烽火中“吼声如海，流血成渠”的中华优秀儿女，激励全民族的抗战勇气，痛斥“造谣言/买外汇/当奸细/在火边抢猎/替仇人做狗”的民族败类。绿原的《复仇的哲学》通篇响彻着凄厉的警笛声，诗人如汽笛的鸣声一样嘶叫着，发出向暴君、黑暗复仇的狂叫：“今天，我们也来/霍霍地磨刀吧，/到花团锦簇的乐园里/去做一名/捣乱分子！”为了保卫生命、自由与人格，反抗的人们已经起来，“厮杀去！/推着柩车迎上去，/拿着志哀的白蜡烛迎上去，/唱着送葬进行曲迎上去”。这样一种视死如归的战斗精神，这样一种义无反顾、以身殉道的复仇者的气质，正是诗人热烈地向往而且歌颂的。诗人代表复仇的人群发出了烈焰般的咆哮：“烧吧，中国！/只留下/暴君的/那本高利贷的账簿，/让我们给他/清算！”这是对悲惨世界的宣战，是与黑暗现实的决裂。在整首诗中，诗人对复仇情绪的渲染可以说如火如荼，激越昂扬，任何读者读了这样的诗，都不能不被感染，不能不被诗的情绪所包裹，不能不被诗人的情感和气质所打动。写于1948年的《春雷》则更有着惊天动地的震慑人心的效果，这同样是一首鼓动抗争的冲锋歌。春雷以其迅猛的闪电劈射下去，“撕裂了铅灰色的天幕，那冬天的魔毯”，冬天渐渐完了，它已无力管制看不见的反叛的生机，“被咒语拘禁的大地开始动摇、变化了”，春雷的声声爆炸“恰似一记记耳光、耳光和耳光，/掴打在一座座痴呆城市的苍白脸颊上”。在春雷的射击下，冬天终于寿终正寝，生命迎来了春天的生机。这首诗的象征意义是很明显的，春雷象征革命的抗争力量，冬天象征统治阶级的黑暗统治，诗人对春雷充满了深情的期盼，“呼喊吧，呼喊吧，春雷”“我们需要大胆的春天，这个世界需要/在你起死回生的霹雳里/突变！”诗人在这里需要的已经不是渐进的反抗，而是摧毁式的革命的急剧变革，只有这样，才能彻底改变旧世界，建立新世界。徐放的《在动乱的城记》歌唱“敢于在暴君的版图上的引火者”，号召人们起来反抗，“把自己的血/和敌人的血流在一起”，因为在暴君的国度，人是没有自由的生活着，反抗不反抗都一样要流血，“但是，不反抗的流血，/那是懦弱的血，/那是被宰杀的血”，那是对罪恶的纵容。面对生活在恐怖的血海里的人民，诗人希望自己是颗子弹，能够向黑暗现实打出去，诗人并且预言：“在这样的生活当中，/每个有良心的人的心里都怀着反抗”“奴隶们的血，/总有一天要冲垮那帝王的龙庭。”

七月诗人的诗是在战争的烈火中锤炼出来的，在光明与黑暗的交战中锻炼出来的。因此，在他们的诗歌中，永远歌唱着胜利的信念、战胜敌人的信念。请听这位战地诗人发出的歌唱：“我不相信/我不相信为我所热烈地爱恋着的河流/就这样/隔绝了为我所同样地爱恋着的两岸！”诗人悲愤地连声呼喊着：“渡船呀！”“渡船呀！”诗人要渡过河，在河的彼岸，把枪炮、刀、火苗，把力、血液，“把一切兑换自由的东西/重新准备好”（冀汸《渡》)，以战斗去求得美好希望的实现。诗中传达的是昂扬的气概，是不为敌人所吓倒的英雄精神。诗人孙钿的《雨》的题注写道："要使人值得一活，就必须为一种伟大的理想所贯注。"这一理想就是革命的理想。战士不只是"拿了枪的战斗员"，还有着革命的信念，"辉煌的革命书籍/辉煌的战斗历史/把我们的思想/凿开了一条宽阔的河流"。天蓝的《G·F·木刻工作者》是献给革命的木刻青年的一首赞歌，作品叙写了一个以版画为武器的革命者的苦难成长历程，以及他所经受的饥饿、追捕、囚禁的考验，深沉地歌颂了他的革命信念和意志。胡征的《钢板工作者》歌颂一位坚强的刻钢板的革命工作者，即使被敌人剜掉了右眼，依然不放弃革命的信念，"用剩下的左眼/继续为党刻钢板"，显示出为革命事业而献身的崇高节操。

"赤子之心"显露出七月派诗人主观真情的一面，但这并不意味着他们不重视诗歌表现中的客观成分，相反，他们在注重主观情感抒发的同时，也十分看重诗歌创作中对客观对象的表现，主观与客观的融合成为七月派诗人遵循的重要创作原则。胡风所主张的诗人对现实生活的拥抱、突入，主观与客观的相生相克，阐述的其实都是主观与客观融合的创作原则，胡风的思想为七月派诗人所普遍遵循。胡风的思想表明的是一种普遍的艺术创作原理，这一思想即使放在世界文学范围来看，也是有价值的。德国诗人约翰·沃尔夫冈·冯·歌德（Johann Wolfgang von Goethe）在1826年1月关于"衰亡时代的艺术重视主观；健康的艺术必然是客观的"一次谈话中说："要是他（指诗人——引者注）只能表达他自己那一点主观情绪，还算不上什么；但是一旦掌握住世界而且能把它表达出来，他就是一个诗人了。此后他有写不尽的材料，而且能写出经常是新鲜的东西，至于主观诗人，却很快就把他内心生活的那点材料用完，而且终于陷入习套作风了。"[①] 歌德的意思很明确，诗人不能仅凭主观来写作，而需要有把握客观的能力，仅仅依靠个人主观情感和灵感来创作，很容易陷入习套作风即公式主义，只有深入掌握住客观世界，将主观与客观结合起来，才可

① 《歌德谈话录（1823—1832年）》，朱光潜译，人民文学出版社1978年版，第96—97页。

能写出经常是新鲜的东西。主观与客观相融合的艺术原理在七月诗派的创作中有着具体而生动的实践。七月诗派的诗人们都不是“主观诗人”，他们都有着自觉的突进客观世界的意识。比如绿原，“他正是因为突入并‘掌握’了客观世界，才能在那几年中像活火山一般不停地喷发出烈焰般的诗篇”。绿原的长篇政治讽刺诗，“都是对于所谓‘大后方’的丑恶现实的冷峻而沉痛的控诉，都是诗人通过崇高理想透视黑暗现实之后激发出来的精神极光”①。相比之下，那些在国统区的黑暗现实面前望而却步、噤若寒蝉的诗人们就显得不足道了。诗人只要不放弃他的神圣的历史职责，他就不会回避现实。七月诗人们普遍意识到了自己的职责，在处理诗歌创作的主观与客观的关系方面做到了兼顾并重，“他们认为，诗的生命不是格律、词藻、诗行排列之类所能赋予的，诗的意象和气韵等都必须来源于生活。他们要的是鲜活的语言，而弃绝那些冷冰冰的没有生命的文字。诗中应当有希望，有欢快，有喜悦，也有憎恨，有愤怒，但决没有纯客观的描绘和枯燥的议论。诗不能隐瞒自己，不能排斥诗人对于客观世界的主观抒情。排斥了主观的抒情，也就排斥了诗。他们特别反对那种两重性格，作者的主观世界与诗的境界不沾边，甚至相违背的作风”②。七月派诗人对于主观与客观兼顾并重的坚守，体现在他们的艺术实践中，体现在他们的诗歌信念中，这充分反映出他们对于苦难民族的忠实，对于伟大时代的忠实，对于现实生活的忠实，对于艺术本位的忠实，对于诗人人格的忠实。

在诗歌意象的营造方面，最能显现七月诗人精神气质的是那些硬朗、坚贞的意象书写，如白色花、尤加利树，具有一种冰冷的色调，与外在环境充满了对抗性。彭燕郊的《冬青只是在开花》咏赞冬青花顽强的生命力，虽遭受接连不断的冰霜的鞭挞、风雪的侵蚀，冬青却依然只是在开花，它以“钢绿的叶子”“红宝石的果子”“铁色的枝干”，在严寒里“青翠着”“鲜丽着”，发出“生命底力的微笑”。与冬青花酷似，月季花也有

① 牛汉：《荆棘和血液：谈绿原的诗》，《牛汉诗文集》（第 3 卷），人民文学出版社 2010 年版，第 159 页。

② 牛汉：《并没有凋谢：简介二十人诗集〈白色花〉》，《牛汉诗文集》（第 3 卷），人民文学出版社 2010 年版，第 148 页。

着坚贞的品格，“它突破了严寒的暴虐的围攻”，带着为风雪所摧击的满身瘢疤，“将蕊苞微小的一颗/绽放得如此丰满的鲜明/朝向蓝天/吐着火一样闪动的光芒”。月季花敢于与侵犯生命的力量对抗，“对于蓄意摧折的玩弄者/它不宽恕——/用它的满身倔强的针刺/守护着它的生命”（冀汸《月季花》）。这表明，月季花是不与世俗为伍的，它有着自己的生命的尊严。牧青（鲁煤）《默悼几只扑火者的死》在剧烈的对抗中显现小青虫的刚勇无比，面对“火”的兽性的吞吃生命的贪馋，小青虫毫无畏惧，以自己的血的异彩“爆破这寂寞的黑夜”。小青虫为了追求，为了理想，“奔突、冲撞、搏击”，勇敢地扑向火，死而甘心瞑目。这种有理想、有信仰的自然之物，正是诗人的战士人格的写照，蕴含着对革命诗人人格的礼赞。可以说，这样的意象是人格化的意象，诗人采用托物言志的手法，对自然意象进行了人格溶化，使作品具有了深刻的思想意义。除了这类人格化的意象，七月派诗人还大量书写了土地意象，如苏金伞的《我们不能逃走》，把土地比喻为老乳母，抒发了对即将失去的土地的眷恋之情。母亲意象也为诗人所钟情，曾卓的《母亲》叙述母亲的悲苦遭遇，抒发儿子对母亲的怀念之情。有的作品把“母亲”塑造为一个温暖的意象、柔情的意象，抒发了儿子对于母亲的依恋心理和挚爱之情，寄托了诗人在那样一个苦难的岁月里对母爱的渴望。我们把人格意象、土地意象、母亲意象称为七月派诗歌的“根”意象，也就是说，在简略的意义上来看，七月派诗歌中所呈现的繁多的意象书写，在情感意向上似乎都可以回归到这三类意象的隐喻和象征的所指中来，诗中的很多意象具有诗人人格的投射成分，很多意象是与土地的受难、沦落、解放发生着诗意的联系，很多意象是与母亲为代表的人民、民族的遭遇、经历、情感相通的，因此，我们以人格、土地、母亲三类意象为核心，从这三类意象出发，就能够打开七月诗人意象体系的大门，走进这个斑斓多彩的意象艺术世界，感受七月派诗歌意象的魅力。

两极化抒情是七月派诗人普遍采取的抒情结构方式，这样的抒情方式客观上也构成一种对比效果，加强了诗歌的抒情强度。这种抒情方式在诗歌作品中常常表现为爱与恨的交织，欢畅与忧郁的交错。例如，牛汉的

《鄂尔多斯草原》对草原的歌唱就充满悲哀与欢畅兼容的两重抒情调子，过去的鄂尔多斯是悲哀的、哭泣的，现实的鄂尔多斯则“喷出草原复活的笑/扬起新的生命力”，诗人面对历史积淀的鄂尔多斯，唱出的是忧郁悲凄的歌，面对解冻的复活的鄂尔多斯，唱出的是明快的激昂的歌。我们在这里可以以鲁藜的《风雪的晚上》为代表作一分析。在这首诗中，诗人面对解放区的雪，发出了挚爱的赞美，这里的雪没有穷人的痛苦，纯洁“象羔羊”，美丽“象海边贝壳”，轻飘“象浪花”，透明“象水晶”，形体“象白蔷薇”；这里的雪充满了爱和生命的节拍，预期着未来的丰收，让诗人感到快乐、沉醉而又充满幻想，“梦见我们新的祖国/梦见我们新的城市和乡村/梦见在那自由和幸福的世界里/到处是花朵和甜蜜的歌声”。而黑暗统治区的雪呢，唱的是受难人民的哀歌，“在那里，没有欢乐/没有幸福的梦/没有温暖的炉火/没有充饥的食物/雪徒然堆积在穷人的耕地上/而收起来的金黄的谷粒/却落在掠夺者的仓库里”。这里的雪是寒冷的，唤起的是诗人的忧郁、悲愤的情感，“悲哀是已经孕育了怒火/受苦者的眼泪已经冲击着黑暗的王坐/那些苍白的饥饿的脸/那些冻僵的麻木的心/都已觉醒，都不愿再匍匐地下/为那些满身羔裘的人的饱暖/自己长久去吞食着雪水”。我们在这里感受到的对比是很明显的，同样是雪，只因为降落的空间不同，便引发了诗人截然对立的审美感受和抒情方式，因此而造成的审美冲击力自然是不言而喻的。像鲁藜这样经历了解放区与国统区两重现实的七月派诗人不在少数，他们在诗歌抒情方式的采用上都与鲁藜有着一致之处。

采用对话体的形式来结构篇章，展开抒情，达到扩张诗境、深化情感的效果，在七月派诗人的作品中常有表现。《沙地吟》中的“你”，鲁藜的《风雪的晚上》中的“你”，都和抒情主体构成一种对话关系。阿垅的《孤岛》中，作为孤岛的“我”和作为陆地的“你”之间展开的亲昵的对话，“我”和“你”之间有着亲密的不可分离的关系，鸟儿在“你”“我”之间传递信息，虹霓在“你”“我”之间架起桥梁，虽然迷惘的海雾暗淡地隔断了“我们”，“想使你以为/丧失了我而我以为丧失了你/然而在海流最深之处，我和你永远联结而属/一体，连断层地震也无力使你我分离”。

整首诗歌就是在“你”“我”的对话关系中结构而成的，先是“我”（孤岛）对“你”（陆地）的恋慕和向往，接着是二者的心灵对话和交流，最后是“你”“我”连为一体的“我们”永不分离，对话关系由分到合，完成了结构上的圆合。

七月派诗人在创作中使用象征手段，与象征主义诗歌通常所追求的朦胧、晦涩效果不同，它们追求的是明朗的象征效果，诗中的象征结构关系也是清晰的，如鲁藜的《延河散歌》中的“星”“灯塔”，象征的就是革命的真理，这是诗人来到延安后，受到革命思想的洗礼，心灵和精神境界得到提升后的真切体验的象征性传达，而“人生的黑海”则既是对诗人过去的象征，也是对诗人过去生活的国统区黑暗文化的象征，诗人从国统区来到解放区，精神世界经历了巨大的变化，这种变化可以说具有某种高度的概括性，是对当时从国统区来到解放区的众多知识分子的精神特点的写照，因此诗中的象征含义也就具有了普遍性的意义，具有了对来到延安的进步知识分子集体精神的所指，因为这样的象征，诗的境界变得既含蓄而又明朗开阔。艾青的《他起来了》“为历史塑造了一个准备进入生死搏斗的民族巨人的形象”①，诗中的“他”就是这个民族巨人的象征，“他”从屈辱中站立起来，“他的额上淋着血/他的胸上也淋着血”，“他”在血泊中寻找“那给他倒地的一击的敌人”，“他”起来了，他要从敌人的死亡“夺回来自己的生存”。“他”像一个巨型的雕像屹立在人们的眼前，凝重而又庄严。作品写于民族危难的历史时刻，诗人赋予“他”以崇高的力度和气势，显示出抗战爆发后中华民族奋起战斗的精神和意志。罗洛的《我知道风的方向》中的“风”，象征含义较为明显，“风的方向”指的就是历史的发展方向，革命的历史潮流所指示的方向。鲁煤《一条小河的三部曲》由三首诗组成，分别写小河的信仰、追求和欢乐，其象征意义是明确的。“小河”是诗人自我的形象，三首诗分别写于重庆、转移途中和解放区的张家口，地点的不同明确地昭示着写作背景的不同，在国统区的黑暗文化环境中，小河“奔流在黄昏与黎明之间”，不怕酷寒的封锁、岩石的

---

① 牛汉：《充满热血的雕像：赏析艾青诗〈他起来了〉》，《牛汉诗文集》（第4卷），人民文学出版社2010年版，第473页。

截击、火焰的爆烙，唱着反抗和暴动的歌，象征了诗人对信仰的坚持；在从黑暗向光明转移的过程中，小河无惧于风暴的扑打、酷日的格杀，一心地追求海，奔向海，象征了诗人对光明的坚定追求；在解放区，小河流到了春之地带，重新迸发出哗哗的声浪，显露出活泼而矫健的姿态，奔涌如岩浆冲破地壳，每个波峰都闪现着金色的阳光，来自冬之地带的小河，像所有春之地带的小河一样，给大地冲出一片新的绿野。其中的象征意味是十分感人的，诗人到解放区以后，获得了精神的解放和自由的天地，其精神的畅快正如小河从冬之地带来到春之地带而获得了新生一样。阿垅诗作中的“太阳”同样是象征之物，诗人呼唤太阳：“太阳/快出来啊，光之主！”“也让我有足够的明澈的智慧/足够的控制忧伤之阴暗的力量。”（《知道》）这是诗人在山城重庆发出的呼喊，反映出诗人在迷茫中对光明的渴盼。

“寒冷”作为一个美感范畴，在七月派诗人的笔下经常出现。这一范畴，首先是为诗歌营造了一种冷色调的氛围，让人感受到一种阴郁低沉的情感基调。这种抒情气氛是与20世纪40年代特定的悲惨现实紧密关联为一体的，诗人们愿意用这一范畴来传递他们对于时代现实的感受。因此，“寒冷”作为一个美感范畴，有对时代特征的象征成分在内。这种象征性包含的内容是多方面的，有对战争蹂躏之下的中国大地的氛围象征，有对国统区隐晦政治氛围的象征，还有对知识分子抑郁心态的象征。为了营造寒冷的诗歌境界，诗人们经常采用富有寒冷气息的诗歌意象来结构作品，以期达到诗歌抒情氛围的总体一致。在七月诗人的作品中，“雪”是一个使用频率很高的诗歌意象。艾青有“雪落在中国的土地上/寒冷封锁着中国呀”，“雪”的意象，无疑强化了诗歌的“寒冷”氛围。

诗歌中运用比喻的修辞手段获得生动的表达效果，历来为诗人们所重视，并且在这方面积累了丰富的艺术经验。七月派诗人也不例外，在他们的作品中，多有新奇而多样化的比喻，镶嵌在作品中，使诗歌变得多姿多彩，灵动摇曳，或者含蓄深沉，错落有致。比喻的使用，有的体现在句式层面，构成局部的修辞现象；有的体现在篇章结构层面，具有整体的修辞功效；有的则是局部与整体综合运用，有效地强化诗歌的修辞效果。在七月派诗人的艺术探索中，他们对隐喻的运用更值得珍视，因为在国统区专制统治的环境中，艺术创作多有禁区，并不是任诗人自由驰骋的，诗人在艺术创作中必须考虑创作的策略，而运用隐喻的艺术手法，不仅是艺术创作的需要，更是政治斗争的艺术，隐喻的含义因此变得更加丰富，隐喻不再是纯艺术的，而是具有了更多的文化属性。置身于国统区黑暗的现实环境，有很多事象令诗人难以相信，诗人说“不相信太阳发霉/不相信谣言”（阿垅《谣言》），这只是诗人的主观愿望。国统区的现实是“太阳发霉”“谣言流行”，诗人运用新奇的比喻揭露了国统区的真实现实。谣言就像太阳发霉一样，令人难以置信。“谣言”和“太阳发霉”之间构成一种隐喻关系，在诗句中以因果复句构造的形式呈现出来，这样安排句型，是诗意的安排，而非修辞的安排，我们要认识句中的修辞关系，需要剥离诗意方能做到，这当然是一种高超的修辞艺术匠心了。化铁的《暴雷雨岸然轰轰而至》同样有着很强的现实隐喻性，在光明与黑暗、正义与反动、侵略与反侵略构成尖锐冲突的时代，这首诗尤其显示出震撼人心的效果。诗歌反复渲染了暴雷雨来临之际所具有的排山倒海的气势，“无穷尽的灰黑而狰狞的云块底轰响，/奔驰而来”，黑色的沉重的云像“一长列的保卫天底真实的铁甲列车”轰隆而至，从每个阴暗的角落里扯起狂风的挑战的旗帜。“沉闷的电子磨着牙齿”“从地里爆裂出来，从天上轰响而来”“吓着正在关着窗户的富人们”。暴雷雨的真正力量表现在对地面的狂暴破坏，“旧的脆弱的折断在风底急浪里；/山洪从地里爆发，响应，/河流崩溃，/古老的房屋摇动，吱吱地响了——/让地主们从被窝里伸出头来，想着他底谷仓”。读着这样的诗，我们很容易领会到诗人的言外之意，诗人饱含激情地呼唤的是革命的风暴，期盼的是革命力量的崛起，摧毁不平等的社会秩序。诗中的“暴雷雨”明显地象征着革命的力量，暴雷雨的破坏象征着社会的变革。朱健的长诗《骆驼和星》虽然采取的是神话叙事的形式，但隐喻着深刻的现实含义。诗中的天神是专制统治者的象征，神鞭象征着统治者的权力，统治者凭借其掌握的权力，任意对人民施行淫威，把海洋变成沙漠，使人民陷于灾难之中。瞎子老人作为天神的对立面，虽惨遭天神的摧残，却不放弃为人民祈福的信念，直至被天神劈死。显然，诗人是赋予

“瞎子老人”一种象征意义的，这个老人“是我们民族为寻求光明自由，进行过不屈不挠斗争的献身精神的象征，是我们民族性格的象征”[①]。绿原的《憎恨》一诗写于1940年12月，其时正是大后方白色恐怖严重的时刻，诗人说：“好久好久，/这日子/没有诗。//不是没有诗呵，/是诗人的竖琴/被敲碎在桥边，/五线谱被谁揉成草发了。”诗人在这里是通过诗人的受难，隐喻一种不能放声歌唱的现实，在这种现实下，诗人自由创作的权利被剥夺。牛汉的《鄂尔多斯草原》同样包含着隐喻的指向，诗人说：“《鄂尔多斯草原》这首诗就是在我们准备奔赴延安之前写的。我不敢明明白白写陕北，写了离陕北不远（其实并不近）的鄂尔多斯，这片亲切的草原，我自小神往。……那时我把宽阔的草原当做充满浪漫色彩的理想境界，这多少反映了一点国统区生活的苦闷，总想奔向一个新的天地。”[②] 这个新的天地就是革命圣地延安，诗人在作品中没有直接写，而是采取了隐喻的手法加以间接表现的。

七月派诗人在诗歌章法上注意韵律的营构，很多作品显现着流动的美。较有代表性的如冀汸的《跃动的夜》，作品充满轻快流动的节奏感，诗人在暗夜的光辉里不停地游走，欢喜的情绪随着视野中的景象的变化而起伏着，整首诗给人以朴素、生动、亲切的感觉，全诗顺势而下，有一种“流动美”。[③] 艾青的诗节奏沉缓而有力，起伏的诗行正是起伏的情感的律动，“具有整体的深厚的流动感”，但是，流动美并不是不讲节制，艾青的自由诗，“其实是有着高度节制的，它的自由，并非散漫，它的不分行，也并非无节制”。所谓诗的散文美，绝不是散文化，而是有着内在的情韵作为支撑的，他“始终采用鲜活的流动感和弹力的语言与语调写诗”[④]，这正是现代诗应有的要素，使他的诗表现出一种流动的散文美。

---

① 刘扬烈：《诗神·炼狱·白色花：七月诗派论稿》，北京师范学院出版社1991年版，第362页。

② 牛汉：《我是怎样写〈鄂尔多斯草原〉的》，《牛汉诗文集》（第3卷），人民文学出版社2010年版，第174页。

③ 刘扬烈：《诗神·炼狱·白色花：七月诗派论稿》，北京师范学院出版社1991年版，第209页。

④ 牛汉：《〈艾青诗选〉前言》，《牛汉诗文集》（第4卷），人民文学出版社2010年版，第460页。

七月诗派诗人经历着空前广阔而又空前动荡的时代现实，在这样的现实中，光明与黑暗、进步与反动、正义与邪恶、希望与绝望的较量从来就没有停息过，七月诗人身处这样的矛盾冲突中，他们的感情向度异常分明，赞扬什么，鞭笞什么，在他们的作品中一目了然。他们也通过诗歌呈现思想的果实，把他们对社会、人生、自然的思考形象地表达出来，使诗歌具有了一种思辨的品格。牛汉的《春天》写道："不是没有春天，/春天在冬天里。/冬天，还没有溃退。"这里对大自然季节消长的规律作了富有哲理的揭示，诗歌充满了辩证法的智慧。在《锤炼》一诗里，诗人说，"生命呵/不是在铁锤的打击下/发光/便是在铁锤和大火里死灭"，这是对人的生命哲学的辩证解释。七月诗人关注普通人的生存，认为是金子在哪里都可以发光，"既是黑夜里一粒火种/这里可以发光/那里也可以照耀"（鲁煤《在一九四六年底恐怖中》），人生的价值处处可以实现，这意味着诗人对人生价值的实现是充满了达观的认识的。生与死的本体问题和关系本身是哲学的基本问题之一，七月诗人以他们特有的诗性方式对此进行了回答，"生是美丽的，/为了美丽的生而死/更美丽"（徐放《在动乱的城记》）；"与其卑贱地活/不如高贵地死""与其黯淡地活/不如光辉地死""从无畏的死/得不朽的生"（阿垅《街头》）。"生"有多种方式，"死"有多种方式，不同的人对生与死的选择各有所别，但诗人旗帜鲜明地提出了自己的生死观，肯定了高贵地死，否定了卑贱地活；肯定了光辉地死，否定了黯淡地活；并从死中看到生，把生与死的关系辩证性地呈现给了读者。从世界的存在来看，七月诗人也有充满哲理性的思考，"世界没有完全无光的时候，/而世界也不会绝对被无光所占有"（阿垅《黄昏曲》）；"寂寞/不是痛苦于无人的荒废之世/而是不堪于——多人所成的人的沙漠"（阿垅《寂寞》）。这些诗句采用的都是富有辩证色彩的句式，具有强烈的说理性。阿垅的《悼亡》一诗，虽是一曲爱的挽歌，但充满了思辨的色彩。诗人把爱情与现实、历史、革命联系起来加以审视，在多种复杂的关系中透视爱情的悲剧性。在诗人看来，爱情不能存活于现实，现实是丑恶的，在现实中没有人性，"人性踏在地下或者被踏在地下"，现实生活只"剩了人底形式，波涛似的肉欲在其中动荡"，在肉欲贪婪的现实中，"爱情底宗教情操完全被蹂躏，粉碎”，爱情受到政治的迫害，受到市侩的侮辱，爱情的不幸令无辜的人们陷入绝境。爱情关系又表现为一种历史的形式，“一部野蛮的千年的历史，一个女人底二十四年的人生”，历史传统对女性爱情婚姻的摧残延续到现代社会中，对女性的爱情婚姻继续构成侵害。个体的悲剧在历史的进程中虽然具有偶然性，但这种偶然性却具有推动历史的作用，在这里，阿垅看到了人与历史的互动作用：“我们在支配的历史中，但是历史也跃动于我们底血液中/历史由我们所形成/而且我们底痛灼的血肉，正是为了冲破历史的惰性/我们不是为自己赎罪，而是为历史赎罪/当我们飞升，即使以死亡作为沉重的或者渺小的代价/历史也就必须为我们复活，为我们上升/我们底血洗自己正是为了它底光洁。”阿垅在这里是以甘愿做历史殉道者的勇气来看待个人悲剧在历史演变中的作用的，个人的牺牲和毁伤如果能够换得历史的进步，那么他愿意付出这样的代价。也是在这个意义上，他把自我的爱情悲剧上升到了历史的高度来看待，他对死去的爱人呼喊着说：

而幸福是必然的，未来是优势的，有的
即使幸福的不是你我，但是也是你我
这是我们为什么作战，受难，含泪同时也含笑
这是你为什么不幸，跛行和自杀，而又全胜
出于污泥，开成莲花
爱人！我底人啊！
我，是从毁伤之中，看到你这庄严的历史的面影
是在历史之中，才配最好地描绘你底面影

这就将个人为爱情而付出的生命代价历史化了，从历史发展的偶然性来看，个人为爱情而付出牺牲是悲剧，而从历史发展的趋势来看，一代人的生命付出却是为后来者的幸福创造了条件，生命的代价换取的是历史的进步。我们在此可以看出，诗人阿垅对爱情的思考，已经跳出了个人情感的圈子，跳出了现实的局限，甚至也超越了革命的爱情功利观念。在阿垅

看来，革命的爱情“当叛变了人的时候”“当自私如同月蚀似的黑影浓厚地膨胀起来”的时候，这样的爱情是没有意义的，是不美丽的。革命的爱情要求的是美的灵魂，“以灵魂洗濯血肉，使每一个人，焕发而开成每一种花”，在革命中升华出美的情感和品质。不难看出，诗人是把爱情作为圣洁的革命事业的一个组成部分来看待的，这样的爱情观无疑地闪耀着革命的理想主义光泽，折射着一个革命战士的崇高情操。

四、现代主义特质①

七月诗派的诗歌并不全然是与战争、民族、国家有关的功利性的歌唱，也并不全然是体现了现实主义诗学观念的创作追求，也有与战争保持了距离，或者在战争环境下保持了对战争的静观审视的作品问世，还有反映知识分子在历史巨变中理性思辨的作品诞生。七月诗派的诗有着明显的现代主义特质，他们对存在的质疑，对生命意义的探问，对人的异化现象的思考，都体现了西方现代主义的文化精神。只不过这样的精神长期以来并没有得到人们的认真对待，甚至视而不见，其原因有可能是人们的认识出了问题，一提到七月诗派就把它与胡风的现实主义体系联系在一起，而想当然地把它放在现实主义诗学体系中进行诠释，还有可能出于禁忌原因，不敢正视七月派诗歌的现代主义特征。对于七月诗派现代主义特质的遮蔽，无论如何是过去的诗歌研究界的失职。事实上，揭示七月诗派的现代主义特质，不但不会有损于以延安文化为代表的解放区文化的尊严，反而能显示解放区文化的容纳气度和多元性，显示解放区工农兵文化对知识分子文化的亲和。

七月诗派的诗人们创作的诗歌从数量上看是颇为可观的，而具有现代主义特质的作品仅占他们作品总量的一小部分，数量虽少，但质量却是上乘的。这些具有现代主义特质的诗歌之所以具有研究价值，是因为这些诗歌牵涉到了比较复杂的诗学问题。首先是胡风所倡导的主观现实主义诗学

---

① 原题《七月诗派的现代主义特质》，发表于《盐城师范学院学报（人文社会科学版）》，2014 年第 5 期。

理论体系不能用来阐释这些作品，其次是七月诗派的另外一位重要的诗歌理论家阿垅，他的诗学思想是现实主义的，而就他的创作来看，有成就的作品都是以现代主义为主导倾向的。因此，在七月诗派内部，诗（现代主义作品）与思（诗学思想）的错位是很明显的。就每个诗人的创作实践而论，唱出符合时代精神的集体之歌固然是他们的心愿，而唱出他们精神隐秘之处的个人之歌同样也是他们的不可剥夺的权利。他们选择了前者，而淡化了后者，这是大的时代诗学现实规范的结果。如果从探究个体的知识分子精神的特征来看，后者的价值显然胜于前者。

过去的研究更多地注重了七月诗派符合时代诉求的一面，诸如歌唱祖国、反对战争、服务人民，以及忧患意识、理想主义，而忽视了七月诗派显示的知识分子气质的一面。尽管七月诗人们称自己是“战士诗人”，后来的评论者也作如是观，但我们还是觉得这种对诗人身份的界定是有策略性的考虑在内的。我们毫不怀疑七月派诗人对“战士诗人”所抱有的真诚与信仰，但也毫不排斥这样的真诚与信仰可能包含着对知识分子身份的修饰。对于七月诗人来说，他们的合理的身份成长顺序应该是从知识分子到战士，而不是从战士到知识分子。这样看来，知识分子的精神和气质应该是七月诗人们更为本色的东西，也是在后来的战争环境中日渐被人们所忽略的东西。

七月诗派与中国新诗派汇聚成了 20 世纪 40 年代中国新诗现代化的汹涌浪涛。中国新诗派的评论家唐湜在论到 20 世纪 40 年代中国新诗现代化的发展时，曾把中国新诗派与七月诗派相提并论，认为二者代表了中国新诗现代化的两个高高的浪峰。在他看来，以穆旦、杜运燮为代表的中国新诗派是一群自觉的现代主义者，以绿原为代表的七月派诗人是一群不自觉的现代主义者，不自觉地走向了诗的现代化的道路，由生活到诗，一种自然的升华。以穆旦为代表的现代派诗人是托马斯·斯特尔那斯·艾略特（Thomas Stearns Eliot）与威斯坦·休·奥登（Wystan Hugh Auden）的私淑者，他们的气质是内敛又凝重的，所要表现的与贯彻的只是自己的个性，而以绿原为代表的七月派诗人私淑的是鲁迅先生的尼采主义的精神风格，气质很狂放、崇高、勇敢、孤傲，在生活里自觉地走向了战斗。“穆旦们”

多多少少是现代的哈姆雷特，永远在自我与世界的平衡的寻求与破毁中熬煮，而更丰富，更丰富得痛苦的是诗人的自我分析与人格分裂，甚至自我虐害的抒说，那些是最深入最细微的人性的抒情。绿原们有吉诃德先生的勇敢与自信，要一把抓起自己掷进这个世界，突击到生活的深处去，用身体的感官与生活的“肉感”（Sensuality）思想一切，他们赤裸裸地从人生的战场上奔跑了起来，带着一些可爱的新鲜气息与可惊的原始的生命力，掷出一片燃烧着的青春的呼喊与崭新的生活感觉。[①] 唐湜的判断是极其有眼光的，因为在西方现代主义传入中国以后，中国诗人对于现代主义的接受与转化本身就是多元化的，那种把现代主义诗风定于一尊的看法是违背现代主义中国化的多样性客观实际的。唐湜在 20 世纪 40 年代能够将“绿原们”定位为新诗现代化的一个方向、一个流脉，说明他已经觉察到了中国新诗现代化的多种可能性，意识到了新诗现代化的过程是一个多样化的现代性合流与开展的过程。

与中外文学史上出现过的现代主义作家一样，七月派诗人同样在抒写现代主义意义上的存在体验，这种体验有的针对的是存在的不自由，如诗人阿垅的《去国》所写：

夺去吧，连我底落在妻底墓前的泪珠，那和清
晨草间的露珠一样无罪的泪珠
连我底抚摩孑然的孩子底头皮的双手，和那阳
光一样抚摩着他底头皮的无罪的双手
夺去吧，连我底诗，我底不可夺去的诗
夺去吧，连我底一文不名的自由，连我底做做
恶梦的自由。

有的指向的是生存的困境，如阿垅的《琴的献祭》所揭示的：

---

① 唐湜：《诗的新生代》，《诗创造》1948 年第 8 期。

我，象 Tantalus 饥渴于在眼前飞来
幻去的鲜果活水
象 Sisyphus 上山下山地推滚石头
而不断奋勇和徒劳
象 Narcissus 忠守着四目相视的美
丽的水中影子
是本身底影子也是爱情底化身，
又甜又苦的可悲的幻觉
象 Prometheus 狂号于
不是被不断毁伤，而是为了那在
不断新生的心肝。……

这种对人生存在的困境的书写是丝毫不逊色于外国现代派作家们对存在困境的揭示的，人失去了自由，没有从事艺术的权利，甚至没有做梦的权利，人只得周而复始地从事苦役和接受煎熬，并且不断地被毁伤，在冷酷的世界中等待着悲剧的命运。这样的世界不可能给人带来出路和希望，而只能带来无尽的恐怖。朱健的《沉默》就是这种体验的抒写。每当一个重大的历史交替的时刻来临之际，人类世界会普遍怀有对存在的恐怖，有一种世纪末的恐慌心理，世界因而在人们的眼中变得面目狰狞：肺结核杆菌成团地飞滚着，“有人按着胸口，低声地咳嗽/有人窒息得脸发青，象煤块/喘着气，成群地倒下”，动物世界也一起疯狂了：

臃肿而斑癞的疯狗
细菌剧烈地蛀蚀它发臭的内脏，要它死
夹着尾巴满街溜
眼珠血红，瞅着健康的生存者
随时要咬一口
发泄可耻的嫉妒
拖着全世界随它一起死去

整个世界陷入了变异的状态，人类只剩下黑色的沉默，等待大地震的来临，承受更大的毁灭和灾难。世界确已变为非人的世界，一切人的对象都在异化为人的对立面，人类因此陷入了不可摆脱的困境，人们不得不接受变形与异化的灾难后果，“我曾是一个会思想的甲虫/诗领我去崇拜许多英雄/当真理用难题向我抽考/我轻快的翅膀忽然那么沉重”（绿原《诗与真》）。灾难变异为人们的时空感受，是空前浩瀚的苍茫感、绝望感，“从空间走来/向时间走去//我死了/就让人类底歌/抬起我底棺椁”（绿原《自诉》）。这样悲怆的歌唱着诀别世界，显示了诗人对存在的无奈，对生命的宿命的认同，当然也隐含着诗人对于悲剧世界的决绝之念，透露着彻人心骨的悲凉。

对于灵魂的拷问和分析是所有的现代派作家都不会回避的，外国作家如此，中国作家亦如此。就20世纪40年代的中国诗人来说，鲁迅是他们现代性精神的一个重要传统，在鲁迅那里，他对于自我灵魂的拷问从来就没有停止过，而且这种拷问带有着严酷的剖析性，《野草》中所写：“有一游魂，化为长蛇，口有毒牙。不以啮人，自啮其身，终以殒颠。”“抉心自食，欲知本味。创痛酷烈，本味何能知？”（《野草·墓碣文》）这都是鲁迅对自我灵魂审问的象征性书写，其深广，其惨烈，其无情，在中国现代作家中都是绝无仅有的。在20世纪40年代的中国新诗人中，不仅以穆旦为代表的中国新诗派继承了鲁迅的精神传统，而且以绿原为代表的七月派诗人也同样延续了鲁迅的自我拷问的精神传统。穆旦的诗很明显地存在着《野草》的风骨，他说，“智慧使我们懦弱无能”“什么也不做，因为什么也不信仰”（《控诉》）。在没有信仰的年代，诗人的灵魂失去了方向，诗人不得不一次次反问着：

我是活着吗？我活着吗？我活着
为什么？

——穆旦《蛇的诱惑》

我们做什么？我们做什么？

呵，谁该负责这样的罪行：
一个平凡的人，里面蕴藏着
无数的暗杀，无数的诞生。

——穆旦《控诉》

谁知道生命多么长久？
一半是醒着，一半是梦。
我们活着是死，死着是生，
呵，没有谁过得更为聪明。

——穆旦《神魔之争》

诗人的拷问不仅指向了自我的灵魂，而且指向了人类自身，不仅探问灵魂自身的价值，而且探究生与死的永恒命题，确切地说，穆旦的自我灵魂拷问的诗作，“展示了迷暗沉郁的灵与肉的搏斗”，更多地关注在时代风云际会中“探讨自我——我们自身——灵魂与肉体的内部搏斗，探首那自己无法掌握的黑暗”。[①] 穆旦的“我是谁”式的拷问经常出现在七月派诗人的笔下：

我沉默，因为我潜心于在话语的林莽里
寻觅最犀利最准确的语言，用来
加速对灵魂深处的持续掘进
我沉默，因为我专心致志于/拷问我自己。

——彭燕郊《叫嚣的石块》

生活象卷在旋风里
自己难以决定自己的去留……

——牧青《在一九四六年底恐怖中》

---

① 张同道：《带电的肉体与搏斗的灵魂：穆旦》，载杜运燮等《丰富和丰富的痛苦：穆旦逝世20周年纪念文集》，北京师范大学出版社1997年版，第77页。

但我们有手，
不能伸出来；
我们有嘴，
却说不出什么。

——徐放《在动乱的城记》

我到什么地方去？
我从什么地方来？

——阿垅《去国》

这是一种具有集团精神指向的灵魂拷问，七月派的诗人普遍有着这样的意识，“我问着自己：/世界上活着了我/是为着什么？”（邹荻帆《繁华的夜》）这是诗人在解放区繁华的夜发出的疑问，诗人置身于篝火晚会和秧歌的热闹中发出这样的疑问，显然与解放区的环境是不协调的。诗人对于自身存在意义的追问在整首诗中只是一个闪念，诗人的思绪随即就淹没在了现实的光明想象中了：“我仰起头，/纵使我想不见什么/也会想到——//一切的峰顶/有战士的岗，/冰凉的/刺锋上/亮着/高高的/北斗星。”从这里可以看出，在解放区的文化环境中，诗人的具有现代主义意识的对于自身存在价值的思考是孤独的，是压抑的。在人民大众的文化海洋中，哪怕是带有一点点异端的文化思想，也很难得到共鸣，所以诗人的现代主义之思，只能是在暗夜的时候，不为人注意地流露出来。“我是谁”式的灵魂拷问还无情地指向对知识分子灵魂当中丑陋的逼视，诗人绿原说知识分子是“变节的幻虫”，他们阅读着错误的哲学，巧妙地注解着慈善家杀戮婴儿的原因，他们模仿蟋蟀用尾巴歌吹——庆祝圣者以神的名义统治他们的同胞，“这群幼稚的犬儒们将永远/回复到/神权时代的恐怖与羞耻里去：恐怖自己的影/子，羞耻于接近阳光”。绿原说自己是一个“肌肉溃烂”的低级知识分子，常常“无端哆嗦，嘴唇发白”，心脏“象一块泡浸在酒精里的印地安橡皮”（绿原《给天真的乐观主义者们》），坚硬无比。

这样的自我剖析实际上象征的是对知识分子集体精神劣根现象的批判。阿垅的《悼亡诗》以诗人的身份设想的是一个女性对自我存在的拷问：为什么我生而不幸？为什么我生而有病？为什么我必须生在大地上？为什么我必须行走在阳光里？为什么我有我底存在？这些站在女性立场上发出的疑问，也正是诗人所要追问的，为什么她的一生永远是看不见的耻辱？为什么她没有快乐？为什么她的智慧没有价值？为什么一个无辜的少女的存在不能够和世界和谐？为什么一个少女要在美丽的春天痛感到自然的丑恶？这些问题不只是一个女性活在世上必须面临的，而且也是一个男性世界，一个人类世界需要思考的。女性的存在和遭受压抑从来就不是一个孤立的问题，女性命运的缔造很大程度上来自男权社会的权力，来自不合理的社会制度，要从根本上解放妇女，就不能不对社会制度进行变革。

承接着“我是谁”的拷问，“穆旦们”和“绿原们”还发出了“你是谁”的拷问，这同样是西方现代主义中的一个经典命题。在人与人的关系上，西方现代派文学揭示出“一幅极端冷漠、残酷、自我中心、人与人无法沟通思想感情的可怕图景”，从本体论哲学的角度“对人性沟通作了彻底的否定”。① 这样的现代派特征在20世纪40年代的中国新诗创作中得到了回应，我们看穆旦的诗句：“什么是你认为真的，美的，善的？/什么是你的理想的探求？”（《夜晚的告别》）这里涉及的真、善、美、理想，在诗人看来，实际上都已经不能成为看待一个人的标准，在人与人之间显现的已经不是这些看来是高尚的东西，诗人说：

我是太爱，太爱那些面孔了，
他们谄媚我，耳语我，讽笑我，
鬼脸，阴谋，和纸糊的假人，
使我的一拳落空，使我想起
老年人将怎样枉然的太息。
因为青春是短促的。当她说，

① 廖星桥：《外国现代派文学导论》，北京出版社1988年版，第20—21页。

你是冷酷的。你是不是冷酷的？

——穆旦《夜晚的告别》

诗句中的“爱”字当然是一个具有反讽意味的字眼了，人与人之间的关系只是表现为虚伪的应酬，从青春到老年，无可改变的只有人心的冷酷，弥漫人群的只有阴谋、谄媚和虚假。无独有偶，穆旦对“你是谁”的质疑也出现在绿原的诗歌里。绿原在《你是谁》中也发出了一连串的质问：

你是谁，你从阴沟里伸出手来？
你是谁，你把压在你身上的棺材盖子推开？
你是谁，你充满希望；同时又
绝望到宁愿被暗杀掉？
你是谁，你让灵魂没有衣服
而长出钢针似的毛发？
你是谁，你从饥饿的枪膛
射出懦怯的子弹
而爆发了疯狂的火光？
你是谁呵，你和我
从一个母亲的衣胞里出世？
在从卑污的生存到圣洁的死亡的攀登里，
兄弟呵，请容我献给你以霹雳的诗。

这首诗里刻画的“那个披着钢针似的毛发、没有衣服的、像死尸一般的，推开棺材盖子，从阴沟里伸出手来的人”是一个个现代人自我形象的写照。这是人与人之间互不辨识的一幅图景，每个人对于他者来说都是陌生者。人性的美丽荡然无存，只剩下了丑陋的身躯与肮脏的世界为伍。

西方现代派文学的许多作品在一定程度上“反映了现代西方资本主义

社会的某些弊病”，表现了“知识分子对资本主义社会的失望和不满情绪”。① 20世纪40年代的国统区，特别是重庆、上海这样的大城市，同样反映出中国资本主义走向没落的征兆，中国的资本主义力量，反动的资产阶级政治力量，在腐朽与糜烂之中正在走向沉沦、灭亡。抗战后的城市，贫者日贫，富者日富，富人的卑陋、丑恶、荒淫和无耻与穷人的饥馑、贫穷、愁苦，呈现出的是资本主义都市的色相。诗人绿原用他那锋利的刻刀，深刻地画出资本主义都市的两面，展览出资本主义都市的可怕风景：“一幅烂桃似的疮疤的大都市的脸谱，一幅在战争下面痉挛的麻风病患者的脸谱，资本主义发展到末期，而在人民警觉的水线下逐渐溃决了的豪资企业的高堤。”② 诗人还“揭穿了一些怕事的知识分子的缩首缩尾的丑态，给于一切虚无主义的，伤感的，颓废的逃世的无能者，绝大的嘲笑”。绿原的诗不仅在主题传达方面达到了现代诗的积极的要求，而且在形式上也不断地向现代诗的形式进取。新诗现代化后，文字的弹性和韧性都在增强，绿原把握住了这种趋向，力争使新的形式为新的内容的表达发挥作用。

人与自然的关系同样是七月诗人所关注的。在进入现代社会以后，随着工业文明的推进，人类对大自然的征服日益加剧，人类对大自然的攫取有增无减，人与自然的关系不再是和谐的宁静，而是充满掠夺的血腥味。彭燕郊的《小牛犊》一诗，通过温顺可爱的小牛犊在成年之后被人类宰杀的命运，揭示出人类自身异化的本质。人与自然由和谐到对立，以至破坏、残杀自然之物，是人的善性已经完全被异化的结果。曾卓的《铁栏与火》很容易使我们联想到莱纳·马利亚·里尔克（Rainer Maria Rilke）的象征主义诗歌名作《豹》。里尔克的诗歌借动物园铁笼中关闭的豹子，象征性地表现了社会牢笼对生命的摧残。曾卓的《铁栏与火》里的老虎被关在狭的笼中，失去了自由，只能沉默地旋转，成为人类观赏的对象。但是，笼中的老虎的野性并没有消失：

① 廖星桥：《外国现代派文学导论》，北京出版社1988年版，第25页。

② 李瑛：《论绿原的道路》，《诗号角》1948年第4期。

它深深地俯嗅着
自己身上残留的
草莽的气息，
它怀念：
大山，森林，深谷……
无羁的岁月，
庄严的生活。
深夜
它扑站在栏前，
它的凝注着悲愤的长啸
震撼着黑夜
在暗空中流过，
象光芒
流过！

老虎并不甘心被囚禁笼中，它在向往着空旷的大自然，向往着自由的山野生活，但是，在人类的操纵下，老虎已不能凭借自身的野性改变自己的命运，铁栏锁住了它，它终究要在人类的驯化中失去野性的，这就是大自然生命的结局。从这里可以看出，人与自然的关系已经变得扭曲不堪，人与自然的对立只能随着人对大自然的破坏日益加剧。

杜谷的组诗《江·车队·巷》曾被闻一多收入《现代诗抄》，其中一首《巷》还被路易·艾黎（Rewi Alley）译成英文，编入 *Light and Shadow Along a Great Road* 一书。这是一组以战争为背景的抒情诗。《江》采取了人与自然对话的手法，把人的心理、情绪移情于自然，看似写江水的“悲痛的啜泣”，实则传达的是诗人的悲哀。《车队》同样是主观的客观化，把诗人对祖国的深情通过车队的行进传递出来。《巷》的感情是破碎的，因为战争的摧毁造成了不堪入目的灾难，断裂的窗棂，倒塌的楼台，无顶的房舍，破碎的庭园，烧焦的墙壁，都在雾蒙的天空下，裸露着乌黑的疤痕。在战争的废墟上，一位满脸皱结着痛苦的老母亲，扶着锯齿似的残垣，在破瓦堆上一拐、一拐，艰难地寻找着自己的亲人。画面是客观的、冷静的，却隐藏着诗人对战争的剧烈仇恨。这三首诗抒发的感情类型有很大的差别，每首诗都有自己独立的内涵，但在表现手法上，却有着某种一致性，追求情感的内敛，追求抒情的客观化。这种抒情方式也体现在阿垅的《刀》里。诗人实际上是要通过“刀”的命运表明他对战争的反对态度。“刀”曾经是那样一堆的废铁，如果没有战争，“曾经是废铁的将仍旧是那样一堆的废铁”，“刀”的命运“不是战争/就是毁灭!”如果把“刀”作为珍藏，“珍藏就是抛弃”，面对悠长无益的岁月，刀就会锈蚀，在明朗中黯淡，在锐利中钝拙。

在七月诗派的作品中，诗人们对现代主义艺术手段的运用是娴熟而自觉的，也是丰富而多样的，这些艺术手段有的是贯穿在诗作的整体结构中，有的是体现在某些具体的诗章和诗行中，从而对七月派诗歌具有的现代质素起到强化作用。

我们首先注意到意识流手法在艾青诗歌当中的运用，艾青的《他死在第二次》叙事的方式颇有点符合当今已不再陌生的意识流的某些特点。诗里出现的许多一闪而过的感觉（生理的、心理的）、梦想、幻觉等，仿佛不是经作者的安排，而是直接来自那个兵士心灵的活动，情节是那么不可预知，但又那么自然。① 第三章“两只手被搁在一起”的奇特的构思，第十章关于生与死的“一念”，都是意识流手法的很好运用。其次是幻觉艺术手法在诗歌创作中的生动运用。阿垅的《对岸》从头到尾都是对自己的妻子的幻觉意念的描写，河的对岸本无人，然而诗人却看到了妻子的隐约的背影，这背影带有虚幻的色彩，游移不定，“隔着河，又近又远啊”“又近又远啊，隔着河，可望而不可即”，诗人渴望着和对方接近，“我只是沿河急行，寻觅可以使我过渡之处，/我渴望和你能够重新互相接近/沿河而行，顾盼着对岸，而愈走似乎愈远”。显然，诗人感觉到的距离是幻觉中的心理距离，而非实在的距离。整首诗就是沉浸在一种迷茫不定的幻觉情绪中，诗人通过各种幻觉意象的展现，把自我的忧伤而思恋的心理活动传

① 牛汉：《对一个无名士兵的祭歌：赏析艾青诗〈他死在第二次〉》，《牛汉诗文集》（第4卷），人民文学出版社2010年版，第493页。

递净尽。第三是象征手段的运用。牛汉的《智慧的悲哀》（诗剧）与鲁迅的《过客》其实是一对精神的姐妹。《智慧的悲哀》无论在背景、意象、角色设置、意义图式等方面，都有对《过客》的借鉴成分在内。特别是在象征手段的使用方面，二者有着惊人的相似。诗人牛汉对于《智慧的悲哀》的象征手法有过交代，他说："1941 年冬，我写了一个诗剧《智慧的悲哀》（约 500 行），发表在海星诗社编的《诗星》上，写的是我受到亲友的阻挠没有去成陕北的失望与悲愤的情绪。这首诗比《鄂尔多斯草原》早写两三个月，因为不能直抒胸臆，采用了象征的手法，语言不够朴素，情境像是在长长的噩梦中。"① 有了这段交代，我们就不难理解《智慧的悲哀》中的象征意蕴了。但是，也有一个问题存在着，就是文本所提供的象征意蕴的阐释空间远高于诗人的本意。我更愿意把这部诗剧理解得玄学化一些，因为从剧中人物的语言来看，他们实际上探讨了一个非常形而上的问题，就是人类存在的性质问题。老人对诗人说，人生一直是冷酷的阴暗的，但诗人不以为然。剧中的这个"诗人"与鲁迅《野草》中的"过客"有着同样的精神气质，他有着倔强的性格，坚强的意志，"从冷落的远方来，到冷落的远方去"，他不听老人的劝告，背起行囊远行，穿行在浓黑的冷雾里，黑暗的长夜里，路途上野狼的悲嗥，使得诗人"不敢停步，不敢坐在路边休息"，加快步伐，"唱起破闷的高歌"，走向前方。剧中的眇目者、拐足者、喑哑的歌者唱得都是悲观的歌，"世界永远是黑暗的""生命的路便是生命的镣铐""希望，永远是无声的希望，人世间，永远是苦难"，但是诗人却不理会，"他又飘着长发向前奔行，向着迢迢的夜路"。这就是说，这个"过客"式的诗人与周围的人对存在的理解是不一样的，他对存在世界依然抱着一丝光明的幻想："呵，我不懊悔，/虽然失去了光明/但我为了求见光明/我的眼睛真的会熄灭吗？/不，不会，希望的火苗/闪烁在人世间！"他依然要用他的意志支持他的信念，依然要付出苦役，但他最后却僵死在了路途上，"被阴湿的冷雾浸透的身子上蒙了一层尘砂；他的乌黑的长发仍像黑色的流云飘卷着，行囊和手杖仍然贴着他的胸；紧

① 牛汉：《回顾和思考》，《牛汉诗文集》（第 3 卷），人民文学出版社 2010 年版，第 215 页。

闭的嘴唇是苍白的；紧合的眼皮也是苍白的；眼角挂的泪也是苍白的，泪珠像陨落的星星”。这正是“过客诗人”存在悲剧的一个绝好象征。

抽象的具象化也是七月派诗人采用的现代主义手法。芦甸的《行动》把“行动”这一抽象的事物加以具象化的表现，说“行动”有着“跃进的背影”“扬鞭的手臂”和“飞舞的长发”，“行动”奔跑的速度“比风还要迅速”，诗人并且赋予“行动”以内在的品质，说“行动”是“人生中最高贵的存在”，是“真理和艺术的化身”，诗人因此要斩断荆棘、冲破各色虚荣和诱惑去追求“她”，诗人深情地唱道：“行动啊！我知道你是决不会停下来等我的，/但是，我也不会停下来休息。/我相信，你终于会让我追上，/让我贴近，让我和你溶为一体；/你终于明白，/我是一个最懂得怎样爱你的人！”这份爱的情感自然是发自肺腑的，却不能令诗人如愿，“行动”总是与诗人擦肩而过，失之交臂，诗人为此而总是迷惘感叹，沉浸在幻想的追求中。朱谷怀的《碑》是一首静穆沉思的诗，诗人以碑为述怀的对象，感念死者的永恒。为伟大死者而造的碑是活在人们心里的不灭的记忆，尽管岁月流逝，时光流转，太阳在碑前升起又沉落，风打碑身流过，花草在碑下盛开又谢落，而碑却屹立着，它活在历史的时空中，立在人们的心目中。一座碑就是一种精神，伟大死者的碑是精神之碑，给人以激励，给人以启发。融入大自然的碑，是自然的风景，也是自然的神韵，在静穆的外形下涌动着不息的思想之流。阿垅的《寂寞》说“寂寞”是“清冷的缓步声散入辽阔的静夜”，“寂寞”是“座钟和烛泪相对/听时间的轮轴紧张和松弛彼此相间的滴沥”，“寂寞”是“蒙衣而卧而眼清如水/听心脏内炽热的轰响在激荡”，这是以动写静，以具体来反映抽象，把寂寞的情绪诉诸具体可感的声音，这也就把抽象的情绪具体化了。

七月诗派现代主义特质的影响来源主要有三个方面：一是鲁迅的现代主义精神和创作风格，二是以弗拉基米尔·弗拉基密洛维奇·马雅可夫斯基（Vladimir Vladimirovich Mayakovsky）为代表的外国现代主义诗风，三是中国新诗传统中的现代主义诗歌经验成分。

七月诗派是自觉地把鲁迅作为他们的“诗教”导师的，鲁迅对存在世界的思考，鲁迅创作中的现代主义手法，都对七月派诗人构成了明显的影响。特别是鲁迅《野草》的现代主义意识，直接启发着七月派诗人的创作，牛汉、绿原在他们的诗歌创作中都包含对《野草》的借鉴和学习成分，《野草》中的象征、诅咒、隐喻的手法，也出现在七月诗人的作品中。

未来主义是西方现代派文学的一个重要支流，而马雅可夫斯基则是俄国未来主义的重要代表人物，他的未来主义成就主要体现在诗歌方面，他特别喜欢采用“台阶式”和“楼梯式”诗行排列法，给人以空间上的立体感。十月革命后，“马雅可夫斯基的思想有了很大的变化。他的思想和艺术越来越成熟，最后成为一名杰出的无产阶级诗人，写出了许多讴歌革命的作品。但是，他的未来主义创作方法和思想在相当长一段时期内还存在”①。《穿裤子的云》是马雅可夫斯基的一首著名长诗，是一首用未来主义手法书写革命主题的诗歌，长诗的第二章和第三章，“诗人由自己的悲愤联想到大众的痛苦，再由同情他人的疾苦，发展到鼓动革命，表现他高昂的革命热情和对现实的极为不满”②。正是从这种主题表达上，七月派诗人与马雅可夫斯基构成了关联。胡风接受马雅可夫斯基的影响，“不是从形式上而言（他很少采用所谓‘楼梯式’），而是指后者的那种排斥雕琢或粉饰、直抒胸臆而又一气呵成的具有冲击力的艺术气质。布洛克死了的第三天，马雅可夫斯基写了一篇悼念文章，肯定了布洛克是‘声望最高的象征主义巨匠’，‘对现代诗歌发生过很大的影响’。但又指出：‘象征主义者的纤巧的典雅的词句撑不住、举不起革命的最现实最粗犷的形象。’在抗日战争初期的历史形势下，胡风所激赏和企望的正是这种能够创造‘革命的最现实最粗犷形象’的诗”③。田间和绿原在诗歌的风格上，与马雅可夫斯诗歌具有的批判的锋芒、对未来生活的美好的向往，有着密切的关联，田间在诗歌形式上还接受了马雅可夫斯基的楼梯体，绿原的诗作“在形式上接受了外国现代诗歌的影响，多数诗篇采用不拘一格的自由体”④，有些诗句还采用马雅可夫斯基常用的楼梯体。艾青虽然也喜欢马雅可夫斯

---

① 廖星桥：《外国现代派文学导论》，北京出版社 1988 年版，第 231 页。

② 廖星桥：《外国现代派文学导论》，北京出版社 1988 年版，第 227 页。

③ 牛汉、绿原：《〈胡风诗全编〉编余对谈录》，《牛汉诗文集》（第 4 卷），人民文学出版社 2010 年版，第 372 页。

④ 唐弢、严加炎：《中国现代文学史》（三），人民文学出版社 1982 年版，第 470 页。

基的《穿裤子的云》，但在七月诗人中间，他对现代主义诗风的接受还是与别人有所不同的。艾青在巴黎“全身心地领受过20世纪兴起的现代艺术思潮的洗礼，还大量地阅读了波特莱尔、兰波和凡尔哈伦等人的诗”，这些诗使他的艺术生命受到了浸染和启迪。他说：“凡尔哈仑是我所热爱的。他的诗，辉耀着对于近代的社会的丰富的知识，和一个近代的人明澈的理智与比一切时代更强烈更复杂的感情。”艾青还说：“我喜欢兰波和叶遂宁的天真——而后者的那种属于一个农民的对于土地的爱，是我永远感到亲切的。”[①] 从这里我们可以看出艾青诗歌中土地意象的影响来源，我们更能认识到，艾青诗歌与西方象征主义诗歌的关联。

在中国新诗内部，现代主义诗歌是形成了一个自身的传统的，在这一传统的链条中，《汉园集》诗人是沿着戴望舒开辟的现代主义诗歌道路继续试验，并形成了独特的现代性风格的一个诗人群体。这一代诗人可以说是现代主义的新生代，他们更加注重“化欧”与“化古”的融合，注重诗情传达的“非个人化”，在诗中融入小说、戏剧的因素，打破文体界限，实现抒情的间接化。对七月派诗人产生直接影响的，正是以《汉园集》诗人为代表的新生代现代主义诗歌传统。最突出的例子就是诗人杜谷，“何其芳、李广田、卞之琳的散文和诗特别吸引着他，对他们三人合著的《汉园集》他更是爱不释手，这一方面是由于那个时代知识分子忧伤心情有共鸣，一方面也是由于被他们那种艺术追求和作品的魅力所吸引”[②]。诗人牛汉在回忆自己的诗歌创作历程时，特别提到的也是《汉园集》诗人对他产生了重要的影响，他说：“我在青年时代就读过何其芳、卞之琳、李广田三人的诗合集《汉园集》，很喜欢他们的诗”[③]，“何其芳是聪明睿智的诗人，我很欣赏他早年的诗；卞之琳的诗受西方现代诗的影响，讲究诗的深层意象与相应的结构，显示出淡远的韵味；李广田的诗呈现着一种原生态

① 牛汉：《〈艾青诗选〉前言》，《牛汉诗文集》（第4卷），人民文学出版社2010年版，第459页。

② 刘扬烈：《诗神·炼狱·白色花：七月诗派论稿》，北京师范学院出版社1991年版，第305页。

③ 牛汉：《〈岁月、命运、人：李广田传〉序》，《牛汉诗文集》（第5卷），人民文学出版社2010年版，第880页。

的质朴、平实、真诚、厚重”。牛汉并且具体指出：“诗歌如果有血型的话，我的诗歌血型应当和李广田的诗歌血型是相同的。”① 如若不是深受影响，诗人牛汉的回忆就不会如此深切。

七月诗派的现代主义特质并不是本源意义上的现代主义诗歌，而是流变意义上的现代主义诗歌，七月诗人结合中国的国情对现代主义诗歌进行了改造，更多地融合了他们所处的时代的文化。

① 牛汉：《〈岁月、命运、人：李广田传〉序》，《牛汉诗文集》（第5卷），人民文学出版社2010年版，第881页。

辑三　文学史哲学阐释

王瑶学派新文学史著哲学基础的演变[①]

从阶级论哲学基础到主体性哲学基础到多元论哲学基础，王瑶学派新文学史著的哲学基础的演变，说明王瑶及其弟子们是站在时代哲学的高度审视中国现代文学发展的历史，并加以史学化的书写，他们始终在追求文学史研究与时代哲学高度的共进，力图在文学史与时代哲学的对话与互动中，建构达到时代高度的文学史话语形态。

中国现代文学学科的创立是在新中国成立以后，王瑶作为学科创始人之一，不仅参与了《中国现代文学史》教学大纲的拟定，而且在短时间内完成了《中国新文学史稿》的鸿篇著述，为中国现代文学学科的创立奠定了坚实的基础。作为杰出的文学史家，王瑶的学术薪火在其弟子的学术实践中得到传承，继承王瑶的文学史著传统而又有所突破，王瑶弟子完成了众多的文学史著述。[②] 在这些文学史著述中，又以《中国现代文学三十年》（1987 版）、《插图本中国现代文学发展史》[③] 极具标志性意义，这两部中国现代文学史著与王瑶先生的《中国新文学史稿》都是“时代之书”，他们的文学史观建构都受到时代哲学风气的明显影响，并由于这种影响而成就了其中国现代文学史著的时代典型性，从而使其文学史书写成了一个时代的学科史缩影，对中国现代文学史的史学书写产生了深远的影响。

---

① 在中国现代文学学科研究领域，王瑶及其弟子形成了一个颇具特色的学术共同体，在学科谱系承传、学术研究创新、学术思想传播等方面显示出明显的学派色彩。本文所阐释的仅是王瑶学派学术谱系的一个侧面。

② 这些文学史著述既包括通史类的，如《中国现代文学三十年》《插图本中国现代文学发展史》，又有编年体例的文学史，如《1984：天地玄黄》《中国现代文学编年史：以文学广告为中心（1937—1949）》，也有分体的专题史如《二十世纪中国小说史》《中国现代文学批评史》《中国现代主义诗潮史论》，以及学科意义上的文学史，如《作为学科的文学史》。

③ 这两部文学史著的学派色彩还是很明显的，王瑶亲任《中国现代文学三十年》的学术顾问，《中国现代文学三十年》出版时，王瑶作序向学术界推荐。《中国现代文学三十年》（1987 版）的著者为钱理群、吴福辉、温儒敏、王超冰，《插图本中国现代文学发展史》的著者为吴福辉，钱、吴、温均系王瑶弟子，王超冰为王瑶先生的女儿，其时在中国现代文学馆工作。

一、阶级论哲学基础

完成于新中国成立之初的王瑶的《中国新文学史稿》（以下简称《史稿》）[①]，是中国现代文学史史学书写的开创之作，其在阶级论哲学基础之上形成的阶级论文学史观，反映了特定历史时代文学史家的史学追求。王瑶的阶级论文学史观，对新文学史的历史属性、基本性质和发展动力都进行了阐述。在王瑶看来，中国新文学的历史是中国新民主主义革命史的一部分，是和政治斗争密切结合着的。中国新文学的基本性质是由新民主主义的性质决定的，新文学是为新民主主义的政治经济服务的，又是新民主主义革命的一部分；新文学是由无产阶级思想领导的、人民大众的、反帝反封建的民主主义的文学。在此基础上，王瑶对新文学史的发展动力作了阐释，侧重突出了现代文学史发展过程中的领导权归属，认为“中国新文学的历史，就是在无产阶级思想的领导、党的领导的方向下成长和发展起来的”[②]。由王瑶的阐述，我们不难感受到，王瑶的文学史观深受那个时代流行的意识形态风气的影响，所谓的中国现代文学史学观念的“王瑶模式”，很大程度上就是由时代的主导哲学意识所决定的。

王瑶文学史观的阶级论哲学基础直接源于毛泽东的《新民主主义论》《在延安文艺座谈会上的讲话》等思想文献。毛泽东的《新民主主义论》采用马克思主义的阶级论哲学观点，对中国的新文化运动的性质、方向和特征进行了深刻的分析，并以五四运动为分水岭，阐述了旧民主主义性质的文化和新民主主义性质的文化的质的不同，前者属于世界资产阶级的资本主义的文化革命的一部分，起领导作用的是资产阶级；后者属于世界无

---

① 《中国新文学史稿》（上册）初版本于1951年由开明书店刊行。文化出版界于1952年8月召开了一个座谈会，对《中国新文学史稿》（上册）进行研讨，这个座谈会的记录后来发表在同年10月出版的《文艺报》第20号上。王瑶根据这个座谈会上专家们的建议，对《中国新文学史稿》（上册）（包括下册，下册当时还未出版）都重新作了重点修改。《中国新文学史稿》（下册）初版本于1953年8月，由新文艺出版社出版。1954年3月，《中国新文学史稿》（上、下册）由新文艺出版社第一次重印。本文考察的《中国新文学史稿》，以新文艺出版社1954年的版本为限。

② 王瑶：《中国新文学史稿》（上册），新文艺出版社1954年版，第16页。

产阶级的社会主义的文化革命的一部分，发挥领导作用的是无产阶级。[①]按照毛泽东的观点，资产阶级由于其落后性，在五四运动以后就失去了领导作用，无产阶级因其先进性成了中国新文化运动的绝对领导力量，对新民主主义性质的中国新文化运动的发展与壮大起到了强大的推动作用。毛泽东的这种阶级论哲学思想后来也体现在对文艺现象的论述中。在1942年发表的《在延安文艺座谈会上的讲话》中，毛泽东不止一次地把小资产阶级与封建地主、大资产阶级并立在一起，作为无产阶级的对立面，如："小资产阶级出身的人们总是经过种种方法，也经过文学艺术的方法，顽强地表现他们自己，宣传他们自己的主张，要求人们按照小资产阶级知识分子的面貌来改造党，改造世界。……无产阶级是不能迁就你们的，依了你们，实际上就是依了大地主大资产阶级，就有亡党亡国的危险。"[②]毛泽东对阶级关系的警觉，是与他长期的革命实践活动密切相关的。实践经验表明，无产阶级在领导革命事业发展的进程中，总会受到来自其他阶级的挑战，因此从理论上确立并维护无产阶级的主导地位，就十分必要。

从文化发展中的阶级关系分析到文艺发展中的阶级关系分析，毛泽东的阶级论哲学思想在《新民主主义论》和《在延安文艺座谈会上的讲话》中得到了相当精辟的体现，其对王瑶产生的影响是非常深刻的。我们看到，在王瑶的《史稿》中，毛泽东的话语常被引用来作为文学史话语构建的理论依据，也随处可见阶级观念的流露和阶级分析方法的运用。

首先是在文学流派与社团的评价上，多采用阶级、革命与反抗的评价立场，很明显把文学社团与流派泛政治化了。在谈到文学社团时，《史稿》指出："文学上的组织和一切的社会结社一样，它必然带着民主斗争的政治性质；虽然它并不就等于政治组织，但仍有它一定的政治意义。"[③]按照这种泛政治化的观点，《史稿》认为文学研究会的"为人生"的主张"并没有明确地指出了文学的阶级性质"，创造社不能没有"革命的要求"，他们的浪漫主义情绪必然会表现为"对现实的反抗"和"对理想的憧憬"，

① 毛泽东：《新民主主义论》，《解放》1940年第98、99期合刊。

② 毛泽东：《在延安文艺座谈会上的讲话》，《解放日报》1943年10月19日。

③ 王瑶：《中国新文学史稿》（上册），新文艺出版社1954年版，第40页。

而那“理想”又“是和中国人民的革命斗争一致的”[①]。初期创造社的代表思想，“那表现于当时的社会意义和影响的，就是反封建与反抗现实人生的破坏精神”[②]。诸如此类的评论，显然不是从纯文学的意义上来看待文学社团和流派的，而是突出关注了文学社团和流派的社会学意义。

同样，以阶级的眼光对作家作品展开批评，也构成《史稿》的特点。如评价王独清的诗歌，说他的诗集《圣母像前》“唱出了阶级的没落悲哀”，充满“悲观感伤的气息”和“对现代都市之享乐的陶醉与颓废”，诗人不久便沦为“反革命的托派了”。[③] 评价穆木天的诗作，先是挖掘诗人的阶级心理，关注诗人创作时的“为小资产阶级化了的没落地主”的创作心境，其次才关注诗人的艺术本体观念，仿佛在诗人的阶级身份和“纯粹诗歌”艺术追求之间，有一种必然的因果关系似的。这样的论述，显然是要服从于一种文学史叙述的先在意识的，因为《史稿》对王独清、穆木天等的诗歌是有定论的，认为他们的诗“是新诗发展途中的一股逆流”，诗的情感“完全是颓废病态的”[④]，如果不从前提上给予这些作家阶级定位，就很难用这样的结论去框定他们，因为无产阶级的情感不可能是颓废的、病态的，我们因此而看到了《史稿》以阶级眼光批评作家的深层用意。

在阶级论的视野下，“反帝”与“劳动人民”倾向，成为《史稿》评价作家作品的一个指标。如评臧克家的长诗《罪恶的黑手》，既是“反帝”的，同时也写出了“劳动人民的生活和感情”[⑤]。白薇的《打出幽灵塔》充满了“热烈的反抗情绪”，“九一八”事变后，她又写出了许多抗日反帝剧本，这些剧本虽然写得不算怎样好，但在各处上演时却曾发生了“宣传的效果”。[⑥] 洪深的电影剧本《劫后桃花》主题是“反帝”的，“写得也很成功”[⑦]。只要是具有“反帝”倾向的，即便艺术感差一些，作品也是要肯

---

① 王瑶：《中国新文学史稿》（上册），新文艺出版社 1954 年版，第 51 页。

② 王瑶：《中国新文学史稿》（上册），新文艺出版社 1954 年版，第 45—46 页。

③ 王瑶：《中国新文学史稿》（上册），新文艺出版社 1954 年版，第 79—80 页。

④ 王瑶：《中国新文学史稿》（上册），新文艺出版社 1954 年版，第 80 页。

⑤ 王瑶：《中国新文学史稿》（上册），新文艺出版社 1954 年版，第 209 页。

⑥ 王瑶：《中国新文学史稿》（上册），新文艺出版社 1954 年版，第 267—268 页。

⑦ 王瑶：《中国新文学史稿》（上册），新文艺出版社 1954 年版，第 270 页。

定的，这种肯定不是艺术标准意义上的，而是政治宣传意义上的。而是否与劳动人民休戚相关，则反映着作家的阶级情感取向，作家只有站在无产阶级的情感立场上，才能得到史家的认可。

受时代政治气候的影响，《史稿》在文学史的立场上表现出鲜明的阶级倾向性，有时候甚至是带着阶级先见进行文学史的评价，“譬如对于解放区作品的尽情歌颂，以及对于国统区某些政治态度比较暧昧的作者的谴责，即其一例”①。《史稿》对解放区工农兵群众的作品几乎是不加掩饰的赞美，认为工农兵群众本身就是“人民的英雄”，他们的作品“是从劳动人民的生活土壤中产生出来的，具备有先天的优越的品质”②。这些作品，虽然也有缺点，但在王瑶看来，瑕不掩瑜，这些作品依然是值得专业作家虚心学习的。而解放区的作家与国统区的作家相比较，其先进性是不言自明的，“在解放区，由于党的领导和作家在人民群众中所受的锻炼与教育，思想水平自然是比较高的”③。这就先在地提高了解放区作家的阶级地位和阶级觉悟，以这种认识去衡量解放区的作家，其优势就是十分明显的，“解放区的文艺工作者在毛主席文艺方向的直接领导下，经过了长期革命斗争的锻炼，因此能够把握历史的动向，具有明确的阶级性和政治倾向；他的创作实践与革命实践是统一的，因此也就掌握了最丰富的现实主义的创作方法”④。而在国统区，虽然文艺创作的主流是现实主义的，“但事实上由于大多数作者的思想意识还没有经过认真的改造，因此反现实主义的偏向也就很多”⑤。有的作家“不向现实生活追求和发掘，无视于现实社会的主要矛盾与主要斗争”；有的作家“其实只是对人民的现实斗争抱着一种冷淡的态度”；有的作家也想深入现实，“但他有苦闷”“又不愿‘毫无保留’”“反映了小资产阶级知识分子的内心矛盾”；有的作家“以为熟读西欧名作就可获得创作上的艺术性”；有的作家向古典作品去追求“充

① 王瑶：《中国新文学史稿·重版后记》，上海文艺出版社 1982 年版，第 783 页。
② 王瑶：《中国新文学史稿》（下册），新文艺出版社 1954 年版，第 282 页。
③ 王瑶：《中国新文学史稿》（下册），新文艺出版社 1954 年版，第 33 页。
④ 王瑶：《中国新文学史稿》（下册），新文艺出版社 1954 年版，第 254 页。
⑤ 王瑶：《中国新文学史稿》（下册），新文艺出版社 1954 年版，第 255 页。

实”与“高深”，“形象”和“技巧”，“无形中变成了旧文艺思想的俘虏了”。[①] 上述这些反现实主义倾向的形成，在王瑶看来，其根源都是小资产阶级文艺思想，作家只有和人民大众的现实斗争相结合，在实践中改造自己，这些违反现实主义的倾向才能得到纠正。因此，相对而言，解放区作家的作品群众性强，生活气息浓厚，思想情调健康，而国统区作家的作品则知识分子气显著，抒写“脱离实践而浸沉在抽象思考中的知识分子的心境”[②]，醉心形式技巧，思想情调比较低沉，“对人民革命的力量还没有很深刻的认识”[③]，因而国统区作家阶级意识改造任务更加艰巨，与人民群众相结合的迫切性更加不容置疑。

综观《史稿》，可以发现，凡是倾向于劳动人民的，具有现实性、战斗性、反抗性、革命性、斗争性、反帝性的文学作品，就是积极的、健康的、向上的、成功的，并且是非常感人的，反之就是消极的、失败的、无力的，甚至是颓废的、病态的。正如有的研究成果所概括的，选谁入文学史，对哪些作品该弘扬或褒扬，对哪些作品须否定或拒斥，以及不让哪些作家及其作品入史，都得讲尺度，这尺度被王瑶分出三种：（1）倾向革命，哪怕艺术粗糙，也须肯定；（2）是反抗的，否定现存秩序，尽管政治上没表达出激进意向，但反抗现存秩序的文学宜是革命的同路人；（3）若不反抗，至少不满，否则，不准入史。不满、反抗、革命，此即王瑶筛选作家作品的三项入史标准，也是王瑶文学史的基本观点。凡是不革命、不反抗、无不满的作家如沈从文、张爱玲、钱钟书，要么挨批，要么被屏蔽在其文学史之外。[④]

虽然始终以阶级论哲学基础作为现代文学史话语建构的原点，但《史稿》并没有因此而陷入偏至的境地，而是对现代文学史实践中存在的阶级化叙事误区，保持了理性的审视和必要的历史批判，显示出王瑶作为史学家的独立和清醒。《史稿》在评价王统照的长篇小说《山雨》时指出，作

① 王瑶：《中国新文学史稿》（下册），新文艺出版社 1954 年版，第 255—257 页。

② 王瑶：《中国新文学史稿》（下册），新文艺出版社 1954 年版，第 82 页。

③ 王瑶：《中国新文学史稿》（下册），新文艺出版社 1954 年版，第 77 页。

④ 夏伟：《从构建到反思：“中国现代文学学科史案研究”论纲（1949—1990）》，《上海交通大学学报（哲学社会科学版）》2018 年第 4 期。

者意在表现一个农民转化为工人并取得了无产阶级意识的过程，但因他对工人生活不大熟悉，就不免概念化了。[①] 这样的毛病出现在华汉的小说创作中，是对于必须转换的知识分子，没有能深刻地写出转换的过程，却只强调了他们的高尚的理想。对于用不着转换的人物如农民协会和工联的领导人物等，又多少变成了理想化的英雄，故事的发展也带着明显的公式化倾向。[②]

由个别作品的概念化、公式化倾向的批评，上升到对小说潮流整体误区的批判，显示出《史稿》具有的史识高度。比如，对于“无产阶级小说”兴起时的创作状况，《史稿》就分析指出，因为缺乏深入的生活经验，“浪漫谛克”的路线是初期新兴创作的一般倾向，“有的是侧重于替无产阶级诉苦，想象的悲惨生活的描写；有的就写出了理想化的工人的前卫英雄行动，根据社会科学的概念来写成了理想的故事和人物，失掉了文艺的感染力量。因此，虽然在当时也曾引起过一些进步青年的爱好，但经得起时代磨炼的作品就很少”[③]。这样的分析是很中肯的，说明缺乏实践基础的主观创作，虽然能博得一时的流行，但难以经得起历史的检验，获得感人的持久生命力。

1982 年，王瑶对《史稿》进行了修订，虽然从总体上看阶级论的哲学基础没有改变，但我们细心阅读还是可以发现，王瑶对毛泽东的阶级论思想的解读出现了一些微妙的变化，就是由 20 世纪 50 年代的偏于阶级对立的解读，转向偏于阶级之间团结的解读，特别是在涉及小资产阶级与无产阶级的关系方面，这种解读的变化表现得特别明显。同样是解读《在延安文艺座谈会上的讲话》，在《重版代序》中，王瑶注意到的是毛泽东提出的“小资产阶级文艺家在中国是一个重要的力量”[④] 的论断，王瑶据此对小资产阶级的特点作出了新的诠释，认为小资产阶级与资产阶级既有重合的一面，又有分离的一面，“就文艺思想和世界观来说，小资产阶级文艺

---

① 王瑶：《中国新文学史稿》（上册），新文艺出版社 1954 年版，第 229 页。
② 王瑶：《中国新文学史稿》（上册），新文艺出版社 1954 年版，第 216 页。
③ 王瑶：《中国新文学史稿》（上册），新文艺出版社 1954 年版，第 217 页。
④ 毛泽东：《在延安文艺座谈会上的讲话》，《解放日报》1943 年 10 月 19 日。

家基本上都属于资产阶级的范畴。但由于他们比较倾向革命和比较接近劳动人民，因此在社会实践中的客观效果就可以与资产阶级很不相同"①。这意味着对小资产阶级的认识不能单纯从政治属性来定位，还需要从美学思想和客观效果出发来作具体的分析。在此，我们不难感受到王瑶在小资产阶级问题上具有的一种历史清醒。王瑶的这份清醒是建立在对历史的反思的基础上的，在他看来，我们在前进的道路上是有过“左”的或右的偏向的，有时过分强调了斗争，有时又过分强调了团结，如在20世纪30年代初不仅笼统地提出过“反资产阶级”的口号，而且还强调要反对小资产阶级的文学。② 可以看出，王瑶的反思是充满马克思主义的辩证思维的，这样的反思，如果说在20世纪70年代末表述得还比较含蓄的话，那么到了学术环境比较宽松的20世纪80年代后期，王瑶对小资产阶级历史作用的反思就比较直接了，他直言不讳地指出，现代文学史上曾经发生过否定或贬低小资产阶级作家和小资产阶级革命民主主义文学的“左”的关门主义、宗派主义的错误，也有过混淆小资产阶级革命性与无产阶级革命性、放弃或削弱无产阶级思想领导的右的偏差，这两种倾向都对现代文学的发展产生过消极影响。正是在纠正上述错误的过程中，无产阶级逐渐团结了大多数小资产阶级作家，将民主革命进行到底。因此，如何对待小资产阶级作家、小资产阶级思想及小资产阶级革命民主主义文学，对于现代文学，特别是无产阶级文学的健康发展，具有特殊重要的意义。③ 王瑶的这些认识，与《在延安文艺座谈会上的讲话》对小资产阶级作用的分析相比，无疑有很大的不同。在王瑶的话语中，小资产阶级的历史地位得到提高，历史作用得到彰显，小资产阶级作家的革命性得到重视，小资产阶级文学不再是从属于无产阶级文学的文学史点缀，而是“与无产阶级文学一

---

① 王瑶：《“五四”新文学前进的道路：重版代序》，《中国新文学史稿》，上海文艺出版社1982年版，第27页。

② 王瑶：《“五四”新文学前进的道路：重版代序》，《中国新文学史稿》，上海文艺出版社1982年版，第27页。

③ 王瑶：《现代文学的历史特点》，《王瑶全集》（第5卷），河北教育出版社2000年版，第43页。

起构成了现代文学的主流”①。如此前卫大胆的文学史新见，反映了文学史家王瑶在新的历史情境下追求现代文学史创新阐释的理论勇气，其理论价值是不言而喻的。

不过，我们还是注意到，尽管王瑶在20世纪80年代对阶级论的理解有了新的变化，但这种变化并没有及时反映在他的新文学史著的修改中，他的修订本《中国新文学史稿》的哲学基础依然与初版本保持了一致，这既反映了王瑶作为文学史家的睿智的一面，又透露出历经政治风雨的作为知识分子王瑶的世故的一面②，在无法预知政治大局的情况下，王瑶采取保守的学术姿态，无疑是可以理解的。

二、主体性哲学基础

文学史观的阶级论哲学基础的淡化以至于被取代，是发生在粉碎“四人帮”以后的中国社会的改革开放时期。这一时期，在批判“文革”、否定“文革”的时代氛围中生成的主体性哲学，产生了广泛而深刻的社会影响，“哲学家们，以至于文学家们、历史学家们、法学家们、社会学家们等等，他们中的许多人都以主体论哲学为理论后盾，开展了对‘文革’的

---

① 王瑶：《现代文学的历史特点》，《王瑶全集》（第5卷），河北教育出版社2000年版，第43页。

② 王瑶的睿智与世故，实际上在新中国成立初期迅速完成《史稿》的行为中就有体现。夏中义在探讨王瑶学术生命的拐点时，曾经不无感叹地说道，率先把“新文学史”界定为新民主主义革命史的分支，这是多么及时、机敏、甚识时务的俊杰之见呵！（夏中义：《“人与学科史”关系的两种书写（以王瑶为例）——对陈平原〈作为学科的文学史〉的一个旁白》，《文艺争鸣》2016年第10期。）“新文学史课程大纲”1951年7月刚在《新建设》杂志刊出，两个月后，王瑶《史稿》上卷已经问世。何其神速！《史稿》全书约60万字，上卷自1949年9月动笔自翌年年底杀青，下卷则撰于1951年5月至翌年同月，总耗时约28个月，以每月2万余字的速度累积，几近一气呵成。王瑶撰《中古文学史论》约30万字则用了6年（1942—1948），平均每月写0.4万字。《史稿》写作效率之高竟是《史论》的5倍。可鉴王瑶当年神勇之非凡。（夏中义：《清华薪火的百年明灭——谒王瑶书》，《九谒先哲书》，上海文化出版社2000年版，第366—367页。）夏中义的感叹之论，事实上就触及了王瑶的睿智与世故。王瑶的挚友、语言学家朱德熙，也曾表达过类似的意思，他说王瑶“有敏感的洞察力和细密的分析力，无论论人、论世、治学，多有深刻的见解”“还关心现实”“做学问总带着点逢场作戏的味道”。（《王瑶先生纪念集》，天津人民出版社1990年版，第466页。）

批判”①。李泽厚以其主体性哲学思想的表述，构成了对正统意识形态和革命话语的解构，强调“作为个体的人的伦理学主体性的意义所在”②，认为“哲学所以不仅是认识论或科学方法论，还应包含主体的理想、意向和责任感，通过伦理学所建立起来的人的自由意志的主体性”③。李泽厚说：“80年代的主要特征就是个人的觉醒。”④ 这一认知，隐含着对“文革”历史的批判，也有对新中国成立以来作为革命话语的“集体话语”的反思。正如康德提出“人是目的”的理论是向封建主义要求“独立”“自由”“平等”一样⑤，李泽厚提出的主体性概念也有着对“文革”暴露的封建主义戕害人性的反拨，因而李泽厚把他理解的主体性称为“人性主体性”，这一主体性概念，是“建立在客观历史规律基础上的。它不同于动物性，也不同于一般的社会性，而是积淀在感性中的理性”，是“真正具有活力的人性”。⑥ 李泽厚试图通过这个概念深入思索改革时代的主要问题：如何论证并建设现代社会？在这个现代化过程中如何重新评价中国传统文化？同时，“主体性”概念还触及了一个当时不那么显著大的问题：在那个新旧交替、剧烈变革的大时代，如何确定个人的生活意义？这三个问题可以归约为“社会”“文化”“个体生命”；或者也可从另一个角度表述为“现代”“传统”“安身立命”。至少在改革的前半段，思想领域是被这样三个问题轴所宰制的。⑦

---

① 李鹏程：《论主体论哲学的意义及局限》，《社会科学》1991年第1期。

② 李泽厚：《康德哲学与建立主体性论纲》，载中国社会科学院哲学研究所《论康德黑格尔哲学》（纪念文集），上海人民出版社1981年版，第13页。

③ 李泽厚：《康德哲学与建立主体性论纲》，载中国社会科学院哲学研究所《论康德黑格尔哲学》（纪念文集），上海人民出版社1981年版，第11页。

④ 李泽厚：《理想、激情和希望的年代》，《南都周刊》2006年1月20日。

⑤ 李泽厚：《批判哲学的批判：康德述评》，生活·读书·新知三联书店2007版，第302页。

⑥ 李泽厚：《康德哲学与建立主体性论纲》，载中国社会科学院哲学研究所《论康德黑格尔哲学》（纪念文集），上海人民出版社1981年版，第8页。

⑦ 丁耘：《启蒙主体性与30年思想史：以李泽厚为中心》，《读书》2008年第11期，

在李泽厚“主体性哲学”的影响下，刘再复提出了“文学主体性”理论。[①]“文学主体性”的理论基础是“主体性哲学”，强调人在实践和认识中，在行动和思考过程中，都处于主体的地位，表现出主体的力量和价值。在刘再复看来，人的主体性包括实践主体和精神主体两个方面。“实践主体”指的是“人在实践过程中，与实践对象建立主客体的关系，人作为主体而存在，是按照自己的方式去行动的，这时人是实践的主体”；“精神主体”指的是“人在认识过程中与认识对象建立主客体关系，人作为主体而存在，是按照自己的方式去思考、去认识的，这时人是精神主体”。在实践主体与精神主体之间，刘再复特别注意人的精神主体性，注意人的精神世界的能动性、自主性和创造性，把人的精神世界称为“内自然”“内宇宙”。刘再复还论述了文学主体的多样性，包括作为对象主体的人物形象，作为创造主体的作家和作为接受主体的读者和批评家。当然，也探讨了我国在一个相当长的历史时期内，主体性失落的原因。具体而论，对象主体的主体性之所以失落，是因为受到群体观念的过度压抑。我们过去更多强调了群体观念（如民族、阶级、党派观念）的重要性，以至把个体的主体价值淹没了，“最明显的表现，是用阶级性来淹没人的主体性，把人视为阶级的一个符号，把人规定为阶级机器上的螺丝钉，要求人完全适应阶级斗争，服从阶级斗争，一切个性消融于阶级观念之中”[②]。创造主体的主体性之所以失落，是因为受到机械反映论的束缚和损害。艺术接受的审美主体性之所以失落，“是因为主体本身的审美心理结构受到严重的破坏，变得畸形化、简单化和粗糙化”。据此，刘再复完成了他的主体性学说的论述，其目的，“就是要使我们的文学观念摆脱机械反映论的束缚，踏上更广阔、更自由的健康发展的道路”[③]。

---

① 对此，刘再复毫不讳言，他在回忆“文学主体性”理论提出时的情景时曾说：“我写作《论文学主体性》（1985 年底）的冲动，则是读了李泽厚的《康德哲学与建立主体性的哲学论纲》和《关于主体性的补充说明》。这之前我读过康德的《道德形上学探本》（唐钺重译），并被书中‘人是目的王国的成员，不是工具王国的成员’所震撼，现在‘主体性’概念又如此鲜明推到我的面前，于是，我立即着笔写下《论文学的主体性》。”（刘再复、黄平：《回望八十年代：刘再复教授访谈录》，《现代中文学刊》2010 年第 5 期。）

② 刘再复：《论文学的主体性》，《文学评论》1985 年第 6 期。

③ 刘再复：《论文学的主体性（续）》，《文学评论》1986 年第 1 期。

与刘再复提出“文学主体性”理论同一年，在北京万寿寺中国现代文学馆召开的“中国现代文学研究创新座谈会”上，北京大学的三位学者提出了令学术界耳目一新的“20世纪中国文学”观念，这一新的文学史观念将批判的矛头直指极“左”路线对文学的干扰：“政治压倒了一切，掩盖了一切，冲淡了一切。文学始终是围绕着这个中心环节而展开的，经常服务于它，服从于它，自身的个性并未得到很好实现。”① 这是对政治凌驾于文学之上的极“左”之弊的大胆质疑，话语之中多带不平之气，他们要“拨乱反正”，扭转风气，改革时弊，要以审美标准代替政治标准，“从审美的角度来本质地揭示文学中‘意识到的历史内容’”。这样的批评声音的发出，无疑是具有振聋发聩的历史效果。审美标准取代政治标准，体现在文学创作中就是要尊重作家的主体地位，体现在文学研究中就是要尊重研究者的主体地位，体现在文学评价中就是要服从于文学的内在属性而不是过分夸大文学的外在属性。

主体性哲学所讲的“主体性”，其内在规定性主要是指“人的自我”“人的个体性”，其宽泛的意义是指“社会主体”或“社会化了的主体”。主体性哲学在20世纪80年代的兴起，把对“文革”的批判提到了一种理论的高度，“在一定意义上来说，增强了广大人民群众作为社会主义主人公角色的自我意识，开始形成独立思考的思维习惯，增强了反对封建专制传统势力的能力，从而提高了对打着‘马列主义毛泽东思想’的旗号而搞封建主义、假马克思主义或假社会主义的识别能力，促进了我们民族反封建的现代意识的成熟”。在促进社会变革的意义上来看，主体性哲学为改革动力的形成起到了促进作用，“它强调了在社会发展中人以自己的价值目标为尺度改造社会的可能性，从而促进了人们对传统观念的变革；它使人认识到传统观念的消极性和人的观念更新对社会历史发展的积极意义；因而，它给了人反思传统观念的勇气和改变传统观念的信心”②。

主体性哲学思潮在20世纪80年代的流行有其历史的必然性。在中国学术界，20世纪80年代是跨学科交融最为生动的年代，由于此种原因，

---

① 黄子平、陈平原、钱理群：《论二十世纪中国文学》，《文学评论》1985年第5期。

② 李鹏程《论主体论哲学的意义及局限》，《社会科学》1991年第1期。

主体性哲学思潮受到不同学科的共同关注，“由此形成了文化思想层面对话、互文与融通的学术共同体”[①]，此种思想生态，为我们在对话、互文与融通的视域中来观照“主体性哲学”与中国现代文学史研究的关联，提供了可能。综观《中国现代文学三十年》[②]（以下简称《三十年》）的话语建构与观点表述，主体性哲学基础对《三十年》的影响清晰可见，我们试从以下几个方面予以透视。

首先是现实感与主体性的有机结合。《三十年》作者是在20世纪中国文学史的宏大框架下来审视中国现代文学史的，把戊戌政变前后至“五四”新文化运动看成中国新文学的准备期，把“五四”新文化运动到新中国成立三十年文学的发展看成20世纪中国文学的上篇（也就是中国现代文学），把新中国成立以后的文学看成20世纪中国文学的下篇。由于这样一种文学史思维，所面对的很多问题就不再是单纯的历史问题，而是具有了跨时代的属性，比如人的解放、人的现代化、城市文明病、普及与提高的关系等问题，在易代之后，依然存在，并且由历史问题转变成了现实问题。身处现实关系中的文学史家，不可能不关注历史问题的现实化，当然也不可能不把现实关怀投射到对历史问题的思考中去，这就决定了现实感与主体性的必然结合，“现实感突出了史家自身的主体意识的发扬”“现实感要求史家从历史中跳出来，不是以历史当年的水平，更不是像历史的当事人那样述说往事，而是用今天的精神和眼光反顾和评估历史”。[③] 这就意味着，研究者对历史的认识和研究，是与研究者所处时代的社会实践有着

① 这样的景观在20世纪80年代末以后不再复现，“80年代末后，‘思想家淡出，学问家凸显’（李泽厚语），知识分子学术共同体开始分化，各门学科的边界意识逐渐加强，哲学、美学与文学理论之间曾经的蜜月期也已时过境迁，彼此之间相互对话、交流与融合的意愿似乎也越来越淡薄。诸多专家型学者只顾忙于自己专业领域的学科建设，而无暇顾及其他学术领域甚至相关学术领域所共同关注的议题”。（宋伟：《李泽厚与刘再复：“主体性哲学”与“文学主体性”》，《文艺争鸣》2017年第5期。）

② 《中国现代文学三十年》初版于1987年3月，由上海文艺出版社出版，初版本作者有四位：钱理群、吴福辉、温儒敏、王超冰。后经大幅修订，由北京大学出版社于1998年出版《中国现代文学三十年（修订本）》，署名作者为三人：钱理群、温儒敏、吴福辉。在1998年修订本的基础上，经过较多修改，由北京大学出版社于2016年出版新的修订本。截至2018年，《中国现代文学三十年》先后印刷50多次，印数超过150万册。本文的讨论仅以1987年初版本为限。

③ 樊骏：《论文学史家王瑶》，《中国现代文学论集》，人民文学出版社2006年版，第39页。

密切关系的，历史研究的现实品格正是由此而来的，历史研究的活力正是由此激发的。也正是在这个意义上，《三十年》的文学史书写风格获得了文学史家的认同。黄修己曾评论说，《三十年》“比较而言是新出的新文学史著中最具有当代性的。作者似乎对现实生活有许多感触、感受、感慨，有自己对社会、历史的认识和见解，他是用自己特有的眼光去看现代文学的。加以在文风上似乎不喜含蓄，不求平稳，不擅迂回，而追求把话说得淋漓尽致，犹如音乐会上的激情演奏，因而凡有独特见解之处，都表述得相当充分”①。此处所言的“当代性”，兼及现实感与主体性的双重视野，说明《三十年》采取的不是为历史研究而历史研究的纯学术立场，而是试图在历史与现实之间构筑对话的关系，在历史与现实的互动中透视现代文学的特质，进而“从不同于前人的新的历史高度上赋予自己的研究成果以新的时代精神”②。

其次是敢于概括，提出新见，显示研究主体的学术自信和对于个体史识的追求。《三十年》把现代三十年文学看作是“改造民族灵魂”的文学，把表现理想的人性与揭示批判国民性的弱点看作是现代文学的两大基本主题，并且依据这一主导性的现代文学史观念去把握三十年文学的基本美学特征、历史性优点以及不可避免的局限，这种概括就是一种创见。③ 这种“概括”是建立在研究者对史料的丰富占有基础之上的，同时又包含着研究者对占有史料的推理、想象、假设和判断，伴随着研究者富有学术想象力的创造性思维活动。钱理群把具有这种特点的学术研究称为“浪漫主义的研究”，意在强调学术研究中主体意识、生命激情和想象力的重要性。他说这种研究方法受到林庚和李泽厚的影响。林庚提出过“盛唐气象”，这种概括实际上排斥了很多现象，可能是不科学的，但是随着时间的推移，现在大部分人都能接受这个概念了。李泽厚的《美的历程》也是一种“概括式”的，“我们当时非常喜欢。我觉得‘概括’不可能包括所有的

① 黄修己：《中国新文学史编纂史》，北京大学出版社 1995 年版，第 256 页。

② 樊骏：《关于开创中国现代文学研究新局面的几点看法》，《论中国现代文学研究》，上海文艺出版社 1992 年版，第 123 页。

③ 冯光廉、谭桂林：《中国现代文学史研究概论》，南京大学出版社 1995 年版，第 333 页。

问题、现象，但只要把主要的东西概括进去了，这就是可以成立的"[①]。可见，敢于"概括"某种程度上是和学术发现、学术创造密切关联的，是能够给学术研究提供新的认识、新的启发和新的思考的。在这里，我们也看到王瑶先生对《三十年》作者的潜在影响。钱理群说："王瑶先生就这样要求我们：你的每一项重要研究课题，重要文章，必须达到这样一种水平：你的文章因为推动了这个领域研究，就成为绕不过去的存在。后人肯定要超过你，但是要先看你的文章，在你的研究基础上继续推进。"[②] 王瑶对弟子们提出的学术要求是很高的，要达到这样的学术境界，实现这样的学术目标，所进行的学术研究就必须是具有创造性的，就必须是投入生命激情的。在此意义上，《三十年》作者是不负师教的，《三十年》以一家之言的文学史创见，成为"重写现代文学史之实践的里程碑之作"[③]。

《三十年》有着很强的理论思辨色彩，理论思维特征鲜明。这一特点，既体现在对作家的论析，也体现在对文学思潮的把握。像鲁迅这样的作家，虽然以前的研究也有很多精彩的观点，但从哲学的视角给予深入的理论穿透的，还是不多见的。《三十年》抓住《野草》这一文本典型现象，直达鲁迅的精神哲学世界，于是有了如下充满理论思辨锋芒的"鲁迅哲学"论辞：

《野草》中的每一篇都在逼视自己灵魂的最深处，是心灵的炼狱中熔铸的鲁迅诗，是"人生苦"的体验，探索中升华出来的鲁迅哲学。要探究"鲁迅王国"的奥秘，《野草》是一把钥匙。正是在这里，我们得以领悟鲁迅式的"绝望中抗战"的人生哲学，以及这种哲学所特具的悲壮的美；得以窥见鲁迅作为"历史中间物"所强烈感受到的先觉者与群众之间、长者与幼者之间、战士与对手之间、叛逆的猛士与"爱我者"之间、生与死之

① 钱理群：《"二十世纪中国文学"和80年代的现代文学研究》，《中国现代文学史论》，广西师范大学出版社2011年版，第202页。

② 钱理群：《学术研究的承担问题》，《中国现代文学史论》，广西师范大学出版社2011年版，第384页。

③ ［美］王德威：《吴福辉〈中国现代文学发展史（插图本）〉英译本序》，季剑青译，《中国现代文学研究丛刊》2019年第5期。

间的矛盾、冲突，“理想”与“现实”之间、“希望”与“绝望”之间的彷徨、挣扎，以及由此产生的深刻的悲剧意识、寂寞感，交织着愤激、感伤、企望、追求的复杂心态。也正是在这里，我们得以探知炙人的热火包裹在冰壳里、炽烈的爱隐藏在憎的外表下、热情的肯定体现在否定形式中、急待喷发的情感、思想孕育在沉默之中这鲁迅式的思维方式、情感方式以及由此产生的鲁迅式的美学风格。①

如此鞭辟入里、酣畅淋漓的深入作家精神世界的论证，是十分感人的，让人不仅感受到理论逻辑的力量，也受到饱满激情的感染，鲁迅哲学及其范畴的丰富性、生动性与对立性、矛盾性，在研究主体与研究对象的心灵交互中得到淋漓尽致的呈现。坦白地说，也就是在 20 世纪 80 年代主体性哲学思潮兴盛的氛围中，才可能出现《三十年》这样的文学史著作，此前的中国现代文学史著作，鲜有这样的理论风采。这种理论风采体现在宏观的文学创作思潮的透视方面，是《三十年》能够抓住一个文学史阶段的普遍创作现象，而上升到理论的高度加以总结。如对“五四”文学创作特征的总结，作者在文学革命与思想革命的关联中考察了问题小说、哲理小诗、“随感录”散文以及作为流派的创造社、文学研究会的创作之后，用“理性精神的显现”这个命题来揭示“五四”文学的基本特征，为“五四”文学的阐释提供了一个新的认识角度，自然这是一个颇具抽象哲理意味的角度。作者的基本判断是：第一个十年的现代文学具有强烈的理性思辨的色彩；“重新审定价值”的理性批判精神与由于“人的发现”“文学的发现”引起的理性探索精神，是贯穿于第一个十年的几乎所有的作品中的。“理性精神”作为思想革命的直接成果标志着现代作家主体意识的觉醒：新思潮唤起了作家们对人的生存价值以及种种人生观问题的思索，中国新一代作家开始有了现代意义的自我认识，他们摆脱传统的思维

① 钱理群、吴福辉、温儒敏、王超冰：《中国现代文学三十年》，上海文艺出版社 1987 年版，第 121 页。

方式，力图借助科学与民主的精神去观察与思考生活。[1] 理性精神的觉醒反映出现代知识分子精神意识的重大转变，这种转变开启了一个新的文学时代，预示着现代文学在思想高度的建构方面，迈出了关键的一步。《三十年》从现象的分析，上升到对“五四”新文学本质特征的认识，“显示了理论思维的力量”[2]。

阅读《三十年》，还给人留下一个强烈的印象，就是著作者敢于挑战现代文学史传统定见，提出个人的学术见解，不人云亦云。《三十年》在这方面有很多表现，我们在此仅举两个案例，以此窥斑见豹。我们先来看对夏衍的《芳草天涯》的评论。《芳草天涯》是一部关于知识分子爱情题材的剧作，过去的文学史对这部剧作的评价多有微词，认为作品的政治倾向性不够鲜明，反映知识分子的恋爱问题，意义不大。[3]《三十年》并不认同这样的文学史评价，而是大胆肯定剧作的爱情描写，认为剧作从“爱情”这个最敏感、最能牵动人的情思、最“自私”，因而最能显示人的真实面貌的窗口，去挖掘、展示大时代中的中国现代知识分子内心深处真实的苦恼、矛盾、挣扎与追求，是深入到了马克思所说的“人与人之间直接的、自然的、必然的关系”——男女关系的领域，因而是从伦理道德领域揭示了时代的尖锐性政治主题。剧作通过人物之口所提出的“容忍、理解、同情”的理性原则，表达了剧作家对更具有民主主义精神的理想化的道德原则与生活方式的向往，这正是夏衍对“一切从政治出发”的意识积淀的挑战，“对多少已经僵化了的文学模式的一次大胆挑战”。《芳草天涯》的独特价值正由此显现出来，“这是真正意义上的创新之作”[4]。《三十年》

---

① 钱理群、吴福辉、温儒敏、王超冰：《中国现代文学三十年》，上海文艺出版社 1987 年版，第 45 页。

② 黄修己：《中国新文学史编纂史》，北京大学出版社 1995 年版，第 252 页。

③ 如文学评论家何其芳认为《芳草天涯》反映的知识分子恋爱问题，“究竟不过是一个小而又小的问题”“意义并不很大”。（何其芳：《评〈芳草天涯〉》，《关于现实主义》，新文艺出版社 1956 年版，第 163—170 页。）文学史家唐弢、严家炎认为，《芳草天涯》的“政治倾向不够鲜明”“过分夸大了爱情纠葛的作用和影响”。（唐弢、严家炎：《中国现代文学史》（三），人民文学出版社 1982 年版，第 86 页。）

④ 钱理群、吴福辉、温儒敏、王超冰：《中国现代文学三十年》，上海文艺出版社 1987 年版，第 550—551 页。

对这部剧作的“史”的价值与地位的重新评价、重新定位，改写了以往文学史形成的定见，是在新的时代思想资源的基础上对现代文学史的有新意的发掘。

在《三十年》中，走出文学史定见，按照个性化的文学史思维对文学史现象进行解释的，还体现在对解放区文艺的分析。在解放区文艺的阐释上，《三十年》引进了“对话”诗学观念，对解放区文艺作出了全新的阐释。在作者看来，《在延安文艺座谈会上的讲话》之后兴起的文艺工作者与人民大众打成一片的热潮，是“五四”长期处于隔绝状态的现代文学与中国农民的第一次历史性的“对话”。其结果是“对话”的双方——无论是中国的农民还是现代文学（及现代作家）都从对方吸取了思想与文学的新因子，引起了自身部分的质变。① 从传统的“文艺工作者与工农兵相结合”的说法到“对话”概念的引入，这不仅仅是换了一种说法而已，而是标示着一种文学史观察角度的转换。前者的权威性解释是将文艺家结合到工农兵群众中去，结合的主体在农民；后者强调的是对话，而对话的双方在地位与机会上应是均等的。② 因此，“对话说”实际上是有意提高了作家的主体地位，作家不再是被动地接受影响，而是在主动参与着解放区的文化创造活动。可以看出，在解放区文艺的问题上，“对话说”的提出，表明“文学史家已经开始不满足于用一种统一的语气、格调、体式来叙述和估价这一特定意义的文学史现象”，而是“力图从自己的学术兴趣出发，建立自己的关注点和观照方式”③，用富有主体个性意识的话语对文学史现象作出阐释。

《三十年》作为一部主体意识突出的文学史，“史论”的色彩十分鲜明，“主要章节都是归纳出若干论点进行论述，而不是照历史进程来记述”④。这使得《三十年》与以往众多追求历史叙述的现代文学史有了区别，《三十年》偏重于“史识”阐发而非“史述”架构，强调文学史的阐

① 钱理群、吴福辉、温儒敏、王超冰：《中国现代文学三十年》，上海文艺出版社 1987 年版，第 455 页。

② 冯光廉、谭桂林：《中国现代文学史研究概论》，南京大学出版社 1995 年版，第 123 页。

③ 冯光廉、谭桂林：《中国现代文学史研究概论》，南京大学出版社 1995 年版，第 124 页。

④ 黄修己：《中国新文学史编纂史》，北京大学出版社 1995 年版，第 256 页。

释而非单纯的编年史式的史实再现，注重历史阐释活动中主体活动的介入和研究者主体意识的发挥，以论代史，论从史出，文学史而具有了思想史的风格，给人以深刻的启迪。

三、多元论哲学基础

吴福辉的《插图本中国现代文学发展史》（以下简称“插图本”或《发展史》）在2010年出版，可以看作是王瑶学派文学史著在新世纪的重要收获。王瑶先生潜在的学术影响在“插图本”中清晰可见。在“插图本”《自序》中，吴福辉谈及自己的文学史观念形成的学术氛围时，特别提到了王瑶先生用生动的比喻说明的学术研究方法：以一种观点为主的，就如同一张唱片转着圈子，以唱针为中心，发出一个主调；如果是叙述多种观点，发散型的，就如同是织毛衣的前襟后襟，或织毛围巾，便是一片一片。两种方法相比，前者境地较高，后者也属需要，不应忽视。王瑶先生的方法论思想显然在吴福辉的文学史研究中有着生动的投影，吴福辉没有选择“唱针式”的文学史线路，而是选择了“织毛衣式”的文学史线路，从一个文学史研究的路向上实践了王瑶先生的研究方法，这也可以看作是学生对老师学术遗产的一个继承和光大吧！①

“织毛衣式”的文学史写法，用吴福辉自己的话语来说，就是建构“合力型”的文学史。在吴福辉看来，“唱针式”的围绕一个中心的历史建构，并不一定能揭示历史的本相，“历史是由各种力量、集团构成的，它负载了各种各样的利益、权势、倾向，还包括各种各样的地域意识、性别意识、学术意识。它们如何合成一个时代，在文学的时空漩流中如何千变万化，是历史的真实生态”②。当一本文学史被凝固成一个想象的完整结构时，历史的真实生态其实已荡然无存，因为历史的驳杂多样都被整合归纳

---

① 当然，《发展史》抓住具有时代典型性的现象作为文学史的建构单元，这一学术思想也有承继先师王瑶先生的成分在内。

② 吴福辉：《“主流型”的文学史写作是否走到了尽头?：现代文学史质疑之三》，《文艺争鸣》2008年第1期。

过了。因此，对历史的分解工作就成为必要。依据这样的历史观念，吴福辉提出了他的“合力”型文学史观：“将一切与文学作品、作家发生关联的现象，均置于历史‘变动’的长河之中。文学作品的发表、出版、传播、接受、演变，得到特别的关注。文学形成的人文环境比以往任何时候都受到重视。文学中心的变迁，作家的生存条件，他们的迁徙、流动，物质生活方式和写作生活方式，也在一定的关节点得到尽情展开。社团、流派的叙述，与文学报刊、副刊、丛书等现代出版媒体的联系，紧密结合，更接近文学发生的原生态。经过文学批评而与读者碰撞，经过翻译而与世界文学搭桥，经过电影而与同时期艺术相互影响，现代文学的外延像一个个章鱼的触角伸展出去。”① 这是对“合力型”文学史观比较全面的说明，这一文学史立场贯穿在了吴福辉的文学史书写中，他试图通过对文学史多元阐释方式和书写方式的探索，“把过去线性的视点转化为立体的、开放的、网状的文学图景”，以期建立“新的历史叙述空间”。②

“合力型”文学史观挑战主流文学史观的意图十分明显，实验意味也很明显，它不希望文学史被某种文学形态主导，它注重的是原生态历史构成的再现，是历史发展的多元动力驱动机制的揭示。这一思路与经典的马克思主义话语、后现代历史话语对历史发展的多元性景观的阐释保持了高度的契合。恩格斯在阐述历史进程之动力的时候，曾经指出：“历史是这样创造的：最终的结果总是从许多单个的意志的相互冲突中产生出来的，而其中每一个意志，又是由于许多特殊的生活条件，才成为它所成为的那样。这样就有无数互相交错的力量，有无数个力的平行四边形，由此就产生出一个合力，即历史结果，而这个结果又可以看作一个作为整体的、不自觉地和不自主地起着作用的力量的产物。”③ 这表明，历史的发展不是单个意志发挥作用的产物，而是多种力量交错发挥作用的结果，恩格斯在此用“力的平行四边形”形象地说明了历史发展过程中矛盾冲突的丰富性和

① 吴福辉：《插图本中国现代文学发展史·自序》，北京大学出版社 2010 年版，第 5 页。

② 吴福辉：《插图本中国现代文学发展史·自序》，北京大学出版社 2010 年版，第 4 页。

③ 《恩格斯致约·布洛赫（1890 年 9 月 21—22 日）》，《马克思恩格斯选集》（第 4 卷），人民出版社 1995 年版，第 697 页。

复杂性。富有意味的是，恩格斯的力的平行四边形学说在海登·怀特（Hayden White）的历史叙事分析中得到回响。海登·怀特在阐释历史解释的多样性特征时指出："在历史领域，有多少明显具有历史研究天才的历史学家，就有多少种阐释。而事实上，一个有趣的四重结构在我们所分析的不同层面上重新出现。在这些层面上，阐释开始了特定的历史叙事的建构。对情节结构的分析产生出四种类型：罗曼司，喜剧，悲剧和讽刺。对解释策略的分析产生出四种范式：研究特殊规律的，有机论的，机械论的和语境论的。而意识形态理论又产生四种可能性：无政府主义，保守主义，激进主义和自由主义。尽管我们不承认我们所区别的阐释层面有孰优孰劣之分，但我们相信所识别的各种阐释策略在结构上是同源的。"[①] 海登·怀特发现的"四重结构"与恩格斯所说"平行四边形"有着异曲同工之妙，都指向了历史本体构成的隐秘层面，揭示出历史发展样态的丰富性。

事实上，我们在"插图本"的文学史写作实践中，就看到了恩格斯阐释的决定历史发展的平行四边形"合力说"和海登·怀特发现的历史叙事建构的"四重结构"原理的具体运用。文学史不再是"唱针式"的围绕一个中心运转，历史发展不再是二元对立式的泾渭分明，对立的文学形态间往往是"你中有我，我中有你"，不同的文学系统之间也不隔着千山万水，而是互相撞击、转化。现代的中国文学发展就是这样一幅"合力"推进，"多元"共进的历史图景。在现代文学发生发展的语境上，现代报刊和印刷业的兴起，市民读者群的形成，稿酬制度和职业作家的经济独立，白话文的逐渐流行，外来文化的导入和诗界革命、文界革命，缺一不可。在文学目标的不同追求上，京派、海派、左翼和通俗文学四分天下，形成了文学成熟期的基本格局。在现代文学发展的具体评价上，《发展史》的一个重要尺度，是"化古""化欧""化雅""化俗"，这也是别具一格的平行四边形坐标。一分为四、一分为多，生动地再现了"合力"推进的中国现代文学史发展的图景，"建构起一个多元交叉的、动态的、相互激荡相互

---

① ［美］海登·怀特：《后现代历史叙事学》，陈永国、张万娟译，中国社会科学出版社2003年版，第93页。

作用的文学史模型”[1]。

在《发展史》的叙述框架中，环境空间和时代性被赋予了重要的意义，把环境空间和时代性作为现代文学史的结构性元素加以叙述，成为《发展史》的重要特点。这一特点，很明显受到伊波利特·阿道尔夫·丹纳（Hippolyte Adolphe Taine）的艺术哲学思想的影响。[2] 丹纳的艺术哲学阐明的文学艺术决定于时代和环境的论断，一直被视为文学批评史上的著名理论，对后世的文学批评产生了极为深刻的影响。丹纳既看到了时代因素对作家的重要作用，认为文学艺术家作为某一时代的成员，其思想感情受到时代和社会的影响，又看到了社会环境因素对文学艺术的作用，认为时代社会环境对文学艺术的走向具有决定性作用。丹纳的理论不是建立在坐而论道的空谈之上，而是建立在对过去时代的艺术作品的实证研究基础之上，因而还是具有说服力的。

文学艺术的产生与发展对环境的依赖性，在丹纳这里是不容置疑的，正如他所说，“要同样的艺术在世界上重新出现，除非时代的潮流再来建立一个同样的环境”[3]，“今日正在酝酿的环境一定会产生它的作品，正如过去的环境产生过去的作品”[4]。基于这样的认识，丹纳对《奥德赛》《吉尔·布拉斯》《神曲》《浮士德》《堂·吉诃德》《鲁滨孙漂流记》，包括19世纪的“世纪病”文学现象，都作出了新颖的阐释。丹纳揭示的文学艺术对社会环境的从属关系，为文学史研究提供了新的知识视角，让我们对时代社会环境在文学史生成中的作用有了更为深刻的理解。

循着丹纳的思路，进入《发展史》，我们会发现，《发展史》在阐释中

---

① 张志忠：《吴福辉〈插图本中国现代文学发展史〉简评》，《文学评论》2011年第1期。

② 法国文艺理论家丹纳主张从种族、时代、环境三个方面着手去考察文学艺术的发展，这一主张在丹纳早期的著作《拉封丹及其寓言》中已有体现，后来在著名的《〈英国文学史〉序言》中正式提出，并在《艺术哲学》中得到充分阐述。《艺术哲学》被翻译介绍到中国，影响最大的是人民文学出版社在1963年出版的傅雷译本，包括吴福辉在内的中国当代人文知识分子，对丹纳的艺术哲学思想当是耳熟能详的。

③ ［法］伊波利特·阿达尔夫·丹纳：《艺术哲学》，傅雷译，江苏凤凰文艺出版社2018年版，第113页。

④ ［法］伊波利特·阿达尔夫·丹纳：《艺术哲学》，傅雷译，江苏凤凰文艺出版社2018年版，第52页。

国现代文学发生发展的历史过程时，环境因素被置于显眼重要的位置。《发展史》开篇就是文学环境的叙述，从望平街到福州路，作者首先注意到的就是一个与古典文学完全不同的时代环境的形成，而这一环境对于现代文学的催生，意义重大。在接下来的晚清到新中国成立的文学史叙述中，媒体环境一直都是史家关注的重点。以报纸、期刊等构成的媒体环境，不仅促进了现代文学的生产和传播，同时从经济层面给作家生活提供了一定的保障，在某种程度上“不仅促进了新文学职业作家的诞生，新进作家的养成，而且对作家群落的活动形成明显的聚合作用”①。媒体环境之外，市民文化环境、商业环境、战争环境、乡土环境等环境类型，都被吴福辉作为文学史的生成背景加以考察。吴福辉的著作津津乐道于环境对文学的塑造作用，指出商业都会营造的出版和文化消费市场带动了晚清小说的繁荣、小说期刊的出现以及职业小说家的形成；沦陷区的环境造成了通俗文学的兴起和新文学作家向通俗写作的倾斜；左翼文学的风行得益于商业市场的追捧，有了上海商业性书局以市场为轴心的“要钱不要命的干法”，才有左翼坚持革命文学“要书不要命的勃勃生气”；战时桂林文学繁荣是由战时桂林的文化出版环境决定的，有了战时桂林“出版城”“文化城”的特色，才有了桂林的“文学城”特色，战时桂林文学的发展是与战时桂林出版、文化互动互生的结果。如此将环境空间要素作为观照文学史的维度，并不止于共时性的类型环境层面，还体现在历时性的文学环境中心的流变观照，从苏州、扬州到上海，从日本东京到上海、北京，从武汉、重庆、桂林、昆明到延安、香港，中国现代文学依托这些地域环境中心，实现了多元竞放的生成与发展，不同流派、不同文学观念的对立性借由空间环境的作用而得到消解。由此不难看出，吴福辉所追求的个人文学史观，“不再以经典作品为本体，而将文学史看作是文学活动场域的变迁史”“为打破以性质或思想理论来建构整体性的文学正史提供了一个如何将解体的纷繁文学现象重新组合在一起的外在形式”。② 吴福辉的文学史叙

① 雷世文：《文艺副刊与文学生产》，中国文史出版社 2004 年版，第 71 页。

② 李今：《讲述现代中国文学场域的故事：吴福辉〈插图本中国现代文学发展史〉重读》，《汉语言文学研究》2019 年第 4 期。

述建构，毫无疑问也是对丹纳“环境与艺术完全相符”观点的验证：“的确是环境的酝酿、发展、成熟、腐化、瓦解，通过人事的扰攘动荡，通过个人的独创与无法逆料的表现，决定艺术的酝酿、发展、成熟、腐化、瓦解。”[①]

“插图本”叙述中国现代文学的历史，以空间环境为起点，又以空间环境为终点，其用意是要把读者引入文学现场，让读者认识中国现代文学的原生态生成史。为此，原生态环境的再现成为吴福辉追求的目标。为了实现这一目标，“插图本”在文字叙述之外，大量运用插图，以“图史”建构文学史的原生态环境，通过具象的画面，把人带回文学史发生的现场，从而弥补了文字叙述抽象性的局限。“插图本”在这方面的建树是非常值得肯定的。据学者统计，全书插图 690 幅，每文必图，无一页无图，少则 1 幅，多则 3 幅，囊括人像（照片、自画像、漫画像）、书影、报影、绘画、书法、剧照、广告、海报、地图、手稿、名著插图，乃至新式印刷机、报馆、书馆、旧时街道车马等，多属未曾被滥用的资料。[②] 大量插图的运用，不仅仅是原生态的历史场景的再现，某种意义上也可以说是中国现代文学历史记忆的重建。如在阐述时代性写作在 20 世纪 30 年代高扬的文学史现象时，就注意到这种现象的产生是与当时“激进型的都市读者”环境有关系的，著者为此选择了两幅插图作为文字叙述的补充来说明这种环境的特点，一幅插图再现的是总有人光顾的上海街上随处可见的活动书摊的场景，另一幅再现的是“五卅运动”时上海市民在街上观看反帝的招贴宣传画的场景，前者传递出都市读者的文化消费特点，后者透露出市民大众的政治性特点。正是有了这样的读者基础，时代性写作的风行才成为事实。两幅插图，再加上对图像的解读和叙述的文字，著者在图文互证间构建起一个原生态的文学史生成空间，为读者认识这一时期的文学史提供了感性的便利。

---

① ［法］伊波利特·阿达尔夫·丹纳：《艺术哲学》，傅雷译，江苏凤凰文艺出版社 2018 年版，第 148—149 页。

② 郭剑卿：《图史·“白话”史·合力型文学史：读吴福辉〈插图本中国现代文学发展史〉》，《中国文学研究》2010 年第 4 期。

丹纳的艺术哲学非常看重文学的时代属性，他说，“文学作品以非常清楚非常明确的方式，给我们指出各个时代的思想感情”[①]，“要创作优秀的作品，唯一的条件就是伟大的歌德早已指出过的，‘不论你的头脑和心灵多么广阔，都应当装满你们的时代的思想感情’”[②]。他解释时代因素在文学艺术发展中的作用，认为“每个形势产生一种精神状态，接着产生一批与精神状态相适应的艺术品”[③]。身处时代氛围中的作家，很难摆脱时代条件的规训，因为“时代的趋向始终占着统治地位”“群众思想和社会风气的压力，给艺术家定下一条发展的路，不是压制艺术家，就是逼他改弦易辙”。[④] 艺术家倘若不想在时代潮流中独善其身，倘若不想成为时代的对立者，他就需要做出顺从时代的选择，只不过这种选择是需要审慎做出的，作家需要选择的是经得起历史检验的东西。在丹纳看来，人类社会中一时的生活习惯、流行的思想感情只是短暂的现象，只要风气稍有变动就会消灭，表现了这些内容的作品只不过是时行的文艺，经不起时间的考验；时代精神和时代性格则是较为经久的东西，凡成功地表现了时代精神和时代性格的，便是一代杰作。[⑤] 作家需要努力选择的便是后者。在此，丹纳实际上还触及了文学的跨时代特征，他称之为“深刻而经久的特征”，丹纳说，“倘若浏览一下伟大的文学作品，就会发现它们都表现一个深刻而经久的特征，特征越经久越深刻，作品占的地位越高”“缺少这些特征，一个大作家的作品就降为第二流，有了这些特征，才具平常的作家可以产生第一流的作品”。[⑥] 这说明，艺术家只有抓住了跨时代的民族特性和人类普遍持久的特点，抓住了对民族对人类都具有典型的、普遍意义的事物，

① ［法］伊波利特·阿达尔夫·丹纳：《艺术哲学》，傅雷译，江苏凤凰文艺出版社 2018 年版，第 286 页。

② ［法］伊波利特·阿达尔夫·丹纳：《艺术哲学》，傅雷译，江苏凤凰文艺出版社 2018 年版，第 53 页。

③ ［法］伊波利特·阿达尔夫·丹纳：《艺术哲学》，傅雷译，江苏凤凰文艺出版社 2018 年版，第 52 页。

④ ［法］伊波利特·阿达尔夫·丹纳：《艺术哲学》，傅雷译，江苏凤凰文艺出版社 2018 年版，第 27 页。

⑤ 柳鸣九：《艺术哲学》，《文学评论》1963 年第 5 期。

⑥ ［法］伊波利特·阿达尔夫·丹纳：《艺术哲学》，傅雷译，江苏凤凰文艺出版社 2018 年版，第 286 页。

才能写出伟大永恒的作品。

与丹纳一样，吴福辉也十分看重文学发展的时代性特征，对时代性的强调成为“插图本”的基本史识。在叙述20世纪30年代的文学发展时，吴福辉提出了“时代性写作”的概念。他把茅盾、李劼人、巴金的小说称为“时代小说”，认为茅盾的时代性写作以历史代言人的叙述立场和身份，处理时代性、政治性强烈的题材，李劼人的小说不仅时代感强，而且地域特色鲜明，巴金对时代性写作的贡献是“让时代小说拥有了广大的读者，扩大了时代性写作的社会影响”①。这些时代性长篇小说的产生，铺下了中国现代长篇制作的基石。时代性写作在诗歌领域的体现，有蒋光慈、殷夫、蒲风、臧克家、艾青等诗人。话剧在20世纪30年代后，也卷入了时代性写作大潮，但不如时代小说和时代诗歌取得的成就高，留下的传世之作不是太多。

吴福辉对时代性的考量并不完全遵从丹纳艺术哲学的思路，而是有着自己的独特思考。结合中国现代文学发展的历史，他提出，时代性写作的陷阱是容易政治化、概念化，时代性只有与个性化结合，才能克服自身的局限，时代性写作的生命力在于个性化的融入，失去个性化的时代性写作，注定是干枯的，田汉从个性化的话剧创作转向时代性的写作，就是典型的例证。而艾青由于“在时代诗歌创作中保持和发挥出个人独创性”“将时代意义与写实、象征的个性化写作高度融和”“他成了20世纪最有创作个性的中国时代诗人”。② 鲁迅更是个性化时代写作的杰出代表。“插图本”对鲁迅后期创作的评价，一个重要的尺度就是时代性，认为鲁迅后期杂文的时代性面目更加鲜明，属于“时代性的写作”，“他有意识地要在杂文中留下时代的面影”，其时代幅度的广大，涉及政治、思想、文化、人生、传统、现实、文学、人心等各个方面，他的杂文虽是从一时、一人、一事出发的，但“合起来”是一个时代的“全体”。但鲁迅的杂文又是相当个性化的写作，“具有鲁迅印记的论辩气质和战斗风格”“把历史批

① 吴福辉：《插图本中国现代文学发展史》，北京大学出版社2010年版，第228页。

② 吴福辉：《插图本中国现代文学发展史》，北京大学出版社2010年版，第232—235页。

判和现实批判互相映照、打通”“论时事不留面子，贬锢弊常取类型”。[①]这种个性化为时代性主题的表达增加了诗化的魅力，使得时代性写作变得活泼、有生气。上海时期的鲁迅，正是由于很好地实现了时代性与个性化的结合，才成就了自己的又一文学巅峰。

吴福辉对现代文学发展时代性的阐释，还体现在他对现代文学“过渡性”特征的无比关注，以及对“过渡性”并不绝对化的表述，如他说予且“是一个很难分出新与旧的文人”[②]，“他的意义是表示出新旧文艺在1940年代的接近，主要不是旧文学的转化，倒是新文学的向下嫁接”[③]。这样的表述，无疑将“过渡”的实在情形说得很到位，避免了二元对立化的绝对。此种叙述风格，既贯穿于整本的文学史著，又体现为具体的章节设计。在“插图本”中，1903年、1921年、1936年、1948年，被列为醒目的文学史章节，这几个年份是极具标志性的过渡年份，文学风尚的转变与文学形态的交替性表现得格外鲜明。这是从一个年代看一个时代的文学史结构设计，不是面面俱到，平铺直叙，而是突入“一个审视点”而“揽全局”。时代风气的转变往往预示在这些“过渡性”的关节点，抓住这样的关节点，可能就抓住了一个历史过渡期的时代特征。吴福辉对时代“过渡性”特征的关注，令我们联想到丹纳对时代“过渡性”的相关论述。“过渡性”作为时代演变的重大课题，得到丹纳的高度重视。在丹纳看来，“现代”正是“一方面成熟而另一方面衰落”的“过渡时代”，“正当两个时代互相交错混杂之际，就在本时代的作品以外产生另一时代的作品”，“现代”无疑具备了这样的特征。[④]“世纪之交”也被丹纳视为过渡时代，在这样的时代，一方面是艺术的衰微，毫无生气，如18世纪末19世纪初，“就盛行那种可厌的文风和莫名其妙的语言”“重重束缚下的思想谈不到什

① 吴福辉：《插图本中国现代文学发展史》，北京大学出版社2010年版，第237—240页。

② 吴福辉：《插图本中国现代文学发展史》，北京大学出版社2010年版，第281页。

③ 吴福辉：《插图本中国现代文学发展史》，北京大学出版社2010年版，第430页。

④ ［法］伊波利特·阿达尔夫·丹纳：《艺术哲学》，傅雷译，江苏凤凰文艺出版社2018年版，第302页。

么个性，真实性和生命”“那种文学可以说是老冬烘学会的出品”[①]，另一方面是新生和创造，“有语言的变质与日趋丰富的内容，有创新的品种与新出现的人物”[②]。丹纳在分析 19 世纪文学中的人物形象时，对这类形象的“世纪病”特征进行了精辟的阐释，认为由于宗教与社会的动摇、主义的混乱、新事物的出现等原因，导致了人物性格中的苦闷、灵敏、神经脆弱、容易冲动、怀疑、幻灭等倾向，丹纳把这种倾向称为“世纪病”，这种病在现代人的骨子里依旧存在。[③] 丹纳所揭示的“世纪病”精神特征，反映的正是过渡时代人物的精神特征，不仅体现在文学作品中的人物形象，也体现在历史过渡时期的文人知识分子身上。丹纳关于时代过渡性的阐释，对我们理解文学史的过渡性特征，有重要的启示意义。由此回到《发展史》的 1903 年，既是丹纳所说的世纪之交，又是中国近代文学向现代文学的过渡时期，过渡时代没有闯过时代关口的知识分子，《发展史》聚焦的是林纾、章太炎、苏曼殊、王国维四个彼此相互矛盾、自身也充满矛盾的文化人，喻示新旧大变动的时代，进退失据、内心矛盾的知识分子的命运。对林纾来说，“从维新到改良还可以，辛亥革命他就过不去了”[④]。守旧的林纾和维新党的林纾、反对白话文学的老年林纾和曾作通俗白话诗的壮年林纾，人格的矛盾镜子般透明。章太炎大半生支持革命，“但他终于过不去‘五四’这个关口，后来不主张新文化运动，提倡尊孔读经，渐入颓唐”“原来是拉革命车子的一把好手，却变成拉历史倒车的顽主”。[⑤] 用鲁迅的话说，是“用自己所手造的和别人所帮造的墙”“和时代隔绝了”。[⑥] 被孙中山称为“革命和尚”的苏曼殊，也是新旧交替的过渡人物，

---

① ［法］伊波利特·阿达尔夫·丹纳：《艺术哲学》，傅雷译，江苏凤凰文艺出版社，2018 年版，第 13 页。

② ［法］伊波利特·阿达尔夫·丹纳：《艺术哲学》，傅雷译，江苏凤凰文艺出版社，2018 年版，第 48 页。

③ ［法］伊波利特·阿达尔夫·丹纳：《艺术哲学》，傅雷译，江苏凤凰文艺出版社，2018 年版，第 47—48 页。

④ 吴福辉：《插图本中国现代文学发展史》，北京大学出版社 2010 年版，第 46 页。

⑤ 吴福辉：《插图本中国现代文学发展史》，北京大学出版社 2010 年版，第 47 页。

⑥ 鲁迅：《关于太炎先生二三事》，《鲁迅全集》（第 6 卷），人民文学出版社 1981 年版，第 545 页。

由激进的革命者而皈依佛门以求超脱，命运的归宿令人唏嘘。过渡时代最惨烈的文人无过于王国维了，他“一条腿业已跨进了现代之门”“另一条腿永远留在了辛亥年之前，留在了‘五四’之前”，他自沉于颐和园昆明湖，是“以身殉了新旧文化交接的时代了”。[①] 上述四位作为“世纪末至世纪初”的充满矛盾的文人，仅是典型代表，还有多少人留在世纪的门槛内呢？我们不得而知。但从清末声势浩大的文人社团南社的情形来看，当不在少数。南社文人群体身处新旧文学、新旧文化交替的时代，其崛起、分裂、衰落，显示了新旧交替的复杂性质，从反对帝制的角度看，他们是革命的，从新文化运动的角度看，他们是守旧的。他们终究因为没有跟上时代的步伐，而被历史淘汰出局。由这些文人的命运，我们可以得知，中国文学的现代转型“是这样于艰难路途中颠簸不止”[②]。

1921、1936、1948，虽不属于世纪之交的过渡时代，但它们的过渡性也是很鲜明的，这与中国现代文学本身的过渡性属性是一致的，处于传统与现代、东方与西方、现实与未来之间的现代文学，其本身具有的未完成性、探索性、实验性，都深刻地体现出它的过渡性。1921 年的过渡性，《发展史》抓住的是《小说月报》的改革和《礼拜六》的复刊，都是“五四”以后新生文学和既有文学交替的典型事件。《小说月报》的改革自然是成功的，盘踞多年的鸳蝴地盘为新文学阵营所操控，新文学取得了志得意满的传播效果。但鸳鸯蝴蝶派杂志《礼拜六》的复刊却也不乏人气，“他们的游戏文学、休闲文学仍然有广大的市民支持，有相当的市场基础”[③]。两个刊物的情形，显示出过渡时代的文学，新旧交替并不是简单的一个吃掉一个，而是有一个长久的过渡过程。鸳鸯蝴蝶派文学的例子颇能说明问题。“五四”时期，鸳蝴派文学虽然遭到新文学阵营的猛烈攻击，但并未退出历史舞台。“鸳蝴文学的过渡性质曾一度被误解成终结性质，实际上这个过渡时间相当漫长，一直伸向 1940 年代市民文学的繁盛。”[④]

---

① 吴福辉：《插图本中国现代文学发展史》，北京大学出版社 2010 年版，第 48 页。
② 吴福辉：《插图本中国现代文学发展史》，北京大学出版社 2010 年版，第 48 页。
③ 吴福辉：《插图本中国现代文学发展史》，北京大学出版社 2010 年版，第 131 页。
④ 吴福辉：《插图本中国现代文学发展史》，北京大学出版社 2010 年版，第 78 页。

过渡的时间之所以如此漫长，是和鸳蝴派文学不断进行自身调整有关的，“它始终与时俱进，相应地不断作出现代的调整，以跟上市民的步伐”①，当然也跟着现代文学的脚步做了许多的改变。可见，被新文学阵营视为旧文学的鸳蝴派，并不甘居为“旧”，实际上还是不断趋新的。吴福辉没有执着于“五四”新文学阵营二元对立的文学史立场，而是采取了温和渐进的进化论文学史立场，揭示鸳蝴派文学（通俗文学）的新旧过渡并不是短期内完成的，他指出：鸳鸯蝴蝶派走上清末文学舞台的时候，也很难说是“旧”，甚至应当说是有某种程度的“新”的。这批文人并不顽固，传统的价值观念已经开始从他们身上解体，虽然新的观念对他们来说也是陌生的，但不妨碍他们去尽力理解。鸳鸯蝴蝶派文人懂得自己身处的时代是个新旧过渡的时代，自己是这个过渡时代的过渡人。② 吴福辉的这番话，是符合历史实情的，新旧文学的交替并不是一刀两断式的那样分明，渐进的蜕变恐怕才是历史的本相。

1936年被冠以“多元的时代”，实际上是20世纪30年代文学多元发展的总结，同时又预示着一个新的文学时代的开始。多元发展的格局，体现为四大文学板块（左翼文学、京派文学、海派文学和通俗文学）和三大文学观念（左翼的文学功利观，海派和鸳蝴派的文学的消闲、休憩、游戏观，京派的文学独立的超脱观和距离观）的渗透、咬合关系，这构成“五四”文学分化以后现代文学发展的基本图式，这一图式同时容纳了论语派、开明派等文学形态的多样变形。随着1937年抗日战争的全面爆发，多元竞放的文学格局被迫终止，代之而起的是战争主导下的各种文学形态：救亡文学、新兴市民文学、讽刺文学、工农兵文学等等。因此，把1936年理解为又一个重要的过渡年代，一个走向战争与救亡为主调的过渡时代，是符合现代文学发展的历史实际的。在这一过渡时代，依然存在有前瞻性的历史成分，茅盾在左翼内部建立起来的“社会-历史批评流派”，其所提倡的“时代性”“史诗性”“社会性”“思想性”成为创作本身首先要重视

① 吴福辉：《插图本中国现代文学发展史》，北京大学出版社2010年版，第299页。

② 吴福辉：《插图本中国现代文学发展史》，北京大学出版社2010年版，第70—71页。

的概念，一直到20世纪80年代还占据着主导地位。[①]

1948年的过渡性，《发展史》抓住的是“新解放区的文学”：一种带有鲜明“时代斗争”性质的文学，从二十年的左翼文学发展而来，在1948年的当口，不仅不停滞，反而特别地高扬了。1948年的文学，不仅体现了时代的连续性，而且体现了“当代性”，以1948年为界线，“连同1948年当年同时产生的新解放区其他作品，他们在创作方式、出版过程、作品构成等三个方面，都提供了未来1950年代到1970年代中国主流的‘社会主义现实主义’文学的雏形”[②]。选择“1948年”作为历史叙述的切入口，就是因为这一年正是20世纪历史（也包括文学史）上的两个时代，一个将亡未亡，一个将生未生，进行最后的生死搏斗的一年，抓住这一年，不仅可以展示中国文学从40年代以来，特别是1945年以来发展的趋向，而且决定以后（1949年，以及1949年以后）中国文学发展方向的一些基本因素已经孕育于这一年文学的发展中。正是在这个意义上，“1948年文学”本身就已经构成了一种典型的文学现象，人们确实可以从这一个年代看到整个时代的文学。[③]

总之，时代的“过渡性”被《发展史》作为一个严肃而重大的命题加以对待，中国现代文学的时代过渡性特征所包含的延续性、断裂性、复杂性、前瞻性等因素得到吴福辉的高度重视，并成为一种基本的史识处处体现在《发展史》的叙述中。

“插图本”不仅以丹纳的艺术哲学思想作为考察文学史构造的基础，同时还从现代性哲学的视角出发，对中国现代文学史“现代性”构造的特征进行了阐释。中国现代文学学科是随着现代性的确立才得以成立的，因而“现代性”既构成了中国现代文学的核心问题，也成为这一学科之所以成立的合法性基础。[④] 只不过，中国语境中的现代文学的现代性，是不同

① 吴福辉：《插图本中国现代文学发展史》，北京大学出版社2010年版，第302页。

② 吴福辉：《插图本中国现代文学发展史》，北京大学出版社2010年版，第462页。

③ 钱理群：《略谈“典型现象”的理论与运用》，《中国现代文学史论》，广西师范大学出版社2011年版，第400页。

④ 王晓初：《“现代性”：中国现代文学学科构建史的核心话语》，《中国图书评论》2010年第5期。

于西方语境中的现代性的，“西方现代性注重时间的进步意义，中国文学的现代性主要表现出空间性特点”①。

“现代性”作为一个哲学性的概念，“它指一种不同于古典时代的新的生活方式”②。这种新的生活方式在现代中国的体现，主要集中在都市。正是现代化的都市，才孕育了中国文学的现代性品性，为中国现代文学现代性的生成提供了土壤，影响了中国现代文学现代性的发展。因此，中国现代文学发展的都市现代性特征，受到吴福辉的高度重视，他把现代文学在都市空间发展的书写延展、贯彻到每一章，“由此，彰显了现代中国文学与现代都市相辅相成的共生关系，不仅文学生产的出版业活动以都市为中心，文学的创造主体主要寄寓在都市，读者大众也以都市市民为主体，文学越来越发展成了一种文化产业并已构成现代社会系统中一个活跃场域的现代命运”③。这样的书写，并不严格按照西方现代性的演进路向亦步亦趋，而是有着结合中国现代文学发展的实际进行本土现代性探寻的意味。

表面上看起来，“插图本”似乎将北京与上海平行叙述，以上海与北京的双城现代性叙事作为中国现代都市现代性叙事的两种范型，从这两种范型出发，试图对都市现代性叙事的全貌进行宏观的归纳。但在实际上，“扬上抑北”却构成“插图本”的隐性基调，“插图本”始终是把上海现代性叙事作为中国现代文学现代性叙事的主导来看待的。从“插图本”所梳理的都市现代性谱系的演变中，我们能看出，上海现代性在中国的都市现代性中始终居于前沿位置，对文学现代性的塑造发挥着先锋作用。在晚清时代，上海这个都市就对文学现代性的萌芽，产生了巨大影响。在“五四”新文化运动时期，新文学的中心虽然在北京，但大部分的新文学书籍却都是在上海出版的，此时的创造社作家率先开创了从阶级角度对上海进行现代性叙述的先河。此后，在具有“资本”与“殖民”两重性的“占据了中国现代都市发展船头的上海”展开的左翼文学和海派文学，进一步

① 妥建清：《中国文学自身现代性的追寻》，《文艺理论与批评》2012 年第 3 期。

② 黄健：《中国现代文学现代性的本质特征》，《学术探索》2014 年第 4 期。

③ 李今：《讲述现代中国文学场域的故事：吴福辉〈插图本中国现代文学发展史〉重读》，《汉语言文学研究》2019 年第 4 期。

拓展了上海现代性叙事的疆域，左翼文学提供了充满对立的上海现代性形象，海派文学“第一次把现代都市作为单独的想象主体，作为完全独立的审美对象”，提供了符合20世纪30年代上海白领市民阶层新的审美趣味的市场文学，其所据的视点已经不是仅仅暴露都市的“黑暗”“罪行”，而是基于对都市的“现代感”。[①] 由于左翼文学和海派文学，上海的现代性叙述在20世纪30年代达到了它的黄金时代。而在上海沦陷以后，上海现代性叙事的魅力依然不减，张爱玲的出现令上海现代性叙事达到一个崭新的高度。柯灵所言：“偌大的文坛，哪个阶段都安放不下一个张爱玲，上海沦陷，才给了她机会。”[②] 说的正是张爱玲的独特性。张爱玲的现代性叙事在雅俗、古今、中西的融会贯通间，提供了中国叙事的现代方式，她是本土的，也是现代的，现代性的多元综合在张爱玲身上体现得最为极致。

同样重要的，吴福辉认为中国现代文学是现代性话语与实践在全国和全球范围中流播的一部分。这种流播是通过“旅行”来实现——既是身体移动意义上的旅行，也是概念、情感和技术变迁意义上的旅行。晚清文人前往上海和其他都市谋求生计，到了“五四”时期，来自全国各地的青年作家流寓北京和上海，投身启蒙事业。抗战时期，数十万文人迁徙至内地，而进步青年则踏上奔向延安的朝圣之旅，接受共产主义的洗礼。“旅行”带来文化的穿越交融（transculturation）：各大洲、国族、社会、制度和共同体之间语言、文化和思想上的互动。[③] 这种互动最重要的结果就是促成了西方现代性在中国的传播及其在中国的本土化转化，这期间发挥了重要作用的是留学生作家，中国现代文学的半壁江山是由具有留学背景的作家打造的。留学生是受西方现代性规训的特殊群体，其作为“勾连传统与现代、东方与西方、文明结构不同层次之间的一个重要载体”[④]，在东方现代性的建构中扮演了极为重要的角色。“插图本”列表统计出“五四”前后留学生作家的留学国别和城市，以及留学行程，并对留学生在海外的

---

① 吴福辉：《插图本中国现代文学发展史》，北京大学出版社2010年版，第260—261页。

② 柯灵：《遥寄张爱玲》，《读书》1985年第4期。

③ ［美］王德威：《吴福辉〈中国现代文学发展史（插图本）〉英译本序》，季剑青译，《中国现代文学研究丛刊》2019年第5期。

④ 叶隽：《留学生的现代性特质》，《中国社会科学报》2012年第334期。

激进革命活动详加考察，深入揭示了留学生在揭开中国现代文学壮阔一幕中带来的一系列知识交流及现代性思想冲撞。

此外，翻译作为现代性的媒介在“插图本”中也得到重视，从晚清文学翻译到《新青年》时代的翻译活动，从左翼翻译到战时状态下的外国文学接受，“插图本”将翻译文学作为中国现代文学的有机组成部分加以详细的考述，在对“林译小说”“红色经典”翻译、欧美名家译本等典型翻译现象进行透视的基础上，对翻译文学“从思想到文体、语言，都深深地切入到中国现代文学的‘创新’进程中去”① 的面貌进行了深入的揭示。翻译文学作为中国现代文学的现代性资源，对中国现代文学产生了持久的影响，从影响的规模来看，中国文学与世界文学的交流已经达到前所未有的水平，显示了民族文学的“现代觉醒”；从影响的深度上看，这些外国作家极大地影响了中国作家对“人”的认识，对个性解放、自由独立人格和人民本位的想象，增加了“文学的现代性质”。② 也正如吴福辉所概括的，翻译文学搭起了中国文学通向世界的桥梁。

由以上的考察，可以看出，吴福辉倡导并实验写作的“合力型”文学史，其文学史观是建立在多元论哲学基础之上的。这样的哲学基础，是与著者身处的世纪之交的文化环境有关的。20 世纪末 21 世纪初，是中国社会发生重大转型的历史时期，“商品经济意识不断渗透到各个社会文化领域，社会经济体制也随之转轨，统治了中国近四十年的社会主义计划经济体制加速向社会主义市场经济体制转型”，与之相适应的是，“多元文化格局在不自觉中逐渐形成”。表现在文学领域，“是 80 年代文学思潮线性发展的文学史走向被打破了，出现了无主潮、无定向、无共名的现象，几种文学走向同时并存，表达出多元的价值取向”③。在这样一个文化多元化的生态背景中孕育出《发展史》的文学史成果，是再自然不过的了。

王瑶曾经说过：“每个时代的文学史都应该达到自己时代的高度”④，

① 吴福辉：《插图本中国现代文学发展史》，北京大学出版社 2010 年版，第 91 页。

② 吴福辉：《插图本中国现代文学发展史》，北京大学出版社 2010 年版，第 324 页。

③ 陈思和：《中国当代文学史教程》，复旦大学出版社 1999 年版，第 13 页。

④ 王瑶：《文学史著作应该后来居上：在〈上海文论〉主持的“重写文学史”座谈会上的发言》，《上海文论》1989 年第 1 期。

在这个意义上，《史稿》《三十年》《发展史》都达到了所属时代的高度，也可以说，这三部文学史是三个历史时代的坐标。从阶级论哲学基础到主体性哲学基础到多元论哲学基础，王瑶学派新文学史著的哲学基础演变，说明王瑶及其弟子们是站在时代哲学的高度审视中国现代文学发展的历史，并加以史学化的书写，他们始终在追求文学史研究与时代哲学高度的共进，力图在文学史与时代哲学的对话与互动中，建构达到时代高度的文学史话语形态。事实表明，他们的建构是有效的，并且是在中国现代文学史书写领域产生了深刻的影响力的。

中国现代作家书信的文学史价值

中国现代作家书信具有多重的文学史价值，为我们认识现代文学史的构成和演进提供了第一手的资料。如果说文学史是心灵史，那么作家书信就是这心灵史的生动展现，书信因此成为通向作家隐秘的潜意识世界的桥梁，成为提供文学史真相的文本。

宏观而又系统地研究中国现代作家的书信，在中国现代文学研究界开展得并不深入。研究界注意到了现代作家书信的价值，但仅是把作家书信作为重要的研究史料来运用，并没有将书信作为独立的研究对象来对待，因而对于现代作家书信的整体性、系统性研究显得很不够。在整体的现代文学研究格局中，书信研究与其他文体的研究相比，显得较为“冷”清。与作家书信的惊人数量相比，书信研究成果显得很“少”。书信研究几乎没有学术专著，研究论文零星的有一些，显得作家书信的研究很“散”。目前所能看到的书信研究著作和论文，仅仅是围绕少数作家展开的①，研究的格局和视野都亟待突破。

加强对中国现代作家书信的研究，已成学界的共识，有学者指出：

---

① 王得后的《〈两地书〉研究》（1982）是较早的作家书信研究著作，著作分甲乙编，甲编是对鲁迅、景宋的《两地书》原件与公开出版版本的对校，乙编是《两地书》的“读后记”，对《两地书》反映的鲁迅的伦理道德观、教育观、社会思想作了精彩的分析。吴永平的《〈胡风家书〉疏证》（2012）是国家社科基金后期资助项目的成果，该著仿效清代朴学家的治学方法，将传统考据学方法运用于现代作家书信领域，对《胡风家书》进行了疏证式解读。近年来，研究作家书信的代表性论文主要有：王明堂《鲁迅书信纵横谈》（1991）、罗炯光《“他自己的简洁的注释”：论鲁迅书信的独特价值》（1992）、吴中杰《鲁迅书信的思想价值》（2002）、秦凤珍《试论鲁迅书信的艺术特色》（2003）、王福湘《一座精神遗产的宝库：鲁迅书简管窥》（2004）、郭艳《有意遮蔽的现代性体验：〈两地书〉与其手稿之比较》（2004）、陈大川《从书信看郭沫若古文字学研究的实践》（2008）、卢军《从〈沈从文书信〉解读沈从文与胡适关系》（2010）、阳卓军《鲁迅书信中的文艺思想解读》（2011）、史其《鲁迅晚年的经济状况：读鲁迅书信札记》（2011）、任葆华《关于沈从文书信研究的设想》（2013）。在作家书信的考释、疏证方面，学界主要是围绕鲁迅书信展开的，代表性的成果如马蹄疾《读鲁迅书信札记》（1980）、王景山《鲁迅书信考释》（2013）、萧军《鲁迅给萧军萧红信简注释录》（2011）和吴作桥《鲁迅书信钩沉》（1994）。

“书信研究开拓了沈从文研究的新领地，同时可能成为未来沈从文研究最有可能获得突破的生长点。其中作家关系、文学价值、学术价值等应是研究的主要内容。”① 沈从文的书信“不是有意的文学创作，但真正保存了那个时代的信息，人的心灵的信息”，是“那个时代里特别重要的文学”。② 巴金书信的发表率不高，研究更少，在巴金研究中，书信研究是亟待拓展的领域之一。《胡风家书》作为珍贵的现代文学研究史料，“其意义不仅在胡风研究领域，而是为研究中国现代知识分子的精神状况提供了一份实实在在的文献”③。这些共识意识到了研究作家书信的急迫性，但也依然局限于对个别作家书信的关注，没有上升到对中国现代作家书信的整体性研究高度。而从研究视角看，以作家书信为中心来考察现代文学史构造的研究同样是付之阙如的。④

一

中国现代作家书信具有极其重要的史料、思想、文学、文化和文物价值。在 2013 年的中国嘉德秋季拍卖会上，鲁迅亲笔的《致陶亢德信札》，全文 200 余字拍出 655 万元的价格，每字均价 3 万元。这从一个侧面反映出现代作家书信的价值。我们在此仅从现代文学史生成的视角来展开对作家书信的研究，旨在从宏观上系统地揭示作家书信的文学史价值。

作家书信是中国现代文学史构造的一个重要维度，书信所反映的作家心理、文坛生态、批评观念、创作思想、美学意识、文化追求是文学史构成的重要因素，将中国现代作家书信与现代文学史进行关联研究，既能揭

① 任葆华：《关于沈从文书信研究的设想：为纪念沈从文诞辰 110 周年而作》，《渭南师范学院学报》2013 年第 5 期。

② 张新颖：《纪念沈从文：他的书信是那个时代重要的文学》，《东方早报》2013 年 3 月 28 日。

③ 陈思和：《胡风家书·序》，载晓风《胡风家书》，复旦大学出版社 2007 年版，第 1 页。

④ 进入 20 世纪 90 年代以来，虽然出现了一批新的现代文学史研究成果，如钱理群、吴福辉、陈子善《中国现代文学编年史、以文学广告为中心（1937—1949）》（2013），吴福辉《中国现代文学发展史》（2010），杨守森《二十世纪中国作家心态史》（1998），但都没有整体系统地涉及作家书信与文学史的关系。

示书信的文学史价值，又能深化对文学史的观照，从而可以打开现代文学史研究的一个新层面。

书信是个人化的文献，如果不是出于发表，它是具有私密性的，因此作家在书信中往往表达出与其在公共场合的言行完全相悖的言论，文学史的诸多真相很可能就书写在这些信件里，因此对作家书信展开考古式的研究，有利于我们更为深入地认识现代文学史的构造。

书信是信息文本，它虽然不能代表作家的艺术创作成就，但它作为副文本的地位，却为我们研究现代作家的作品正文本提供了实证的信息、解读的证据，还有文学作品生成的文化背景，这对于我们探究中国现代文学史上艺术作品的创作生成具有重要的意义。

二

书信是文学作品的副文本，是作家记忆的真实文献，它揭示了作家创作的诸多细节和文学作品的生成背景。书信散文开拓了现代散文文体的边界，丰富了现代散文的体式观念，如幽默语体风格、抒情语体风格等。书信是触发文学思想产生的重要媒介，这主要是由于书信的双向互动功能所决定的，通信双方的交流、碰撞，激发、促进了文学思想的产生。现代作家书写的信件不计其数，其中蕴含的文学思想是十分丰富的，系统发掘书信中的文学思想，无论是对作家研究的深化，还是对文学史研究的推进，其价值都是不言而喻的。

作家书信是研究作家精神现象的第一手资料，书信的内容尽管包罗万象，丰富无比，但其背后都隐藏着作家的精神，我们阅读很多现代作家的书信，都能深切地感受到书信的字里行间跳动着的作家的精神脉律，焦虑、矛盾、冲突、忏悔、痛苦、高昂、细腻、粗糙等等，不一而足。通过书信内容研究作家的精神矛盾，透视的实际还是文学史的精神维度。书信最能反映作家的个人情怀，特别是情书，生气淋漓而又赤诚之至，作家的精神气象、人格心理、秉性特征都在书信中得到呈现，这既是书写作家传记必不可少的材料，又是进行作家专题研究不能忽略的铁证。如果说文学史是心灵史，那么作家书信就是这心灵史的生动展现。现代作家书信中有两类信件是比较特别的，一类是作家写给亲属的家书，一类是男性作家写给女性的“暗恋”书信，这两类书信最能反映作家的潜意识心理。每一个作家的精神深处，都有那么一部分专属的个人隐私，不愿被别人窥视，书信因此成为通向作家隐秘的潜意识世界的桥梁，成为提供作家意识真相的文本。也正是从这里出发，我们捕捉到了作家书信的私语性特征。在这个私语境中所言说的内容，最能反映作家真实的思想，作家可以在书信中毫无顾忌地对文坛现象、文学作品、作家人格等展开臧否，这种批评体式不同于公开的评论，通信双方的书信如果不公开，被批评的对象就永远作为他者存在，不可能与信件双方产生批评的交锋，因而这种批评具有较强的私密性，构成了中国现代文学史中的独特批评形式。

中国现代文学史的发生发展离不开大大小小的文学事件，如文学革命的发动、新青年同仁的分化、高长虹对鲁迅的背叛、徐懋庸与鲁迅的分裂、朱湘与闻一多的反目、胡风信件导致的文人集团悲剧等等，文学事件可以说伴随了中国现代文学史生成的整个历史过程，舍弃了对这些文学事件的注意，中国现代文学史演进的某些环节就有可能模糊不清，难以理解。有的文学事件，能直接促成作家思想的转变，文学创作的新变；有的文学事件，于不易察觉之中改变了作家之间的关系；有的文学事件，本身还能造成文学史的发展转向，具有文学史发展的拐点意义。而这些事件的本相，不经当事人的供述，是难以知晓的。在这方面，书信史料为我们提供了一把揭开文学事件面纱的钥匙，书信中的珍贵史料为我们还原事件本相，研究文学事件带动的文学史变动，发挥着别种文献不可替代的作用。

中国现代作家书信是我们研究现代作家社会构成的重要依据。首先，书信是研究文人群体、文学流派的重要实证材料，文人群体、文学流派的凝聚和散落，都会折射在书信往来文字中。趣味相投的作家，书信来往自然多；而如果作家间分道扬镳，则书信隔绝，不相往来。同一集团内部的作家书信来往，对文坛评判，往往能显出党同伐异的倾向。其次，通过现代作家的书信，我们能把握到一种极其特别的师徒式作家生态，如周作人与俞平伯，鲁迅与萧军、萧红，胡风与路翎之间的传承关系，就是很明显的例证。老生代作家扶持培养新生代作家，文学创造的接力棒代代相传，文学史的演进因而生生不息。文学流派的聚散、作家队伍的代际演进，都是中国现代文学史的本体构成之属，而中国现代作家书信则如镜像一般，为我们认知中国现代文学史提供了有意味的参照。

学者身份是中国现代作家的一个重要特点，既有作家身份，又有学者身份，既从事文学创作，又从事学术研究，他们的书信既探讨文学创作，也探讨学术问题，这里主要是考察现代作家书信中的学术思想，这些学术思想其实并不完全与他们的艺术创作完全隔离，如郭沫若的上古社会研究与他的历史剧创作、鲁迅的中国古代文化研究与他的创作之间，其实都是有着内在的联系的。考察中国现代作家书信中的学术思想构成，对于从互文修辞角度解析现代作家的创作文本、认识中国现代文学史背后的丰厚文化底蕴具有直接的意义。

三

中国现代作家书信的整理出版具有分散性的特点，作家全集或作家书信集中所收录的作家书信，仅是单向性的，看不出“往”和“来”的书信全貌，这就需要在研究过程中，对“往”和“来”的书信做认真的调查，最大程度地还原书信“往来”的语境，以此作为展开研究的基础。再者，作家全集收录的作家书信并不全，如湖北人民出版社版的《胡风全集》收录的胡风致梅志的信仅一封，而复旦大学出版社版的《胡风家书》收录的胡风致梅志的书信有300多封，数量差距如此悬殊，说明作家全集并没有把作家的书信文献悉数收入。作家全集收录不全作家的书信，是《胡风全集》的体例决定的，按照《胡风全集》的体例，它只收作家本人的著作，因此书信部分也只收作家致他人的信件，不收他人的来信。由于种种原因，我们目前看到的中国现代作家书信文献的最大缺憾就是“不周全”，或残缺，或有来无往，或有往无来，或遗失，或散落，或未公开，或删改，书信文献的这些特点，决定了对书信展开研究需要进行扎实的书信文献调查。因此，我们需要挖掘新史料，在书信文献的发掘与利用方面做到以下几方面的创新：第一，是力争发现一些未公开刊行，也不为人所知的书信；第二，是首次从史料的角度加以利用书信，这主要是指有的书信虽已公布，但仅作为书法艺术品收入法帖、书法作品集中，没有作为史料加以利用；第三，有的书信，虽为人所知，但被误判，需要加以纠正；第四，从新的角度对为人所知的书信进行阐释。

在研究方法上，我们也需要突破现有的考释、疏证、札记体例，加强对书信文本的理论穿透，多层次、多维度地诠释作家书信，发掘作家书信中的文学史构成因素，将现代作家书信还原到现代文学发生发展的历史语境、时代氛围、心灵情境中，揭示书信中隐含的作家与外部世界及其自我精神世界存在的多重对话关系，阐明作家书信作为思想文本、诗性文本、文学史文献、信息文本所蕴含的文学史品格。其次，以整体研究的方法，将现代作家书信作为一个系统来进行研究，而非局限于对个别作家书信的孤立研究，把作家书信还原到现代文学史的演进逻辑中加以考察，探讨书信所反映的作家精神现象、文人集团的聚散离合、创作心理、文化思想、文艺理论和文学史事件，学理分析与史料发掘相结合，有力揭示作家书信具有的独特文学史价值，揭示其作为文学史的一个系统的特质。作家书信因其交流对象的不同，书写策略往往不同；一个作家在他创作发展的不同时期，书信的风格亦有所不同；不同作家的同类型书信，写法又截然不同，这就需要在书信研究中采取对比研究的方法，在比较中发现问题，把研究推向深入。我们既然把中国现代作家书信看作是一个具有文学史功能特质的系统，那么在这一系统中，就存在着多重的互证关系，书信与文学作品构成互证，书信与作家日记是互证，围绕同一内容的不同作家的书信存在互证，书信与同时代文化文献存在互证，上述互证关系的揭示，对于我们认识书信与文学史之间的互证关系提供了有力的支持。

总之，中国现代作家书信文献的意义和信息是异常丰富的，研究者要立足文学史、文化史的高度，对书信文献进行深入解读，多角度、多层次地阐释书信的内容，论析其具有的文学史意义和价值。

辑四　文学史发掘的多维视野

《催醒术》与20世纪中国启蒙文学的发生

《催醒术》是20世纪中国启蒙文学的奠基之作，《催醒术》之后的启蒙文学的各种元素，在《催醒术》中都已具备。陈景韩作为晚清清醒的报刊启蒙家同时也是文学启蒙家，是非常激进的“改造国民劣根性”论者，《催醒术》的启蒙理性书写、启蒙叙事模式、启蒙悲剧色彩，不仅开辟了“五四”启蒙文学叙事的先河，而且也奠定了20世纪中国启蒙文学叙事的基本格调，其文学史地位值得进一步还原和提升。

20世纪中国启蒙文学的演进，大体上包含了19世纪末20世纪初启蒙文学的发生、“五四”启蒙文学的兴盛、新时期启蒙文学的复兴三个主要阶段。虽然三个阶段启蒙文学的文化背景有所不同，但表现在文学形态上，三个阶段的启蒙文学却有着某些共同的特质。追溯20世纪中国启蒙文学的发生与发展，我们发现，陈景韩完成于1909年的短篇小说《催醒术》①，无论是作品的启蒙寓意、叙事设计，还是悲剧风格，都与后来的启蒙文学作品有着极其相似的同构意味，虽然《催醒术》的构架不无稚嫩之处，但这并不妨碍我们把《催醒术》看作是20世纪中国启蒙文学的奠基之作。

最先发掘并给予《催醒术》以应有的文学史位置评价的是范伯群先生②，在2004年发表的《〈催醒术〉：1909年发表的“狂人日记”》一文

---

① 《催醒术》发表于1909年10月《小说时报》创刊号，署名：冷。《小说时报》创刊号没有发刊词，首篇就是陈景韩的短篇小说《催醒术》，“催醒”即启蒙，“这是一篇以启蒙为宗旨的形象化宣言”，也许这就是它的“发刊词”。（范伯群：《19世纪末20世纪初中国小说期刊现代化之历程》，《中国现代文学学术丛刊》2007年第1卷。）《小说时报》一向被认为是鸳鸯蝴蝶派的刊物，《催醒术》发表于此，显得有些另类，所以很难引起人们的注意。

② 张光芒出版于2002年的《中国近现代启蒙文学思潮论》虽也注意到了《催醒术》，但仅认为该作品反映了作家的启蒙主体意识，并没有深入揭示《催醒术》的文学史价值。反而倒是对刊发于《新民丛报》的小说《人肉楼》给予了极高评价，将《人肉楼》与鲁迅的《灯下漫笔》和《狂人日记》进行关联类比，认为二者对中国历史的总概括大有异曲同工之妙。参见张光芒：《中国近现代启蒙文学思潮论》，山东文艺出版社2002年版，第176—179页。

中，范先生称“陈景韩的思想确是站在时代前列的”“是一位很有贡献的早期启蒙者”“他的一些文学作品以其独特视角，在前‘五四’的早期启蒙中使他成为文坛的领军人物之一”。[①] 范先生特别指出，陈景韩的《催醒术》是 1909 年的“狂人日记”，与鲁迅的《狂人日记》有着前后相继的谱系关系。以鲁迅的《狂人日记》为参照分析《催醒术》，发现二者不仅在思想上有相通之处，在艺术构思上也有相通之处，虽然就深刻的程度与艺术性高下而言，《催醒术》与《狂人日记》相比还有很大的差距，但这并不影响《催醒术》在前“五四”启蒙文学中的杰出地位。《催醒术》不仅开辟了“五四”启蒙文学叙事的先河，而且也奠定了 20 世纪中国启蒙文学叙事的基本格调，其文学史地位值得进一步还原和提升，而绝不仅仅是范伯群先生所呼吁的“入史”，也正如有的学者指出的，“在本世纪（二十世纪——引者注）初，《催醒术》敏锐地提出了晚清一代知识者面对民族国家生死存亡之非常状态下的焦虑以及关乎整个启蒙事业的话题，可以说，这个话题不仅仅深刻作用于晚清民初直至五四，更是贯穿了整个二十世纪的中国文学”“《催醒术》超越了时代”“作者陈景韩包括他的其他作品也确应引起研究界的重视并在二十世纪文学史上占有一席之地”。[②]

一、启蒙理性书写

“启蒙”最重要的内涵是人类运用理性之光照亮自我，人类有意识地“脱离自己所加之于自己的不成熟状态”[③]。因此，理性成为启蒙的核心特征，启蒙的目标就是要达到理性的自觉。理性的建构因此成为思想启蒙的核心问题，当然也成了启蒙文学的目标指向。20 世纪中国的启蒙文学作家们普遍拥有自觉的理性意识，在理性精神的指引下，从问题出发，去揭示“人”的存在，“一切都必须在理性的法庭面前为自己的存在作辩护或者放

① 范伯群：《〈催醒术〉：1909 年发表的“狂人日记”：兼谈‘名报人’陈景韩在早期启蒙时段的文学成就》，《江苏大学学报（社会科学版）》2004 年第 5 期。

② 李文倩、陈辉：《晚清启蒙者的焦虑性生存：〈催醒术〉的叙述学解读》，《明清小说研究》2007 年第 4 期。

③ ［德］康德：《历史理性批判文集》，何兆武译，商务印书馆 1990 年版，第 22 页。

弃存在的权利”[①]。我们因此看到，对理性的尊崇成为20世纪中国启蒙文学的独特品格。陈景韩作为晚清清醒的报刊启蒙家同时也是文学启蒙家，是非常激进的“改造国民劣根性”论者，“特别是在改造国民性这一点上，他的精神是与鲁迅相通的”[②]。《催醒术》的启蒙理性精神不仅体现在小说结构中作家主体启蒙意识的植入，而且体现在小说主人公“予”的密集的理性思考，这种思考不仅指向启蒙主体、启蒙对象，同时指向社会现实和启蒙前途。觉醒了的“予”的思维方式不再是浑沌的、模糊的、感性的，而是充满着思考的、质疑的、探索的色彩。

在《催醒术》发表时的晚清氛围中，启蒙理性还没有成为普遍性的社会风尚，而到了“五四”时代，情形就大不一样了。“五四”新文化运动的启蒙新思潮的广泛传播，不仅促进了人们的觉悟，而且对人们思维方式的转变产生了巨大的影响。作为思想启蒙运动的“五四”本身，闪现思想解放的理性之光，造就了“思考的一代”[③]。理性地审视一切，重新估定一切的价值，成了“五四”时代流行的社会风气。而诞生于“五四”启蒙时代的“问题小说”，就非常典型地体现了这个时代流行的启蒙理性至尊的思想风气。“问题小说”由《新潮》杂志发端，经文学研究会作家助力推动，成为“五四”文坛上一股强劲的艺术潮流。当时的很多报纸杂志都在发表问题小说，几乎所有的新小说作者都写问题小说，可见这一小说体式的时代影响力。“问题小说”以浓厚的启蒙理性色彩介入时代社会的诸多现实关切，对爱情、婚姻、家庭、教育、自由、人生价值、个人发展、道德传统等人生问题进行关注，虽然没能提出行之有效的实际解决方案，但小说趋重哲学的理性思考却舒缓了社会心理的焦虑，某种程度上也是实现了“为人生”的启蒙意图。“问题小说”在“五四”时期的风行虽然只有几年时间，但其影响是非常深远的。我们在时隔60多年后的新时期启蒙文

① 恩格斯：《反杜林论（欧根·杜林先生在科学中实行的变革）》，《马克思恩格斯选集》（第3卷），人民出版社1972年版，第56页。

② 禹玲：《从1909〈催醒术〉到1918〈狂人日记〉》，《湖北大学学报（哲学社会科学版）》2013年第4期。

③ 钱理群、温儒敏、吴福辉：《中国现代文学三十年》，北京大学出版社1998年版，第55页。

学思潮中，能够感受到“五四”问题小说启蒙理性风旗的再一次高扬。

新时期文学的启蒙理性最先是通过朦胧诗表达出来的，朦胧诗作为“新时期主流文学最有力的前卫”“带着中国文学从未有过的思想情感和新奇语汇呈现于世，给予中国人对自我的认识以强烈的震撼，对时代具有不可阻挡的开启性意义”。① 但是，新时期文学的启蒙理性产生广泛的社会效应，则是通过“问题小说”实现的，“随着《班主任》的出现，社会问题小说风靡文坛。人们对思想的渴望压倒了对艺术的兴趣和追求，最轰动的作品往往是那些最尖锐地针砭时弊的作品。从知识分子政策到官僚主义封建特权问题，从血统论到青少年失足，从政治道德到社会风气，以及法制问题、中年知识分子问题、干群关系问题遍及社会生活的各个方面”②。可以毫不夸张地说，新时期启蒙文学是围绕“问题”而精心创作的，从“伤痕文学”“反思文学”“改革文学”到“寻根文学”无不是以“问题”作为创作的兴奋点，围绕“问题”而设计情节，反映现实，思考现状，寻根极“左”路线的封建源头和现代愚民文化的制度起源。有文学史家认为新时期的问题小说继承了“五四”文学的启蒙思想，这个判断自然是成立的。③ 但是，这种历史眼光如果再继续伸展的话，我们事实上可以看到在以《催醒术》为代表的晚清启蒙文学和以“问题小说”为代表的“五四”启蒙文学与新时期启蒙文学之间，启蒙理性犹如一道亮光闪烁其间，令不同时代的人们为之一振。

启蒙理性往往有着强烈的否定思维，把封建蒙昧、封建传统文化及其心理作为批判否定的对象，给予猛烈的抨击。《催醒术》采取象征手法对中国人沉睡不醒的精神状态进行了批判，这种批判的基调延续下来，从“五四”启蒙文学到抗战启蒙文学到新时期启蒙文学，无一不如此。鲁迅作为“五四”启蒙文学的主将，他的启蒙主义写作，对封建礼教和家族制度进行了无情的暴露，他的《呐喊》《彷徨》等作品，“贯穿着如何疗救社会病苦、改造国民性的思考，重在对封建制度的彻底揭露与批判，以及

① 陈晓明：《中国当代文学主潮》，北京大学出版社 2009 年版，第 265 页。

② 季红真：《文明与愚昧的冲突》，华东师范大学出版社 2014 年版，第 157 页。

③ 孟繁华、程光炜：《中国当代文学发展史》，北京大学出版社 2011 年版，第 228—229 页。

对农民和知识分子在反封建思想中所面临的矛盾与危机的考察，体现出了清醒的现实主义批判精神”。在鲁迅的影响下，标榜“为人生而艺术”的文学研究会，“他们的创作也大都执意探察人生社会的究竟，对传统的思想文化进行价值的重新估定”，包括倾向浪漫主义的创造社作家，“也往往在表现自我的同时，用批判的眼光探求人生社会”。[①] 在“五四”新文化运动感召下成长起来的巴金，同样是中国现代作家启蒙写作的杰出代表，他的文学创作旗帜上饱蘸笔墨书写的是三个大字：“反封建。”巴金说自己是五四运动的产儿，自己的启蒙先生是鲁迅，自己的创作“最大的敌人是封建制度和它的代表人物”[②]。巴金一生的创作就是在与他的“最大敌人”进行战斗，揭露并批判“一切旧的传统观念，一切阻碍社会的进化和人性的发展的人为制度，一切摧残爱的势力”[③]，成为巴金文学启蒙事业的重要追求。巴金还是把反封建的启蒙文学延续到抗战文学、新时期文学的重要桥梁。巴金说：“抗战中要反封建，抗战以后也要反封建。”[④] 这说明巴金很早就预见到了启蒙的长期性和艰巨性。抗战时代，虽然救亡压倒启蒙，但并不意味着启蒙偃旗息鼓，继承“五四”启蒙精神的作家依然在战争的地表下潜心从事着启蒙的工作。萧红的《马伯乐》、丁玲的《我在霞村的时候》可谓抗战启蒙文学的代表作。巴金敏感的预见不仅在抗战文学中得到体现，而且在新时期文学的启蒙实践中得到证实。巴金自己就是新时期启蒙文学的见证者、亲历者、参与者，他的《随想录》就是刺向封建流毒的一把利剑。《随想录》高举启蒙理性批判的旗帜，以个人流血的灵魂诉说确立了知识分子的当代精神传统，“这就是自觉继承‘五四’新文化传统，自觉地成为现实社会的清醒的批判者，用现代文化来战胜社会上各种丑

---

① 钱理群、温儒敏、吴福辉：《中国现代文学三十年》，北京大学出版社 1998 年版，第 25 页。

② 巴金：《关于〈激流〉》，载李存光《巴金研究资料》（上卷），海峡文艺出版社 1985 年版，第 443 页。

③ 巴金：《写作生活底回顾》，载李存光《巴金研究资料》（上卷），海峡文艺出版社 1985 年版，第 143 页。

④ 巴金：《关于〈激流〉》，载李存光《巴金研究资料》（上卷），海峡文艺出版社 1985 年版，第 443 页。

恶、落后和黑暗的事物”[①]。刘心武的《班主任》（1977）对封建思想的批判直接指向青少年的灵魂深处，令人惊讶于长在红旗下的青少年，何以会受到封建蒙昧如此严重的污染。谌容的《人到中年》（1980）令人震惊地戳穿了“马列主义老太太”灵魂深处的封建特权思想，这样的革命者表面上很马列，骨子里却是封建遗毒甚深。问彬的《心祭》（1982）在对老一辈妇女精神重负的解剖中，“揭示了社会主义时代的伦理意识中，那些貌似文明而实质上却愚昧得近于残酷的封建遗毒，对普通劳动妇女生活命运和精神心理的严重影响”[②]。陆文夫的《井》（1985）的女主人公徐丽莎，生活在改革开放的新时期，却窒息于无处不在的封建意识，不得不选择投井自杀。以上述作品为导引，我们能够进入新时期文学启蒙理性批判的宏大视野，从而感受到中国近现代文学启蒙理性批判精神在新时期文学中的激荡。

不过，需要指出的是，新时期文学启蒙理性的批判指向与近现代文学的批判指向还是略有区别的。近现代文学特别是“五四”文学的启蒙理性批判的火力侧重指向束缚人的个性自由和发展的封建家族制度、封建集权和封建礼教，而新时期文学的启蒙理性批判矛头则指向借极“左”路线还魂的各种封建意识、各种封建蒙昧的现代遗传和压抑人性人情的革命专制主义。换言之，“五四启蒙主义文学直接反传统，而新启蒙主义文学则大多通过反极‘左’思潮间接地反传统”[③]。“反封建”的“封建”之复杂性，正如作家陆文夫所揭示的：“我对封建、半封建、真封建假马列的东西恨之已久，千百万人的眼泪和痛苦因之而起，千百万人的生命都葬送在它的手里，它根深蒂固，无往不在，摇身一变又把列宁装穿得整整齐齐。”[④] 这是作家深受封建迫害之苦后发出的警世之言，提醒人们要识别并防范形形色色的封建残余及其变体，以免给人们造成更大的伤害。

启蒙理性还表现为启蒙理想主义的书写。从晚清启蒙文学开始，启蒙

① 陈思和：《中国当代文学史教程》，复旦大学出版社 1999 年版，第 198 页。
② 季红真：《文明与愚昧的冲突》，华东师范大学出版社 2014 年版，第 176 页。
③ 杨春时：《中国现代文学思潮史》（上），南京大学出版社 2011 年版，第 390 页。
④ 陆文夫、何镇邦：《小说创作二人谈》，《中国作家》1986 年第 5 期。

文学的作家们对启蒙理想的呼唤就从没有停止过。在这方面，陈景韩《催醒术》极具代表性。小说一开始就流露出作者急切的启蒙愿望："世传催眠术，我谈催醒术。"[①] 催醒术意为启蒙术，小说以别致的"冷曰"话语形式开篇就将启蒙的叙述动机和盘托出，为小说的启蒙主义性质奠定基调。"冷"是陈景韩的笔名之一，小说开始的"冷曰"叙述和小说正文的叙述截然两样，"冷曰"叙述有着强烈的议论色彩，并饱含着作者浓重的忧患意识，作者发出这样的探问："中国人之能眠也久矣，复安用催?"探问的语气充满了对即便是科学的催眠术对沉睡的中国人也是不适用的否定，作者的语调充满了反讽的讥刺，因为中国人精神上的沉睡早已超出了近代催眠术诞生的历史。"冷曰"急切主张的是"催醒术"，唤醒沉睡中的国人，并描绘出了一幅国人觉醒后的图景："伏者起，立者肃，走者疾，言者清以明，事者强以有力。满途之人，一时若饮剧药，若触电气，若有人各于其体魄中与之精神力量若干，而使之顿然一振者。"这段叙述实际上交代了作者的启蒙意图，表明了作者的启蒙理想。在这幅图景中，国人精神面貌焕然一新，摆脱了沉睡萎靡的状态，代之以振作有力的精神气象。这不仅是陈景韩的理想，也可以说是晚清启蒙主义文学家们的理想，它承载了晚清一代知识分子从严复到梁启超等人的强烈的启蒙诉求。小说中主人公所进行的启蒙活动，正是这种理想践行的实践表征。

在晚清启蒙文化大潮中诞生的《催醒术》，其对启蒙理想的书写采取了悲喜交融的结构手法。喜剧的叙述是启蒙理想收到了立竿见影的效果，"途人"一经手持竹梢者（启蒙者化身）所指，就"顿然一振""立时惊起"，实现了群体的觉醒。悲剧的叙述是经过手持竹梢者点指的"予"，在觉醒之后去践行自己的启蒙理想，却遭到了失败。小说的这种叙述折射出晚清启蒙知识分子的矛盾心理，既希望启蒙理想在一夜之间实现，但又不得不正视启蒙理想遭遇挫折的现实。

"五四"启蒙文学的启蒙寓意构思与《催醒术》相比，有了很大的历史推进。在"五四"启蒙文学中，启蒙理想主义的表现形态更为多样化。

---

① 冷：《催醒术》，《小说时报》1909年第1期。以下所引《催醒术》原文，出处同此，不再另注。

鲁迅的启蒙理想主义表现为对个体的、自由的现代“人”的追寻，陈独秀的启蒙理想主义表现为对“自主的而非奴隶的”“新青年”人格的塑造，冰心、王统照、叶圣陶的启蒙理想主义表现为对“爱”与“美”的追求，创造社的启蒙理想主义表现为对个性主体的张扬，凡此种种，说明“五四”文学启蒙理想主义根植的一个基点是书写带着“血的蒸气”的“醒过来的人的真声音”①。茅盾说：“人的发见，即发展个性，即个人主义，成为‘五四’期新文学运动的主要目标；当时的文艺批评和创作都是有意识的或下意识的向着这个目标。”② 这一概括无疑是符合“五四”文学的历史实际的，同时也是对“五四”文学启蒙理想主义根底的有力揭示。

抗战时期文学的启蒙理想主义色彩，通过老舍的《四世同堂》和萧红的《马伯乐》可以窥见一斑。《四世同堂》以沦陷后的北平市民生活为表现对象，揭示了北平人身上沿袭的因循守旧、麻木怯懦、苟安谦卑、奴性十足、自我陶醉等国民劣根性，老舍以一个城市审视一个民族，在沉痛的批判中表达了民族新生的向往，同时也通过一些形象的塑造表达了对民族自强人格的礼赞，揭示了战争状态下北平人民国家意识的觉醒。《马伯乐》凝结了作家在战火中对人性的严峻思考，小说通过对愚弱的国民典型马伯乐的讽刺性刻画，毫不留情地揭露了愚昧、怯懦、奴性、保守的国民劣根性。小说延续了“五四”文学启蒙主义的传统，专注民族精神创伤的疗救，革除民族心理的痼疾，寄希望于民族精神的改造和民族理想人格的建构。

新中国成立后，当代文学的一体化进程阻滞了启蒙理想主义的书写，人性、人情、人道主义等启蒙话语在“十七年文学”中成为叙述与描写的禁区，作家只要偶一涉及，就立即遭受铺天盖地的批判，被认为是“表现资产阶级人性”“充满资产阶级人情味”“流露出小资产阶级情调”等等。然而，一次又一次的批判运动却恰恰反证“人性启蒙”话语从未在“十七年文学”中消失。从作家对启蒙意识的维护以及对文学多样化与丰富性的

---

① 鲁迅：《随感录四十》，《鲁迅全集》（第1卷），人民文学出版社2005年版，第338页。

② 茅盾：《关于创作》，《茅盾文艺杂论集》（上集），上海文艺出版社1981年版，第298页。

追求来看，人性、人情、人道主义都不可能从“十七年文学”中完全消失。[1] 在无力与主流文学抗衡的情况下，启蒙理想主义的文学书写转变为一种隐形存在，潜滋暗长，等待着浮出历史地表的机会。

新时期文学的启蒙理想主义最醒目的特征就是“人”的再一次发现和认识。“伤痕文学”对历史创伤的揭露正是以“人”的基本生存权利为依托的，“反思文学”首先就是关于人的命运、人与人之间关系的思考[2]。戴厚英的长篇小说《人啊，人!》（1980）大声疾呼“人性、人情、人道主义”，伸张“人的价值”，还原人的自由、情欲、独立等本体属性，批判人的工具属性，把一个大写的“人”字推到了新的历史时代面前。由创作实践到理论思维，“人的文学”观念得到进一步的确立。文艺理论从“人性”立场出发对“人的文学”的理论基础“人道主义”作出了丰富的揭示，认为人道主义是作家世界观中对创作起决定作用的部分，它应成为评价文学作品的一个最基本、最必要也是最低的标志[3]；认为人道主义是文学的本质内容之一，社会主义文学应当成为最富有人情、人性、人道主义精神的文学[4]；作品的思想力量、道德力量与它们具有的人道主义精神是不可分的[5]。这些理论观念表明，在新时期文学发生的现场，围绕“人的文学”兴起的理论思考和创作实践是互为关系、彼此声援的。

由以上粗略的考察不难看出，“人”是启蒙理想主义关注的中心，在“立人”这个基点上，文学书写的启蒙理想建构与思想话语的启蒙理想建构保持了一致性。在20世纪启蒙话语的经典表述中，“人”是启蒙理性思考的中心，启蒙的目的是救人强国，是使人从传统的人变为现代的人，是把人从专制制度的束缚中解放出来，使人成为自立的人，自主的人，自由的人。从梁启超到陈独秀到鲁迅，这个思路基本是一致的。在梁启超看来，“新民”是新社会的基础，有新民才会有新制度、新政府和新国家。陈独秀指出：“集人成国，个人之人格高，斯国家之人格亦高；个人之权

① 张光芒：《中国当代启蒙文学思潮论》，上海三联书店2006年版，第158页。
② 陈思和：《中国当代文学史教程》，复旦大学出版社1999年版，第220页。
③ 钱谷融：《〈论‘文学是人学’〉一文的自我批判提纲》，《文艺研究》1980年第3期。
④ 刘再复：《新时期文学的主潮》，《新华文摘》1986年第11期。
⑤ 王蒙：《“人性”断想》，《文学评论》1982年第4期。

巩固，斯国家之权亦巩固。”① 鲁迅则强调“首在立人”“人立而后凡事举”②，对于群众，“更紧要而更艰难伟大的工作”在于“须设法注入深沉的勇气”“须竭力启发明白的理性”③，如此，一则“人各有己，而群之大觉近矣”④，二则“沙聚之邦，由是转为人国”“人国既建，乃始雄厉无前，屹然独见于天下”⑤。这些经典启蒙话语强调的一个基本命题可以概括为：立人才能立国，立国反过来又促进立人，“立人”与“立国”构成互为因果的逻辑关系。启蒙理想主义的文学书写不仅反映着时代启蒙话语思想的理想诉求，同时也折射出不同时代作家的启蒙姿态，作家总是把启蒙理想寄寓在作品中的人物形象身上，赋予人物形象以“人”的理想品性。

启蒙理想的出发点是人，立足点是人，目标指向是人，总之“人”是目的，由“人”的意义上，我们把《催醒术》而不是《新中国未来记》视为启蒙文学的奠基之作。⑥ 梁启超的《新中国未来记》是在“新民说”基础之上对新国家的想象，是对“立人—立国”这一逻辑链条的终端的文学想象书写，《催醒术》则是对“立人—立国”这一逻辑链条的逻辑前提的文学想象书写，因此，不论是从启蒙文学的理想主义抒写历史来看，还是从启蒙话语的“人”学建构来看，把《催醒术》作为启蒙文学奠基之作都是成立的。

---

① 陈独秀：《一九一六年》，《青年杂志》1916 年第 1 卷第 5 号。

② 鲁迅：《文化偏至论》，《鲁迅全集》（第 1 卷），人民文学出版社 2005 年版，第 58 页。

③ 鲁迅：《杂忆》，《鲁迅全集》（第 1 卷），人民文学出版社 2005 年版，第 238 页。

④ 鲁迅：《破恶声论》，《鲁迅全集》（第 8 卷），人民文学出版社 2005 年版，第 26 页。

⑤ 鲁迅：《文化偏至论》，《鲁迅全集》（第 1 卷），人民文学出版社 2005 年版，第 57 页。

⑥ 对于《新中国未来记》的局限，梁启超在《绪言》中直言不讳。首先是文体，梁启超坦言自己写的东西“不知是何种文体”；其次是内容，“专欲发表区区政见”“编中往往多载法律章程、演说论文等，连篇累牍，毫无趣味”；再次是人物，“书中人物，亦不免多派以粤籍”，缺少典型性。最后是结构的残缺，未完整呈现作品的整体面貌，梁启超打算“此后随时订改，兼得名流驳正，或冀体段稍完，再写定本耳”。（梁启超：《新中国未来记·绪言》，《梁启超全集》第 10 册，北京出版社 1999 年版，第 5609 页。）因此，《新中国未来记》还不能算作严格意义上的启蒙小说，但这部作品却奠定了 20 世纪中国文学启蒙话语的基石。梁启超把《新中国未来记》定义为理想派的政治小说，夏志清则认为《新中国未来记》属“断简残篇”，“这种小说的种种可能性都未曾实践”，小说没有固定形式，内容庞杂，可归入弗莱所称的“剖析型”小说。（夏志清：《人的文学》，福建教育出版社 2010 年版，第 92—94 页。）

二、启蒙叙事模式

在叙事艺术方面，《催醒术》对20世纪中国的启蒙文学也有多方面的奠基意义。《催醒术》所塑造的觉醒者形象虽然还缺少深广的精神内涵和巨大的历史概括性，形象塑造略显粗简，却是奠定了20世纪中国启蒙文学的觉醒者形象塑造的雏形的。我们至少在《催醒术》所塑造的觉醒者形象“予”和“五四”时期鲁迅的《狂人日记》塑造的觉醒者形象“狂人”之间，能够找到很多同质的元素。“予”和“狂人”都有着丰富的心理活动，都是积极的启蒙实践者，都有着强烈的怀疑精神，二者对自我、启蒙前途、现实和历史，都有着积极的思考。“予”和“狂人”都有着锐利的思维，他们的觉醒都对周围的世界有新的发现，都发现了周围环境的陌生，“予”发现的是一个污秽的世界，“狂人”发现的是一个吃人的世界，这样的世界都是需要改造的世界。“予”和“狂人”觉醒后都异于常人。“予”觉醒后，“心豁然”“目豁然”“耳豁然”“口鼻手足无一不豁然”“予若易予筋，换予骨，予若另成一予”。从旧我中脱胎换骨的“予”，行动敏捷，感觉灵敏，思维活跃，小说中用频次很高的“急”“疾”“忽”等词汇叙写觉醒后“予”的特征，呈现出“予”迥异于常人的变化。“狂人”觉悟后，一个新的自我诞生了，“狂人”不仅视听感官极其敏锐，有着惊人的捕捉外界信息的能力，而且擅长思辨，对历史有深刻的穿透力，能够在满纸“仁义道德”的史书中发掘出“吃人”的历史真相，令人感到心惊肉跳！觉醒后的“予”和“狂人”都与周围的世界充满紧张关系，都被周围的人视为“神经病患者”。

由《催醒术》塑造的觉醒者形象“予”开始，20世纪中国的启蒙文学出现了一系列的觉醒者形象，觉醒者形象的谱系化延续成为启蒙文学的显著现象。鲁迅笔下的狂人、夏瑜、魏连殳、子君、涓生，丁玲笔下的莎菲女士、陆萍，庐隐笔下的露沙、秀贞、曼利，叶圣陶笔下的倪焕之，路遥笔下的高加林、刘巧珍，高晓声笔下的刘淑珍，张洁笔下的孙长宁，张承志笔下只身横渡黄河的英雄“研究生”，等等，这些觉醒者冲破既定的文化身份樊篱，追求人本意义上的价值自我，有的虽然困境重重，甚至难逃悲剧命运，但启蒙赋予他们的内在品性已使他们的生命效益最大化。这些形象也昭示我们，启蒙的局限或者未完成性，或许是启蒙的永恒宿命。需要特别指出的是，在这个觉醒者的人物形象谱系中，大多数情形下，觉醒者与启蒙者的身份并不同一，而是处于一种分裂的状态，启蒙者的角色是由作为“隐含作者”的作家所扮演的。像《催醒术》和《狂人日记》中的“予”和“狂人”既是觉醒者又是启蒙者的例子还是比较少的。因此，某种程度上，我们可以说，《催醒术》塑造的“予”这一启蒙者形象，在20世纪中国的启蒙文学史上是具有一定的先锋意义的。

启蒙者形象是启蒙文学中重量级的艺术形象，20世纪中国的启蒙文学对这一形象的塑造有着深厚的积淀，同时也形成了一些固定的程式。首先是启蒙者都有着强烈的人道主义情怀，关心现实，关注民生疾苦，是他们的基本的人生态度。这一特点在《催醒术》中“予”的身上就已体现。《催醒术》中的“予”是一位人道主义者，路遇抚孩而号的病妇，“予乃大可怜，探手入囊，取所有钱与之”，“予”的基于人道的爱心，在这个细节里表露无遗。其次，启蒙者是启蒙理想的实践者，他们对不合理的社会人生进行积极干预，致力于开展改造人们落后的精神特性的实践活动。《催醒术》中的“予”正是这样一位启蒙者，他不但挺身而出对老妇手鞭女儿的暴力行为进行制止，而且对“积尘积垢积秽”的客人表现出强烈的改造意识，“予一见客，未问客来何事，已见客帽积尘，客面积垢，客衣服积秽，急为客取水，取盥洗具取栉取刷，请客梳洗，为客拂拭”。“予”希望自己的行为能帮助客人洗尘革面，获得新生。第三是在情感立场方面，启蒙者对被启蒙者的精神痼疾充满“怒其不争，哀其不幸”的倾向。《催醒术》中不止一次地写到“予”的“大忿恨”的情感，将愤怒的矛头指向蒙昧的世人。

《催醒术》对启蒙者形象的设计，又不局限于“予”，而是有着更为独具的匠心，更为开阔的拓展。小说对启蒙者形象的多重建构，不仅是对启蒙者形象复杂内涵的呈现，而且是对20世纪中国启蒙文学中的启蒙者形象书写的有意味的实验。小说中第一个层面的启蒙者是“予”，“显示的是大部分晚清小知识者先醒后盲目奔波于启蒙事业而碌碌无为的悲哀和自身处境的痛苦”“也即通常所易讨论的晚清启蒙所面对的满目疮痍的外部世界及其当时情境下奔走于各类事业的启蒙者自身之任重道远”。第二个层面的启蒙者是“手持竹梢”的“异人”，象征较少人数的晚清高级知识分子，他们的启蒙初衷美好，却简单任意到多少脱离了实际而没有更大意义和良好效果。第三个层面的启蒙者是“叙述者”，这是小说所提供的最高范式的启蒙者，他对于启蒙事业的焦虑构成了整个小说的叙述动机，“他以独特的结构方式和别致的叙述呈现引导我们从细部思考启蒙这一近代社会关系国族存亡的大事”①。在以上多重启蒙形象之间，充满了戏剧化的张力关系，“予”既是启蒙者又是被启蒙者，“异人”启蒙“予”之后又隐遁无迹，“叙述者”居于文本最高处，对“予”和“异人”又构成严峻的审视。启蒙者形象之间的张力关系，不仅强化了小说的启蒙主题传达，而且揭示出晚期启蒙的困境。

《催醒术》采取了史传体与新小说结合的叙述方式，为多重启蒙形象的容纳提供了艺术空间，《催醒术》以降的启蒙文学作品，在启蒙者形象的设计方面，以二重性的启蒙者形象设计居多，鲜有《催醒术》这样的多重设计，这说明陈景韩在20世纪初进行的启蒙文学的艺术探索还是很前卫的。

同样的，《催醒术》与后来的启蒙文学对被启蒙者形象的塑造有着同构的相似性。《催醒术》中的被启蒙者形象主要以群像为主，侧重揭示的是人们的冷漠、麻木，对身边的悲剧熟视无睹，对生活中的暴力现象充耳不闻，对恶臭的环境“安然若无鼻”，对自我的精神污化“亦若无知，亦若无知”，食客们虽深受蚊、虱、臭虫、飞蚁之害，然却“食则食也，饮则饮也，若无耳目口鼻，并无手足身体皮肤之感觉者”。面对病妇的无助的号哭，路人们毫无同情心，虽然“行道之人，多如蝇蚁”，但“淡然过之，若无闻也者”，与“予”的慷慨解囊，扶助弱小，形成鲜明对照。

启蒙者与启蒙对象的关系书写是20世纪中国启蒙文学的基本书写模

① 李文倩、陈辉：《晚清启蒙者的焦虑性生存：〈催醒术〉的叙述学解读》，《明清小说研究》2007年第4期。

式，在这种模式下，启蒙者往往居于主导地位，是文化精英的化身，拥有先进的知识和思想，在人格精神方面优越于启蒙对象，其主要叙事功能是揭示启蒙对象的愚昧落后无知，对启蒙对象进行道德的审判和知性的启蒙；启蒙对象往往是被动的，被置于启蒙者的对立面，是文化劣根性的代表，其灵魂深处藏污纳垢，亟待得到疗救和启蒙。这样一种启蒙叙事模式，在《催醒术》中就已显著存在。我们能感受到“予”和“路人们”“食客们”“群客群仆”等被启蒙人群之间存在的紧张的二元对立关系，“予”的清除“尘诟积秽”的启蒙行为，并没有得到周围人们的认同，反而招来了周围人们的嘲笑和讽刺，“群笑予为狂”“彼殆病神经”，周围世界与“予”的对立和敌意，已使得“予”陷入孤立境地，很难融入启蒙对象的世界。二元对立的张力关系不仅发生在启蒙者与启蒙对象之间，也发生在“催眠”与“催醒”的象征意义之间，发生在诱人的启蒙理想与黯淡的启蒙实践之间，更发生在“予”的人格层面的新旧之间，以及“予”与“异人”，“予”与“冷”的对话关系之间。

《催醒术》之后诸多的创作事实表明，陈景韩采用的启蒙者与被启蒙者对立关系的书写模式，得到了普遍的运用。比如在鲁迅的小说中，我们就常能看到启蒙者与被启蒙者之间的二元对立叙事。《狂人日记》中狂人与大哥及周围人们的对立，《药》中的“启蒙者被启蒙对象‘吃’了，而启蒙对象还在愚昧、迷信的深渊，这是启蒙者的悲哀”①。《祝福》则典型地表现了启蒙者和启蒙对象之间直面相向却无可沟通的困境。鲁迅小说中的第一人称叙事者“我”，有时是作为启蒙者角色出现在文本中，作为启蒙对象的对立面而存在，小说通过二者的关系叙事，凸显二者之间的对抗、矛盾和心理对立，并蕴含着启蒙者对启蒙的思考。鲁迅小说中的启蒙者角色有时也体现在“隐含作者”的身份中，对被启蒙者进行精神审视，“揭出痛苦，引起疗救的注意”②。

丁玲的《在医院中》以具有现代医学知识的医生陆萍为一方，以院长

① 王嘉良：《现代中国文学思潮史论》，中国社会科学出版社2008年版，第45页。

② 鲁迅：《我怎么做起小说来》，《鲁迅全集》（第4卷），人民文学出版社2005年版，第526页。

及惰性的医护人员为另一方，双方的尖锐矛盾是现代科学文化要求与小生产者的蒙昧无知，褊狭保守、自私苟安等思想习气相冲突而形成的①。陆萍作为一个受过现代医学专业教育且具有严谨的医生职业技术感的知识分子，不满于医院里无所事事、无所追求、人浮于事的风气，对医院里落后的管理和非专业的技术操作多有建言，陆萍的科学精神和专业作风不但没有得到正面评价，她反而被周围的人们视为“怪人”，人们用异样的目光看她，更有甚者在背后制造和散布关于她的流言蜚语。陆萍不容于浓重的小生产意识笼罩的环境，她与环境的对立，说明即使在革命队伍内部，启蒙与反启蒙的较量在相当长的历史时期内依然是一个艰难的面向。

新时期启蒙文学的代表作《班主任》，颇具象征性地设置了“新时期”文学人物关系的一种基本结构形态：一边是张俊石，他不但具有作为“人类灵魂工程师”的老师形象，而且是直接负有教书育人重责的班主任；另一边是谢惠敏、宋宝琦等带有各种内伤、有待教育引导和治疗的学生形象。刘心武不久之后创作的《醒来吧，弟弟》的人物关系与此具有同构性：一方是焦虑地试图拯救弟弟的哥哥形象，另一方则是信仰破灭意志消沉的弟弟形象。从这两个故事中，我们不难看到这样一种叙事伦理：前者治疗后者，即使一时间不能治愈，但叙事者无疑已经看到了治愈的历史必然性。就这样，由教师/学生或哥哥/弟弟等相类似的叙事设置隐喻了“新时期”文学之启蒙/被启蒙、启蒙者/被启蒙者这样一种基本模式。②

综上所述不难看出，在《催醒术》之后的启蒙文学叙事中，二元对立叙事得到不断的丰富和拓展，其间的脉络，我们当然不能强制性地解释为后来的作家们都受到了《催醒术》的影响，如果这样解释，就不符合启蒙文学发展的历史实际了。比较客观的情形是，陈景韩与后来的作家们都遵从了自己的艺术实践，在各自的启蒙实践中走向了一致的叙事模式建构，从而显示出不同时代作家的“英雄所见略同”的共性。但毫无疑问的是在

---

① 严家炎：《开拓者的艰难跋涉：论丁玲小说的贡献》，《丁玲与中国新文学：丁玲创作60周年学术讨论会专集》，厦门大学出版社1988年版，第87—115页。

② 张光芒：《激流之下有暗礁：关于“新时期”初期启蒙文学思潮的反思》，《当代作家评论》2010年第3期。

这样一个艺术实践轴上，陈景韩的开拓性是应该得到肯定的。

三、启蒙悲剧色彩

《催醒术》所塑造的“予”是一个觉醒了的悲剧启蒙者形象，他对自己的觉醒异常痛苦，由于“予之醒之故也”“身体手足耳目口鼻之感觉，灵敏于他日，灵敏于他人”“不意予有此灵敏之感觉，而予乃劳若是，予乃苦若是”。“予”的“劳”与“苦”皆是由于启蒙的艰难与煎熬所造成的，“予”所从事的启蒙实践活动的巨大失败，造成了他的悲剧心理现实。“予”能自醒，但却不能醒人。当他发现自己的身体和所处的环境污秽不洁时，他连连大惊，“急取栉”“急取刷”“急取盥洗具”“急取水”“急取拂拭具”，洁面洗手净发，“拂拭予一切物”。小说用一连串快捷的动作描写隐喻性地传达出“予”对自我的急切启蒙姿态。但当“予”同样急切地想为浑身积垢的客人拂拭梳洗时，“客大奇，客不可，强而后可”“客又大奇，客不可而又强客”，如此反复，“予”最后竟然发现尘秽积垢的客人数不胜数，“予”因而发出这样的感叹：“嗟乎！予欲以一人之力，洗濯全国，不其难哉！”这既反映出启蒙的艰难，又流露出启蒙者对自我的怀疑。

启蒙的艰难来自启蒙对象的顽固的惰性很难得到改变，这在某种程度上决定了启蒙者的悲剧。《催醒术》中的“予”面对的启蒙对象是沉睡已久的中国人，这个巨大的无物之阵与“予”处于不可交流的对立面，他们嘲笑“予”为狂人，嘲笑“予”为神经病，他们像一座高大的墙壁一样横亘在“予”的面前，令启蒙工作异常艰难。小说在此实际上预示了一个世纪性的启蒙难题。这一难题不仅存在于晚清启蒙时代，同样也存在于“五四”、抗战、新时期的启蒙文学作品中。从陈景韩小说中的“途人”“食客”的麻木到鲁迅笔下的“庸众”“看客”等不觉悟的民众，从丁玲小说中霞村村民头脑中顽固的封建传统道德观念到路遥笔下高家村村民对科学认知的蒙昧，我们能够认识到启蒙绝不是一蹴而就的事情，也不是一场革命就能解决的事情，更不可能是按照启蒙者个人的意愿在一夜之间收到立竿见影的效果。因此，从《催醒术》开始，整个 20 世纪中国的启蒙文学叙事其实都在演绎着这样一个启蒙的难题，启蒙就像“鬼打墙”一样，令作家们不知所从。

这样的状态又常常让知识分子对启蒙产生怀疑，以至于影响到对启蒙正当性的认知。《催醒术》中的“予”就是这样的一个形象，“陈景韩用象征的手法，写出当时先进分子觉醒后，孤军奋战时的内心孤寂与苦闷”①。在强大的无物之阵面前，“予”表现得非常无奈且无力，他的悲观甚至指向对启蒙自己的“异人”的怀疑：“彼何人，用何术，误我若此？”发出如此疑问的“予”已经对启蒙有些绝望了，他的内心深处不断交织着过去的“予”与现实的“予”、从众的“予”与觉醒的“予”的对立参照：“他日之予逸，而今日之予劳也”“他人之予乐，而予之予苦也”。我们能够从两个“予”的搏斗中感受到“予”这位精神界战士内心的痛苦。

令人震撼的还有小说的结尾，启蒙的悲剧意味在此上升到了前所未有的高度，启蒙的主题演变成了启蒙的虚空、虚无，意味着前此“予”的一切启蒙行动都是徒劳的。当“予”打算拜访他的启蒙导师——“手持竹梢”的“异人”，希望“异人”解释启蒙失败的原因时，“予”发现“异人”不见了，消失了，“予”对于启蒙的疑问变成了解不开的历史之问。小说结尾以“予”的启蒙导师“异人”的隐遁，再次强化了启蒙的失败意蕴。“予”预备向“异人”提出的问题是：“彼既能醒人，何独一予？”这个问题的尖锐性在于它对知识分子的启蒙提出了质疑，启蒙只能使少数人觉醒，并不能唤醒大多数的人，也就是说知识分子的启蒙效果是有限的。而少数的觉醒者，比如“予”的境遇也只能是悲剧性的。

“予”的悲剧很容易让我们联想到鲁迅的那段著名的关于“铁屋子”比喻的对话。钱玄同劝鲁迅为《新青年》撰稿，鲁迅说：“假如一间铁屋子，是绝无窗户而万难破毁的，里面有许多熟睡的人们，不久都要闷死了，然而是从昏睡入死灭，并不感到就死的悲哀。现在你大嚷起来，惊起了较为清醒的几个人，使这不幸的少数者来受无可挽救的临终的苦楚，你倒以为对得起他们么？”钱玄同回应鲁迅说：“然而几个人既然起来，你不

---

① 范伯群：《中国现代通俗文学史》（插图本），北京大学出版社2007年版，第157页。

能说决没有毁坏这铁屋的希望。”鲁迅一时不能对钱玄同的话进行证伪，也无法反驳钱玄同，“因为希望是在于将来，决不能以我之必无的证明，来折服了他之所谓可有”[①]。对话的结果是鲁迅答应为《新青年》撰稿，由此开始了鲁迅与《新青年》的结盟。但是，鲁迅在“铁屋子”的比喻中却是惊人地预见了觉醒的“少数者”的悲剧命运的。“予”便是鲁迅预见中的觉醒了的“少数者”之一。虽然鲁迅的“铁屋子”比喻在后，《催醒术》的写作在前，二者相距十多年，但我们还是不难感受到二者存在的惊人的历史呼应关系。

小说中的“予”正像鲁迅所说的“我绝不是一个振臂一呼应者云集的英雄”[②] 一样，“予”很孤独，“予”的启蒙的结果是陷入了困境，这在某种意义上象征了启蒙主体的启蒙悲剧。《狂人日记》喊出的“救救孩子”，《班主任》喊出的“救救被‘四人帮’坑害的孩子”，时隔半个多世纪，启蒙依然在路上，我们不禁要问，谁来救孩子？知识分子作为启蒙主体能担当这一重任吗？对这一问题的回应，其实在《催醒术》开始的 20 世纪中国的启蒙文学中早已存在了，只不过答案是未完成的。而随着《废都》的问世，20 世纪中国启蒙文学所建构的知识分子作为精神界战士的启蒙者形象开始解体，《废都》近乎“刻薄”地叙述了知识分子从“巨人”到“病人”的转变[③]，标志着知识分子启蒙者神圣角色的终结。

从《催醒术》开始，20 世纪中国的启蒙文学就笼罩着悲凉之雾，悲剧风格一路张扬，弥漫在整个 20 世纪启蒙文学的流变中。“铁屋子”比喻中透露出的鲁迅对于启蒙悲剧的思考并没有消散。《新青年》上的“鲁迅”对自我其实是很压抑的，他说自己的“呐喊”是“慰藉那在寂寞里奔驰的猛士”，是“听将令的”，因为“主将是不主张消极的”，所以鲁迅的“呐喊”显得积极勇猛。这意味着鲁迅的积极勇猛的“呐喊”某种程度上是外部因素作用的结果。在鲁迅的内心世界，其实是很苍凉的，鲁迅说：“不

---

① 鲁迅：《呐喊 · 自序》，《鲁迅全集》（第 1 卷），人民文学出版社 2005 年版，第 441 页。

② 鲁迅：《呐喊 · 自序》，《鲁迅全集》（第 1 卷），人民文学出版社 2005 年版，第 439—440 页。

③ 黄平：《“人”与“鬼”的纠葛：〈废都〉与 80 年代“人的文学”》，《当代作家评论》2008 年第 2 期。

愿将自以为苦的寂寞，再来传染给也如我那年青时候似的正做着好梦的青年。”[①] 这或许才是本色的鲁迅：有着寂寞的悲苦情绪和压抑的悲剧情怀。这个本色鲁迅的情绪特质异常鲜明地体现在他的启蒙文学创作中。从《狂人日记》《药》到《孤独者》《在酒楼上》《伤逝》等作品，无一不是在叙述觉醒者的悲剧。叶圣陶笔下的“倪焕之”同样属于觉醒的悲剧启蒙者形象。从近现代启蒙文化运动中成长起来的倪焕之，他有理想有抱负，试图通过实施新教育方案改革传统的育人模式，并通过教育改革推动社会进步，但他的计划最终是失败了，他所推行的新教育举措既受到来自教育界内部保守力量的阻挠，又受到维护旧制度的社会势力和人们守旧思想的制约。倪焕之有着强烈的精英意识和“浓厚的个人英雄主义色彩”，他把自己和像他那样的知识分子，看作启发人民群众觉悟的“先知先觉”，“是推动历史车轮前进的主宰”[②]。然而，不幸的是这个启蒙理想主义者的命运却以悲剧收场。《倪焕之》这部小说，“在划时代的一点上，确有相当的意义”，“倪焕之”本身是“结束了旧的时代”，同时在他弥留之际，“他说明了新的时代已经是在生长着”[③]。这意味着，启蒙知识者的悲剧命运不免具有时代的过渡性，启蒙事业的实现必然需要启蒙者付出必要的代价，倪焕之正是在这个意义上，以生命的毁灭诠释了他所属的时代。丁玲的《在医院中》以革命的知识启蒙者与革命的小农意识者之间的对立矛盾为叙事焦点，“矛盾冲突的结果，却是落后战胜了先进，愚昧打败了文明，陆萍失败了”[④]。小说的结尾虽然设计出一个解决陆萍和周围环境冲突的解决方案，但这不但没能消解陆萍作为启蒙者的悲剧意味，相反在某种程度上是强化了陆萍的启蒙悲剧。陆萍无力改造对象，反而成为被改造的对象，“思想启蒙的内容就被无情地否定了”[⑤]。丁玲试图通过结尾的设计来为自

---

① 鲁迅：《呐喊·自序》，《鲁迅全集》（第 1 卷），人民文学出版社 2005 年版，第 441—442 页。

② 金梅：《“五四”前后小资产阶级知识分子思想历程的真实写照：读叶圣陶的长篇小说〈倪焕之〉》，《文史哲》1979 年第 3 期。

③ 钱杏邨：《关于〈倪焕之〉问题》，载刘增人、冯光廉《叶圣陶研究资料》，北京十月文艺出版社 1988 年版，第 398 页。

④ 张永泉：《个性主义的悲剧：解读丁玲》，中国社会科学出版社 2005 年年版，第 143 页。

⑤ 张永泉：《个性主义的悲剧：解读丁玲》，中国社会科学出版社 2005 年年版，第 144 页。

己求得来自革命力量的理解，但事不如愿，她后来还是受到了革命话语的谴责。顾城的一首“黑夜给了我黑色的眼睛/我却用它寻找光明”，说尽了从黑色时代走出来的“一代人”所遭受的蒙昧专制之苦，以及他们走向觉醒的艰难和对光明的追求过程中付出的代价。史铁生的《务虚笔记》用O这一人物形象喻示“启蒙的悲剧”。作为历史教师，知识和理性促使主人公不断进行人生意义的追问与思考，却逐步空陷知性陷阱而无力面对现实，既无力启蒙别人，更无法说服自己，最终选择了死亡和毁灭。在这里，“O既暗示了启蒙的结果是无功而返，是一个O；同时O也是一个圆圈，喻指从启蒙到失败的循环”①。

一个世纪的启蒙悲剧不能不令我们发出这样的追问：谁启蒙？启谁的蒙？第一问追究的是启蒙主体，第二问追究的是启蒙对象。两个问题其实又是一个问题，因为“所有意识到启蒙意义的人，都既是启蒙者，又是被启蒙者”②。因此，启蒙作家笔下的人物悲剧，同时又是作家自我的启蒙悲剧写照。

《催醒术》是20世纪中国启蒙文学的奠基之作，《催醒术》之后的启蒙文学的各种元素，在《催醒术》中都已具备。20世纪中国的启蒙文学有着多样化的艺术维度和多元化的艺术元素，但其核心的特征是启蒙主体的姿态、二元化的启蒙叙事格局、悲剧性的风格，抓住这三条，我们基本上可以看清20世纪中国启蒙文学的流变脉络。这一流脉的基本面貌，在《催醒术》中都已显现。《催醒术》以来的启蒙文学，基本是以这三个维度为经纬展开的，后来的启蒙文学对《催醒术》奠定的启蒙样态，有不同的变体，也有超越和丰富，但我们回望《催醒术》的书写，依然觉得其生气淋漓，并没有沉滞落后之感。

---

① 张光芒：《中国当代启蒙文学思潮论》，上海三联书店2006年版，第342页。

② 邵燕祥：《梦醒后的启蒙》，《邵燕祥杂文自选集》，百花文艺出版社1996年版，第271页。

张闻天“五四”时期创作中“爱”的主题探析[①]

“五四”时期，张闻天的文学创作在题材上多集中于青年男女的恋爱，作家试图通过这一题材的叙事建构，透视“爱”作为人的本体属性的多重含义。张闻天通过以“爱”为主题的文学创作，探讨了青年人实现人生愿望的三条出路，这就是精神恋爱的出路、革命的出路和反抗出走的出路，这三条道路的终极目标都是指向人的自由意志。在张闻天的文学叙事中，因失恋而走向自杀的人物形象十分突出，有自杀倾向的人物形象也不在少数，自杀成为一种因爱而产生的精神现象，得到作家的高度审视。可以看出，张闻天是在一个比较高的哲学思想视野中来思考“爱”的问题的，这些思考直接或间接地，都体现在了他的文学创作中，对其作品中的“爱”的主题传达，起到深化的作用。

张闻天是我国杰出的无产阶级革命家，是马克思主义理论在中国的积极实践者，是以毛泽东同志为核心的党的第一代中央领导集体的成员之一，他对中国革命的政治贡献是杰出的。在思想文化领域，张闻天从“五四”时期就积极投身新文化运动，在“五四”时期有影响力的报刊上，发表了数量不菲的杂感、评论、翻译、创作作品。作为一名从“五四”新文化运动中走出来的革命家，其在“五四”时期所创作的文学作品，不仅有着对“五四”时代精神的回应，同时也有着个体思考的不凡之处，由此我们可以认识一位革命家思想史生成的轨迹。

张闻天在“五四”时期的文学创作成就是值得高度肯定的，这显然不是事后追认，因为张闻天后来的政治地位而在文学上追捧他。回到“五四”时期的新文学传播现场，我们可以看到如下的情形：一是张闻天的文学作品有很多是发表在传播新文化新文学的重要报刊上，如《时事新报》

---

① 发表于《中国现代文学研究丛刊》2022 年第 3 期。

副刊《学灯》、《民国日报》副刊《觉悟》、《小说月报》、《少年中国》等。其次，张闻天的有些文学作品单行本发行版次颇多，且都是由“五四”时期有影响力的书局出版，如他的长篇小说《旅途》先是由《小说月报》连载，后列入“文学研究会丛书”，由商务印书馆出版单行本。剧本《青春的梦》于1924年5月初刊于《少年中国》，同年12月列入“少年中国学会丛书”由中华书局出版单行本，截至1936年3月，《青春的梦》单行本已由中华书局印行到第七版，其影响力可见一斑。再次，张闻天的文学创作为“五四”文学提供了独特的文学形象，构成了对“五四”新文学文学形象创造的重要开拓，比如他的长篇小说《旅途》所创造的海外中国人无比自信的形象，就远远区别于同时期的很多作家对海外中国人“自卑形象”的表现。剧本《青春的梦》所塑造的勇敢挑战封建婚姻制度，从家庭出走的青年男子形象，与“五四”时期流行的表现个性解放一定以青年女性从家庭出走的模式形成了明显对比，可以看出张闻天“在戏剧人物的安排和塑造上，却没有重复现成的路子”，而是“从生活出发，从自己的切身体验出发”，完成了富有特色的形象塑造。[①] 值得重视的还有，“在现代文学作品中，公开否定母爱，并将其做为封建思想的结晶体明确地自觉地进行批判的，只有张闻天的《青春的爱》”[②]。第四，张闻天提出的“人的中心”的文学观念，是对“五四”新文学“人的文学”观念的丰富，他提出的“革命文学”观念极为前瞻性地预见到了“五四”之后文学发展的新方向。

“五四”时期，张闻天的文学创作在题材上多集中于青年男女的恋爱，作家试图通过这一题材的书写，来透视“五四”新文化对于人的情感道德的启蒙影响，透视“爱”作为人的本体需要的哲学意味。可以说，张闻天的这类创作题材所蕴含的主题意蕴是十分深邃的。

① 程中原：《张闻天与新文学运动》，江苏文艺出版社1987年版，第85页。
② 曹铁娟：《爱情 文学 革命：张闻天文学作品研究》，《昆明师专学报》1991年第3期。

一、爱与出路

把“爱”看作人生的出路，是“五四”时期张闻天文学创作的重要特征。没有爱，人就没有存在的意义，人只有为爱而活着才有意义。

《旅途》[①] 中的钧凯对蕴青说：“你使我看见光明，你使我看见人生与宇宙的意义，——总之一句，你把新生命给了我，你把生命的火焰点着了我的心灯。以后我永远不会在世界上走入歧途的了，因为你将永远为我前途的指导者。”这是热恋中的钧凯的心声，他把爱情的力量看得无限的广大，并且要把这种力量扩大作用到一代青年的身上，“我们的爱是无限的，我愿把它变做伟大的太阳挂在太空中，光照着一切陷在迷途中的青年!”在钧凯看来，青年们之所以颓丧，是因为缺少爱的生活，之所以不愿奋斗，是因为缺少爱的激励，因此应该用爱的力量去拯救这些青年。

爱是什么？爱的含义如何理解？

《旅途》中的钧凯与蕴青有一段对话是讨论爱情与婚姻关系的，在蕴青看来，男女相爱不一定非要结婚，只要精神上恋爱了，肉体上接触不接触是不重要的。也就是说，精神恋爱高于肉体恋爱，她不看重她的肉体而看重她的精神，只要精神上恋爱了，爱情就能永远继续下去，至于肉体的婚姻，并不能体现真正的爱情。因此，我们看到，在《旅途》的爱情叙事中，蕴青在肉体上与她的丈夫保持着婚姻关系，在精神上与钧凯保持着恋爱关系，也就是说她的肉体属于一个男性，而她的精神属于另一个男性，她的灵与肉呈现为一种分裂状态。并且，在作家的叙述行为上，后者的叙述对前者构成一种压抑，作家对后者的叙述更感兴趣。小说集中大量的笔墨叙述的是钧凯与蕴青之间的精神之恋，而对蕴青与丈夫之间的肉体关系的叙述则退居其次。

钧凯在去美国的船上就看到蕴青信中对他们之间精神恋爱的表白，信

---

① 这部小说初刊于1924年《小说月报》第15卷第5、6、7、9、10、11、12号，1925年12月由上海商务印书馆列入“文学研究会丛书”，出版单行本。以下所引小说文字，均出自该版本，不作另注。

中写道："现在虽是我的肉体不在你的身边，但是我的灵魂却常随在你的左右。在物质上固然我们相隔的距离一天一天增加，但是在精神上我们是常常在一起的。凯哥，你记好，我们的灵魂以后是永久联合在一起的！海可枯，石可烂，但是我们的爱是不会消灭的！"

钧凯到美国后，蕴青在致钧凯的信中依然表达的是对精神恋爱的执着，她对钧凯说："他们可以把我的身体卖出去，但是他们不能转变我的心与我的意愿！"这份"心"与"意愿"就是蕴青对钧凯的精神之爱。

蕴青出嫁之后，钧凯希望她能够对她的丈夫发生感情，能够收获家庭的幸福之果，把远在海外的他忘掉在记忆中，但是蕴青却仍然沉浸在对他的精神恋爱中，蕴青在致钧凯的信中说"出嫁"是一种痛苦，"出嫁"是为了母亲的快乐和家人的快乐，对于自己的丈夫，"无论他对我怎样好，无论他对我怎样赔笑脸，可是我总不欢喜他"。蕴青的肉体虽然已经出嫁，可是她的精神并没有出嫁，她的肉体出嫁，用她自己的话说，"为了我的母亲：这是我所能想到的唯一答案了"。出嫁之后的蕴青，可以说是"身在曹营心在汉"，钧凯占据着她的情感，在远隔重洋的飞鸿中，她呼喊着："凯哥，如其我没有你的爱，我将从世界上消灭如像一个影子，我没有什么系恋呵！""凯哥，除了死，我是永远属于你的。"

蕴青的执着于精神恋爱，可以看作一种反抗，她想通过精神恋爱为自己寻找出路，以此实现对肉体婚姻的突围。在蕴青的身上，我们可以看出"五四"女青年主体意识的觉醒。但是，在蕴青的身上，我们又可以发现传统女性的美德：顺从，尽孝，为了母亲的意愿而结婚，通过肉体婚姻安慰母亲。因此，这是一个充满复杂文化心理的女性形象。她的"灵"与"肉"兼顾的双重选择，即照顾"旧"有道德伦理，又顺应"新"时代伦理潮流，其间的苦心与焦虑，妥协与牺牲，反映出"五四"一代青年在新与旧之间的痛苦挣扎。在蕴青与钧凯的精神恋爱关系中，蕴青占据着主动地位，某种程度上在支配着钧凯的情感，钧凯虽然欣赏蕴青的爱情观，但他本质上还是具有极强的传统男权主义意识的，虽然保持着与蕴青的精神恋爱，但并不快乐，更多的是焦虑与抑郁。

事实上，远在美国的钧凯其实已经对精神恋爱产生怀疑了。"爱！爱！

爱是什么？一个人独自生活在世界上尽可无目的地、混混沌沌地过去，何必要所谓爱？有了爱难道就可以不寂寞吗？有了爱这样的人生就会变成有目的了吗？恋爱神圣！什么话？恋爱的神圣在那里？”带着这样的疑问，钧凯在美国的情绪陷入抑郁、烦闷、消沉、颓丧的状态。与蕴青的精神恋爱，并没有使钧凯振作起来，也没有使他发现人生的新价值和新出路。

灵肉分离的精神恋爱没有给蕴青带来幸福，也没有给钧凯带来幸福，看来，“精神恋爱”的道路是行不通的。在此背景下，我们看到了美国女青年安娜和玛格莱的出现。安娜和玛格莱是两个截然不同的形象，“前者代表庸俗的中产阶级的生活趣味与人生理想，后者代表反抗资本主义现代性的革命者的人生态度与价值理想”，钧凯拒绝了安娜的爱，就是因为这种爱仅停留于“人生的享乐”这一浅薄的层次，缺少一种深沉的精神内涵，而与玛格莱的爱，恰好满足了这种精神需要。①

玛格莱的出现，隐喻着钧凯的又一次通过“爱”来寻求人生出路的探索。作者赋予爱情双方以崇高的内涵，“以共同的叛逆性格与理想的革命诉求作为双方志同道合的爱情前提，从而使爱的主题得以升华”②。玛格莱的个性奔放，她对美国社会以金钱为价值标准的观念持反对态度，她把自己的生命比喻为向前奔流着冲破一切障碍物的激流，对美国文化的保守倾向采取了反叛的姿态。在个人婚姻问题上，玛格莱的遭遇与东方女性如出一辙，受到父母之命的制约，她不能和自己的意中人结合，父母亲希望她嫁给有钱人，但她绝不从命。玛格莱要求真正的爱情的意志非常坚决：“无论怎样，金钱决不能买我的感情。我可以死于贫穷，我可以死于忧患，但是我不能死于金钱。”

玛格莱的情绪力量对钧凯有相当的感染。由于个人情感受到社会传统的压制，使得玛格莱对美国社会充满愤激的情绪：“这样的世界，这种没有情感的世界，我们还要它做甚？呜！上帝啊！你为什么不给我以力量，把这种污秽的世界用洪水痛痛快快洗刷一下呢？我不要它，我恨它！”玛

① 李兆忠：《张闻天早期长篇小说〈旅途〉解读》，《广东社会科学》2007年第6期。

② 陈思广：《在爱情与革命的浪漫畅想间：张闻天长篇小说〈旅途〉及书写策略》，《中华文化论坛》2010年第4期。

格莱的这种情绪既令钧凯震惊，也令钧凯汗颜！一个男性竟不如一个女性有那样的反抗勇气。玛格莱对钧凯的精神产生的巨大的冲击，激发了钧凯潜意识中的革命意识，并使他将革命意识转变为革命行动，走向了革命的实践活动。

钧凯与玛格莱的相遇，使钧凯的生命焕发出新的活力，使原本对爱情已经失去信心的钧凯对爱情又产生了新的希望。玛格莱在钧凯生命中的出现，对于钧凯来说是一次情感的拯救，生命的拯救。更主要的，钧凯与玛格莱共同的革命志向，为二人的爱情奠定了坚实的基础。钧凯由爱情而走向革命，可说是他人生历程的重大转折，而玛格莱在其中发挥的作用至关重要。虽然玛格莱因病致死，不能与钧凯一起到中国助力革命事业，但她以她的爱情的代价为钧凯指明的出路，促成了钧凯生命的升华，促成了钧凯生命光环的绽放。

毫无疑问，玛格莱是钧凯走向革命的重要引路人，这一叙事设计在中国现代小说史上是相当别致的。中国现代小说有很多叙述青年走上革命道路的小说，在这些小说中，革命道路的引路人基本是男性，而在张闻天的笔下，革命的引路人则是女性。显而易见，通过这样的叙事设计，张闻天有意要凸显女性的地位，改变女性从属于男性的传统书写倾向，在性别关系中，赋予女性以思想的权力、主导的地位。在这一点上，张闻天的探索甚至比鲁迅还要走得远。在鲁迅以“爱”为主题的小说《伤逝》中，始终凸显的是男性的主导地位，女性则处于被动地位，涓生与子君是“引导者与追随者的关系”，是“引导——被引导的两性关系”“涓生和鲁迅都对这种引导——被引导的两性关系感到天经地义，他们似乎想象不出同一个要强的子君、一个并未堕落又未死亡的不被引导的子君该如何相处”，小说以子君的死“宣告了一代人在妇女解放（以及人的解放）问题上的思维疆界或思维极限”。[①] 而《旅途》中关于玛格莱的叙事，却显露出突破这种思维疆界的意味，显示出作家不可忽视的思想深度。作者通过异国女性形象的叙事建构，扩大了“五四”小说的形象范围，丰富了“五四”小说主题

---

① 孟悦、戴锦华：《浮出历史地表：现代妇女文学研究》，中国人民大学出版社 2004 年版，第 10—11 页。

的多元意蕴。

相比之下，《青春的梦》中所写的爱情，虚幻的精神之爱少了一些，现实的成分多了一些。男主人公许明心是经历了一场实实在在的婚姻生活的，与妻子王秀贞生有一女，但这场婚姻是父母包办的，许明心在接受新思潮的洗礼后，对这场婚姻开始提出了质疑，他对自己的父亲说："当我小时我并不曾向你们要求妻子，你们却替我预约了她；我在大学堂内读书时，我并不要娶她，你们又用了种种办法使我娶了她；现在我要离婚，你们不许。"① 这一番话说明许明心过去的人生史是完全被动的，其婚姻感情是受家族意志支配的，他并没有追求爱情的自由权利。在经受了新时代的启蒙后，许明心开始反叛家庭，他要通过新的爱情，去发现人生的出路，他主观地认为："爱情是我们青年心里的一点火花，我们靠着它要在世界上摸索的。如其这一点火花熄灭了，那末一切都是黑暗，我们就不能生活下去。"这样的思想当然是过于幼稚的，有点爱情至上，爱情决定人生的味道，过高地抬高了爱情的作用。

许明心把自己比喻为幽禁在笼中的狮子，他要冲破牢笼，去追求自由，去找寻新的爱情，以打开人生的新局面。他和一些青年所践行的狂飙运动，就是要突破旧道德与新道德的约束，就是要挑战既定的命运安排，实现真正的恋爱自由，把决定幸福的权利掌握在自己的手里。许明心希望通过自由恋爱走向幸福之路的过程并不顺利，作为已婚男性，他只是迫切地按照内心的要求去谈恋爱，在经历了两次的婚外恋失败后，终于和女大学生徐兰芳达成了默契，他们二人都相信："只有在与旧社会旧制度冲突的中间，只有在反叛的行为中间——总之一句，只有在革命的中间，我们才感到生之快乐，与生之欢喜——我们才有生命。"这种共同的观念，是他们二人产生爱情的基础。在爱情力量的鼓舞下，他们二人不顾各自家庭的劝阻，选择了走向自由的路。

许明心和徐兰芳的反叛家庭，一心要走自己向往的人生道路的行为和意识，小说表现得比较透彻。这对男女青年的心理、行为和理想，是颇能

① 张闻天：《青春的梦》，《少年中国》1924 年第 4 卷第 12 期。以下所引《青春的梦》文本文字，均出自该版本，不作另注。

代表“五四”时代一部分青年的精神特质的。他们急切地要寻找属于自己的人生出路，至于这种出路具体是一种什么样的出路，他们并不清楚。与“五四”文学中一部分表现青年人梦醒了无路可走的叙事相比，张闻天的叙事表现出一定的节制。《青春的梦》对许明心和徐兰芳追求自由的人生道路的叙述止于出走，并不涉及积极与消极的评价。应该说，这是张闻天留下的悬念，他无法做出具体的回答。

张闻天通过他的以“爱”为主题的文学创作，探讨了青年人实现人生愿望的三条出路，这就是精神恋爱的出路、革命的出路和反抗出走的出路，这三条道路的终极点都是指向人的自由意志的，都是指向快乐人生的，虽然在张闻天的叙事文本中，这种目标没有实现，但这并不意味着张闻天就放弃了对终极目标的追求，相反，他对人生道路的终极目标的追求是非常执着的，这种执着是有言在表的，他说，“人是自由意志的动物，有创造性的动物，是有理想的动物”“我们要执着人生，要发展人生”，人生的意义旨在发扬生命，“在奋斗的中间，在与最大障碍物战争的中间，在为了一种理想或是一种幻想供献一切的中间，生命才达到最高潮，人生才有意义！”① 因此，“我们要抬头来，选择自己的路了”②，要能“大着胆子大踏步向未知的中间走去”③，去实现生命的创新。后来的事实证明，张闻天是以革命家的实际行动践行了自己的人生理想的，他通过科学社会主义找到了切合实际的实现爱的途径。

二、爱与自杀

“五四”时期张闻天文学创作中的爱的主题表现，或多或少都涉及了人物的自杀问题。在张闻天的文学叙事中，因爱情而走向自杀的人物形象十分突出，有自杀倾向的人物形象也不在少数，可以说，自杀与有自杀倾向的人物形象构成了张闻天文学叙事的重要主体。

---

① 张闻天：《生命的跳跃：对于中国现文坛的感想》，《少年中国》1923 年第 4 卷第 7 期。
② 张闻天：《告彷徨歧路的青年》，《民国日报·觉悟》1921 年 11 月 18 日。
③ 张闻天：《生命的跳跃：对于中国现文坛的感想》，《少年中国》1923 年第 4 卷第 7 期。

《旅途》中塑造的安娜是因失恋而走向自杀的人物形象。安娜钟情于钧凯，在钧凯处于抑郁、烦恼的精神状态时，安娜细心地安慰他、呵护他，可以说是钧凯在精神上的拯救者。在与钧凯相处的过程中，安娜对钧凯产生了强烈的爱。但这种爱并没有得到钧凯的回应。在钧凯看来，他对安娜的感激之情是一回事，而恋爱是另一回事，两种感情是不能相互替代的。因此，钧凯认为自己无论如何不能与安娜恋爱。钧凯对自己与安娜的不能恋爱，还有一种解释，认为美国男性比自己优秀，安娜没必要找他这样一个颓丧的、贫穷的中国人来抛弃自己的幸福。这种解释有些自卑，也有些牵强，如果这种解释成立的话，那么，他与同样是美国女性的玛格莱的恋爱，又当如何解释呢？所以，从根本上来说，钧凯只是把安娜当作善良的、特殊的女性朋友相待罢了。当安娜向钧凯发出爱的示意时，她没有得到来自钧凯的热烈的亲密，从此，她对钧凯陷入了悲哀失望的怨怼中，精神面貌发生了巨大转变。毫无疑问，安娜是被失恋击倒了，她被失恋的情绪包裹着，最终因接受不了这种打击，选择了自杀。

新女性王明珠是小说《恋爱了》中的人物形象，她接受了新式的女子教育，生活在恋爱自由的风气中，思想新潮，穿着也很时髦。她一开始是陪着女朋友谈恋爱，后来是自己也陷入恋爱。颇有喜剧色彩的是，王明珠的恋爱对象恰是她的女朋友的男友陈光德。陈光德与王明珠的同学分手后，转而与王明珠开始恋爱，但这场恋爱却以悲剧告终。小说借用报纸上的新闻叙事，交代了这一悲剧的过程："王明珠为某校高材生，思想清晰，行事谨慎，为全校之冠。""暑假期内与某校陈某发生恋爱关系，后竟双栖双宿，情意缠绵，宛然一对青年夫妇也。不知何故，两人于前日发生冲突，昨日王明珠即卧床不起，陈某亦因呕气外出，一晚不归。谁知明珠竟于昨晚服毒自尽矣。"[①] 王明珠的自杀，与陈光德有着直接的关系。如果不是陈光德在爱情关系中的极端出格令王明珠受伤，王明珠是不会采取服毒自杀的方式来结束自己的人生的。

出现在《青春的恋》中的王秀贞，是因失去丈夫之爱而走向自杀的人

---

① 张闻天：《恋爱了》，《小说月报》1925年第16卷第5号。

物形象。王秀贞的婚姻虽说是父母包办的，但看得出来，王秀贞对婚姻是满意的，对自己的丈夫是充满爱意的。许明心或者留学，或者在外做事，妻子王秀贞留在家中，照顾女儿，服侍父母，可以说尽到了“贤妻良母”的职责。许明心的久不归家，王秀贞虽然并不计较，但也产生了些许的怀疑，怀疑丈夫在外边被女人缠昏了。直到目睹丈夫回家之后，夜不归宿，与一群男女青年过着放浪形骸的生活后，王秀贞开始意识到自己婚姻的危险。王秀贞并不知道，丈夫是受了新思潮的影响，一心要冲破包办婚姻的牢笼，去追求自己的自由和幸福。当许明心的父亲要求许明心在家庭和徐兰芳之间做出选择时，许明心决然地回答，宁可不要这个家，也要与徐兰芳保持关系，流露出对自由爱情的坚决态度。面对这样的现实，王秀贞很难接受，她对许明心的母亲说：“他现在已经不要我了，我就要去了。至于芳儿，我托爸爸妈妈替我照管好了，那样我死也甘心了。”之后的结局便是，王秀贞投湖自杀，结束了自己的生命。

张闻天笔下因爱情而自杀的人物形象，主要以女性为主，而又具有跨文化性、跨民族性的特点，这在“五四”时期的小说创作中是极具特色的，这说明青年张闻天对女性命运的思考，已经不再局限于中国本土，而是具有了世界性的眼光。

女性的自杀，不仅是她们自身人生道路的悲剧，同时也是时代的悲剧。置身于个性解放的时代潮流中，女性依然是牺牲品。女性的自杀现象是伴随着个性解放的潮流而至的。个性解放为女性的自由恋爱创造了条件，这本是历史的进步，但在这种进步的背后，却也深藏着一种悖论。个性解放促成了女性的自由，但这种自由反过来对女性又可能造成伤害。张闻天小说中的女性自杀者，应该说就是个性解放的受害者。这些女性自杀者无一不是置身在时代自由的环境里，她们的情感生活无一不受到时代自由风气的威胁，自杀成了她们摆脱威胁的无奈之举。那么，我们因此要追问的是，个性解放到底是进步的呢，还是退步的呢？在这个问题上，张闻天的看法是非常独到的

张闻天指出：“这个人主义的意义，是自我的利益，自我的发扬底精神。是人人都随了他自己的愿望甚而至于他的梦想去做的精神。完全没有

利他心和同情心的表现。”[①] 张闻天这一观点的可贵之处在于，他看到了个人主义的弊端，揭示了以个人主义为基石的个性解放为社会带来的负面倾向，这在以个性解放为旗帜的“五四”文学时代，不能不说是一种异端的声音。我们都知道，个性解放思潮是“五四”时代的主流思潮，这个时代的文学兴奋点多由此而蓬发，文学界对个人主义和个性解放的题材倾注了巨大的表现热情。身处“五四”时代文化潮流中的张闻天，以同样的热情参与了属于“五四”时代兴奋点的文学书写，但在热情之余的张闻天，还是保持了一份冷静，保持了一份审视，他所思考的个人主义的局限，某种程度上是为正在进行的“五四”新文化发展提供了一种启示的路径，我们在高扬个人主义、个性解放旗帜的时候，不能忘记利他心和同情心的建构，唯其如此，才能减少改革当中付出的生命代价。

个性解放潮流中的妇女解放，同样值得深思。

1920 年，张闻天发表了他的从社会学视角研究家庭问题的论文《离婚问题》，这篇论文对 50 年来美国家庭不稳定的原因及离婚状况进行了实证的考察与分析，其中谈到了妇女解放的问题，认为“美国妇女解放的结果，不但对于道德上、社会上没有丝毫的增进，反而比从前更为退步”。张闻天把这一观点进一步扩展到历史发展的领域中加以论证，他指出：“罗马妇女解放之后，她对于社会上的地位不但没有改进，反而可以看出罗马妇女的解放是妇女的堕落，是罗马家庭生活道德的退化。虽说妇女解放不是一定有这样破坏结果；但是这种结果在近代社会上既成普遍的现象，真正的危险物了。所以解放运动，个人自由的危险；与从前束缚的危险可以等量齐观。”[②] 张闻天的研究看起来是从跨文化视角出发对以美国为中心的西方妇女问题的探讨，实则是借西方之石，攻中国之玉，目的在于审视中国妇女的解放问题。

“五四”时代的张闻天还是青年学生，不是思想巨匠，不是时代旗手，他是“五四”新文化运动的热心参与者，但他对文化问题的思考已超出了同时代思想话语的范畴，具有了某种先锋性。这种先锋性反映在他的文学

① 张闻天：《离婚问题》，《少年世界》1920 年第 1 卷第 8 期。

② 张闻天：《离婚问题》，《少年世界》1920 年第 1 卷第 8 期。

创作中，就是抓住女性自杀的问题，试图从文学的层面进一步唤起人们对女性解放的思考。

与女性自杀形成明显对比的是，男性只有自杀倾向，而绝不走向自杀。面对自杀，女性更加果断决绝，男性则优柔寡断，顾虑重重。

《飘零的黄叶》展现了处在新旧交替时期青年主人公痛苦的精神世界，书写了青年主人公曲折的人生探索历程，在爱情问题上，主人公对母亲的包办婚姻采取了坚决的抵抗态度，并在反叛情感的冲动下，从家庭出走。走出家庭的主人公，虽然争得了恋爱的自由权，但理想的爱情并没有如约而至，现实的失败令主人公意识到“我所找求着的东西除了在我的幻想中存在以外，在其他的地方是没有的”①。这一认识对主人公产生了巨大的打击，年轻的“我”从此开始走向沉沦，并产生了强烈的自杀念头，这种念头从精神层面走向行动层面，就是主人公在嘉陵江边、在断崖上都曾试图结束自己的生命，但两次自杀都失败了。

小说《恋爱了》中的男学生陈光德，在人生失意的时候，常流露出自杀的倾向，但并没有把自杀的意识付诸行动，他先与自己的表妹李芳秀发生恋爱，失恋之后，又与李芳秀的朋友王明珠发生恋爱。两场恋爱都是闪电式的，发生得快，结束得也快。第一场恋爱导致了陈光德再一次的对人生的悲观失望和自杀的倾向，第二场恋爱却造成了王明珠的服毒自杀。如果说第一场恋爱中的陈光德还是受害者的话，那么在第二场恋爱中，陈光德就是爱情的凶手了。

有自杀倾向的主人公缘何没有走向自杀呢？或者说，是什么力量促使他们放弃了自杀呢？是自然美的感化力量，是爱的力量。《飘零的黄叶》中的主人公在嘉陵江边受到自然美景的感化，心胸顿时变得清明，烦闷的情绪得到驱散，自杀的意识逐渐消退，自然的力量化解了主人公的一次精神危机。在断崖的旁边，主人公之所以没有跳崖自杀，是受到了母爱的召唤，是母爱的力量把主人公从绝望的边缘挽救了回来，主人公的人生态度因此发生了转折，决心以更大的努力去创造人生的真意义。《旅途》中的

① 张闻天：《飘零的黄叶：长虹给他母亲的一封信》，《东方杂志》1925年第22卷第12号。

蕴青说她常常想自杀，原因在于她过着灵肉分离的生活，精神恋爱使她在情感上依恋着钧凯，现实的家庭关系使她在肉体上与另一个男人保持着关系，她想摆脱现实的肉体婚姻关系，除了自杀没有别的出路，但一想到钧凯，自杀的勇气就没有了。是爱情的力量，鼓励着蕴青继续活下去。《旅途》中的钧凯，在爱情失意中，也曾抱有自杀的想法，他之所以能走出死亡的意想，是自然美的感化和爱的力量双重作用的结果。就在钧凯自暴自弃、陷入痛苦的深渊难以自拔的时刻，是安娜把他引向了伟大的自然。安娜相信自然对于人心影响的作用，就是要自杀的人受了自然的美的感化也会回心转念的。安娜的自信的确不假，钧凯在自然之力的作用下，精神创伤得以修复，生命态度也转向积极方向。同时，在钧凯的生命历程中，来自三个女性（安娜、玛格莱、蕴青）的爱的力量，都对他的生命状态产生了重要的影响。

因此我们看到，在张闻天的笔下，当女性走向自杀的时候，是没有外部力量来拯救她们的，而当男性有自杀倾向的时候，总是有外在的力量来拯救他们。女性尽管处在妇女解放的时代了，但她们的牺牲者身份并没有改变，社会的发展依然是以她们的生命付出为代价的。在这个问题上，反映出“五四”时期的张闻天仍存有男性中心主义的意识观念，男性在爱情关系中的主导地位没有受到挑战，女性依然是匍匐在男权意识的脚下，女性生命的悲剧仍在不断上演。

当然，立足“五四”时代的文化语境来看，也不独是张闻天有男权观念，男权观念在这个时代应该还是普遍存在的，如《女性论》作者就主张：“现在女子的教育机关，其教育方针当以男子之便利为标准，以妇女肉体之从属与奉伺，尚不满足，并须捉捕其心神，使彻底由衷心献好意于男子。”[①] 这完全是站在男权观念的立场上，要实行以满足男权为目的的女子教育。张闻天对此当然是坚决反对的，认为“这样下去，我们假使不与根本上的改正，要达到妇女真正解放的目的，真叫白天做梦”[②]。这里，我

---

① 张闻天：《读〈女性论〉杂感》，《时事新报·学灯》1920 年 6 月 11 日。《女性论》为中华书局当时出版的“新文化丛书”之一种，著者冯飞。

② 张闻天：《读〈女性论〉杂感》，《时事新报·学灯》1920 年 6 月 11 日。

们需要注意的是，张闻天在性别观念方面呈现出的复杂性，他一方面是妇女解放的坚决主张者，反对奴隶女性的男权主义，另一方面又在创作中流露出一定程度的男权倾向，这应当是“五四”时期张闻天的思想还不够成熟的某种反映吧。

三、爱的哲学

张闻天在小说《恋爱了》中，借助叙事人称“我”的口吻，曾发出这样的探问：“恋爱了，失恋了；失恋了，又恋爱了：这是多么容易的事。但是喜怒哀乐就在这中间发生了，悲剧也就在这中间出来了。为什么恋爱的成功这样速，失恋又这样快呢？人们有什么法子使恋爱的成功更为缓慢一些，使恋爱的基础建筑更加稳固一些吗？”① 这是作家在透视小说主人公的恋爱史后发出的探问。小说围绕陈光德的恋爱史书写他的情绪变化，前后对比十分鲜明。陈光德对人生一贯采取消极态度，经常抱怨人生的无意义，生活的缺乏趣味，而当他一旦谈上恋爱，就情绪开朗，笑容满面，兴奋无比。在遭遇失恋时，他的情绪就马上跌落到最低点，抑郁悲哀，面无血色，牙齿啮着嘴唇，说话伴着嘴唇的痉挛，似乎人生只剩下了黑洞，再没有任何出路了。

显然，作为“五四”青年的小说主人公对爱情的理解过于狭隘，以至于总是悲悲戚戚，忧郁寡欢。这里我们需要注意的是，作家对小说主人公爱情观念的探询，并不仅仅是指向小说人物，其实也是在表明作家对“爱”的思考。

“五四”时期的张闻天把“爱”奉为一种理想，认为人与人之间如果没有爱的存在，就得不到和平和幸福；世界上如果没有真爱的存在，人类的理想就不会达到，人类的使命就不会完成，人生的意义就不能了然。那么，这种“爱”的具体内涵是什么呢？张闻天解释说：“爱是生命，生命就是爱。这爱不是物质的爱，是彻底的精神的爱；不是相对的爱，是绝对

① 张闻天：《恋爱了》，《小说月报》1925 年第 16 卷第 5 号。

的爱；不是一时的本能之爱，是永久的意者之爱；不是对于一部分人们的爱，是对于一切人类或竟至对于全宇宙一切有生之伦的泛爱。”[①] 这一“爱”的含义的解释，层面是比较丰富的，涉及“爱”与生命的关系、爱与物质和精神的关系、爱的排他性与永恒性、爱的对象性等方面，可以看出，张闻天是在一个比较高的哲学思想视野中来思考“爱”的本质问题的。

那么，这种“爱”的理想如何实现呢？张闻天提出了三种途径，这就是无抵抗主义的道路、教育改革和精神恋爱。

“无抵抗主义”是张闻天找到的“实现这种爱的最大的道路”，他并且强调，只有“无抵抗主义”才能够达到这种爱，“其他一切挑拨起对于敌对的怨憎心、仇视心、妒忌心等的一切主义”都不能达到这种爱。对于“无抵抗主义”的优点，张闻天列举了四点：（1）无抵抗主义对于理想的“爱”的追求是积极的，不是消极的；（2）无抵抗主义实行的是最大的革命，不是服从的为奴隶的道德；（3）无抵抗主义是勇敢者底道德，不是柔弱者底道德；（4）无抵抗主义还在创造的历程中，不会退化破产。据此，张闻天相信，“凡是彻底地主张爱的人，他底方法一定是无抵抗主义。反之，主张爱而不用无抵抗主义者一定是自相矛盾的”[②]。张闻天极端自信的“无抵抗主义”见解，得到了茅盾的回应，茅盾撰文指出：“在行惯了吃人礼教的中国，对虎狼去行无抵抗主义，那还能成么？”[③] 显然，茅盾并不同意张闻天的观点。茅盾更看重思想的现实效用价值，这与张闻天的尚于理论想象形成参差的对照。

其次，张闻天提出，要改革现有的教育制度，因为现有的教育制度根本背离了爱的教育宗旨，无论是现代式的军国主义的教育，还是国家主义和商品式的教育，“都不会使学生会知道爱底重要，爱底真价值！”[④] 因此，建立新的教育制度，实行“完全根据于爱”的教育，才是真正意义上的现

---

① 张闻天：《无抵抗主义底我见》，《民国日报·觉悟》1921年7月3日。
② 张闻天：《无抵抗主义底我见》，《民国日报·觉悟》1921年7月3日。
③ 沈雁冰：《无抵抗主义与“爱”》，《民国日报·觉悟》1921年7月5日。
④ 张闻天：《无抵抗主义底我见》，《民国日报·觉悟》1921年7月3日。

代教育。

再次，提倡精神恋爱。张闻天在少年中国学会1921年年会上所作的书面发言中提出："凡已结婚的男子或已嫁的女子，如夫妇之间起初是有爱的而现在没有了，或自始至终没有过爱情发生，那末为增加人生的意义起见，可以和第二个女子或男子发生精神上的恋爱。"[①] 这一主张的提出，也明显的带有理想主义的色彩。爱情本质上是灵肉一致的，仅有肉的结合而没有灵的结合，或者仅有灵的结合而没有肉的结合，都不能算是真正的恋爱，"恋爱的进化方式，显然是由肉体的而进于灵魂的，个人的恋爱当然不能作为例外""所谓恋爱，一定是灵肉一致的""灵肉不一致的，当然不能算他是恋爱"。[②] 因此，张闻天的"精神恋爱说"某种程度上是他开出的解决社会恋爱问题的药方，也是他不得已的权宜之计。

上述三种途径的提出，作为理论构想，是很有见地的，但如付诸实施，就明显有些脱离中国的国情。站在理论的角度，我们不能不承认，张闻天对"爱"的哲学的思考是具有某种超前性的，张闻天说他自己是"主张精神运动的人""在现在的世界虽是经济的改造是必要的，但是精神方面底提醒也是必需"。[③] 但是，他低估了精神运动的阻力，精神改造的难度，因为"人们的思想和品性都随着社会组织与经济制度底特质而形成"，而且是"带有惰性的"，有些时候"那旧思想底结晶体还欲来反抗"，所以，"在未曾根本改造社会组织和经济制度的时代，要先改造人们底思想和品性，效力只是部分的"。[④] 理论思想落地社会现实的折扣，大大削弱了理论的力度。"爱"作为一种精神范畴在"五四"时期的命运，就是如此。

张闻天"爱"的哲学观念的来源是比较广泛的。我们首先注意到的是基督教的影响。据《张闻天年谱》提供的史实，张闻天曾经在杭州西湖"智果禅寺"内研读过《圣经》[⑤]，这说明张闻天对基督教教义并不陌生。张闻天虽然也极力地批判基督教，但那是对基督教中某种势力的批判，并

---

① 张闻天：《少年中国学会问题》，《少年中国》1921年第3卷第2期。
② 佩韦（沈雁冰）：《恋爱与贞操底关系》，《民国日报·妇女评论》1921年8月31日。
③ 张闻天：《谈无抵抗主义的两封信（一）》，《民国日报·觉悟》1921年7月10日。
④ 沈雁冰：《无抵抗主义与"爱"》，《民国日报·觉悟》1921年7月5日。
⑤ 张培森：《张闻天年谱（1900—1941）》，中共党史出版社2000年版，第25页。

不是针对基督教整体，也不是针对原始的基督教。他指出："在现在的社会里，原始基督教的精神虽已荡然无存，但在失却这原始基督教的过程中，有一种新的势力渗透进去了。"这种新的势力和资本主义有密切的关系，其目的是在"把中国人完全资本主义化""使得中国人做资本家底奴隶而同时心悦诚服"。[①] 因此，张闻天对异化基督教的势力所进行的传教活动持批判与反对的态度，而对原教意义上的基督教观念，张闻天是接受的。在张闻天看来，原本意义上的基督教是鼓吹爱的，他盛赞耶稣是"世之大勇者"，是"彻底的主张人与人之间相互的爱的""要根据于爱把世界重新变更过"。[②] 张闻天把基督教的原教意旨加以发挥，引入自己的"爱"的哲学观念中，提出"充分的发展爱就是充分的发展生命"[③]，提出"我们所要创造的少年中国"就是"爱底天国"，"这爱是我们底宗教，是我们底上帝，是我们底一切！"[④] 由此不难看出，吸取了基督教"博爱"观念的"爱"已成为张闻天信仰心的根本成分了。

在张闻天的"爱"的哲学观念中，特别重视人格的因素。这一点，应该是受到了泰戈尔的影响。泰戈尔论述"爱"的含义，特别重视其中的人格的因素。在泰戈尔看来，人的生命中的自由的终极目的是认识"我是"，这是人的意识从自我与万物相分离到与万物合一的过程。这种自由的真正完美并不仅仅在于它的广度，而主要在于它的强度，即"爱"。人格的自由不是在自我之中，而是在别人的人格中才能充分体现，这就是"爱"。[⑤] 泰戈尔指出，我们的最高欢乐就是爱。因为，在爱中，我们在他人中实现了意志自由。在这样的爱中，我们的人格便得到了最高的实现。[⑥] 当不同的人格在爱中实现完全的结合时，这完美不是一个可以测量和分析的东西，而是一个超越它所有部分的整体。它引导我们进入一种奥秘境地，它

---

① 张闻天：《非宗教运动杂谈》，《民国日报·觉悟》1922年4月6日。

② 张闻天：《无抵抗主义底我见》，《民国日报·觉悟》1921年7月3日。

③ 张闻天：《人格底重要：答雁冰和晓风两先生》，《民国日报·觉悟》1921年7月17日。

④ 张闻天：《无抵抗主义底我见》，《民国日报·觉悟》1921年7月3日。

⑤ 泰戈尔：《论再生》，《泰戈尔文集》（第4卷），康绍邦译，安徽文艺出版社1997年版，第71页。

⑥ 泰戈尔：《论再生》，《泰戈尔文集》（第4卷），康绍邦译，安徽文艺出版社1997年版，第73页。

出于万物的深处，但又超越万物。[①] 与泰戈尔类似，张闻天也特别强调人格的作用，他说："我始终相信一个人底主张和行动，如若希望对于他人有丝毫的影响，有一部分的效力，非有高尚的人格不可"，这种高尚的人格对于"爱"的实现有着极为重要的意义，"要充分的发展爱非把心地保持的光明，保持的纯洁不为功"，"灵魂不染一点污点"是实现"爱"的最好方法。[②] 那么，怎么养成高尚的人格呢？第一要紧的是养成一种"不为声色势利所诱惑的心"，养成一种"保存天真的明净的心"，要用精神的光明，"去光照内心，发现那隐藏于黑暗中的恶魔而去之"。[③] 高尚的人格养成了，高尚的人格的爱也就养成了。"五四"时期的张闻天不止一次提及他对泰戈尔的信奉，流露出他对泰戈尔的信服，"他所表达的对爱是精神的、绝对的、永久的、包括一切的赞美之情，对人格是真生命表现的歌颂之爱，对精神运动的执着追求，都可以从中看到泰戈尔思想的影子"[④]。张闻天对泰戈尔的接受不仅表现在将"爱"与"人格"关联在一起考察，而且表现在看重爱对人格的升华作用，肯定人格的净化对爱的重生的积极作用，泰戈尔的爱的哲学因此成了张闻天爱的哲学的一个重要来源。

在《王尔德介绍：为介绍〈狱中记〉而作》[⑤] 一文中，张闻天对这位英国的唯美主义作家表达了充分的同情和敬意，他说王尔德不但是诗人、小说家、戏曲家，更是一个实行家。"他用了宗教的热情把他底主张和见解完全实行出来，不怕社会底责罚，不怕朋友底陷害，不怕自己底死。""综观王尔德底社会剧，我们看出他对于当时所处的社会怎样地不满意了。由于不满意，他造出了他底唯美主义，他底新快乐主义。可见他所提倡的并不是无端而来，也并不是与社会漠不相关，而且我们断定在未来的新社会底建设中，他所提倡的一定也会得到一个重要的位置。"针对外界对王

① 泰戈尔：《论再生》，《泰戈尔文集》（第 4 卷），康绍邦译，安徽文艺出版社 1997 年版，第 65 页。

② 张闻天：《人格底重要：答雁冰和晓风两先生》，《民国日报·觉悟》1921 年 7 月 17 日。

③ 张闻天：《少年中国学会问题》，《少年中国》1921 年第 3 卷第 2 期。

④ 艾丹：《张闻天的泰戈尔观》，《党史研究与教学》2008 年第 4 期。

⑤ 此文为张闻天与汪馥泉合作完成，张闻天为主要执笔人，汪馥泉负责最后的一部分，该文写成后，连载于 1922 年 4 月的《民国日报·觉悟》，署名闻天、馥泉。

尔德的各种非议，张闻天还为王尔德进行了辩护。张闻天指出，王尔德赞美“美”和“快乐”，那是不能否认的，“但他所赞美的美和快乐，并不是像在自然主义底作品中那种挑拨我们底肉感的美和快乐，却是游离的、人工的、非现实的美和快乐，所以虽是在他底作品中间也用浓厚的、强烈的官能文字，但是他是抽出于实感而给我们一种特殊的印象的”。因此，王尔德的作品“不是非社会的，病的，和不道德的”。

王尔德是“爱”的极端提倡者，即便在童话中也贯穿着对热烈的爱和虔敬的爱的赞美基调：“爱比智慧还好，比富还宝贵”“哲学虽然聪明，爱比哲学还要聪明；强权虽然有力，爱比强权还要有力”。在这中间，张闻天特别欣赏王尔德童话中的爱的哲学智慧表达，他对王尔德童话的肯定除了文字的华美、优雅之外，盛赞的就是童话充满的“爱”的品格。在王尔德的观念里，美和爱是不能分离的，爱就是美，美也就是爱。爱和美都可以把人生造成一篇趣味浓厚的 Romance，一首华美典雅的 Idyll。张闻天对王尔德的“爱”的观念甚为认同，他引用王尔德的话说：“我们所以要有爱，因为世界上有许多不完全、许多罪恶，要我们去赦免的。爱是赦免，不是苛责。如其世界上没有什么罪恶，一切都是圆满无缺，那么还用得到什么爱吗？其实不但男女之间的关系如此，人与人间关系都是如此。”张闻天认为王尔德对“爱”的这些论述，我们也可以取来享用。因为爱是一种力量，能净化道德，扶正人心，能矫正社会风气的堕落。

处于“五四”这个特殊的时代，提倡用爱来改造社会，虽然有些理想化，不能对社会改造起到实质性推动作用，但对处在探索中的张闻天来说，这样的思考是十分宝贵的，某种意义上说，张闻天的思考是“五四”一代青年思考社会、探索社会出路的一个缩影，折射出的是“五四”青年思想革命的历史面向。在“五四”文化的天空中，同样主张“爱”的哲学，想为青年找到一条切实可行的道路的人物还有冰心，但是冰心的主张同样带有理想化的色彩，缺少完全可靠的现实根基，她的“爱的哲学”面临的最大威胁便是“爱和美善的对立面恨和丑恶的不能否认的实际存在”[1]，因此她的爱的信仰“有某些勉为其难的成分”，冰心对此取“宁可信其真”的态度，对这信仰反复“印证”，自证自疑，疑而再证，模糊而又坚定地认为爱创造宇宙，调整万象，引导人生，这实在出自冰心救国救民的热诚之心[2]，而与现实存在相距甚远。面对现实的威胁，冰心在“退无可退”的情况下宣布：“即使我的理论全是假的，你的理论完全是真的，为着不忍众生苦中加苦，也宁可教你弃你的真来就我的假。”[3] 这最后的退却表明，冰心完全回到了自我的精神世界，已是在宗教信仰的意义上来捍卫她的“爱的哲学”了。而张闻天的“爱的哲学”观念没有走向宗教信仰的境界，他后来对社会主义的选择，才是构成了他的信仰。

青年张闻天翻译了很多外国作家的文学作品，这些作品中的“爱”的主题表达，对张闻天作品中的“爱”的主题表达，应该说产生了一定的影响。“五四”时期，张闻天的恋爱题材的小说都涉及了死，和王尔德的《沙乐美》有一致之处。张闻天对《沙乐美》的剧情设计十分欣赏，说“这篇戏剧是王尔德著作中描写人物最逼真的恋爱悲剧”“纳拉博斯底死，约翰底死，沙乐美底死，一切为了爱和被爱而走到死底路上的事情，都被他用华美的笔法表出来了”。[4] 张闻天的恋爱题材的作品，在笔法上未必如王尔德的华美，但在主题上，以“爱而死，被爱而死”为作品的主眼，是和《沙乐美》有着暗合之处的。只是在主题的表现方法上，张闻天更倾向于精神恋爱的侧重，而《沙乐美》则更多肉体感官的成分，由此不难看出张闻天对外国文学的写法不是机械地照搬，而是在借鉴中的有所转化。

张闻天研究专家程中原先生指出：“在五四新文化运动时期，张闻天同志为介绍、翻译外国戏剧所作的努力是值得称道的。”“外国戏剧的翻译还诱发了张闻天同志创作的欲望。他那反映五四青年冲决封建罗网、追求自由光明的多幕剧《青春的梦》，就是在一九二三年暮春时节译完倍那文

① 刘思谦：《冰心：迷离的东方女性之真》，载林德冠、章武、王炳根《冰心论集》（上），海峡文艺出版社 2000 年版，第 188 页。

② 王学富：《冰心与基督教：析冰心“爱的哲学”的建立》，《中国现代文学研究丛刊》1994 年第 3 期。

③ 冰心：《悟》，《小说月报》1924 年第 15 卷第 3 期。

④ 闻天、馥泉：《王尔德介绍：为介绍〈狱中记〉而作》，《民国日报·觉悟》1922 年 4 月。

德的两个剧本之后写成初稿的。”[①] 倍那文德[②]是现代西班牙的著名剧作家，1922 年获得诺贝尔文学奖奖金，他的剧作《伪善者》和《热情之花》通过张闻天的翻译，在中国得到了传播。鲁迅先生正是在读了张闻天的《热情之花》译本后，开始对这位西班牙剧作家产生了兴趣。张闻天对倍那文德的接受，主要集中在三个方面，其一是倍那文德的社会批判精神，“他对于西班牙社会上种种旧道德与旧习惯的攻击，非常厉害”。其二是生命至上的发展观念，“发展生命为第一的精神，在他的尖利的讽刺剧中间都可以看出来”。其三是对妇女命运的关注，倍那文德“不但给了妇女一柄镜子，使得她们照见自己的真相”，并且“也把女性的真相放在男子的前面了”。[③] 上述三个方面的接受，在张闻天“五四”时期的文学创作中都得到了体现。张闻天文学创作中对中国封建社会传统礼教的批判，对“五四”时代社会问题的揭露，对生命个体的高扬，对女性命运的关注，虽不一定都来自倍那文德，但倍那文德作为影响的成分还是可见的。

在张闻天接触的外国作家中，俄国作家对他的影响亦是明显可见的。从张闻天“五四”时期的文学翻译活动来看，他对俄国作家安特列夫[④]和柯罗连科[⑤]是比较熟悉的。他在为《盲音乐家》的译稿而作的《科路伦科评传》中，对柯罗连科的创作特色、思想信仰进行过全面的评析，指出柯罗连科的人格是“爱人类”，“不论怎样黑暗的描写，怎样绝望的事，他总拿一种理想来安慰我们”，他的作品“从人的立脚点上观察一切”“所描写的世界都是以人为中心”“每一个人与每一群人的特性，他都能深入其里”。[⑥] 这些评价，都是很中肯而恰切的，可以看出张闻天对柯罗连科的会心。而对安特列夫，张闻天更加倾心，他说安特列夫对于人物的描写，不着重在外面的行动，而着重在灵魂的振动，安特列夫“毫不疲倦地找求着

① 程中原：《张闻天早期译剧集·编后记》，中国戏剧出版社 1984 年版，第 344 页。

② 今译贝纳文特，全名哈辛特·贝纳文特·伊·马丁内斯（Jacinto Benaventey Martinez）。

③ 张闻天：《热情之花·译者序言》，《小说月报》1923 年第 14 卷第 7 号。

④ 今译安德列耶夫，全名列昂尼德·尼古拉耶维奇·安德列耶夫（Leonid Nikolayevich Andreyev）。

⑤ 全名弗拉基米尔·加拉克季奥诺维奇·柯罗连科（Vladimir Galaktionovich Korolenko）。

⑥ 张闻天：《科路伦科评传》，《少年中国》1923 年第 4 卷第 4 期。

人心中所蕴藏着的革命的，反抗的，愤激的，恐怖的，人道的，残酷的，悲哀的，凄凉的种种精神，用了写实的，象征的，神秘的笔墨传达出来，使读者时而愤怒，时而恐怖，时而悲哀，时而怜悯，时而疯狂”。如此细腻的阅读体验，倘若不是对安特列夫的作品深研细读，恐怕是不会产生的。更进一步的，张闻天用了这样的语言来表达阅读安特列夫之后所受到的精神震撼：“他用铁锤敲着我们的灵魂，使得我们不得不觉到战栗！”由安特列夫联系到中国的社会现实，张闻天认为中国需要引进安特列夫这样的作家：“我们，这些被所谓礼教与偶像所束缚着的我们，除非用了利剑来把这些东西一一斩掉，我们就永远不能得到自由，永远不会了解人生。安特列夫的作品就是我们的利剑，我们要把他拿起来像发疯一样挥舞着去破坏一切。”①

事实上，张闻天的确利用了安特列夫这把利剑，包括利用了柯罗连科这样的俄国作家资源。“五四”时期张闻天的文学创作中所书写的因失恋而自杀的题材在安特列夫和柯罗连科的作品中就出现过。张闻天翻译的安特列夫的《狗的跳舞》，其中就写到主人公亨利失恋后，由于无法解决人生的问题而选择了自杀。柯罗连科的名作《二种情态》，其中的主人公是俄国青年学生加或里克，他的同学何门诺夫因为恋爱失败而走向了自杀。与张闻天书写恋爱自杀题材不同的是，两位俄国作家对恋爱自杀的思考更具有形而上的色彩，他们由恋爱题材上升到的境界是对人生意义的探索，对人格冲突的诠释，其哲学思辨的理性格调要比张闻天更为显著。

总之，“五四”时期的张闻天对“爱”的思考是比较丰富的，这些思想或直接或间接地，都体现在了他的文学创作中，对他的作品中的“爱”的主题传达，起到深化的作用。

---

① 张闻天：《狗的跳舞·译者序言》，商务印书馆1923年版，第2页。

《蕙的风》诗案与闻一多①

汪静之的新诗集《蕙的风》以“情诗”扬名于文学史，也因“情诗”引来道德争议。《蕙的风》诗案中，闻一多是站在了胡梦华一边，他不认为胡梦华所说的“《蕙的风》是不道德”的观点是错误的，闻氏对《蕙的风》的否定甚至比胡梦华更尖锐，闻氏用“诲淫”“只诲淫而无诗”“没有诗而只淫”等语汇评定《蕙的风》，足见他对《蕙的风》的厌恶程度。另外，闻一多基于艺术本位观念的信仰，判定《蕙的风》是“粗劣的玩艺儿”。闻一多对《蕙的风》“情诗”的批评，与胡适、朱自清、周作人、鲁迅为代表的主流批评形成了鲜明的对立。但是，由于主流批评的强势影响，人们几乎没有注意到闻一多对《蕙的风》的否定意见和对胡梦华的支持。

《蕙的风》诗案中，我们至今看到的主流批评，是对汪静之的一边倒的支持和肯定，胡梦华则被置于“五四”新诗的对立面，受到了严厉的批评，显得很孤立。可是，重新梳理这段批评的历史，我们却发现，当时远在美国留学的闻一多，对《蕙的风》的看法却与胡适、周作人、鲁迅为代表的主流批评形成了对立，并且对主流批评一致否定的《蕙的风》的批评者胡梦华的观点，表示了明确的同情和支持。日前所能见到的各种版本的现代文学史，以及华东师范大学出版社于1986年出版的中国新文学社团流派丛书《湖畔诗社评论资料选》，都没有提到过闻一多对《蕙的风》的否定意见。本文尝试回到《蕙的风》诗案的发生现场，对闻一多否定《蕙的风》的观点做一些力所能及的探讨。

一

汪静之在为他的新诗集《蕙的风》撰写的自序中，最强烈的宣誓就是

① 发表于《首都师范大学学报（社会科学版）》2016年第3期。

“自由”，诗人对自由的向往和执着，传达出“五四”新青年的心灵觉醒和精神诉求。在自由的誓言下，《蕙的风》以爱情的歌咏为主调，抒发了觉醒的青年人对爱情的热烈渴望，由于这样的艺术特色，《蕙的风》被后来的文学史定位为“情诗”。[①]

这是“天然流露的诗”“如同鸟的鸣，花的开，泉水的流”，一切都是自自然然的。[②] 因为自然，遂少了做作，少了雕琢，从而令趋新的人们感受到新鲜的意趣。难怪胡适要不止一次地赞叹《蕙的风》“新鲜”。对于《蕙的风》中的一些直露的情诗，胡适并不反对，他说：“至于‘太露’的话，也不能一概而论。诗固有浅深，到也不全在露与不露。”有的诗，可谓深藏不露，“然而究竟遮不住他们的浅薄”；有的诗，虽然很露，“然而不害其为一种深切的感情的表现”。[③] 在胡适看来，如果真有深厚的内容，就是直截流露地写出，也正不妨。古人说的“含蓄”，并不是不求人解的不露，乃是能透过一层，反觉得直说直叙不能达出诗人的本意，故不能不脱略枝节，超过细目，抓住了一个要害之点，另求一个“深入而浅出”的方法。从诗的深度上来说，“深入而浅出者”为最上。《蕙的风》里的《非心愿的要求》就是“深入而浅出”的写法，“露是很露的，但这首诗究竟可算得一首赤裸裸的情诗”。[④] 周作人对《蕙的风》的观察也不错，“在他那缠绵宛转的情诗里却尽有许多佳句”“仿佛是散在太空里的宇宙之爱的霞彩，被静之用了捉蝴蝶的网兜住了多少，在放射微细的电光”。[⑤] 这些闪电的佳句有的抒写人与自然爱的交响：“流泉底微妙音韵，/像煞爱人底私语”（《白云·二》）；有的抒写年轻男子陶醉在爱河里的幻

① “情诗”说经朱自清提出后，得到后来陆续出版的各种现代文学史著作的采用。需要说明的是，《蕙的风》于“情诗”之外，还有很多作品属于非爱情题材领域，由于在《蕙的风》诗案中，倍受褒贬争议的是“情诗”的“道德”，所以本文着重以诗集中的“情诗”为考察对象，“情诗”之外的题材，不予涉及。事实上，非情诗类的题材也有胡适称之为“深入而浅出”的优秀作品，如《我愿》就是“诗人之诗”，其中包含着深刻的悲哀。

② 宗白华：《〈蕙的风〉之赞扬者》，《时事新报·学灯》1923 年 1 月 13 日。

③ 胡适：《〈蕙的风〉序》，载王训昭《湖畔诗社评论资料选》，华东师范大学出版社 1986 年版，第 100 页。

④ 胡适：《〈蕙的风〉序》，载王训昭《湖畔诗社评论资料选》，华东师范大学出版社 1986 年版，第 101 页。

⑤ 周作人：《自己的园地·情诗》，河北教育出版社 2002 年版，第 53 页。

想："看着伊那由伊灵魂里出来的甘露，/——我想饮了他"（《我都不愿牺牲哟》）；有的抒写锁在深闺里的少女对自由爱情的渴望："伊底魂跳出窗外偕他去了"（《窗外一瞥》）；更有这样炙热的句子："你知道我在接吻你赠我的诗么？/知道我把你底诗咬了几句吃到心里了么？"（《别情》）他们很好地镶嵌在作品中，增加了诗歌的抒情质地。

作为中国现代新诗史上的一段风景，"《蕙的风》的诗歌，如虹彩照耀于一短时期国内文坛，又如流星的光明，即刻消灭于时代与兴味旋转的轮下了"①。短暂的历史存在，并没有影响到人们对《蕙的风》的批评关注。虽然《蕙的风》的"情诗"得到了主流批评话语的一致赞誉，但我们还是不得不注意到，闻一多站在了主流批评之外，对《蕙的风》提出了质疑。长期以来，由于主流批评的强势影响，人们几乎没有注意到闻一多对《蕙的风》的否定意见。与新文学届对《蕙的风》"情诗"的肯定截然相反，闻一多对《蕙的风》断然否定，并且评语异常地不留情面。1922 年 11 月，闻一多在致梁实秋的信中写道："《蕙底风》只可以挂在'一师校第二厕所'的墙上给没带草纸的人救急。实秋！便是我也要骂他诲淫。与其作有情感的这样的诗，不如作没情感的《未来之花园》。但我并不是骂他诲淫，我骂他只诲淫而无诗。淫不是不可诲的，淫不是必待诲而后有的。作诗是作诗，没有诗而只淫，自然是批评家所不许的。"② 信中的话语可谓"酷骂"，信中说"《蕙底风》只可以挂在'一师校第二厕所'的墙上给没带草纸的人救急"，是对汪静之不客气的讽刺。汪静之有首名为《定情花》的诗，写作的落款地点是"在一师校第二厕所"，"一师"也就是汪静之上学的浙江第一师范学校，闻一多引用过来，颇有讥嘲意味。在闻一多看来，"厕所"和"爱情诗"联系在一起，无论如何是不雅的，把一首爱情诗的创作场所放在厕所里，也许就是对爱情的糟蹋，在丑陋肮脏的厕所是诞生不了美好的爱情诗的。从信中可以看出，闻一多对汪静之的做法是表示了愤怒的。信中提到的《未来之花园》是文学研究会诗人徐玉诺的诗

① 沈从文：《论汪静之的〈〈蕙的风〉〉》，《文艺月报》1930 年第 1 卷第 4 号。

② 闻一多：《致梁实秋（1922 年 11 月 26 日）》，载武汉大学闻一多研究室《闻一多论新诗》，武汉大学出版社 1985 年版，第 193 页。

集，闻一多把它和《蕙的风》作比较，认为徐玉诺“是个有个性的作家”，是“文学研究会里的第一个诗人”。① 闻一多对二者的褒贬态度很明确，与其作有情感的《蕙的风》，不如作没情感的《未来之花园》，表明了闻一多对《蕙的风》品位的否定。

最要紧的是，闻一多对《蕙的风》进行了“定性”的评判，认为《蕙的风》“只诲淫而无诗”“没有诗而只淫”，这种评语的严重程度是可想而知的，闻一多事实上对《蕙的风》宣判了道德的死刑，这在根本上也就否定了《蕙的风》中的“情诗”的价值，淫荡之诗，无可观瞻。自然，带有淫荡情感的诗，就不如没有情感的诗好，所以闻一多同时也就否定了《蕙的风》的情感基调。不仅如此，闻一多还从艺术的角度对《蕙的风》提出了严辞批评，这是在1923年3月致闻家驷的信中出现的：“《蕙底风》实秋曾寄我一本。这本诗不是诗。描写恋爱是合法的，只看艺术手腕如何。有了实秋的艺术，才有《创造》第四期中载的那样令人沈醉的情诗。汪静之本不配作诗，他偏要妄动手，所以弄出那样粗劣的玩艺儿来了。”② 信的内容对诗和人都做了否定：《蕙的风》不是诗，汪静之没有诗人的才能。闻一多不反对诗歌中的爱情表现，但要看如何表现，如果达不到艺术的高度，爱情的表现就会失败。闻一多说梁实秋的“情诗”令人“沉醉”，用意自然是以梁实秋的“情诗”作为《蕙的风》的参照，说明《蕙的风》在艺术上的粗劣。

二

由于闻一多贬斥《蕙的风》的观点是在书信中提出的，传播的有限性使得闻一多的观点并没有引发波澜。相反，倒是名不见经传的胡梦华对《蕙的风》的批评，在文坛上引起了轩然大波。胡梦华当时是东南大学学

① 闻一多：《致闻家驷（1923年3月25日）》，载武汉大学闻一多研究室《闻一多论新诗》，武汉大学出版社1985年版，第229页。

② 闻一多：《致闻家驷（1923年3月25日）》，载武汉大学闻一多研究室《闻一多论新诗》，武汉大学出版社1985年版，第228—229页。

生，年仅 19 岁。朱自清在为《蕙的风》所作“序”中称汪静之“确是二十岁的一个活泼泼的小孩子”，那么，胡梦华该算更“小”的“小孩子”，“一个小孩子对另一个小孩子的批评竟引发新文学届的重要人物起而为被批评者辩护”[①]，实属不寻常。新文学界对胡梦华的批评如此敏感，他们到底看出了什么？这里，我们不妨回到历史现场，先就胡梦华批评《蕙的风》的观点作一个简单回顾。

在《蕙的风》出版后不到半年的时间内，胡梦华连续发表了《读了〈蕙的风〉以后》（载《时事新报·学灯》1922 年 10 月 24 日）、《悲哀的青年：答章鸿熙君》（载《民国日报·觉悟》1922 年 11 月 3 日）、《读了〈蕙的风〉以后之辩护》（载《时事新报·学灯》1922 年 11 月 18 日—20 日）等文章，一方面表明自己对《蕙的风》的批评意见，一方面也是在展开论辩，为自己的观点辩护。胡梦华对《蕙的风》的批评，最为惹眼之处是说这部诗集里的诗“不道德”，是在“挑拨人们的肉欲”，是“堕落的诗！”《蕙的风》是作者“一部情场痛史”，是作者“情恋哀痛的呼声”，“哀痛过甚，言情之处，遂不免过于偏激，而流于轻薄”。《蕙的风》的作者“染了无赖文人的恶习”，“有故意公布自己兽性冲动和挑拨人们不道德行为之嫌疑”。[②] 即使与读者展开的论辩，胡梦华也坚持认为《蕙的风》是“反道德的诗”[③]，汪君因为“表思不能高尚，达情不能纯挚”，所以他的诗“有不道德的嫌疑”[④]。胡梦华既从道德的角度否定了《蕙的风》，同时又从新旧嬗变的角度对新诗提出了质疑，他显然是在挑战新诗存在的合法性了。

---

① 刘纳：《湖畔社诗选·前言》，人民文学出版社 2011 年版，第 6 页。

② 胡梦华：《读了〈蕙的风〉以后》，《时事新报·学灯》1922 年 10 月 24 日。

③ 胡梦华：《悲哀的青年：答章鸿熙君》，《民国日报·觉悟》1922 年 11 月 3 日。

④ 胡梦华：《〈读了〈蕙的风〉以后〉之辩护（二）》，《时事新报·学灯》1922 年 11 月 19 日。

胡梦华的论调，不仅引起了一般读者的不满[①]，而且引起了新文学界的震惊和警惕。从弥漫着硝烟的新旧文化激战的战场上走来的人们，对旧文化是有着深切的痛感的，胡梦华的文字让他们看到了旧文化的鬼影，看到了道学家的魂灵。为此，新文学届对胡梦华加以毫不留情的批评，是十分自然的。鲁迅对胡梦华批评《蕙的风》的观点“非常不以为然”，他指出：“胡君因为《蕙的风》里有一句‘一步一回头瞟我意中人’，便科以和《金瓶梅》一样的罪：这是锻炼周纳的。”“胡君因为诗里有‘一个和尚悔出家’的话，便说是诬蔑了普天下和尚，而且大呼释迦牟尼佛：这是近于宗教家而且援引多数来恫吓，失了批评的态度的。”[②]“锻炼周纳”和“援引多数来恫吓”都是很可怕的，新青年而能有这般的老成谋略，难怪鲁迅要严词批驳了。周作人则从内容重于诗艺的立场出发，为《蕙的风》作出了辩护：“静之的情诗即使艺术的价值不一样，（如胡序里所详说）但是可以相信没有‘不道德的嫌疑’。”“旧道德上的不道德，正是情诗的精神，用不着我的什么辩解。”[③] 周作人非常反感胡梦华“躲在老辈的背后”“动辄拿了道德的大帽子来压人”“以提倡淫业作为汪君的情诗的判语”，认为“中国即使性教育一点都不发达，青年的意志也还不至于这样变态的软弱，见了接吻拥抱字样便会堕落到罪恶里去”。周作人最憎恶的是胡梦华“倚了传统的威势去压迫异端的文艺”，这样的行为“在后世看去往往只是自己‘献丑’”，并得不到历史的认可。[④]

胡梦华在批评《蕙的风》的同时，也把批评的矛头指向了为《蕙的风》写“序”的朱自清、胡适和刘延陵，指责他们的“序”是不严谨的。在对“作序的先生们”进行集体否定的同时，胡梦华对他们进行了逐个的

---

① 章洪熙在《〈蕙的风〉与道德问题》（《民国日报》1922年10月30日）一文中说：“《蕙的风》犯了不道德的嫌疑，这是我们所想不到的。”文章围绕道德问题，对胡梦华的观点进行了针锋相对的反驳。于守璐在《与胡梦华讨论新诗》（《时事新报·学灯》1922年11月3日）中指出：“《蕙的风》内的诗有一些确是赤裸裸的描写，如《过伊家门》《非心愿的要求》《月夜》等，都不见有故意的挑拨人们的肉欲。”于守璐谈阅读《蕙的风》的感受：“只觉得作者热烈的感情，流露于纸上，并不觉得有什么不道德的意思。”

② 风声（鲁迅）：《反对“含泪”的批评家》，《晨报副刊》1922年11月17日。

③ 周作人：《自己的园地·情诗》，河北教育出版社2002年版，第53页。

④ 周作人：《什么是不道德的文学》，《晨报附刊·文艺谈》1922年11月1日。

批评，他不但讥讽胡适，质疑胡适，而且针对刘延陵《蕙的风·序》中“静之的诗以赞美自然歌咏爱情的居多”的说法，针对朱自清《蕙的风·序》中肯定汪静之对“美与爱”的“赞颂与咏叹”的写法，提出了相反的看法：“可惜《蕙的风》歌咏爱情之处，却流于轻薄，赞美自然之处，却流于纤巧；他的潜力，遂不免有不道德的嫌疑，他的使命，遂不免令人有向不道德的倾向。”据此，胡梦华得出《蕙的风》是“拙劣的歌咏爱情之诗”的结论，不但“作者自己献丑”，并且“使读者也丑化了”，因此，“应当严格取缔”。① 什么是“严格取缔”？是用法律制裁，还是用行政处罚，胡梦华没有说明，但显见的是，批评带有了判决的色彩，这是令人难以接受的，所以周作人毫不客气地发出了痛斥的声音：“无论凭了道德或法律的神圣的名去干涉艺术，都是法利赛人的行为。”②

与鲁迅、周作人对胡梦华的尖锐批评不同，闻一多是站在了胡梦华的一边，认为胡梦华对《蕙的风》的批评是有道理的，闻一多在致闻家驷的信中就直白地写道：“胡梦华的批评我也看见了，讲得有道理。”③ 也就是说，闻一多是不认为胡梦华所说的“《蕙的风》是不道德”的观点是错误的，闻一多对《蕙的风》的否定甚至比胡梦华更直接，闻氏用“诲淫”“只诲淫而无诗”“没有诗而只淫”等语汇评定《蕙的风》，足见他对《蕙的风》的厌恶程度。客观地来看，胡梦华的批评之中，除了被新文学界抓住的“不道德”的观点外，其实还有些观点，被放过了，而这些观点，恰好是比较客观的批评，这使我们确信，闻一多对胡梦华的支持不是没有依据的。譬如，关于出版个人诗歌专集的问题，胡梦华就认为汪静之“在求量多而未计质精”，不知删减，不知选精，急于出版，这样的态度是轻率的。④ 胡梦华也承认《蕙的风》集子里有好诗，但还谈不上对诗体诗意的

---

① 胡梦华：《读了〈蕙的风〉以后》，《时事新报·学灯》1922年10月24日。

② 周作人：《什么是不道德的文学》，《晨报附刊·文艺谈》1922年11月1日。

③ 闻一多：《致闻家驷（1923年3月25日）》，载武汉大学闻一多研究室《闻一多论新诗》，武汉大学出版社1985年版，第229页。

④ 胡梦华：《读了〈蕙的风〉以后》，《时事新报·学灯》1922年10月24日。对于胡梦华的这一观点，也有读者是认同的，如于守璐的《与胡梦华讨论新诗》就认为“要刊行专集的时候，不能不选择其精粹”“文学创造，量可自多，而不可求多”（《时事新报·学灯》1922年11月3日）。

新贡献。此处触及的实际上是新诗诗体大解放后新诗的创新创造问题，按照胡适的预想，诗体解放以后，“丰富的材料，精密的观察，高深的思想，复杂的感情，方才能跑到诗里去”①。但是，新诗发展的实际历史情形并不如胡适预想的那样顺利，至少在包括汪静之在内的湖畔诗人这里是如此。年轻的湖畔诗人确实做到了“不拘”：“不拘格律、不拘平仄、不拘长短。”而在做到“不拘”式的“解放”之后，“他们的诗‘丰富’了吗？‘精密’了吗？‘高深’了吗？‘复杂’了吗？——并没有”②。这样的局限自然不能归咎于个人，不能归咎于某个具体的诗人。立足新诗发展的历史过程来看，汪静之的诗歌创作其实是具有某种实验意味的，胡梦华以“新贡献”来要求汪静之，未免过高。至于《蕙的风》在艺术上的不足，胡梦华所批评的，也正是闻一多所批评的，二人的见解颇为一致。这种不足，新文学界事实上也注意到了，只是在批评的姿态上对汪静之采取了同情、包容、鼓励的策略，并未如胡梦华、闻一多那样的断然否定。此外，胡梦华提出的诗歌创作中的模仿问题③，也是一个比较棘手的诗学问题，胡梦华虽然有自己的看法，读者的反馈争论也探讨了这一问题④，但由于各自的固执己见，很难对这一问题获得一致的理解。

《蕙的风》诗案发生之时，闻一多虽然身在美国，却并不意味着他对国内诗坛是陌生的，相反，他非常关心国内诗坛的动向，经常通过友人和家人搜集国内的诗集、杂志，以了解国内诗坛的现状。这从闻一多写给梁实秋的信中，可以清楚地看出：“承你寄来的各种诗集杂志都收到了。《创造》里除郭、田两人外无人才。《未来之花园》在其种类中要算佳品。它

① 胡适：《谈新诗：八年来一件大事》，《中国新文学大系：建设理论集》，上海良友图书印刷公司1935年版，第295页。

② 刘纳：《湖畔社诗选·前言》，人民文学出版社2011年版，第3—4页。

③ 胡梦华在《读了〈蕙的风〉以后》（《时事新报·学灯》1922年10月24日）一文中，结合对《蕙的风》的批评，提出了自己对诗歌创作中的“模仿”的看法，紧接着，又在《读了〈蕙的风〉以后之辩护（三）》（《时事新报·学灯》1922年11月20日）一文中，对“诗的模仿”进行了个人观点的集中表达。

④ 如曦洁的《诗的“模仿”问题》（《时事新报·学灯》1922年11月8日），与胡梦华集中讨论的就是诗歌创作中的模仿问题。于守璐的《与胡梦华讨论新诗》（《时事新报·学灯》1922年11月3日），也对诗歌创作中的模仿问题提出不同看法。

或可与《繁星》并肩。”[①] 信中对诗人诗作的评点，透露出闻一多对国内诗坛的情形是极为关注的。闻一多也通过家人收集国内出版的杂志，让他们寄到美国，以方便自己从事批评活动，如闻一多在 1922 年 12 月 2 日致父母亲的信中说：“《小说月报》及《诗》请继续寄来，因现方从事于文学批评，须时时参阅也。”[②] 信中用语“请继续寄来”，说明《小说月报》和《诗》是不断被寄给远在美国的闻一多的，闻一多写信的意思是不要中断邮寄。由此可见，闻一多在美国是经常能读到《小说月报》和《诗》这样的国内文学杂志的，他对国内诗界的动态是有了解的。[③]

胡梦华在国内招致了批评，闻一多在国外却没有引来批评，是否就因为一个简单的事实：胡梦华的观点经过报纸公开化了，而闻一多的观点仅限于书信这一私人化的空间里，没有公开发表和传播。如果闻一多的观点诉诸报刊公开化的话，他是否也会受到鲁迅、周作人等的批评呢？答案应该是确凿无疑的。出于维护新诗成立的合法性的目的，周氏兄弟应该是不会饶恕闻一多的。[④] 更何况，闻一多把自己和胡梦华绑在了一起，看一看周氏兄弟对胡梦华批评的口气和用语，当不难想象，如果这个时候再站出

---

① 闻一多：《致梁实秋（1922 年 11 月 26 日）》，载武汉大学闻一多研究室《闻一多论新诗》，武汉大学出版社 1985 年版，第 192 页。

② 闻一多：《致父母亲（1922 年 12 月 2 日）》，载武汉大学闻一多研究室《闻一多论新诗》，武汉大学出版社 1985 年版，第 198 页。

③ 闻一多在美留学时，曾收到过郭沫若邮寄的《创造》杂志（见 1923 年 2 月 15 日闻一多致梁实秋书信）。闻一多因打算给《创造》多投稿，“必欲先睹新出各期以为快”，所以叮嘱闻家驷：“俟你到沪后，则再订一全年，由该书局直接寄美，以免你们自寄容易忘却也。”（1923 年 3 月 25 日闻一多致闻家驷书信）《创造》作为当时国内文坛的领军文学期刊之一，给闻一多带来的文坛信息应该是不少的，包括文学研究会的《小说月报》，都得到闻一多的重视，他特意告诉国内的闻家驷，“关于文学，《创造》同《小说月报》都不可不看”。（1923 年 3 月 25 日闻一多致闻家驷书信）这说明，闻一多虽然远在海外，但对国内文坛却是心中有数的。1922 年 10 月 10 日，闻一多致吴景超、梁实秋的信中说：“感谢实秋报告我中国诗坛底现况。”这表明闻一多了解国内诗坛的途径是多样化的。

④ 正像闻一多在考虑中华戏剧改进社杂志稿源时，不把周氏兄弟看作同类人一样，周氏兄弟当然也不会视闻一多为同类。在闻一多的眼里，鲁迅、周作人属“非我辈接近之人物”“我甚不愿头数期参入此辈之大名，仿佛我们要借他们的光似的。我们若有创办杂志之胆量，即当亲身赤手空拳打出招牌来。且从稿件方面看来，并不十分依仗外人的辅助”。（闻一多：《致梁实秋（1925 年 3 月）》，载武汉大学闻一多研究室《闻一多论新诗》，武汉大学出版社 1985 年版，第 247 页。）闻一多的意思是很显然的，鲁迅、周作人是“外人”。既是外人，倘若发生论战，想来是不会留情面的。

一位胡梦华的支持者，而且观点比胡梦华还更为激烈，对《蕙的风》的否定还更彻底，那么他遭到周氏兄弟为代表的新文学界的批评是必然的，而且批评展开的力度当不下于对胡梦华的批评。

问题的复杂性在于，闻一多同样是新诗的立法者，这个时期他也正在进行新诗的创作，后来的新诗发展史也证明，闻一多对新诗建构是有重要贡献的。那么，为什么在对《蕙的风》的评价方面，闻一多与周氏兄弟显示出巨大的差异呢？仔细分析起来，其原因盖由“道德信仰”的不同所致。闻一多曾创作过多首爱情诗，这些诗歌描写男女相爱的刻骨镂心的程度，“往往以欲说还休，藕断丝连的方式表现出来”①，这些诗所写的爱情“很少有与中国传统伦理道德相悖之处”，闻一多尽管也有自由恋爱等现代观念，“但支配他的心态的，还是传统的伦理道德”。从闻一多的文化心态整体上看，“传统影响大于外来影响，是无疑义的”②。正是由于固守传统的伦理道德观念，使他在《蕙的风》诗案中，站在了胡梦华的一边，与鲁迅、周作人形成了对立。鲁迅对旧道德的抨击，一向是很猛烈的，在他看来，中国的青年男女一向没有“爱情”的自由，“即使苦闷，一叫便错；少的老的，一齐摇头，一齐痛骂”，以致“无爱情结婚的恶结果”，却“连续不断的进行”：“少的另去姘人宿娼，老的再来买妾”。所以，鲁迅呼唤“完全解放了我们的孩子”，呼唤“人之子”的觉醒，使他们“知道了人类间应有爱情；知道了从前一班老的少的所犯的罪恶”，张口发出带着“血的蒸气”的“醒过来的人的真声音”。③ 周作人也是传统道德的反叛者，在他看来：“礼义原是本于人情的，但是现在社会上所说的礼义却不然，只是旧习惯的一种不自然的遗留，处处阻碍人性的自由活动，所以在他范围里，情也就没有生长的余地了。”④ 传统道德观念在现代的变态留

① 郑守江：《从民族文化学的角度对闻一多新诗的思考》，载余嘉华、熊朝隽《闻一多研究文集》，云南教育出版社 1990 年版，第 55 页。

② 陆耀东：《闻一多的诗与其文化心态》，载余嘉华、熊朝隽《闻一多研究文集》，云南教育出版社 1990 年版，第 20 页。

③ 鲁迅：《热风·随感录四十》，《鲁迅全集》（第 1 卷），人民文学出版社 2005 年版，第 338 页。

④ 周作人：《自己的园地·情诗》，河北教育出版社 2002 年版，第 50 页。

存，不但扼杀着人们的“情”（周作人意指两性间的恋慕），而且妨碍着“人情迸发的声音”——“情诗”的生长。周作人本着现代的性道德观念，提出了基于人性自然的“性爱”与“恋爱”的道德伦理：“性爱”是“生的无差别与绝对的结合的欲求之表现”，是“宇宙间的爱的目的”；“恋爱”可以说是“宇宙的意义”，是“个体与种族的完成与继续”。前者庄严，后者神圣，都能唤起人们严肃的感情。情诗正是建立在这样的现代性道德观念基础之上的，它是有界限的，只应“发于情，止于情”，以恋爱之自然的范围为范围，倘若过了这界限，“即是性的游戏的态度，不以对手当做对等的人，自己之半的态度”，那就是“变态的病理的”。[①] 对于带有这种倾向的诗，周作人“不想把他邀到艺术之宫里去”。周氏兄弟在《蕙的风》诗案中对汪静之的支持，反映出他们在新旧道德立场间的选择，他们要伸张现代性的道德观念，树立现代性的伦理旗帜，这就与闻一多的传统道德伦理观形成了明显的分野，表现为诗歌的价值观念取向，就出现了闻氏与周氏兄弟在对待胡梦华观点上的不同。

《蕙的风》诗案发生期间，闻一多正在设法筹备《红烛》的出版[②]，这是闻一多的第一部新诗集。闻一多一贯以“精炼”的创作作风，为文学史称道。《红烛》的创作，“已表现了一个为同时诗人所不注意的‘精炼’的作风。我们可以看出他每首诗都是用异常的气力做成的”[③]。《红烛》充分反映出闻一多作为“精炼作家”具有的艺术概括表现力，他总是寻求用最恰切的方式表现诗的内蕴，无论诗意的锤炼，还是字句的推敲，他都用足了工夫。闻一多的这种锤炼功夫，自然是汪静之无法企及的。所以，基于对艺术本位观念的信仰，闻氏判定了《蕙的风》在艺术上的失败。

---

① 周作人：《自己的园地·情诗》，河北教育出版社 2002 年版，第 51—53 页。

② 这可以从闻一多的多封书信中看出。如 1922 年 10 月 27 日致闻家騄、闻家驷的信，谈的是《红烛》出版所需的经费筹集；1922 年 10 月 30 日致吴景超、梁启超的信，是与朋友斟酌《红烛》集中的诗篇选目，拟定删减的篇目；1922 年 11 月 26 日致梁实秋的信，谈《红烛》封面的创意设计；1922 年 12 月 2 日致家人的信，请驷弟转托十哥，打听亚东或泰东图书局印刷新诗的办法。

③ 苏雪林：《论闻一多的诗》，《现代》1934 年第 4 卷第 3 期。

三

要理解闻一多缘何为胡梦华辩护，其实不难，只要看看周作人、胡适、朱自清对《蕙的风》的作者汪静之的同情和辩护，答案就明了了。汪静之被胡适称为“少年诗人”①，胡适一再欣赏的是汪静之的诗具有的“稚气的新鲜风味”，认为这是青春少年的诗人特有的一种气度。这样的气度也得到朱自清的欣赏，朱自清称汪静之为“活泼泼的小孩子”，说他的诗是“孩子洁白的心声，坦率的少年的气度！”② 我们阅读90多年前朱自清写下的这段评论，不难感受到，朱自清对汪静之的爱护之心。

新文学前辈之所以力挺“孩子诗人”汪静之，是有着功利性的考虑的，是从新诗的解放和发展的大势着眼的。正如曹聚仁所说，《新青年》时代的中年人确有如鲁迅所说的“掮着旧的门板，让年青人踏着过去”的胸襟，“他们的确要把汪诗人扶植起来，打开新诗的途径”③。无论是周作人的评论，还是胡适的推荐作序，都在肯定《蕙的风》在诗体解放方面的作用。周作人说：“《蕙的风》里的‘放情地唱’，我们应该认为诗坛解放的一种呼声，期望他精进成就，倘若大惊小怪，以为‘革命也不能革到这个地步’，那有如见了小象还怪他比牛大，未免眼光太短了。”④《蕙的风》更引发了胡适的感慨，胡适说：“我读静之的诗，常常有一个感想：我觉得他的诗在解放一方面比我们做过旧诗的人更彻底的多。”⑤ 胡适为此用了一个形象的比喻（就像一个缠过脚后来放脚的妇人望着那些真正天足的女孩子们跳来跳去，妒在眼里，喜在心头），来表达他看到解放了的少年诗

① 胡适：《〈蕙的风〉序》，载王训昭《湖畔诗社评论资料选》，华东师范大学出版社1986年版，第98页。

② 朱自清：《〈蕙的风〉序》，载王训昭《湖畔诗社评论资料选》，华东师范大学出版社1986年版，第95页。

③ 曹聚仁：《诗人汪静之》，载王训昭《湖畔诗社评论资料选》，华东师范大学出版社1986年版，第184页。

④ 周作人：《自己的园地·情诗》，河北教育出版社2002年版，第53页。

⑤ 胡适：《〈蕙的风〉序》，载王训昭《湖畔诗社评论资料选》，华东师范大学出版社1986年版，第97页。

人的欣喜之情。

借助为《蕙的风》作序的时机，新文学前辈刻意营造打破“成见”的舆论声势，向社会推荐汪静之，希望社会接纳汪静之、承认汪静之。在这方面，胡适尤其用力。胡适提醒人们不要带着“成见”去阅读《蕙的风》，“成见是人人都不能免的；也许有人觉得静之的情诗有不道德的嫌疑，也许有人觉得一个青年人不应该做这种呻吟婉转的情诗，也许有人嫌他的长诗太繁了，也许有人嫌他的小诗太短了，也许有人不承认这些诗是诗”[①]。这里列举的种种成见，很明显的有为汪静之辩护的意味。胡适的策略是高明的，与其让反对者批评《蕙的风》的局限，倒不如自己先说出来，这在某种程度上起到了缓解“成见”的火气的效果。胡适在看似温和的语调中，实际包含着对“成见的错误”的严肃的批评。胡适在其批评策略的背后，是要为汪静之之类的新诗人向社会争取“一个自由尝试的权利”：“为社会的多方面的发达起见，我们对于一切文学的尝试者，美术的尝试者，生活的尝试者，都应该承认他们的尝试的自由。”[②] 这种态度，就是胡适一贯坚持的“容忍的态度”　“容忍上加入研究的态度，便可到了解与赏识”。[③] 言下之意，对《蕙的风》也是如此，只要人们采取容忍和研究的态度，便会对汪静之的情诗产生同情的理解，并赏识之。朱自清在《蕙的风》“序”中，也从克服“成见”的角度为汪静之的情诗辩护。朱自清说：“我们当客观地容许，领解静之底诗”“不可但凭成见，论定是非”。朱自清所说的“成见”与胡适所说的“成见”，是不同的。朱自清所说的“成见”指的是一种时代的成见：“我们现在需要最切的，自然是血与泪底文学，不是爱与美底文学；是呼吁与诅咒底文学，不是赞颂与歌咏底文学。”[④] 汪静之的诗显然与时代是不合拍的，是不符合时代“成见”的，但

---

① 胡适：《〈蕙的风〉序》，载王训昭《湖畔诗社评论资料选》，华东师范大学出版社 1986 年版，第 102 页。

② 胡适：《〈蕙的风〉序》，载王训昭《湖畔诗社评论资料选》，华东师范大学出版社 1986 年版，第 102 页。

③ 胡适：《〈蕙的风〉序》，载王训昭《湖畔诗社评论资料选》，华东师范大学出版社 1986 年版，第 102 页。

④ 朱自清：《〈蕙的风〉序》，载王训昭《湖畔诗社评论资料选》，华东师范大学出版社 1986 年版，第 95 页。

朱自清并没有因此而否定汪静之的诗，而是立即转换批评的视角，从创作年龄的角度来看汪静之的诗，他说："静之是个孩子，美与爱是他生活底核心；赞颂与咏叹，在他正是极自然而适当的事。他似乎不曾经历着那些应该呼吁与诅咒的情景，所以写不出血与泪底作品。若教他勉强效颦，结果必是虚浮与矫饰；在我们是无所得，在他却已有所失，那又何取呢！"①这番话不但消解了时代的"成见"，而且为汪静之的诗找到了成立的基点，"这或足为静之以美与爱为中心意义的诗，向现在的文坛稍稍辩解了"。由此不难看出，朱自清刻意避开了用时代的成见评论汪静之要遭遇的尴尬，而选择了同情汪静之的批评方法，其用心不可谓不讲究。

与汪静之相比，胡梦华同样是少年，少年初登文坛，无论是从事创作还是文学批评，都是值得呵护和鼓励的。汪静之有"诗才"，胡梦华有"论才"，汪静之的诗是童言无忌，胡梦华的批评也是童言无忌。既然周作人、胡适、朱自清对汪静之的同情和呵护，是值得肯定的，那么闻一多对胡梦华的同情和呵护，同样也值得肯定。从奖掖、提携青年后学的意义上来看，二者没有本质上的差别。闻一多与胡梦华虽然未曾面首，但二人之间却有"神通"。闻一多与梁实秋合著的《冬夜草儿评论》出版后，胡梦华曾致信闻一多，对闻氏的诗学批评表示赞誉，对此，闻一多书信有明确记载："又有东南大学底一位胡梦华君也有函来表示同情。"② 这封"同情"，当然是令闻一多感动的，因为这个时候的闻一多尚处于文学事业的开拓阶段，是位于"名不见经传"之列的青年。《冬夜草儿评论》出版后，引起的反响并未如闻一多预料的那样热烈，在冷清的反响氛围中，胡梦华对《冬夜草儿评论》的见解，就得到闻一多的格外重视。闻一多在写给家人的信件中，曾不无自豪地说，《冬夜草儿评论》"虽不受普通一般人底欢迎，然而鉴赏我们的人倒真是我们眼里的人"③。信件的字里行间，流露出

① 朱自清：《〈蕙的风〉序》，载王训昭《湖畔诗社评论资料选》，华东师范大学出版社 1986 年版，第 96 页。

② 闻一多：《致父母亲（1922 年 12 月 27 日）》，载武汉大学闻一多研究室《闻一多论新诗》，武汉大学出版社 1985 年版，第 203 页。

③ 闻一多：《致家人（1923 年 3 月）》，载武汉大学闻一多研究室《闻一多论新诗》，武汉大学出版社 1985 年版，第 226 页

闻一多对胡梦华的赏识。也正是通过书信媒介，远在美国的闻一多发现了胡梦华的批评才华。闻一多的新诗集《红烛》出版后，闻一多在家信中嘱咐家人，留心报纸杂志上对《红烛》的批评文字，一旦发现，希望寄给他一阅。闻一多特别提到要留心胡梦华的评论，在家信中写道："南京有《江苏日报》，其附张名《文艺评论》，五哥阅此报否？《文艺评论》乃胡梦华等主稿，闻胡君曾有文奖赞我与实秋作品。《红烛》出后，胡君或将又有批评。请五哥代为留意。"[①] 从信中的口气可以看出，闻一多是非常赏识胡梦华的，是十分看重胡梦华的批评意见的。闻一多与胡梦华文艺趣味的相投，还体现在他们对汪静之诗和梁实秋诗的比较批评方面。闻一多在将两者比较时，说汪氏淫荡，梁氏沉醉；胡梦华在将梁诗与汪诗进行比较时，说："两两比较，相形之下，一美一丑，不言而喻！"梁氏的诗"思想何等高尚！情感何等纯挚！"汪氏的诗"多么轻薄！多么堕落！"[②] 闻、胡都对《蕙的风》持否定意见，都对梁实秋表赞誉之词，显示出批评眼光的一致。由此可见，闻一多之看重胡梦华，不是毫无缘由的。

今天，距离《蕙的风》诗案的发生已经将近一个世纪的时光，透过依稀的历史迷雾，我们依然能够从两个孩子身上感受到"五四"的少年意气。汪静之有为新诗献身的勇气，"牺牲了我不要紧的；/只愿诸君以后千万要防备那暴虐者"（《被损害的》），这样的呼告无论如何是令人感动的。胡梦华面对来自各方面的批评，始终不放弃自己的主张，在他看来，"为了真理说话，是无可如何的"，并且表示，"我为了真理，就做一个'法利塞'人又何妨？""我为了真理，就做一个'旧派'又何妨？"[③] 两位少年都表现出为自己的信仰而献身的勇气，此种意气，确令我们再一次地对"五四"少年产生敬畏。一个小孩子对另一个小孩子的批评，原本也是简单不过的，但由于成年人的介入，问题骤然严重了，放大了。其实，胡

---

① 闻一多：《致家人（1923 年 11 月）》，载武汉大学闻一多研究室《闻一多论新诗》，武汉大学出版社 1985 年版，第 242 页。

② 胡梦华：《〈读了〈蕙的风〉以后〉之辩护（二）》，《时事新报·学灯》1922 年 11 月 19 日。

③ 胡梦华：《〈读了〈蕙的风〉以后〉之辩护（三）》，《时事新报·学灯》1922 年 11 月 20 日。

梦华够不上什么“派”，也形不成什么“势”，但诸位大家却对这位少年批评者进行了严苛的批评，能对“孩子诗人”宽容，却不能对“孩子批评者”宽容，显得有失风度。以鲁迅的学问，发现胡梦华批评文章中的硬伤，指出并加以纠正，是正常批评范围内的事情。但在鲁迅的思维里，事情没有这么简单，胡梦华因而变成了“假想敌”，受到了嘲讽和挖苦。汪静之有艺术上的不足，胡梦华有批评的偏激之处，对汪静之能宽容，对胡梦华就应该也能宽容。可惜的是，由于在《蕙的风》诗案中，闻一多的隐在性，使得对《蕙的风》的批评，缺少了一个重要的声音，这不能不说是历史的遗憾。

四

《蕙的风》诗案因汪静之而起，按道理说，诗人在任何历史条件下，都应捍卫论争的成果，才是对历史的忠诚，才不辜负鲁迅为代表的新文化力量对他的仗义支持。可是，汪静之却并没有这样做，而是给出了相反的答案。汪静之对亚东版的《蕙的风》大加删改，经过删改的《蕙的风》由人民文学出版社重新出版。新版《蕙的风》对当年被闻一多目为“诲淫”的情诗、被胡梦华批评为不道德的情诗，进行了删改；对鲁迅为代表的新文学界所肯定的情诗，也进行了删改。也就是说，汪静之对以“情诗”扬名的《蕙的风》进行了“解构”，这种“解构”，是对当年《蕙的风》诗案中站在褒扬一方的支持者的反讽，是对当年《蕙的风》诗案中站在贬斥一方的反对者的认同，这大概是《蕙的风》诗案中的所有当事人始料不及的。

《祷告》是被沈从文称之为具有“‘情欲’的绘画”[①] 意味的一首情诗，这首诗的亚东版是这样写的：

我每夜将睡的时候，

① 沈从文：《论汪静之的〈蕙的风〉》，《文艺月报》1930年第1卷第4号。

跪向挂在帐上的“白莲图”说：
白莲姊姊呵！
当我梦中和我底爱人欢会时，
请你吐些清香薰着我俩罢。

而在1957年人民文学版的《蕙的风》中，此诗修改为：

我每夜临睡，
要向挂在帐上的白莲图说：
当我梦中和爱人相会，
请你吐清香把我俩薰醉。

修改后的作品已经失去了“情欲”的绘画意味，对女性的态度也发生了根本的变化。“跪”改为“要”，语气由虔诚变为祈使；“欢会”改为“相会”，情欲浓度稀释；删去“白莲姊姊呵！”这一句充满情欲的呼告，白莲图遂变成静物画，失去了动“情”的效果，因而整首诗的韵味就发生了本质的翻转，缠绵婉转的情欲之境损坏殆尽。《非心愿的要求》是一首赤裸裸的情诗，记述了“一个被霸占的女人对他原来的情人说的安慰话”①，诉说了被霸占的女人和原来的情人之间的绵绵情意，这样一首情诗在人民文学版的《蕙的风》中出现时，不仅题目作了改动，诗歌内容也有很大变化。修改后的作品，题目变为《你已被他霸占》，抒情色彩明显淡化，诗的内容由原先的情话诉说改变为对“霸占者”的控诉，情感指向发生了巨大的转折。这样的修改对读者的阅读心理造成的改变也是巨大的，旧版本唤起的是读者对情人不能相聚的悲剧的同情，新版本唤起的是读者对霸占者的痛恨。再如那首青梅竹马的情诗《我俩》，此诗在亚东版中包括9节，收入人民文学版时被删掉8节，选留最后1节，并作了大幅度修改，同时，诗的题目也改为《一江泪》。从《我俩》到《一江泪》，情诗

① 陆耀东：《论“湖畔”派的诗》，《文学评论》1982年第1期。

意蕴尽损，文本面目全非。对于曾经引起道德热议的《过伊家门外》，诗人为了避免引起不道德的嫌疑，把诗题改成了《一步一回头》，虽然仅是题目的变动，但造成的是诗情的逆转。“过伊家门外”表明了“瞟”意中人的地点，“一步一回头”却掩盖了“瞟”意中人的地点，很可能就不是“伊”的家门口，而是在别的什么地方，在“伊家门外”“瞟”和在别的任何地点的“瞟”，受道德指责的程度是有区别的。而且，在“伊家门外”的“瞟”，会给人以不怀好意的挑逗女子的印象，诗人不希望在变化了的历史时代，有这样的读者印象发生，所以他选择了修改。《过伊家门外》这首诗的道德冲击力其实就在题目本身，这个题目发挥着拎起诗歌内容的关键作用，换掉这个题目后，诗的内容就好像缺少了一个千斤顶，道德冲击力因此变得虚弱。

仅就上面所举的例子，就不难看出，《蕙的风》的删改，不仅使“情诗”的风韵受到损伤，天真、烂漫、稚气的新鲜情调不再，而且也使“情诗”的反封建锋芒得到削弱，甚至于成为远离“五四”的文本，这样的删改是得不偿失的。经过删改的《蕙的风》实现了新的“重构”，重构的结果是诗歌“道德化”了，这是符合闻一多、胡梦华的思路的，却是背离了鲁迅、朱自清、刘延陵、宗白华等诸多新文学干将挺身支持过的“情诗”精神的。

历史是富有戏剧性的，又是富有反讽性的。

《蕙的风》“情诗”的沦陷，不能不令人感到可悲！

后　记

本书是著者多年研究中国现代文学的成果汇集，在即将付梓之际，简略描述一下这些成果的主要特色，也许有助于读者的阅读。

首先是研究难点的突破。《野草》研究虽然成果积淀已很深厚，但仍有研究盲区，如对文本的声音修辞、对古代文体修辞运用的研究。之所以是盲区，是因为研究有难度，突破不易。本书探讨了《野草》中的诵读修辞和中国古代骈赋文体修辞，是对《野草》研究难点的突破。《野草》研究界有一种观点，认为散文诗是舶来品，中国古代没有这种文体，按照这种观点，《野草》就谈不上对古代文体的承传了。但是在中国古代文学研究界，一些著名的古代文学研究名家（如褚斌杰、郭绍虞）认为中国古代的赋体文学就是现代的散文诗。所以，在《野草》的研究中，从古今汇通的意义上，阐释古代文体的现代性特征，并进行一些考释辩解工作，就显得非常必要，这显然需要调用跨学科的学术资源，才能胜任这项工作，这也是对研究者学术能力的一个挑战。

其次是创新阐释，提出新见。比如对七月诗派的评价，学界长期停滞在现实主义诗学的框架中，没有推进。本书则提出在现代主义和战争诗学的框架中重新阐释七月诗派，认为七月诗派有着明显的现代主义特质，他们对存在的质疑，对生命意义的探问，对人的异化现象的思考，都体现了西方现代主义的文化精神。又如对王瑶学派新文学史书写的哲学基础演变的阐释，生动地揭示出文学史话语与时代哲学对话的景观。

再次是研究视角的拓展。突破书信研究局限于个体作家研究的现状，把现代作家书信作为一个整体系统加以研究，在研究方法上突破现有的考释、疏证、札记体例，多层次、多维度地诠释作家书信，发掘作家书信中的文学史构成因素，将现代作家书信还原到现代文学发生发展的历史语境、时代氛围、心灵情境中，揭示书信中隐含的作家与外部世界及其自我精神世界存在的多重对话关系，阐明作家书信作为思想文本、诗性文本、文学史文献、信息文本所蕴含的文学史品格。

最后是加大文学史考古力度，在历史文献的发掘中，发现问题，阐释被遮蔽的文学史现象。比如对小说《催醒术》文学史地位的还原和提升，认为这部小说不仅开辟了“五四”启蒙文学叙事的先河，而且也奠定了20世纪中国启蒙文学叙事的基本格调。肯定张闻天在“五四”文学中的地位，不是因其政治地位而进行事后追认，而是基于其在“五四”文学现场的成就而得出的认识。汪静之的新诗集《蕙的风》（上海亚东图书馆1922年出版）以“情诗”扬名于文学史，也因“情诗”引来道德争议。《蕙的风》诗案中，我们至今看到的主流批评，是对汪静之的一边倒的支持和肯定，胡梦华则被置于“五四”新诗的对立面，受到了严厉的批评，显得很孤立。可是，重新梳理这段批评的历史，我们却发现，当时远在美国留学的闻一多，对《蕙的风》的看法却与以鲁迅为代表的主流批评形成了对立，并且对主流批评一致否定的《蕙的风》的批评者胡梦华的观点，表示了明确的同情和支持。但是，由于主流批评的强势影响，人们几乎没有注意到闻一多对《蕙的风》的否定意见和对胡梦华的支持。目前所能见到的各种版本的现代文学史，以及华东师范大学出版社于1986年出版的中国新文学社团流派丛书《湖畔诗社评论资料选》，都没有提到过闻一多对《蕙的风》的否定意见。本书则尝试回到《蕙的风》诗案的发生现场，对闻一多与主流批评的诗学异位，从理论上进行了新的探讨。

以上对本书学术特色的简要提示，也许不是十分准确，但相信聪慧的读者自有识断的眼光，能够对本书提出批评意见，这对作者来说，自然是幸莫大焉。

本书在完成过程中，得到刘艳的大力协助，从收集资料、校勘版本、查找文献到文字校对，刘艳付出了极大的劳动，在此表示诚挚的谢意！

本书得到中国劳动关系学院75周年校庆出版项目资助，借此出版的机会，向中国劳动关系学院表示敬意和谢意！

雷世文

2024年9月9日